Molly Hopkins

Aconteceu em Veneza

Tradução
Maria Ângela Amorim De Paschoal

Novo Conceito

1ª Impressão — 2014

Produção editorial:
Equipe Novo Conceito
Impressão e Acabamento Prol 040814

Este livro segue as regras da Nova Ortografia da Língua Portuguesa.

Dados Internacionais de Catalogação na Publicação (CIP)
(Câmara Brasileira do Livro, SP, Brasil)

Hopkins, Molly
Aconteceu em Veneza / Molly Hopkins ; tradução Maria Angela Amorim de Paschoal. -- Ribeirão Preto, SP : Novo Conceito Editora, 2014.

Título original: It happened in Venice.
ISBN 978-85-8163-559-0

1. Ficção escocesa I. Título.

14-06068 CDD-823.92

Índices para catálogo sistemático:
1. Ficção : Literatura escocesa 823.92

Novo Conceito

Rua Dr. Hugo Fortes, 1885 — Parque Industrial Lagoinha
14095-260 — Ribeirão Preto — SP
www.grupoeditorialnovoconceito.com.br

Para meu pai, Phillip Moffat.
Sentimos sua falta todos os dias.

AGRADECIMENTOS

Agradeço a *todos* da Little Brown, em especial meus editores Rebecca Saunders e Manpreet Grewal, que são ambos assumidamente inteligentes e têm ideias incríveis, que eu mesma gostaria de ter tido.

Obrigada à minha irmã, Pauline, e a seu marido, Graeme, que me alimentaram, me deram abrigo e muito vinho branco enquanto eu estava com obras em casa e editando este livro ao mesmo tempo. E também às minhas amigas Annamarie Gildea, cujo conhecimento sobre homens está numa escala global, e Sue Besser, minha editora/crítica/e elegante companheira de almoço.

Também gostaria de agradecer à minha filha Elise e suas amigas Holly, Melissa, Heather, Kirsten, Meg, Freya, Alice e Amy, por darem constantemente o fora nos seus namorados e me contarem tudo sobre isso. Elas são uma inspiração, fornecendo-me um suprimento constante de informações cheias de deboche. E, finalmente, um grande obrigado ao meu filho Jack e à namorada dele, Hayley, que, por puro desespero e medo de morrer de fome, aprendeu a cozinhar, porque quando estou escrevendo não consigo fazer mais nada.

CAPÍTULO 1

Tudo bem, ele me traiu, mas se arrependeu muito, e foi apenas *uma vez*.

Sentada ao lado de Rob, no voo de Londres para Barbados, refleti sobre a incrível virada que havia acontecido na minha vida nesses últimos dez dias. Rob e eu tínhamos reatado depois de uma separação que durou dois longos meses.

Olhei para ele com adoração e aconcheguei minha cabeça no seu ombro. Ele sorriu, passou seus tornozelos em volta dos meus e enfiou minhas pernas para detrás das dele. Tínhamos feito um pacto. Iríamos seguir em frente e deixar esse sórdido episódio para trás. *Não* vou estragar o resto da nossa vida por causa de um erro idiota da parte dele; um erro que, tenho certeza, não se repetirá. E não vou ficar esfregando isso na cara dele o tempo todo, porque quero que este relacionamento dê certo. E *vai* dar certo, porque estou apaixonada por ele. Então não vou mencionar essa pequena indiscrição, jamais. É coisa do passado. Já o perdoei completamente, porque sou uma pessoa tolerante e de natureza bondosa. Não tem espaço para rancor neste relacionamento. Estamos noivos e tenho um fantástico anel de brilhantes para provar. Esfreguei meu rosto no ombro dele e me aninhei para curtir o resto do voo.

O HOTEL ERA MARAVILHOSO. Era uma construção de madeira na cor creme, cercada por palmeiras e um caleidoscópio de flores tropicais. Dei um passo para fora do táxi, levei minhas mãos ao peito e suspirei admirada. Fiquei olhando espantada enquanto uma tartaruga percorria seu caminho no meio dos arbustos. Estava prestes a me curvar para bater um papo com ela, quando Rob segurou meu braço e me arrastou pelo piso de madeira do saguão luxuosamente decorado, em direção ao balcão da recepção.

Notei uma vitrine repleta de bolsas.

Rob seguiu meu olhar, sem perder o ritmo do seu passo de maratonista.

— Você *não precisa* de mais bolsas — ele disse rigidamente.

— Só estou olhando — retruquei. — Mas você está errado. Não tenho uma bolsa roxa.

Paramos no balcão da recepção. Ele lançou um olhar ameaçador para a minha nova bolsa vermelha de couro da Louis Vuitton, que eu havia comprado pouco antes do Natal.

— Não acredito no quanto você pagou por essa droga de bolsa — ele exclamou. — Onde você estava com a cabeça?

Isso me abalou imediatamente, porque é uma questão realmente delicada.

Segurei minha bolsa protetoramente de encontro ao peito.

— Foi mais barato do que fazer terapia, e melhor que tomar calmantes. O que você esperava que eu fizesse? Eu estava deprimida. Você tinha ido embora, ficou transando por aí pelas minhas costas, e, se não fosse por sua causa, eu não teria ficado na situação de me ver obrigada a comprar a bolsa, não é? A culpa foi *sua*!

Uma mancha vermelha cobriu seu rosto. Bem feito!

— Eu poderia ter me tornado uma viciada em *Prozac* — disse a ele amargamente. — Ou uma maníaco-depressiva, ou uma viciada em gim ou sites de autoajuda. Qualquer coisa poderia ter acontecido comigo. Mais precisamente, onde *você* estava com a cabeça?

Ele deixou escapar um suspiro furioso. Que cara de pau! Pensei. Tenho as cartas na manga. Sou eu quem vai dar as ordens por aqui.

— Você me prometeu que não tocaria nesse assunto novamente — ele reclamou, pronunciando *cada palavra* com cuidado.

Abri meus braços.

— Eu praticamente não disse nada sobre isso. Na semana passada só toquei nesse assunto umas onze vezes — afirmei, tranquila.

— Exatamente!

— Então devo dar pulinhos de alegria e aceitar o fato de você ser um galinha, e que eu tenho uma rival no amor? É isso?

Rápida como um raio, a mão de Rob se levantou e agarrou meu colete da Lipsy. Puxou meu rosto de encontro ao seu, e me deu um beijo longo e intenso, de doer.

A recepcionista tossiu — *Ahan* —, cobrindo a boca com a mão.

Ele me ergueu pelo colarinho até eu ficar na ponta dos pés. O beijo se prolongou um pouco mais, e então ele deslizou a língua em volta dos meus lábios.

— Evie, se você por acaso mencionar esse meu único momento de loucura novamente, do qual me arrependo para sempre, vou te pregar no chão e arrancar todos os fios da sua sobrancelha, até ela desaparecer.

Houve um instante de silêncio. Olhos azuis fitando os meus.

— Você iria ficar parecendo uma maluca sem sobrancelhas — ele advertiu, dando uma risada de sacudir os ombros.

— Você está me sufocando!

— Não estou te sufocando, mas admito que estou bem tentado. Então, chegamos a um acordo? — ele perguntou, me dando outro beijo. — Você concorda em deixar isso de lado e promete nunca mais jogar isso na minha cara?

Levantei os ombros indiferente, no fundo me arrependendo de ter sido tão amável.

— Promessa é dívida — ele disse, pesaroso, roçando meu rosto com o polegar.

Olhei para ele de um jeito simpático.

— Paz? — ele perguntou, segurando meu rosto na sua mão.

Dei um suspiro, e pisquei concordando.

Ele me beijou na testa e depois se virou para a recepcionista, que colocou a ficha de registro na frente dele. Rapidamente me virei e tirei uma foto da vitrine com o celular. Iria checar as bolsas mais tarde, se tivesse tempo.

Estamos há oito gloriosos dias nesta ilha maravilhosa, pacificamente coabitando num luxuoso chalé de frente para o mar. Durante esse período só encontramos dois outros seres humanos. Havia uma empregada, que Rob praticamente expulsou do quarto quando seus lábios ameaçaram se abrir, como se estivesse prestes a começar uma conversa, e o garçom que entrega as refeições no quarto. Rob tinha dito que me queria inteirinha só pra ele, e fiquei mais do que feliz em concordar com seu desejo.

Robert Harrison é o amor da minha vida, minha *raison* d'*etre*. Um cordão invisível me liga a ele, de corpo e alma. Esse Adônis lindo e robusto é o meu destino, disso tenho certeza. Não consigo me cansar dele. Cada nervo do meu corpo fica formigando e vibra quando ele coloca seus braços ao meu redor. Uma cascata torrencial de emoções explode e percorre meu peito quando ele me beija, me deixando sem ar. Minha obsessão por ele é tanto física como emocional. Sou impulsionada e enlouquecida pelo desejo. Tenho me comportado como uma maníaca sexual, acordando no meio da noite com um calor ardente na virilha que só ele pode aplacar. Meu noivo, Robert Harrisson, não tem uma ferramenta normal como os outros caras. Robert Harrisson simplesmente tem uma varinha mágica.

Essa minha obsessão não dá sinais de que vai desaparecer com o tempo. O que francamente tem me deixado preocupada, pois estou exausta e não me sinto muito bem. Sinto um latejar dolorido na barriga, como se tivesse feito uma centena de abdominais. Tudo bem, na verdade nunca fiz um abdominal, então, talvez uma metáfora mais apropriada é que sinto como se meu apêndice tivesse sido removido.

Meus lábios estão doloridos, e estirei um músculo na parte interna da coxa que nem sabia que existia, e como consequência estou mancando agora. Estou arrastando a perna como se tivesse um pé defeituoso. Quanto ao meu cabelo, mal consigo olhar para ele. O estrago causado pelo suor e pelo atrito transformou meus longos e brilhantes cabelos castanhos com alongamento numa maçaroca opaca e crespa. Resumindo, pareço um duende cabeludo.

Isso não pode continuar assim, então hoje de manhã tomei banho, escovei o cabelo, vesti meu biquíni branco com o sarongue combinando e um top enrolado e, como acessórios, bijuterias prateadas. Vou acordar o Rob e *insistir* para a gente sair. Não vou ser seduzida. Estou firme e resoluta. Passei um pouco de gloss nos lábios e olhei no espelho. Estou com uma aparência bem normal, não pareço mais aquela garota promíscua e abatida que saiu da cama há uma hora. Também fiquei um pouco bronzeada, já que parte do nosso rala e rola aconteceu no nosso trecho de praia privativa. Fiquei parada aos pés da nossa cama de dossel e cutuquei os pés do Rob.

— Levanta.

Ele piscou como um touro sonolento e curvou o braço sobre a cabeça. — Por quê?

— Porque quero fazer algo diferente!

Ele se sentou lentamente. O lençol caiu em volta da sua cintura, e ele não estava usando nada a não ser um sorriso preguiçoso. — Você quer?

O rosto dele brilhou com a promessa de algo diferente, seus olhos juntos e vidrados, e um sorriso beatífico. Ele parecia ter visto uma aparição da Virgem Maria ou do Anjo Gabriel. Obviamente, achava que eu estava falando de sexo.

Ele sacudiu o lençol e olhou por baixo à procura de algum sinal de vida. Seu rosto se abriu num largo sorriso.

— Estou pronto — ele se vangloriou — para fazer algo diferente.

Bufei por dentro. — Quero sair.

— Sair? Você quer dizer sair para o terraço?

Cruzei os braços desafiadoramente e apontei meu queixo em direção à janela.

— Não, quero dizer ir à piscina do hotel ou ao bar da praia.

Ele ergueu as sobrancelhas. — Por quê?

— Quero ver outras pessoas. Você entende, aquela coisa de férias, quando a gente bate papo com todo mundo e eles perguntam de onde a gente é. E eu digo "Londres", e eles respondem "Ah, minha irmã mora em Londres. Talvez você a conheça. O nome dela é Mary Lewis, ela mora em Staines". E eu franzo o rosto e finjo estar pensando, e então digo "Não, acho que não conheço", e eles completam: "Não tem importância", e então começamos a conversar, e talvez tomar um drinque e...

— Evie, fique quieta e volte para esta cama.

Levantei a palma da mão. — Não.

Ele jogou longe seus lençóis e veio caminhando descalço, nu, em minha direção.

— Rob, transar está proibido. Talvez hoje à noite — eu disse, com minha voz de freira —, mas agora não!

Ele me lançou um olhar tarado.

— Não quero minhas férias cheias de pornografia, vulgaridade e nada mais.

Ele pairou ameaçadoramente ao meu lado. — Eu quero — ele afirmou, levantando uma longa mecha do meu cabelo e a colocando por trás da minha orelha.

Ele segurou meus ombros e aproximou sua cabeça loira da minha. Sua língua fez cócegas na minha testa, e então lentamente a deslizou pelo meu rosto. Parou brevemente para mordiscar de leve o lobo da minha orelha, antes de explorar minha nuca e meu couro cabeludo. Minha virilha começou a pulsar em estado de alerta, minha coluna esticou e minhas costas arquearam, empurrando minha pélvis para perto da dele.

— É uma pena... — ele sussurrou, a voz quente na minha nuca.

Senti uma onda de excitação. Ele deslizou seu polegar para dentro da calcinha do meu biquíni e fez aquele movimento rotatório fantástico, que ativava imediatamente meu botão de viagem para o desejo.

— Porque eu ia mimar você...

Meus olhos acompanharam o zumbido do ventilador de teto em uma distração contemplativa.

— Mas talvez você não esteja interessada... — ele disse.

O problema era que o meu cérebro e minhas zonas erógenas tinham princípios completamente diferentes.

— ... que eu mime você pra valer. — E num passe de mágica me jogou na cama.

Tentei me livrar e apontei um dedo severo. — Certo, Rob, estou afirmando, e estou falando sério; uma rapidinha como um favor pra você. E então vamos dar o fora daqui — falei afetadamente.

A vista era deslumbrante. Ondas turquesas com as cristas brancas estouravam na praia, estendendo-se até onde o olhar podia alcançar. A distância o oceano profundo, azul e tranquilo, se misturava ao céu azul-celeste, formando uma linha azul-escura onde os dois se encontravam. Ainda não eram nove horas da manhã, mas o sol já estava alto. Parei, inclinei a cabeça de encontro a uma rajada de ar fresco.

— Nós devíamos ter vindo aqui antes — disse a Rob com um suspiro melancólico.

— Por quê? Essa praia é exatamente igual à nossa.

Senti uma ponta de irritação; ele havia dito isso sem nem ao menos olhar para o oceano. Caminhei ao lado dele pela areia, em direção ao bar. Pude ver um dos encarregados das cadeiras de praia dormindo numa das espreguiçadeiras que ele deveria estar distribuindo aos hóspedes, como eu.

Dei um leve cutucão no braço do funcionário. — O-l-á! — pronunciei em voz alta. — Olá! Olá!

— Olá? — Rob repetiu. — Que língua é essa, se você não se importa com a minha pergunta?

Olhei para trás, na direção dele. Ele se balançou nos calcanhares, e enfiou a mão no bolso do short de linho.

— É o dialeto local? — Rob perguntou, erguendo as sobrancelhas curioso.

— Estou tentando acordá-lo. As espreguiçadeiras estão trancadas e amarradas com uma corrente, não é como se não quiséssemos pegar uma. Eu simplesmente me recuso a me deitar na areia — disse a Rob. — Me dá coceira.

— Podemos voltar para o nosso chalé e....

Interrompi sua conversa. — Não! Estamos fora e vamos ficar fora. — Virei e dei outro cutucão no braço do atendente. — Olá! — Tentei novamente.

— Evie, não estou convencido de que esse seja o seu cara.

Girei o corpo. — O que você quer dizer com não é o meu cara? Não estou vendo outra pessoa por aqui, você está? — perguntei, fazendo um gesto que abrangia a praia.

Rob levantou os óculos de sol para o alto da cabeça, seus olhos azuis escuros sorridentes.

— Não, não vejo mais ninguém, mesmo assim tenho quase certeza de que você se enganou — ele disse, enfiando o dedão do pé na areia.

— É mesmo? Então, no seu estimado ponto de vista, essa pessoa cuidando das cadeiras de praia pode não ser o atendente das cadeiras?

— Acho muito improvável.

— Por quê?

— Esse cara está usando calça de sarja, camisa de manga comprida e colete preto. Ele também está segurando uma garrafa vazia de vodca. Suspeito que esteja bêbado e estava a caminho de casa depois de uma noite de farra. *Não acho* que ele seja o atendente de cadeiras de praia que você espera que ele seja.

Coloquei a bolsa de praia no ombro. Tudo bem. Fazia sentido.

— Perfeito, vamos deitar nas nossas toalhas. Não tem nada demais — eu disse.

Fiquei me remexendo desconfortavelmente sobre a toalha na areia durante uma hora. Este devia ser um hotel cinco estrelas, e eu estava com areia incomodando as minhas costas. O que estava acontecendo? Estava com vontade de reclamar com a gerência. Na verdade, vou reclamar mesmo. Para ser bem honesta, nem precisei pedir a Rob para ele pegar umas espreguiçadeiras; ele simplesmente caminhou até o bar assim que o atendente chegou com uma chave para o cadeado.

Ajeitei-me na cadeira, longe da sombra de Rob, e abaixei as alças do meu biquíni sobre os ombros. Não queria ficar com aquelas marquinhas brancas. Peguei uma revista na bolsa de praia. Isso é que é vida!

— Evie, por que eu devo usar o protetor solar da embalagem azul e não o da amarela? Uma é masculina e a outra feminina? — Rob perguntou.

Levantei meus olhos da revista.

— Não, pra você é o protetor da Superdrug e o da Clarins é pra mim — expliquei, folheando as páginas da *Vogue*.

— Tudo bem — ele disse, com um olhar aturdido.

Dei um suspiro cansado e joguei meu exemplar da revista debaixo da espreguiçadeira. Já tinha visto todas as fotos. Acho banho de sol um tédio. Bem, é, não é? A vista do oceano era absolutamente deslumbrante. O reflexo do sol batendo nas águas ondulantes me atraía; eu tinha que dar o fora dali, precisava mesmo.

— Vamos dar um passeio de pedalinho? — sugeri, tomada por um súbito espírito de aventura.

Rob relaxou o corpo, apoiando-se nos cotovelos, e me deu um sorriso preguiçoso.

— Tudo bem, mas você vai ter que fazer sua parte na hora de pedalar — ele avisou.

— Claro que vou — disse a ele.

Por que ele achava que eu queria ir num pedalinho se não para pedalar? Por acaso ele pensa que sou burra?

— Pedalar é o ponto alto do passeio do pedalinho, todo mundo sabe disso — retruquei, cheia de entusiasmo.

O NEGÓCIO É O SEGUINTE: os pedalinhos parecem muito mais divertidos do que na verdade são. Isto é, estou pedalando agora e imaginando *qual a vantagem* disso aqui. Nós não temos destino, estou com sede e, pensando bem, com muita fome. Ainda assim, alugamos o barco por apenas uma hora. Isso não é quase nada.

Mexi os pedais; eles eram bem barulhentos.

— Há quanto tempo estamos pedalando? — perguntei a Rob casualmente, não que eu estivesse entediada ou coisa assim. Estava simplesmente curiosa. Afinal de contas, o passeio tinha sido ideia minha.

Ele observou seu relógio. — Quatro minutos.

Olhei para ele com incredulidade. Será que realmente tinham se passado só quatro minutos? Apoiei com firmeza minhas mãos nos joelhos.

Tudo bem, admito que fiquei surpresa. Achei que estávamos pedalando por meia hora ou mais, porque minhas coxas estavam começando a arder. Minhas pernas estavam moídas. Rapidamente olhei em volta. A praia estava bem distante. Na verdade, não conseguia nem enxergar nossas espreguiçadeiras. Olhei de relance para Rob; o sol tremulava e cintilava nos seus óculos escuros, quando ele inclinou a cabeça e lentamente circulou o pescoço. Ele estava com as duas mãos apoiadas na direção. Era mesmo necessário? A única direção a seguir é em frente, com certeza! Pra quê girar a direção? Que inferno, minhas pernas estavam tremendo. Qual a pressa? Estamos sendo perseguidos? Estamos fugindo de piratas?

— Não há *necessidade* de pedalar com tanta rapidez! Tenho que manter a mesma velocidade que você, e suas pernas são mais compridas que as minhas, então obviamente estou me esforçando muito mais que você! — surtei.

Ele realmente estava tornando tudo muito desagradável.

— Não seja ridícula! O tamanho das suas pernas não tem nada a ver com o esforço que tem que fazer; você está fazendo exatamente as mesmas rotações que eu.

Continuei a pedalar.

As mesmas rotações!?

Ouvi Rob falar como se isso fosse uma manobra militar, algum tipo de operação naval anfíbia. Eu estava começando a transpirar. Na verdade, estava suando profusamente. Olhei de lado. Os braços de Rob estavam agora cruzados sobre o peito. Ele parecia... *relaxado*, muito embora suas pernas estivessem trabalhando. Meus dedos, que estavam agarrados no banco de plástico, estavam apertados e com os nós esbranquiçados, porque minhas pernas estavam absolutamente pegando fogo, e os músculos da minha barriga começavam a se contrair. Parecia uma droga de aula de spinning. Não que eu já tivesse feito uma, mas já assisti a um DVD com uma aula dessas. Vou dar uma descansada, decidi. Ergui meus pés dos pedais. Você tem que ouvir o seu corpo quando está malhando, todo mundo sabe disso. Respirei profundamente, soltei o ar lentamente, me reclinei e estiquei as pernas. Estava quase na horizontal. Era gostoso, era realmente muito bom.

— VOCÊ PAROU DE PEDALAR!?

Chocada, endireitei o corpo imediatamente, e, enquanto meus pés se embaralhavam loucamente procurando pelos pedais, minhas costas quase caíram do banco.

— Claro que não!

— Bem, suspeitei que era isso que queria fazer. A força da marcha diminuiu um pouquinho — Rob disse bruscamente.

Continuei.

Força? Marcha? *O que ele estava dizendo*? Era um bote de plástico, não uma droga de hidroavião ou um barco voador! Afastei o cabelo úmido da minha testa. Rob leva as coisas muito a sério; pra dizer a verdade, ele às vezes pode ser muito chato. Como agora!

Girei para o outro lado.

Estávamos tão longe que eu mal podia enxergar a praia; estávamos em alto-mar. Literalmente em alto-mar! Na droga de uma banheira de plástico amarelo. Senti uma ponta de desespero. Mesmo que não fôssemos mais longe, ainda assim teria que *pedalar* todo o caminho de volta. Pensar nisso era deprimente. Estou de férias, pensei. Deveria estar me divertindo.

Vasculhei o meu cérebro para encontrar uma saída, um meio de pôr fim a esse árduo e massacrante trabalho, porque era isso o que era. Meu coração batia disparado, e havia um zumbido nos meus ouvidos. Estava exausta. O sangue pulsava forte nas pontas dos meus dedos. Até mesmo meus dentes estavam suando! Estava a ponto de desmaiar. Será que não havia um motor opcional num pedalinho?

De repente, tive uma súbita inspiração.

— Rob, que tal se nadarmos um pouco? Podemos parar um instante e... dar uma refrescada? — sugeri, ofegante. Se ele não aceitasse, provavelmente eu iria cair no choro. Na verdade, tenho certeza disso, posso afirmar.

Ele parou de pedalar e acenou com a cabeça, concordando. Ele nem mesmo parecia cansado.

Soltei um suspiro de alívio, esvaziando meus pulmões do pouco ar que havia lá dentro.

Rob se levantou, esticou os dedos e alongou os braços.

Minhas pernas pareciam uma gelatina ao me levantar da cadeira de plástico.

— Que brisa gostosa — ele disse, depositando um beijo nos meus ombros ao se curvar para tirar o short.

Brisa? Eu não tinha sentido nenhuma brisa. Com certeza não tinha brisa no meu lado do barco. Estava sendo queimada viva ali!

— Estou aproveitando bastante, agora que estamos aqui. Você também?

Isso é brincadeira?

Estava cansada demais para discutir. O sarongue caiu aos meus pés, formando um montinho de chiffon. Fiquei em pé na beirada do barco, ergui os braços e dei um belo salto no mar. Embora a água estivesse morna, senti um arrepio gelado de prazer ao tocar sua superfície.

— Está boa? — Rob perguntou quando voltei do mergulho.

— Fabulosa — disse a ele. E estava mesmo. Minhas pernas e braços ficaram renovados.

Num movimento rápido e fluido, ele mergulhou e deslizou como um tubarão em minha direção. Para minha surpresa, Rob podia ficar em pé; tentei, mas não consegui.

— Existem vantagens de ficar em águas rasas — ele disse, sorrindo e balançando a cabeça como se fosse um cachorro molhado.

Minhas pernas flutuaram quando ele me puxou para perto dele. Ele mordeu de leve minha orelha. Ao sentir seu toque, um arrepio quente percorreu minha nuca. Ele me olhou de frente. Enrolei minhas pernas em volta da sua cintura e passei meus braços pelo seu pescoço. A expressão dele passou de jovial a sério.

— Eu te amo, Evie — ele declarou solenemente.

— Eu te amo também.

— Sinto muito... sinto muito por ter te magoado. Tenho sorte por você ter me dado uma segunda chance. Vou fazer você feliz, prometo.

Pressionei meus lábios na curva salgada da sua nuca.

— Tenho certeza disso.

Os nós dos seus dedos percorreram as minhas costas.

— Então... posso te fazer uma demonstração?

— Demonstrar o quê?

— A vantagem de estar em águas rasas, é claro.

— Sim, me mostre — eu disse, enquanto o mar sem ondas deslizava sobre nossos ombros. E ele demonstrou. Duas vezes.

O RESTAURANTE DO HOTEL era enorme. Era repleto de vasos com palmeiras, luzinhas decorativas, móveis de bambu recobertos por tecido de linho cor de limão, e tinha um aviário enorme, pássaros coloridos gritando, acompanhando a banda de calipso. Não resisti a dar uns passinhos de salsa enquanto seguia nosso garçom até a mesa — tarefa nada fácil se levarmos em consideração que mais cedo eu havia pedalado o suficiente para participar de um triátlon.

— Adoro isso, simplesmente adoro — disse a Rob, me jogando pesadamente na cadeira.

Ele pegou minha mão do outro lado da mesa e, sob a sombra das luzes tremulantes de uma vela, levou minha palma de encontro aos seus lábios e a beijou. Em vez de dar início ao seu repertório costumeiro de brincadeiras, abaixou o olhar e vagarosamente virou minha mão nas suas. Ele dava a impressão de estar preocupado, pensativo. Não parecia ele mesmo.

— Qual o problema? — perguntei.

Ele pareceu ter sido pego de surpresa.

— Nada — ele disse na defensiva. — Nada, eu estou simplesmente... *feliz*.

Rob dobrou sua mão sobre a minha e deu um aperto. — Estou feliz, Evie. Às vezes só quero ficar um momento em silêncio para poder curtir isso — ele declarou.

Esse Rob solene era um pouco estranho; apesar disso, não acho que haja nada estranho em querer curtir a felicidade. Apontei minha cabeça em direção ao bufê.

— Vamos para a mesa do bufê escolher alguma coisa gostosa para comer? — eu disse, aliviando o clima.

Ele empurrou sua cadeira para trás. — Claro — concordou.

Ele estendeu sua mão para mim. Seu sorriso parecia... afetado e forçado. Inexplicavelmente, tive um mau pressentimento.

— Você me diria, não é, se houvesse alguma coisa te preocupando? — perguntei.

Ele passou o braço em volta dos meus ombros, me puxou para mais perto e me deu um beijo distraído. — O que poderia haver de errado agora que estamos juntos novamente? — perguntou.

Estamos no Bridgetown Hospital. Rob tem uma séria alergia a ostras. Ele não percebeu que havia ostras na peixada: comeu três colheradas e desmaiou. O gerente do hotel chamou uma ambulância, e agora estão fazendo uma lavagem estomacal nele. Um médico enfiou um longo tubo plástico na sua boca. Na ponta dos pés, curvei a cabeça para ver quanto daquele tubo iria desaparecer pela garganta dele. Era bem comprido.

Rob sacudia o corpo e se remexia violentamente, enquanto jato após jato de um líquido jorravam da outra ponta do tubo para dentro de um balde. Felizmente, ele estava numa maca, com suportes na lateral. Ele teria caído se estivesse numa cama comum, tenho certeza disso. Que procedimento nojento. Bom, é certamente um procedimento nojento do ponto de vista de quem assiste. Tenho certeza que Rob pensa a mesma coisa.

Eu já tinha visto o bastante.

Encontrei uma cadeira num canto do quarto e silenciosamente abri minha bolsa e comecei a fazer uma limpeza nela. Já que tinha que ficar ali, era melhor aproveitar o tempo livre. Olhei com a expressão culpada para a direita e para a esquerda, e rapidamente peguei meu celular. Não é permitido o uso de celulares nos hospitais do Reino Unido, e provavelmente é a mesma coisa aqui em Barbados. Arrastei a cestinha de lixo de papel pelo piso de ladrilho e a coloquei entre as minhas pernas. Protegi os ouvidos para não ouvir os sons violentos de vômito que Rob estava fazendo. Era incrível a quantidade de besteira que eu tinha armazenado, levando em conta que tinha a minha bolsa Louis Vuitton há apenas algumas semanas. Decidi ser impiedosa; tíquetes do metrô, cupons fora de validade do Tesco Clubcard e tampas de embalagens de café da Starbucks foram os primeiros a serem descartados. Contei onze recortes de propaganda de revista, mas não consegui jogá-los fora porque ainda não havia decidido comprar nenhuma daquelas coisas. E nove batons, mas eu precisava deles porque eram em tons diferentes. E quatro canetas. Mas é comum a gente precisar de caneta e não encontrar nenhuma, então decidi que iria mantê-las, e...

— Gostaria de ver seu marido agora? — uma voz agradável perguntou.

Surpresa, levantei o olhar. — Meu o quê?

— Seu marido.

Uma enfermeira com um alegre rosto cor de ébano me olhou com firmeza. O quarto estava silencioso. O médico tinha saído, e Rob estava dormindo na maca.

— Sim, sim — eu disse prudentemente. *Marido*. Bem que gostei de ouvir isso. Rapidamente enfiei a bolsa debaixo do braço e caminhei até a cama dele. Ele estava usando um tipo de avental verde, com um lençol solto sobre seu corpo da cintura para baixo. Seu rosto estava coberto de suor; ele parecia... pálido. Subitamente fez um movimento convulsivo involuntário. Dei um passo para trás, espantada.

— Ele *estar* cansado, vamos *manter* ele aqui esta noite — a enfermeira disse, esfregando as minhas costas como se estivesse confortando um bebê. — Acho que *limpar* ele do veneno, mas como garantia *dar* um... laxante — ela me contou alegremente, como se fossem notícias maravilhosas e eu devesse ficar contente ao ouvi-las.

— Certo. Tudo bem, obrigada por... por isso, e... por tudo.

A respiração do Rob era profunda e pesada. Coloquei a bolsa sobre a cama dele, enfiei um braço lá dentro à procura de um protetor labial, gentilmente passei uma camada fina sobre seus lábios rachados e então pousei a palma da minha mão no rosto dele. Sua pele estava fria e suada. Coitado. Senti uma enorme vontade de protegê-lo. Afastei uma mecha de cabelo da sua testa. Estaria ao lado dele enquanto ele precisasse de mim.

A enfermeira me deu um sorriso revigorante. — Você pode ficar com ele se quiser, tenho certeza que poderemos conseguir um lugar pra você dormir — ela disse bondosamente. — Vou sair agora. Se precisar de mim, *estarei* na recepção.

— Obrigada — respondi para a figura que se retirava.

Eu não gostava de ver o Rob de um jeito diferente do seu modo forte e dominador de sempre. Não voltaria para o chalé sem ele, claro que não! Ficaria ao seu lado. Uma imagem rápida minha sentada no chalé, segurando a camisa dele e a apertando no meu rosto choroso, surgiu na minha mente. Não poderia deixá-lo sozinho. Ele não iria me deixar. Meu lugar era *aqui*, ao lado dele.

Mas então me lembrei do laxante. E se, e se... ele fizesse efeito?

Agarrei minha bolsa. Iria encontrar a enfermeira e pedir a ela que me chamasse um táxi. Rob iria ficar bem. Claro que sim. Eu não o estava deixando nas mãos de sequestradores. Olhei à minha volta. Ao contrário, aqui era bem agradável. Ele iria adorar. Eu poderia vir buscá-lo amanhã de manhã. Ele estava dormindo, que diferença iria fazer se eu ficasse ou não? Nenhuma. Na verdade, se ele estivesse acordado, provavelmente insistiria para que eu voltasse para o luxo do hotel.

E foi o que eu fiz.

CAPÍTULO 2

Estamos na trilha dos pôneis; eu a reservei enquanto Rob estava convalescendo. Felizmente, ele está bem agora. Estou cavalgando um pônei branco maravilhoso, chamado Button, e Rob está em um enorme cavalo negro chamado Bluebeard, que parece estar sofrendo de algum tipo de distúrbio de múltipla personalidade equestre. Bluebeard não permite que nenhum outro cavalo cavalgue ao seu lado, nem chegue perto dele, nem mesmo o guia. Que é muito sexy, eu notei. Não que eu esteja particularmente interessada. Estou, bem... estou lembrando da minha companheira de apartamento, Lulu. Ela iria gostar dele.

O nome do guia é Ronaldo e ele tem vinte e nove anos. Tem os cabelos negros presos num rabo de cavalo e um peito enorme sem pelos. Suspeito que o tenha depilado; ele é do Rio de Janeiro. Estou boquiaberta. Ronaldo cavalga sem sela. Ele estala as rédeas com um giro perfeito dos pulsos, abaixa seu tronco, murmura algo na orelha do cavalo e ele parte, os cabelos esvoaçantes. Estou adorando isso. Rob, no entanto, odeia cada minuto, e, quando ele presta atenção no meu olhar, sei que está me olhando para confirmar que não está sozinho. Por lealdade a ele, faço uma careta brava, cara de *pare com isso*, o tempo todo tentando não sorrir, mas não é fácil. Estou cavalgando com um grupo de três casais franceses de meia-idade que, como eu, estão adorando tudo isso, e dois adoráveis alemães gays.

Tudo bem, para ser justa com ele, ele não conseguiu bater papo com ninguém durante nosso passeio ao longo da praia, como todos os outros, porque seu cavalo quer ir na frente de todos. Seu cavalo quer estar na frente o tempo todo. Ele se levanta nas patas traseiras, balança as ferraduras no ar e sai em disparada se alguém se aproximar alguns *furlong*[1], não que eu saiba o que seja um *furlong* exatamente, mas parece que é o termo apropriado. O cavalo do Rob pensa que isto é alguma competição, e não um passeio agradável. Para evitar ser jogado para fora da montaria, Rob tem que se abaixar e fazer carinhos no animal. A certa altura seus braços e pernas estavam praticamente enrolados no pescoço do cavalo; ele estava ridículo, absolutamente ridículo, como um palhaço idiota do circo. Estávamos agora nos aproximando para fazer uma pausa para o almoço, num quiosque na praia, sem graça e caindo aos pedaços. Apesar disso, tenho certeza de que a comida deve ser deliciosa. As aparências enganam.

Como era de esperar, Rob chegou na nossa frente no restaurante. Ele estava despejando uma garrafa de água mineral Evian na sua virilha, por cima do short, quando chegamos. Achei um enorme desperdício, já que a Evian é caríssima por aqui.

Desmontei com um pulo confiante. — Você ganhou a corrida — disse para Rob, tentando demonstrar alegria. Ele não gostou da tentativa de animá-lo.

— Evie! Me diga que existe uma frota de jipes esperando atrás deste barraco para nos levar de volta ao hotel!

Sorri ao olhar as ondas brancas do oceano. Senti uma comichão percorrer todo o meu corpo. A cavalgada, o ar fresco, o guia... tudo estava tão perfeito e emocionante e...

1. O *furlong* é uma unidade de comprimento do sistema inglês de medidas. O nome completo da unidade é *surveyor furlong*, e equivale a 201,168 metros. Seu uso oficial foi abolido no Reino Unido em 1985.

— Evie!

— Não — disse a ele bruscamente. — Vamos voltar a cavalo.

Amarrei as rédeas de Button em um poste de madeira e deslizei a mão pelo pescoço do animal. Ele me deu um grunhido carinhoso.

— Meus testículos estão me matando! — Rob surtou, ficando de cócoras e abanando o cós do seu short para criar um ventinho.

Bluebeard, amarrado ao lado de Button, sacudiu sua crina, ergueu a cabeça e olhou Rob desdenhosamente.

— Que belo animal — eu disse, dando um tapinha nas suas ancas reluzentes.

— *Não faça isso*! — Rob deu um grito, me sacudindo pelo cotovelo. — Se você irritá-lo, ele vai destruir este restaurante.

— Ele é um garoto muito bonito mesmo — elogiei. — Essa coisa é a montaria do Diabo... Não importa quanto vai custar, quero um táxi para voltar ao hotel! Não vou voltar montado nesse cavalo! Estaria pondo a minha vida em risco!

Olhei incrédula para ele. *Sua vida em risco*? Esse era um exemplo perfeito de como Rob podia ser melodramático. Estamos discutindo sobre um cavalo, não um dragão alado!

— Mas estou me divertindo tanto.

— Bem, eu não estou! — ele surtou, cuspindo fios grossos e escuros pela boca. — Nem você estaria se tivesse cavalgado nesse cavalo.

— Por que tudo tem que ser do seu jeito ou então nada feito? — inquiri.

— Meu jeito ou então nada feito? — ele balbuciou, incrédulo. — Estamos aqui porque você quis. Pensando bem, acho que é o contrário. Pra começo de conversa, se eu pudesse ter escolhido, nós não teríamos vindo aqui.

— Você pega um táxi! Eu *não vou* voltar com você, vou voltar a cavalo — afirmei, levantando o queixo de forma desafiadora. — Acho que tenho uma aptidão natural para cavalgar. Acho até que vou começar a praticar quando voltarmos para casa.

— Você *vai* voltar comigo!

— Não vou!

— Vai!

— Não vou!

Estamos num táxi a caminho do hotel; não estamos conversando. De tempos em tempos Rob me dá uma olhada. Ele quer dizer alguma coisa. Tenho certeza disso! Ele é péssimo em ficar calado. Principalmente quando sabe que está errado, e ele *está* errado. Ele ameaçou me levar carregada até o táxi se eu não o acompanhasse, e ele faria isso, então aqui estou, encurralada!

Ele virou ligeiramente a cabeça para a direita para olhar para a janela. Sua mão esquerda deslizou para perto da minha perna. Dei um tapa na mão dele. Ele fez uma careta. O único passeio que eu havia agendado, e ele tinha que jogar um balde de água fria no resto do dia. Observei sua mão rastejar lentamente pelo assento. A mão dele tremeu e pairou a centímetros da minha coxa. Dei dois golpes de caratê no seu pulso. Ele deu um grito. A questão é a seguinte: sou muito boa em ficar calada. Vamos ser honestos, é muito mais fácil que conversar. Tudo o que você tem que fazer é, bem, *não falar*. Rob levantou o traseiro e sentou em cima das mãos. Vou te ensinar uma lição, pensei. Cruzei os braços e fiquei olhando carrancuda a paisagem que passava velozmente. Que desperdício de dinheiro; não tínhamos nem mesmo aproveitado o almoço que estava incluído no passeio.

No chalé, joguei minha bolsa na mesinha de cabeceira e caminhei com passos firmes para o banheiro. Abri as torneiras da banheira e fiquei espiando Rob por uma fresta da porta. Ele preguiçosamente foi até a mesa, sentou pesadamente numa cadeira e abriu o notebook. Foi a primeira vez que o vi ligar seu computador desde que chegamos. Fiquei surpresa por ele ter resistido tanto tempo. Ele é *workaholic*. Como se sentisse meu olhar, levantou o rosto e olhou na direção do banheiro. Rapidamente me afastei, mas continuei a acompanhá-lo com o olhar. O logo do The Harrisson´s Coach surgiu na tela do notebook. Ver aquela imagem familiar marrom e dourada fez meu coração pulsar mais forte. Ela significava rotina, significava voltar para casa e para o trabalho. Significava que em breve estaria encontrando novamente minha irmã Lexy e Lulu, com meu errante namorado a tiracolo. Eu o tinha perdoado, mas e elas? Não tinha certeza se elas o perdoariam.

Rob é dono de uma frota de ônibus, oito ou nove no total. Ele os freta para uma empresa de turismo que tem um programa de excursões pela Europa. Comecei a trabalhar para eles no ano passado, como guia de turismo europeia, e Rob foi o motorista no meu primeiro fim de semana em Paris. Tivemos o verão mais incrível, trabalhando juntos em Paris todos os fins de semana e passando os dias do meio da semana no meu apartamento em Londres. Tudo estava indo superbem até o final do outono, quando Rob trabalhou com outra guia numa viagem para a Áustria e ela apareceu nua na frente dele. Sem querer desperdiçar uma oferta gratuita dessas, e sob o efeito do álcool no organismo, ele deu uma escapada. Reatamos nosso namoro há umas duas semanas, depois de ele ter me seguido até a Escócia, onde eu estava trabalhando durante as festas do fim de ano nas Highlands. Ele me pediu em casamento, eu aceitei. Ele é o cara. Tenho certeza disso. Estava meio morta sem ele.

Dei alguns passos em direção à porta do banheiro. Rob estava curvado sobre a mesa, com a cabeça entre as mãos. Ele parecia... aborrecido. Senti uma pontada de culpa. Não estava realmente incomodada pelo fato de não ter terminado o passeio com os cavalos, agora que podia pensar melhor. E estava cansada de não conversar. De repente ele se levantou. Dei um pulo e me afastei do meu posto de espionagem. Seis passadas depois, e ele estava na porta do banheiro.

— Evie, precisamos conversar — ele disse baixinho.

Senti uma ponta de apreensão. Essa era uma frase séria, vindo dele. Ele virou o assento da privada, sentou nela e deu um tapinha no seu joelho.

— Senta — ele disse.

Aproximei-me lentamente dele e me sentei no seu colo. Ele passou os braços pela minha cintura.

— Vamos voltar para casa daqui a alguns dias — ele disse.

Dei um beliscão nos pelos dourados do seu braço. — Humm.

— Mas, Evie, casa para você é o seu apartamento em Londres, e para mim é um apartamento em Birmingham. Estamos comprometidos agora. Deveríamos morar juntos.

Senti uma onda de empolgação. Claro que deveríamos morar juntos. Eu ainda não havia pensado no assunto, porque ainda não tivera tempo, mas ele estava absolutamente certo. Ele deveria se mudar e morar comigo e com Lulu, isso fazia sentido. E tudo bem, eu sei que não é o ideal ter mais alguém morando junto com o casal o tempo todo, mas Lulu quase sempre está fora, e eu adoro Tooting, e meus vizinhos, e lá existem pubs e restaurantes fabulosos. E adoro meu emprego de meio período no Bar Thea, que fica do outro lado da rua do meu apartamento, e adoro meu amigo Nikki, que é o dono. Segurei o rosto de Rob com minha mão.

— Não quero viver no seu apartamento com a Lulu — ele disse, como se estivesse lendo meu pensamento. — Nós devíamos morar sozinhos. Quero uma casa com um jardim, um cachorro e... — houve uma breve pausa — e um bebê — ele disse, olhos brilhantes.

Ele ainda estava falando, mas eu não estava mais ouvindo. Um *bebê*? Sei que as pessoas têm bebês, mas eu tenho apenas vinte e seis anos, e ele trinta. Qual a pressa? E um jardim? E um cachorro? Ele estava falando sério? Engoli em seco. Como podemos ter um bebê se estamos fazendo excursões pela Europa durante todo o verão? Como? Sou uma guia de turismo europeia e ele é um motorista de ônibus continental. Será que ele esqueceu?

Ele me aconchegou no seu peito. Encostei meio rígida de encontro a ele. Um bebê? Preferia dar à luz uma bolsa Prada! Prestei novamente atenção à conversa.

— Quero parar de fazer excursões — ele anunciou.

Senti o sangue subir para a cabeça. O que ele estava querendo dizer? Parar de fazer excursões? Mas eu adoro fazer turismo!

— Fiz algumas mudanças na infraestrutura do negócio. Vendi o pátio em Birmingham; a maioria dos meus fretes se origina no sul do país, então faz sentido comercialmente basear meus ônibus ali — ele disse casualmente. — Vou transferir os escritórios para Londres daqui a quatro semanas, no fim de fevereiro.

Ele está mudando seus negócios de Birmingham para Londres, assim, do nada!

— A realocação da empresa vai trazer oportunidades de expansão do negócio. Eu deveria ter feito isso antes, mas precisava de um incentivo para mudar para o sul — ele disse, recostando-se ligeiramente. — Você é o incentivo.

Virei-me e olhei para ele. — Transferir o negócio para Londres e expandir não significa necessariamente que você vai ter que parar de fazer as excursões — comentei.

— Estarei aumentando minha carteira de clientes, e isso significa que estarei preso a uma mesa na maior parte do tempo. Não quero ficar preso numa mesa em Londres enquanto você excursiona pela Europa. Vamos viver juntos, e, se viajarmos, vai ser uma coisa para fazermos juntos, ou então nada feito. Ocasionalmente vamos acompanhar um grupo ou outro, mas, para dizer a verdade, seria uma viagem a cada dois meses.

Fiquei espantada. Na verdade fiquei mais que espantada; levei um soco na boca do estômago.

— É um trabalho antissocial, Evie. Nosso relacionamento vem em primeiro lugar. Você é a coisa mais importante do mundo para mim. Não quero que a gente fique separado, a menos que seja absolutamente necessário. Vamos construir uma vida juntos e não podemos passar metade do nosso tempo a centenas de quilômetros de distância um do outro se quisermos que isso dê certo.

Ok, espere um segundo! Deixe eu fazer um balanço aqui. Estar sempre junto, não era isso que eu queria? Vários pensamentos passaram pela minha cabeça. Sim. Sim, com certeza. Dei um suspiro feliz. Sim, é, pensei, é o que eu quero. Quero construir uma vida com ele. Estamos noivos. Sorri ao olhar meu anel de brilhante. Posso adiar o jardim, e o bebê, e a casa, e a mudança para Tooting, mas o resto disso parece fabuloso.

— Eu te amo, Evie. Você é a minha vida — ele disse, ajeitando meu peso no seu colo.

Ficar juntos para sempre... não podia querer mais nada.

— Eu te amo também.

Ele está certo, é claro. As coisas têm que mudar. Ele disse o óbvio. Com o tempo, eu provavelmente teria sugerido a mesma coisa. Vamos morar juntos e não faremos excursões, a menos que viajemos juntos, do contrário nunca veríamos um ao outro. Senti um choque de felicidade. Bom, na verdade, senti o choque de um sentimento que eu não reconheci muito bem, mas tenho certeza que era felicidade.

— Então, isso é tudo? — perguntei.

Seus olhos estavam presos nos meus. — O que quer dizer com isso?

— No quarto, você estava sentado com a cabeça apoiada nas mãos, franzindo a testa. Achei que havia algo errado.

— Não tem nada de errado — ele disse com firmeza.

— Mas você parecia...

O rosto dele passou de sério para despreocupado quando me interrompeu. — Evie, temos apenas mais dois dias das nossas férias. Isso não é algo muito reconfortante, é? O tempo voou — ele disse.

— Err, sim, voou — concordei.

— Não vamos desperdiçar o pouco tempo que ainda temos. Vamos tomar um banho?

E foi o que fizemos; um longo e delicioso banho de espuma na banheira.

CAPÍTULO 3

No dia seguinte à nossa chegada de Barbados, minha irmã veio me visitar, com as crianças a tiracolo. Lexy e eu estávamos tentando discutir meu noivado, mas era impossível, pois o telefone dela não parava de tocar. Ela levantou minha mão para admirar meu anel quando seu telefone tocou novamente. Deu um suspiro e enfiou seus cabelos curtos e escuros para trás das orelhas num movimento rápido e brusco.

Lexy examinou o visor de seu celular. — Outra mãe lá da creche! — ela me disse, abrindo seu telefone. — Será que isso não vai acabar nunca? Tenho vontade de gritar.

Fui para perto da pequena Becky, que está com quatro anos.

— Por que você fez isso? Por que contou a todas as crianças da creche que o Papai Noel levou um tiro no olho e foi sequestrado? O que você tem na cabeça!?

O olho! Ela não poderia ter dito que o Papai Noel levou um tiro em algum lugar menos dramático que o olho, como o dedão do pé?

Becky se sentou na beirada do sofá, rolando uma fatia de presunto na palma da mão. — Porque ele levou um tiro — ela disse categoricamente.

— Ele não levou um tiro!

— Levou sim, eu sei! — Becky disse, enfiando a fatia de presunto na boca e afastando a franja loira dos olhos.

Agora, verdade seja dita. Não sei bem ao certo como me sinto em relação a Becky. Eu a amo. É claro. Eu tenho que amá-la, afinal de contas ela é minha sobrinha. Mas eu frequentemente imagino se ela foi possuída por algum demônio ou alguma outra forma de espírito diabólico, porque ela tem uma natureza horrível. Às vezes, quando olho para ela, sinto um aperto gelado no peito. *O que é exatamente um poltergeist*? Ao contrário da sua irmã gêmea, Lauren, um adorável anjinho moreno de olhos verdes. Graças a Deus. Não aguentaria ter de lidar com duas Beckys.

— Titia Evie, precisamos ajudar o Papai Noel — Lauren suplicou, chorosa, retorcendo nervosa o fecho do seu moletom. — Liga pra polícia. Liga, liga... Super-Homem! — ela sugeriu em desespero.

Becky sacudiu os ombros indiferente e se concentrou nas tiras de velcro dos seus sapatos. — Por que deveríamos ajudar? O Papai Noel esqueceu nossos carros da Barbie — ela lembrou a Lauren.

— Ele se lembrou das suas bicicletas — eu disse a Becky.

Lexy fechou o telefone com força e apertou sua echarpe da Gucci, quase se enforcando. — Vamos embora! — anunciou, exasperada. Ela se virou para Becky. — Vamos encontrar seus amiguinhos no Pizza Express com as mães deles, e você vai dizer pra todo mundo que cometeu um engano e que o Papai Noel está bem e que ele mora na Lapônia.

Os olhos de Becky encararam atentos a sua mãe; ela franziu a testa sem saber o que dizer e enrolou uma longa mecha de cabelo dourado. — Mas ...

— Sem mas nem meio mas. Diga a todo mundo que você assistiu ao noticiário hoje, e que o Papai Noel foi encontrado, e que ele está bem — Lexy disse, encorajadoramente. — Vamos discutir isso hoje à noite. Talvez o papai possa telefonar para os duendes, ou para a Mamãe Noel, e descobrir o que realmente aconteceu.

Becky pareceu interessada. Lexy parecia desesperada. Lauren parecia esperançosa.

Lexy se aproximou de mim e me deu um beijo no rosto. — Tenho que ir embora. É bom saber que você e o Rob voltaram. Lulu pensa a mesma coisa; você estava muito mal sem ele. Vale a pena tentar mais uma vez, claro que vale. — Ela se curvou para fazer as crianças saírem do sofá. — Diga a ele que senti muito ter de ir embora antes de ele chegar. Te ligo mais tarde — ela disse, levando as gêmeas até a porta sem olhar para trás.

Becky se virou e sorriu; era um sorriso apavorante. Num impulso, eu me abracei.

A CHAVE DE ROB TILINTOU na fechadura um pouco antes das seis horas. Uma sombra surgiu na sala quando ele atravessou a soleira. Seus braços estavam abertos. Dei um passo na direção dele e enfiei meu rosto nas dobras da sua camisa.

— Senti saudade de você — ele disse, embora tivesse passado apenas nove horas desde que nos vimos. Nos abraçamos e ficamos nos balançando lentamente.

— Também senti saudade sua.

O telefone tocou. Ele me segurou com mais força. — Deixa tocar — ele disse. — Estou adorando esse aconchego.

Eu estava adorando esse aconchego também, mas queria atender o telefone. Podia ser para mim! Tudo bem, podia ser para Lulu ou para Rob, mas, ainda assim, eu não gostava da ideia de perder uma ligação, nem mesmo uma ligação que não fosse para mim. Tentei me soltar.

— Deixa pra lá — ele repetiu, seu hálito quente em contato com a minha orelha.

Quem estava ligando? Quem?

A secretária eletrônica atendeu. A voz de Nikki encheu a sala.

— Evie, você está de volta! Bem-vinda! Você esqueceu que trabalha aqui? Seu primeiro turno é na quinta-feira. Você ainda tem um dia inteiro para vagabundear. Te vejo às seis!

Rob endureceu o corpo. — Diga a ele que você não vai voltar a trabalhar lá — ele disse decidido. — É apenas um emprego de garçonete de meio período. Você não precisa disso.

— O quê? O que quer dizer com *você não vai voltar a trabalhar* lá?

Rob segurou meus ombros; seus límpidos olhos azuis fitaram os meus. — Não tenho certeza se gosto desse Nikki — ele disse sem rodeios, para meu espanto.

Por um minuto fiquei sem palavras. — Nikki é meu amigo e vizinho. O que quer dizer com não gosta dele? — perguntei bruscamente.

O rosto de Rob passou de sisudo a alegre, e ele balançou a cabeça, bem-humorado. — Evie, não quis dizer que não gosto dele — ele voltou atrás. — O que estava querendo dizer é que não gosto da ideia de você trabalhando para ele. Estou trabalhando mais ou menos das nove às cinco, e venho para casa todas as noites, para ficar com você. Qual a vantagem de me mudar de Birmingham para Londres para ficar perto de você se vai estar trabalhando num bar à noite?

— São apenas três noites por semana — justifiquei.

— Três noites por semana é demais.

— Preciso do dinheiro.

— Não precisa.

— Preciso sim.

— Evie, tenho condições de cobrir tudo — ele disse com um sorriso conciliador. — Você sabe que não me importo. Pra mim tudo bem. Os negócios estão indo bem, podemos nos beneficiar disso. Sair para trabalhar exatamente quando eu chego em casa não é o ideal. Você vai concordar comigo, certamente — Ele beijou minha testa. — Pensei talvez em te comprar uma loja — ele disse, seus olhos reluzentes e intrigantes.

— Uma loja — repeti. — Não quero uma loja.

— Por que não? Se você não se importa de pegar trânsito, podemos comprar uma butique na cidade. Você tem um gosto incrível para moda. Por que não ter sua própria loja?

Senti certo desconforto. Sempre havia sentido pena das vendedoras de lojas, dobrando e guardando roupas o dia todo, simplesmente para ver algum idiota chegar e bagunçar tudo de novo; enfrentando os tormentos diários das ofertas especiais e descontos tentadores em pilhas de objetos pelos quais não podem pagar, nem ao menos fugir deles.

Eu gastaria cada centavo que recebesse. Seria a minha ruína.

Rob me levou até o sofá, me fez sentar e colocou um braço em volta dos meus ombros. — Evie, não me mudei duzentos e cinquenta quilômetros para passar as noites sozinho.

— Quero o meu próprio dinheiro — disse a ele.

— Por quê? O que é meu é seu. Prefiro que a gente passe mais tempo juntos a ter algumas centenas de libras a mais no banco. Nem tudo é questão de dinheiro; é sobre qualidade de vida. — Ele segurou meu queixo entre seus dedos. — Pense na butique — ele disse, com um sorriso encorajador.

Suponho que eu possa usar o estoque da loja eu mesma. E, se ficar cansada de alguma roupa, posso colocar uma etiqueta e vendê-la. Teria um guarda-roupa aumentado... teria um enorme guarda-roupa.

— O que tem para jantar? — Rob perguntou.

— Nuggets de frango — respondi distraidamente. Uma loja?

— Ótimo — ele disse, sem muito entusiasmo. — Deixe eu te levar para jantar fora, meu bem — ele sugeriu alegremente.

— E os nuggets? — perguntei.

Ele franziu a testa pensativo. — Talvez eu os coma de lanche mais tarde — ele disse.

— Ok. Vou me trocar. — Uma loja? Por que uma guia de turismo iria querer uma loja?

— Quero passar a maior parte do tempo possível ao seu lado. Certamente você sente a mesma coisa — ele perguntou.

— Sinto, é claro que eu sinto — disse a ele, pondo-me lentamente de pé. E me levantei.

Na tarde seguinte sentei no sofá, retorcendo as alças da minha bolsa. Estava receando essa conversa. Iria desapontar Nikki, e sabia disso. Tudo bem, pensei. Vou caminhar tranquilamente até o Bar Thea e contar que não vou voltar a trabalhar com ele. Simples! Fazia sentido. Apesar de tudo, meu estômago estava doendo só de pensar nisso; Nikki não ficaria feliz em ter uma funcionária a menos de repente. Eu estava trabalhando como garçonete no seu bar há oito meses. Precisava de um trabalho regular e consistente, porque ser guia de turismo é algo esporádico e sazonal. Estava com a conta bancária no vermelho, mas agora meu cheque especial havia sido coberto. Bem, pra falar a verdade, não estava completamente coberto. O rombo havia aumentado novamente, mas só posso lidar com um tsunami de cada vez. Pensei em me demitir do bar por telefone, mas sabia que Nikki não merecia isso. Eu lhe devia uma explicação cara a cara. Nós somos amigos e vizinhos há mais de dois anos e ele foi um grande apoio para mim quando Rob e eu terminamos. Suspirei. Não tinha me encontrado com Nikki desde que Rob e eu reatamos... E essa é outra coisa de que eu acho que o Nikki não vai gostar. Na verdade, tenho certeza disso.

Me levantei decidida. *Controle*-se, disse a mim mesma. É uma simples questão de informar a Nikki os fatos, e o fato é que Rob é o cara certo para mim e ele está certo sobre esse emprego também. Lá vou eu!

Alguns minutos mais tarde, entrei pela porta do bar, respirando com dificuldade. Nikki estava procurando algo na gaveta ao lado da caixa registradora; ele ergueu a vista, nossos olhares se cruzaram. Ele fechou a gaveta com força, e, com os braços abertos, deu a volta pelo balcão e veio em minha direção com um enorme sorriso estampado no rosto.

— Você está de volta!

Meu pulso batia descontroladamente. Apesar dos meus nervos em frangalhos, estava realmente contente em vê-lo. Realmente contente! Os músculos dos seus largos ombros se destacaram por baixo da camisa quando, num movimento rápido, ele agarrou minha cintura, me levantou e me sentou no balcão.

— Evie, você está fabulosa, tão bronzeada e saudável. Senti sua falta. Não te vejo desde... — ele interrompeu a fala, pensando. — Desde a véspera de Natal — ele disse finalmente.

Ele assoprou a franja dos meus olhos. Impulsivamente me joguei nos braços dele, segurei no seu pescoço, abracei-o com força e senti o perfume da sua costumeira marca de xampu. Houve um momento de silêncio. Passei a palma da minha mão sobre seus grossos cabelos negros, apertei meus olhos com força e ensaiei mentalmente minhas palavras. *Oi, Nikki. Bom te ver de novo. Não vou voltar a trabalhar aqui.* Senti enjoo. Não poderia dizer isso. Nikki tinha sido maravilhoso comigo. Ele me levantou do balcão como se eu não pesasse nada e me pôs de pé.

— Estou tão feliz de te ver — ele disse, segurando meu rosto. — Você é de longe a minha melhor garçonete. Vamos tomar uma bebida e pôr a conversa em dia — sugeriu, sublinhando meus olhos com seu polegar.

— Eu sou sua única garçonete, além da sua mãe.

— Tudo bem, você é a minha favorita.

Nikki tem uma presença tão marcante! Nesse instante seu olhar é ardente e sincero, seus olhos escuros são penetrantes e sorridentes, seus lábios estão fechados e um nervo no seu maxilar está saltando. Ele estava genuinamente feliz em me rever. E, para minha surpresa, eu também estava feliz em vê-lo novamente.

Ele beijou minha testa, colocou um braço em volta dos meus ombros e me levou lentamente em direção a uma das mesas de canto. Quando nos acomodamos no banco em formato de ferradura, ele gritou um pedido para Costas, um dos garçons, que estava sentado no bar, sorrindo para um exemplar do *Racing Post*.

— Fiquei sabendo que você voltou com ele — Nikki deixou escapar, num tom cortante.

Nossa, Nik, pensei. Vai direto ao assunto, não é? Estava a ponto de dar uma resposta na defensiva quando percebi que, apesar de seu rosto parecer bravo e seu sorriso forçado, seus olhos escuros estavam gentis e bondosos, não desafiadores. Juntei meus dedos e formei uma espiral.

— Sim — admiti com um aceno. — Voltei com o Rob.

— Se você está feliz, então também estou — ele afirmou com um sorriso meio sem graça.

A conversa deu uma parada quando Costas colocou barulhentamente um balde de gelo à minha frente. Nikki abriu uma garrafa de champanhe com um movimento rápido do polegar e despejou a bebida com facilidade e prática. Ele me entregou uma taça.

— Muito extravagante — eu disse, sorrindo para a minha bebida. — O que estamos celebrando?

— Nada... você merece — ele declarou. — Estamos comemorando sua volta para casa e por eu ver você pela primeira vez depois de um mês.

Houve uma pausa embaraçosa. Uma verdadeira batalha de emoções estava acontecendo dentro da minha cabeça. Tomei um gole nervoso das bolhas espumantes e observei Nikki sobre a borda da minha taça. Ele havia cortado o cabelo. Ficou bem nele. Salientou seu maxilar bem definido e o rosto angular. Ele estava ótimo.

— Você é boa demais para ele — ele disse, olhando-me com firmeza.

Coloquei minha taça sobre a mesa, com um cuidado exagerado.

Os olhos de Nikki desafiavam os meus.

— Sei no que você está pensando... — comecei.

— Você não sabe. Não sabe o que eu penso — ele disparou de volta.

— Tudo bem, posso imaginar o que você pensa, mas está tudo bem entre nós, e quero fazer mais uma tentativa, e então...

Ele ergueu a palma da mão — Admito, não aprovo, mas, se ele é a sua escolha, então tudo bem. Mas você é muito boa para ele, boa demais. — Ele balançou os ombros com indiferença. — Agora me conte tudo sobre suas férias em Barbados — ele disse numa tentativa de espairecer.

— Foi muito legal.

— Só legal?

Não poderia adiar mais, tinha que contar a ele. Abri a boca, mas a fechei novamente, porque minha voz não saía. Olhar diretamente nos olhos dele estava fora de questão. Nikki se aproximou de mim, fechou minhas mãos e as apertou gentilmente.

— Qual o problema? Pode me contar, você sabe que pode — ele tentou me convencer. — Você está muito calada.

— Nada, não é nada não — eu disse, apressadamente e com firmeza.

Ele se aproximou ainda mais e passou um dos braços por trás da minha cadeira. Nossas cabeças se tocaram. Dei-lhe um olhar de soslaio.

— Eu sei que você está com algo te perturbando a cabeça. Não importa o que seja, pode confiar em mim — ele disse com um sorriso paciente.

Eu estava encurralada.

— Não vou voltar a trabalhar no bar — corajosamente deixei escapar.

Pronto, falei. Disse a ele sem pestanejar.

Nikki levantou meu queixo. O sorriso paciente desapareceu do seu rosto...

Segurei a respiração.

Uma tensão latente foi crescendo, até ele bater a palma da mão na mesa.

Dei um salto.

— O quê? — Os botões da sua camisa ficaram esticados enquanto seu peito de fisiculturista arfava.

Costas ergueu o rosto ao ouvir o tom áspero de Nikki, saiu do seu banquinho e silenciosamente desapareceu dentro da cozinha.

— O movimento está grande! Preciso de você! E você está disponível! O que quer dizer com não voltar a trabalhar no bar? — ele berrou.

Segurei a haste da minha taça com as mãos crispadas. Senti fraqueza. Detesto confrontações, especialmente com Nikki. Ele fala tão alto.

Apesar disso, tentei manter um tom profissional. — Não é o ideal, Nikki... Eu estaria saindo para trabalhar quando Rob volta para casa depois do trabalho — argumentei. — Sinto muito, é que...

— Tudo bem — ele rebateu, interrompendo-me e dando outro tapa na mesa.

— Tudo bem? — repeti, incrédula. Arrisquei um sorriso. Isso era tudo? Tudo bem?

Ele se inclinou. Nossos rostos quase se tocando. Num impulso, recuei.

— Sim, tudo bem! Se esse é o problema, esqueça trabalhar à noite. Você pode cobrir o turno do almoço — ele disse.

Meu sorriso desabou.

— Começa entre dez e onze e termina às seis — ele falou com naturalidade. — Problema resolvido.

Fiquei espantada e cheia de indecisão. Não sabia ao certo o que dizer. Essa era uma alternativa, certamente, mas eu sabia que Rob não ficaria muito entusiasmado com ela. Nikki percebeu minha hesitação, e a resolveu de maneira brilhante. Passou a mão pelo meu cabelo gentilmente, com afagos lisonjeiros. Olhei cautelosamente as suas mãos. Esse era o alter ego gentil do Nikki. Eu já o tinha visto antes, embora ele não apareça com frequência, preste atenção, e somente quando ele quer alguma coisa.

— Qual o problema agora? — ele perguntou, seus olhos maquinando. — Com certeza essa é a solução perfeita. Você vai poder continuar trabalhando comigo, porque sou seu *amigo* e preciso de você, e você ainda pode passar as noites com o seu Romeu.

Olhei hesitante para ele.

— Bem? — ele perguntou, suas sobrancelhas separadas por uma ruga.

— Sim, tudo bem. Vou trabalhar na hora do almoço — ouvi minha voz afirmar assertivamente.

Ele me deu um sorriso enérgico. — Ótimo! Agora vamos comer. O que você gostaria? Um filé? — ele perguntou, esfregando as palmas das mãos triunfante; seu humor tinha melhorado visivelmente.

CAPÍTULO 4

Rob tinha ido trabalhar. Eu não estava sentindo falta dele. Ele andava de mau humor desde que eu havia aceitado a proposta de Nikki. Nenhuma novidade. Levei a bandeja do café da manhã para a sala, para tomar café com a Lulu. Ela estava esparramada no sofá, com o celular no ouvido.

— Sim, eu topo! Com certeza! Eu adoro um desafio, Andrew. Definitivamente — Lulu transborda de entusiasmo, jogando uma perna bronzeada fora de temporada sobre o braço do sofá.

Coloquei a bandeja na mesa de jantar e lhe dei um olhar zombeteiro para trás.

— Você ouviu isso — uma voz ressoou do rádio. — O desafio foi aceito por Lulu de Tooting... Fique na linha, Lulu, vamos precisar de detalhes do seu contato... Antes de tocar a maravilhosa música nova de Beyoncé, gostaria de cumprimentar pelo aniversário da Chrissie de Ashtead, que está cem anos mais nova hoje!

Lulu se levantou do sofá, abaixou o volume do rádio, prendeu o telefone entre o ombro e o queixo e rabiscou algumas notas nas costas do seu maço de cigarro. Curiosa, tomei um gole do meu café e fiquei ouvindo enquanto ela soletrava nosso endereço e balbuciava o número do seu celular.

Ela fechou o telefone com força e o jogou na cadeira. — Vou parar de fumar — ela se vangloriou.

— Você já disse isso antes.

Ela enroscou uma caneta esferográfica no seu grosso rabo de cavalo cor de creme e veio se sentar na cadeira à minha frente. — Desta vez é pra valer. Tenho motivação.

— Você sempre teve algum tipo de motivação.

— Ah, sim! Mas desta vez Londres inteira sabe disso. Aceitei o desafio de competir com o Andrew Blackbourne do programa *Good Morning, this is the Capital*. Então, obviamente, com milhares de pessoas escutando, vou ter que cumprir o prometido. Andrew fuma há mais tempo que eu existo, então eu devo vencê-lo com os pés nas costas — ela disse.

Olhei cética para ela. Ela acendeu um cigarrinho e abriu a janela atrás dela.

— Como sou enfermeira, sei que fumar é prejudicial para a minha saúde — ela disse, olhando com a testa franzida para o cigarro aceso em sua mão. — Estou decidida a largar. Na verdade, não vejo a hora de isso acontecer. — Ela jogou uns dois cubos de açúcar no seu café.

— Ótimo, boa sorte — eu disse, dando-lhe um sorriso de apoio.

Ela mexeu a colherinha de chá na sua xícara, pensativa. — Tem certeza que Rob não se importa com a minha presença aqui? Sabe, morar com você agora que está noiva? — ela perguntou.

— Não, é claro que ele não se importa — eu disse com a voz oca e com certo desconforto.

— Se ele se importar, ele pode cair fora, porque eu cheguei aqui antes — ela disse, sacudindo a bituca pra todos os lados. — Ele é apenas o seu primeiro noivo. Você pode tranquilamente ficar noiva mais duas ou três vezes antes de se casar. Já eu sou sua melhor amiga neste mundo, e sempre estarei ao seu lado.

Tentei parecer agradecida.

— Ele é apenas um homem — ela acrescentou, serenamente.

A receita de Lulu para o sucesso com os homens é bem simples. Ela pode ficar com eles ou largá-los. De acordo com seu modo de pensar, não importa o quanto esteja faminta, ela nunca consegue devorar um inteiro. Vic, seu namorado atual, é biólogo marinho. Ela está saindo com ele há uns seis meses, e não conseguiu ser fiel nem por esse curto período.

Meu telefone vibrou no bolso do meu roupão. As sobrancelhas de Lulu se ergueram curiosas. Era uma mensagem de Rob.

Coloque o apartamento à venda, faça isso hoje. R xx

Senti meu rosto queimar. Segurei o aparelho debaixo da mesa e teclei uma resposta.

VOU FAZER. E XX

— Quem era? — Lulu perguntou.

— Rob disse que está com saudade.

Ela jogou o cigarro para fora da janela. — Imbecil. Ele saiu de casa há apenas duas horas. Que idiota! — ela disse, seus seios tamanho grande balançando enquanto espalhava manteiga numa fatia de torrada. — Esse sentimentalismo todo não te irrita?

— Não, não mesmo. Eu realmente acho que é romântico — eu disse.

— Bem, eu ficaria irritada... Evie, estive pensando. Acho que deveríamos juntar dinheiro e comprar uma secadora de roupas. Não tem espaço na cozinha, mas podíamos colocar uma no quartinho dos fundos. O que você acha?

— Sim, claro — falei.

— Estou cheia de ver cuecas úmidas espalhadas por cima dos aquecedores — ela disse.

Girei o pulso e chequei as horas no relógio, ansiosa por terminar logo o café da manhã e sair para o trabalho.

Mas logo mudei de ideia. O bar estava lotado. Fiquei exausta. Sete horas em pé quase acabaram comigo. O horário de almoço é muito mais movimentado que o período da noite. Não tinha certeza se eu havia tomado a decisão certa. Não que houvesse muitas opções que eu pudesse escolher. Feliz por estar novamente em casa, sentei no sofá massageando meus pés.

— Você colocou o apartamento à venda? — Rob perguntou assim que chegou em casa.

Eu estava preparada para isso. Eu tinha um plano; um plano de mestre que eu achava que iria servir como um adiamento da execução. Respirei fundo. Ele ocupava todo o umbral da porta da sala.

— Não, porque pensei que talvez nós não precisemos vendê-lo. Seria mais interessante alugá-lo. Você entende, mantê-lo como um investimento, a menos que a gente precise do capital para comprar outro imóvel — disse a ele.

Houve um silêncio demorado.

Ele abaixou sua pasta, me olhando com firmeza, suas sobrancelhas crispadas em concentração. — Sabe, Evie, talvez você esteja certa — ele disse, acenando lenta e pensativamente com a cabeça. — Sim, vamos ver de quanto a gente precisa para comprar o que queremos. E vamos manter o apartamento se pudermos. A Lulu e o Vic podem alugar da gente — ele sugeriu. Ele caminhou lentamente em minha direção, tirando o casaco. — Estamos sozinhos? — ele perguntou com um olhar malicioso.

Dei um sorriso largo.

Ele se ajoelhou à minha frente.

— Sim, estamos sozinhos.

— Fabuloso — ele disse, seus dedos tocando os botões da minha blusa.

Nem bem consegui desviar a atenção dele da questão da "mudança de casa" e o assunto "ser guia de turismo na Europa" veio à tona na noite seguinte. Eu estava sentada melancolicamente no chão do banheiro, com os joelhos encostados no peito, meus braços envolvendo minhas pernas. Rob estava no banho, seu rosto contorcido de irritação. Ele pegou o sabonete e esfregou os braços.

Tina, minha amiga e gerente operacional da Insignia Tours, tinha ligado para saber se eu poderia acompanhar um evento corporativo em Marrakesh no próximo fim de semana. O cliente — John Jackson, um bilionário com quem eu tinha trabalhado no ano passado no sul da França — tinha solicitado a minha presença. Eu disse que iria.

A questão é a seguinte: minha fatura da Harrods chegou hoje de manhã. Me sinto mal só de pensar nisso. Só tinha ficado na loja *por meras seis horas* e, de certo modo... estava devendo a incrível quantia de três mil e duzentas libras. É uma extorsão! Chequei cada item detalhadamente e verifiquei duas vezes o total. Não posso acreditar que um alongamento de cabelo, um vestido de noite e algumas comprinhas de Natal — ah, e a minha bolsa da Louis Vuitton — tenham custado tão caro! Pensei em admitir o meu gasto para Rob, mas rapidamente mudei de ideia. Rob pensa que cartões de loja são uma ameaça tóxica e letal. Então não há saída. Tenho que ir a Marrakesh, preciso do dinheiro. E pra falar a verdade... eu também quero muito ir!

Passei a língua sobre meus lábios. Detesto discutir.

— Rob, um fim de semana. É só um fim de semana — supliquei.

— Evie! Não quero que você vá para Marrakesh com um grupo de homens de negócios por quatro dias. Não entendo por que você quer fazer isso. Você deveria querer ficar comigo! — Ele despejou uma pequena quantidade de xampu na palma da mão.

— Mas eu preciso trabalhar.

— Essa é a questão. Você *não precisa* trabalhar. Não neste momento. Se eu precisasse que você trabalhasse, eu diria. Seu tempo seria mais bem aproveitado procurando uma casa. É isso que nós dois queremos, não é? — ele disse, cobrindo o rosto com a espuma do sabonete.

Eu não estava conseguindo convencê-lo. Levantei e peguei o rolo de papel higiênico, tirei um pedaço e assoei o nariz. — Vou deixar você terminar seu banho — eu disse, batendo a porta atrás de mim.

Lulu estava na cozinha, passando o pano de prato com um movimento brusco e nervoso sobre a superfície do balcão.

— Vic está na sala. Ele precisa tomar banho — Lulu disse, brava.

— É mesmo?

— Sim, ele precisa. Ele trabalha com peixes doentes!

— Se ele precisa de um banho, então sugiro que você diga a ele!

— Não preciso dizer nada, ele sabe que precisa de um banho.

Senti uma pontada de irritação. — Se Vic sabe que precisa de um banho e está cheirando a peixe, e não está tentando fazer nada quanto a isso, então por que diabos você está com ele? — perguntei.

— Vic não pode tomar banho porque Rob está no banheiro. Por que você não me deixa feliz e me conta que o Rob se afogou, pois ele usa toda a água quente todas as noites? — Ela jogou o pano na pia da cozinha. — Se você não mandar ele sair já do banheiro, eu mesma mando — ela disse.

— Ele não vai demorar muito — tentei argumentar.

Ela foi para a porta do banheiro. — Ele já está lá há mais de uma hora.

Passei na frente dela. — Vou fazê-lo sair.

— Bom, faça isso, porque não é justo.

Passei apressada na frente dela a caminho do corredor. Ela estava certa. Rob realmente usava toda a água quente. Ele enche a banheira e vai substituindo a água quente pelo tempo que for necessário, até terminar de ler seus dois jornais.

Um Rob espantado, com a cabeça coberta de espuma de xampu, olhou para mim com os olhos arregalados quando abri a porta do banheiro.

— Vic quer tomar banho — anunciei, e saí dali deixando uma fresta na porta do banheiro.

Dois minutos mais tarde, Rob entrou como um furacão no nosso quarto, molhando todo o carpete do chão e segurando uma toalha em volta da cintura.

— Você entende meu ponto de vista? Precisamos mudar daqui — ele disse, lançando-me um olhar furioso. — Precisamos ter nosso próprio espaço. Se eu quiser passar a noite toda na banheira, vou poder fazer como bem entender.

Apesar do seu mau humor, não pude evitar dar um sorriso para ele.

Sua pele, ainda bronzeada, brilhava, parecendo macia e sedosa. Ele estava lindo, com seus longos braços bem torneados, os ombros largos e firmes, e um abdômen bem definido e cheio de músculos. Apesar da sua irritação, Rob abriu um sorriso. Ele não tinha se barbeado. Olhei os pelos loiro-escuros da sua barba por fazer no queixo e no pescoço. Estendendo a mão, segurei seu rosto e circulei seus olhos com meu polegar. Ele se moveu sob meu toque e me puxou de encontro a ele, apertando meu rosto no seu peito.

— Evie, preciso viajar para o norte por alguns dias. O próximo fim de semana vai ser uma data tão boa quanto qualquer outra. Se você quer realmente ir para Marrakesh, então vá. Posso fazer alguns plantões de vendas que eu venho adiando — ele disse suavemente. — Estarei de volta a Londres para te buscar no aeroporto.

Admito que senti certa ponta de confusão. Nós tínhamos discutido durante uma hora, e agora essa conversa gentil, mais que inesperada, uma reviravolta? E ele nunca antes tinha mencionado nada sobre plantões de vendas no norte. Ainda assim, eu não iria reclamar.

Ele levantou meu queixo com seu dedo indicador. — Vamos trabalhar juntos nos fins de semana de julho e agosto em Paris. A Insignia já fretou algumas viagens comigo. Vou me programar como motorista, e você pede a Tina para te colocar como guia.

Concordei com a cabeça.

— Não estou querendo ser autoritário, mas não quero que a gente se habitue a passar muito tempo longe um do outro — ele disse, se desculpando.

— Nem eu. Também não quero ficar longe de você, mas não vou abrir mão do meu trabalho completamente.

Ele ergueu as mãos em rendição. — Vamos dar um jeito — ele disse, sorrindo. — Não espero que você desista de algo que adora fazer. Honestamente, não é isso que quero. Mas nosso relacionamento vem em primeiro lugar. — Ele deixou cair sua toalha e, não usando nada a não ser algumas bolhas de espuma da banheira, caminhou lentamente até a penteadeira e pegou um pente. — Quer malhar um pouco, Evie? — ele perguntou casualmente.

Fitei hipnotizada o seu traseiro.

— Acho uma boa ideia.

ACORDEI ASSUSTADA NO MEIO da noite. Prendi a respiração. Um braço serpenteou por trás do meu pescoço e outro cruzou meu peito. Congelei. Não eram os braços de Rob. Ele estava roncando baixinho do outro lado da cama. Deitei de costas, olhos arregalados e assustados.

— Evie, vai um pouco pra lá — Lulu disse, num sussurro dramático. — Preciso de você. Vic teve que ir para casa.

— Você o quê?

Ela encostou o rosto molhado de lágrimas no meu ombro. — Evie, não consigo parar de chorar — ela murmurou numa voz vacilante. — Porque... porque eu não fumo há trinta e nove horas. Estou tendo pesadelos horríveis sobre tragadas. O diabo, cigarros que falam; você não faz ideia. Acho que estou ficando maluca. Acabei de limpar o fogão.

Houve um movimento nas cobertas.

— Mas que inferno é esse? — Rob gritou.

Lulu me abraçou à procura de proteção. — Cai fora — ela rebateu Rob. — Evie — ela respirava de forma entrecortada. — Não sei como vou sobreviver. Fumar um cigarrinho não sai da minha cabeça *todos os minutos do meu dia*. Mas não posso fumar nenhuma bituca, porque anunciei aos quatro ventos no rádio que iria parar de fumar. Todos os olhos do país estão voltados para mim. Agora sei como Churchill deve ter se sentido quando a nação toda ficava sentada ao lado do rádio atenta a cada uma de suas palavras. Vai ser a mesma coisa comigo. Tenho certeza disso. Tem que ser.

— Duvido! — Rob trovejou. — O que está fazendo na nossa cama? Dá o fora daqui!

— Não! Não vou dar o fora. Evie, mande ele ir embora! Preciso que você me ajude a parar de pensar em cigarros. Ele não precisa de você. Ele nem fuma.

Rob se jogou de costas na cama.

Dei um suspiro. Isso era tão típico da Lulu. Da última vez que ela havia parado de fumar, ganhou uns seis quilos, estourou seus cartões de crédito e, bêbada como um peru, comprou um celeiro on-line no Afeganistão.

— Evie, vou a um hipnotizador. Você vai comigo?

— Você acha que um hipnotizador pode fazer você se esquecer do seu endereço? — Rob perguntou esperançoso, na penumbra.

Lulu engasgou. — Você ouviu isso? Que cara de pau! O que foi que fiz a ele?

— Você pode soltar um pouco o meu pescoço? — pedi a ela.

— Evie, pode vir comigo na sala e tomar um gim-tônica? Não consigo dormir. Já deve fazer mais de quarenta horas que não coloco um cigarro na boca. Se eu tomar um gole pequeno de gim, talvez eu me distraia e não pense em fumar.

O verde néon do relógio de cabeceira refletia duas e meia da manhã.

Empurrei gentilmente Lulu para fora da minha cama. — Vamos lá, então — concordei. — Um drinque.

Rob soltou um sonoro *ufa*.

— Evie, estou sentindo ondas de calor e uma tontura. Sinto... sinto que parece que estou flutuando — ela disse angustiada.

Rob deu um soco para ajeitar seu travesseiro. — Talvez você esteja possuída — ele sugeriu. — Já pensou em procurar um padre para fazer um exorcismo... da sua cabeça geralmente vazia?

Ela arrancou o edredom da cama. — Pode congelar, seu cretino miserável. Evie e eu precisamos do edredom para nos aquecer na sala.

Três gim-tônicas mais tarde, e, ao lado do faiscante e aconchegante brilho do fogo da lareira, estávamos deitadas lado a lado no sofá de chintz.

— Evie, você não vai me abandonar, vai?

— Como assim te abandonar?

— Rob não é mais importante pra você do que eu, é?

— É um tipo de importância diferente — tentei me safar diplomaticamente.

— Sim, mas obviamente ele é menos importante, certo? — ela disse com determinação. — O gim me deixou cansada. Não estou pensando no cigarro agora. Estou exausta. Vamos dormir, tá bem?

Acordei com o rosto de Rob suspenso a milímetros do meu. Afundei nas almofadas do sofá e me cobri com o edredom.

— Você! Vai se levantar agora! — ele sibilou. — Vou fazer o cadastro com os agentes imobiliários e pedir para eles nos mandarem detalhes do que houver disponível no mercado.

Lulu se mexeu. Respirei fundo. E se ela escutou? Prendi a respiração e a vi levantar a máscara do Zorro sobre o nariz (ela não consegue dormir sem a máscara). Ela nem se mexeu, nem um pouquinho. Felizmente.

Os olhos de Rob se voltaram para a dorminhoca Lulu.

— Vou acabar matando esta aí. Ela esgota a paciência de um santo, e eu não sou santo! É bem melhor a gente se mudar daqui, você não acha? Do que eu ser preso por assassinato?

Ele pegou de volta o edredom.

— Volte para a nossa cama.

CAPÍTULO 5

O BAR ESVAZIOU AOS POUCOS; tínhamos servido oitenta almoços. Eu estava sentada num banco do bar fitando um prato de risoto, que a mãe de Nikki insistiu para eu comer. Maria escovava meus cabelos com passadas fortes e rápidas. Ela estava falando fazia dez minutos. Não tenho a mínima ideia sobre o quê. Não acho que ela saiba sobre o que fala na maior parte do tempo. Geralmente está dizendo que Nikki é bonito e gentil. Já ouvi tudo isso antes. Desde que eu acene com a cabeça de tempos em tempos como resposta, ela fica satisfeita.

Pepi, um dos garçons, tinha deixado um jornal ao lado da caixa registradora. Empurrei o risoto para o lado, dei uma sacudida para abrir o jornal e fui olhar a seção de imóveis. Casas são caras, quatrocentas mil libras em média, e isso aqui na ensolarada Tooting, em Hampton; onde Rob quer morar seria bem mais caro. Senti uma ponta de satisfação. Com certeza o preço iria assustá-lo e fazê-lo desistir da mudança. Não sei por que não podemos ficar por aqui um pouco mais. Não há nada de errado com Tooting, e eu adoro meu apartamento.

Senti um sopro nas bochechas. O rosto gorducho e feliz de Maria estava curvado sobre o meu pescoço. Ela guardou a escova de madrepérola no bolso do seu avental de nylon.

— Tenho um presente para você — ela anunciou, orgulhosamente.

Forcei um sorriso grato e observei apreensivamente enquanto ela vasculhava dentro da sua resistente sacola de compras, que estava apoiada no bar. Não sou mal-agradecida, claro que não. Maria é muito bondosa, e eu a amo bastante, mas ela está tentando me tornar uma pessoa careta. E eu já lhe avisei para não me comprar nada. Disse-lhe isso uma centena de vezes.

Ela se postou à minha frente com sua figura avantajada e colocou nos meus ombros um cardigã amarelo-canário. — Eu mesma o tricotei — ela me disse, um sorriso se espalhando pelo seu rosto. Ela apoiou a palma da mão no meu rosto. — Você é tão linda, com esses olhos azul--claros — ela declarou. — Tive um sonho! Uma visão! Você vai casar com o meu Nikki — ela profetizou.

Dei-lhe um sorriso agradável e acenei com a cabeça. Já tinha ouvido isso antes também. Ela pegou uma mecha do meu cabelo.

Como se fosse combinado, o próprio Nikki entrou pela porta. Maria parou para admirar seu menino.

— Mãe, comida! — Nikki pediu. — Estou faminto.

Maria deu um sorriso eufórico. Ela soltou meu cabelo, apertou as mãos contra o peito e quase explodiu de felicidade. Nikki queria comida! Que alegria! Ela iria preparar e cozinhar uma refeição, Nikki iria comer e ela iria ficar assistindo! Não havia nenhum instante a perder. Ele poderia morrer de fome esperando, ou, pior ainda, mudar de ideia e chegar à conclusão de que não estava com fome, afinal de contas. Ela rodopiou em suas sapatilhas e correu para a cozinha.

Sorri, olhando para o jornal, e impulsivamente apertei meu novo cardigã amarelo à minha volta. Nikki ficou parado atrás de mim, com as mãos em volta da minha cintura.

— Você não é o tipo de garota que lê jornal — ele disse, o queixo apoiado no alto da minha cabeça.

Meus olhos passearam pela página. — Humm, eu sei, mas Rob quer se mudar. Ele quer comprar uma casa.

Suas mãos apertaram com força a minha cintura. — Por quê, o que tem de errado com o seu apartamento? Ele é maior que a maioria das casas.

— Eu sei, mas ele não gosta muito deste bairro, e acha que a gente devia morar sozinho.

— É mesmo? Bem, vê se não muda para muito longe. Não quero que chegue atrasada para o trabalho. Você não vai me deixar na mão só porque mudou daqui de frente.

Ele se afastou do balcão, abriu com um toque a caixa registradora, e, com a precisão de um crupiê de Las Vegas, recolheu um grosso maço de notas e recibos de cartões de crédito.

— Cerca de oitenta refeições na hora do almoço? — ele adivinhou corretamente, como sempre.

NAQUELA NOITE ROB ME levou para Wimbledon Village para um jantar de inverno ao ar livre. A princípio eu não queria ir. Parecia uma bobagem, já que eu havia preparado palitos de peixe e tinha passado manteiga nos pães para os sanduíches e todo o resto, mas Rob insistiu.

Sentamos à mesa coberta por uma toalha de linho, banhada pela radiação nuclear de um aquecedor de teto.

— Evie, os negócios estão expandindo, meus ônibus estão rodando sem descanso. Acredito que terei que comprar mais uns dois veículos este ano — ele disse, balançando seu garfo ao acaso. — Ao final da temporada de verão, vamos pegar um mês todo e viajar. Podemos ir para a Tailândia. Mas isso não quer dizer que precisemos esperar até o fim da temporada. Vou te levar para Nova York para um fim de semana prolongado; nunca estive em Nova York. O que você acha?

Cortei meu bife. — Adoraria, adoraria ir para Nova York, mas sabe de uma coisa? Acho que gostaria de visitar seus pais na Espanha. Nunca conheci ninguém da sua família.

Seu sorriso se transformou em careta. — Espanha? Você prefere ir para a Espanha quando tem a oportunidade de visitar Nova York?

Balancei a cabeça. — Não é questão de Espanha *versus* Nova York. Passamos o ano anterior aqui em Londres, com os meus amigos e minha família, ou trabalhando em Paris. Meus pais estão visitando a minha tia na Austrália; ele devem estar de volta no mês que vem. A prioridade deles será vir conhecer você. Seus pais vivem a apenas duas horas de distância daqui. Acho que a gente devia fazer um esforço para visitá-los. Afinal de contas, vou ser a nora deles.

Ele olhou para longe.

— Bem? — eu o incentivei.

— Com certeza! — ele disse com firmeza. — Você está certa. Vamos visitar os meus pais. — Ele estendeu o braço por sobre a mesa e fez um carinho no meu rosto. — Eles vão amar você — ele assentiu decidido com a cabeça.

— Então, quando a gente parte? — perguntei.

Ele bateu de leve sua faca no prato enquanto pensava. — Deixe isso comigo. Vou ligar para eles e ver quando é conveniente.

Lulu estava deitada de costas no chão da sala quando chegamos em casa. Seus olhos estavam fechados, e sua respiração era profunda e lenta. As luzes estavam esmaecidas, velas queimavam e a televisão estava ligada. Havia um brilho misterioso. Larguei minha bolsa no chão e me ajoelhei ao lado dela. Ela estava com uma caixa de DVD na mão: *Pare de Fumar com Auto-Hipnose*. Coloquei minha mão em sua testa. Estava úmida. Senti uma onda de pânico. Rob ficou de pé, com os braços cruzados, na soleira da porta. Ele curvou a cabeça para ler a capa do DVD.

— Será que essa maluca se hipnotizou? — ele perguntou.

Ergui os olhos e olhei a tela da tevê. Uma senhora idosa, de cabelos brancos, estava sentada numa poltrona, com as mãos cruzadas. — Relaxe, relaxe, e siga a luz — a velha disse suavemente.

Rapidamente agarrei o controle remoto de cima da mesinha de centro e apertei o botão de desligar. Não queria que a televisão me hipnotizasse!

Sentei sobre Lulu, inclinei-me para a frente e peguei o rosto dela.

— O que vamos fazer? — perguntei a Rob com urgência na voz. — Leia a capa do DVD; veja se há alguma instrução sobre o que fazer para a pessoa acordar ou, ou... um antídoto ou qualquer coisa — pedi.

— Sem pressa — ele disse, afundando-se casualmente no sofá. — Por que não deixá-la aí no chão por alguns dias?

Me aproximei dele. — Porque não!

— Por quê? Ela é uma aporrinhação. — Ele deu um cutucão na perna dela com seu pé. — Gosto quando ela fica assim; fica quase agradável. Eu até que gosto dela.

Apontei para a porta. — Se não vai me ajudar, dá o fora daqui.

Ele balançou os ombros e se levantou. — Antes que ela acorde, diga para reservar um lugar no próximo ônibus espacial.

Examinei seu rostinho lindo e afastei o cabelo da sua testa. — Lulu, você está me ouvindo? — perguntei só para testar.

— Sim — ela respondeu roboticamente.

Ela podia me ouvir. Soltei um suspiro forte. Tudo bem, posso lidar com isso. Assisti ao programa do Paul McKenna muitas vezes. Esfreguei as mãos suadas nas minhas pernas.

— Lulu — comecei num tom de voz baixo —, quando eu estalar os dedos você vai acordar. Entendeu?

— Sim.

Rob esfregou as duas mãos ferozmente. — Se você vai acordar essa víbora hibernada, prefiro não estar por perto. Pelo menos plante na mente dela a ideia de emigrar daqui — ele disse, passando por cima dela.

Olhei furiosa para ele. Quatro fortes passos depois, e a porta da sala bateu com força atrás dele.

Ao trabalho!

— Lulu?

— Sim?

— Mudei de ideia. Na verdade não sou muito boa em estalar os dedos, na maioria das vezes não consigo nem fazer um estalo. Vou contar até três e bater palmas duas vezes, então você vai acordar. Entendeu? — perguntei autoritariamente.

— Sim.

Estava prestes a começar a contar quando subitamente fui tomada por uma inspiração. Na presente situação, poderia conseguir dois pelo preço de um. Ela poderia parar de fumar e, talvez, se já estivesse hipnotizada, eu poderia ajudá-la de algum outro jeito.

Ela estava imóvel.

Endireitei meus ombros e fiz uma expressão séria. — Lulu, quando você acordar, vai ter uma vontade enorme de passar a roupa — disse a ela. — Não apenas passar suas próprias roupas. Você vai querer passar as *minhas* e as do Rob também. Está me ouvindo?

— Sim. — Ela umedeceu seus lábios rosados.

Senti uma micropontada de culpa, que logo desapareceu. A cesta de roupas para passar está enorme. Algo precisa ser feito. Isso parece fazer todo o sentido.

— Você vai sentir essa vontade todas as quintas à noite — disse a ela.

— Todas as quintas à noite — ela repetiu, como um papagaio.

Tive a sensação de estar recebendo aplausos; minha irmã sempre diz que fica animada quando a passadeira vai à casa dela. Espero que Lulu sinta a mesma animação.

— Um! Dois! Três! — anunciei em voz alta e bati palmas duas vezes.

Seus olhos se abriram imediatamente. Ela me fitou com o olhar arregalado. — Por que está montada em mim? — ela perguntou. — Dá o fora.

— Como você é agradecida — eu disse a ela secamente, arrastando-me para o sofá. — Você se hipnotizou.

Seu rosto ficou sombrio. Ela se sentou. — É mesmo? — ela perguntou, jogando seus cabelos loiros sobre os ombros.

— E funcionou? — perguntei, olhando para ela.

— O que quer dizer com isso?

— Quero saber se você está ou não com vontade de fumar.

Ela me encarou por um momento, com um jeito indeciso. — Estou louca por uma tragada — ela deixou escapar —, e estou usando três adesivos.

— Vou pra cama — olhei de relance para o DVD. — Se fosse você, devolveria isso e pediria o dinheiro de volta.

— Com certeza vou devolver — ela disse, segurando as pernas da mesinha de centro com as mãos trêmulas. — Acho que vou passar roupa. Talvez isso afaste a vontade de fumar.

Senti meu coração se apertar, empolgada. Não consegui olhar para ela. Que diabos. Ela faria a mesma coisa por mim. Eu sei disso.

— Tudo bem, vou te deixar em paz — falei, saindo apressada da sala.

O DESAFIO QUE LULU HAVIA aceitado, de parar de fumar com Andrew Blackbourne, tinha atraído multidões a ficarem grudadas ao lado do rádio todas as manhãs. É incrível. Ela está famosa! Ela tirou uma licença não remunerada de um mês do seu trabalho como enfermeira da comunidade, porque agora é convidada diária do programa *Good Morning, this is the Capital*, dando conselhos aos ouvintes sobre como parar de fumar. Nikki, Pepi, Costas, Maria e eu ficávamos sentados na curva do balcão do Bar Thea ouvindo Lulu ao vivo no rádio.

— Tudo bem — Andrew Blackbourne começou em voz alta —, estamos com a Pauline de Leatherhead na linha dois. Pauline, o que gostaria de perguntar a Lulu?

Houve um leve estalido e um som que parecia um chupar de lábios.

— Pauline? — Andrew a encorajou. — Você está aí?

— Sim, sim, estou aqui — uma voz firme confirmou. — Estou realmente fazendo *o maior esforço* para parar de fumar, mas às vezes, não importa quanto eu tente, eu caio em tentação e fumo um cigarrinho.

— Compreendo — Lulu se solidarizou com ela.

— Eu simplesmente não tenho sua força de vontade, Lulu — Pauline de Leatherhead gemeu.

— Claro que tem! — Lulu respondeu com firmeza.

Meus olhos examinaram a mesa. Não posso deixar de sorrir orgulhosa; Lulu está no rádio! Quem poderia ter imaginado isso? Uma lágrima de alegria rola pelo meu rosto e eu a seco rapidamente com um dedo.

Estou tão orgulhosa dela! Nikki apertou minha mão gentilmente. O gesto não passou despercebido a Maria. Seus olhos brilharam e suas narinas tremiam de exultação. Ela segurou a mão de Nikki sobre a minha.

— Me diga, Pauline, existe alguma coisa que provoque essa situação, talvez algum padrão na sua rotina diária? — Lulu perguntou num tom profissional.

Eu estava encantada. Lulu parecia a Oprah. Fiquei espantada com seu brilhantismo.

— Sim, na verdade existe sim — Pauline admitiu. — É a hora da pausa para o cafezinho no meu trabalho. Alguns de nós nos reunimos na saída de incêndio, e não há nada para fazer a não ser fumar. Eu simplesmente não consigo sacrificar o cigarrinho do café — Pauline admitiu com um suspiro.

— Pauline, você já pensou em fazer algo diferente na hora da pausa? — Lulu sugeriu. — Não seria o momento ideal para usar o telefone do escritório e fazer suas ligações pessoais? Ou fazer algumas compras on-line? Comprar um bilhete de loteria, papear com os amigos no Facebook? Dar uma olhada no YouTube! Fazer as coisas que não pode fazer enquanto está trabalhando.

Houve um silêncio reflexivo, enquanto Pauline de Leatherhead pensava nesse conselho.

— Sim, acho que sim, eu acho... que poderia — ela disse finalmente.

Não tinha certeza do que pensar dos conselhos da Lulu, mas rapidamente me lembrei que ela era a especialista. Nikki franziu a testa em dúvida. Afastei meus olhos dele, e sorri para o rádio, em pensativa contemplação.

— Fabuloso! — Andrew disse com firmeza. — Então, Pauline ficou feliz! Vamos passar rapidamente para Julie, de Egham. Julie está esperando na linha quatro... Julie, o que você gostaria de perguntar a Lulu?

— Oi, Lulu! — Julie deu um gritinho agudo.

— Oi, Julie! — Lulu deu outro gritinho em resposta.

— Eu consigo abrir mão de todos os cigarros do dia, com exceção daquele de que eu mais gosto — Julie disse em alto e bom som.

— E qual seria esse cigarro? — Lulu perguntou casualmente.

Houve um momento de silêncio.

Julie de Egham raspou a garganta. — Na verdade é o meu cigarrinho naquele momento depois do sexo — ela admitiu.

— Ahhhhh! Sim! — Lulu disse bem alto, com um tom de compreensão na voz. — Julie, termine com o seu namorado, porque obviamente, se você não tiver sexo, não vai haver o momento depois do sexo — Lulu disse, fazendo uma pausa para permitir que Julie digerisse o conselho. — E use o seu vibrador! O vibrador exige muito menos energia que o sexo, mas oferece praticamente os mesmos resultados. Na verdade, na minha experiência, você geralmente recebe resultados bem melhores! Reduzir o nível de energia gasta significa menos adrenalina fluindo no seu organismo, então você não terá aquele desejo irresistível por uma dose de nicotina.

Eu podia perceber pelo tom alegre da voz da Lulu que ela estava feliz consigo mesma. Virei-me para Nikki; ele estava examinando as unhas da sua mão. Não consegui descobrir o que ele estava pensando. Costas estava pensando nessa revelação, com certo orgulho masculino, e Pepi sorria para o exemplar do *Racing Post*. Maria não estava prestando atenção em Lulu. Ela estava perfurando cegamente um pedaço de bordado, seus olhos se revezando constantemente entre mim e Nikki.

— Ahnnn — Julie hesitou. — Vou pensar um pouco sobre isso.

— Boa sorte, Julie — Lulu disse brilhantemente.

Tocaram um jingle e ouvimos uma rodada de aplausos ao fundo — Muito provavelmente era Lulu se congratulando pela sua performance.

— Lulu, quero dizer, você certamente sabe do que está falando — Andrew disse secamente. — E agora vamos para Jack Hopkins, para as notícias e o tempo.

Nikki deu um tapa na mesa.

— Ela realmente é incrível, vocês não acham? Seu conhecimento da área médica certamente é visível — Nikki disse, se levantando. — Tudo bem, pessoal... ao trabalho. Evie, faça os pedidos do vinho e dos destilados hoje, porque amanhã você vai para Marrakesh.

CAPÍTULO 6

Chegamos ao hotel Kasbah Tamadot, no coração das montanhas Atlas. É impressionante. Tem fontes forradas de pétalas de rosa, móveis antigos fabulosos e o paisagismo dos jardins é magnífico. Tem uma academia de ginástica, a qual tristemente não tenho tempo de frequentar, e um spa, que vou fazer o maior esforço para visitar.

Foi legal reencontrar John Jackson. John é um atraente magnata da mídia, e é parecido com o Sean Connery. Ele é o cliente corporativo mais importante da Insignia Tours. Gosto dele. Gosto muito dele. Ele é severo, mas justo, e, por mais rico e importante que seja, teve paciência de escutar minhas lamentações de bêbada, no ano passado, quando descobri que Rob havia me traído. Não que ele tivesse tido algum jeito se livrar de mim, preste atenção; nós estávamos sentados lado a lado num voo de Nice para Londres. Me arrepio só de lembrar disso. Espero que ele tenha esquecido a situação.

Eu estava saboreando um drinque antes do jantar, no fabuloso bar do hotel. É repleto de tapetes coloridos e lindas estátuas douradas, e acho que o garçom deve ser clarividente, porque sem ser importuno ele surge ao seu lado no momento que você precisa dele. Eu estava sentada num sofá de veludo vermelho baixo e macio. Esse não serviria para Maria, pensei comigo mesma; ela iria precisar de um guindaste para poder ficar de pé. Na verdade, talvez eu mesma precise de ajuda para me levantar. Um garçom, usando um traje de passeio branco e um barrete árabe vermelho e com borlas pretas, colocou um copo de vinho no formato de um balão sobre a mesa de mármore e bordas douradas à minha frente. Ele espalhou algumas pétalas de rosa em volta do meu copo, sorriu e magicamente desapareceu. Tomei um gole da minha bebida e folheei preguiçosamente o folder do hotel.

John chegou. Ele fez um gesto para o assento ao meu lado. — Posso me sentar? — perguntou, afundando-se no sofá e cruzando uma perna sobre a outra.

John é alto e tem ombros largos, dominador e carismático. A voz dele transmite naturalmente um ar firme de autoridade. Eu ficaria interessada nele se ele não fosse tão velho quanto Moisés. Deve ter uns sessenta anos. Seus olhos negros brilham quando ele sorri.

— Vamos Fazer as Coisas Acontecerem! — ele anunciou, batendo no braço do sofá.

— Sim — concordei entusiasmada. — Vamos!

"Vamos Fazer as Coisas Acontecerem" era o título do evento.

— Não reconheço nenhum dos caras que estão com você — eu disse a ele.

— Não, você nunca os viu antes. Esses caras são do marketing. Você só conheceu o pessoal de vendas. Tenho quatro títulos de revistas distribuídas mundialmente, das quais ninguém tinha ouvido falar há três anos. E é tudo graças a esse grupo.

Balancei a cabeça impressionada. — Extraordinário — disse.

Os lábios dele se abriram num sorriso, exibindo uma fileira de dentes brancos e perfeitos. — Então, você se recuperou bem depois da última vez que nos vimos? Fez as pazes com o seu namorado? — John perguntou, erguendo uma das sobrancelhas.

Eu me contorci no meu lugar. Ele não tinha esquecido. Suponho que a experiência de se sentar ao lado de uma garota aos prantos, com a cabeça cheia de gim, seja algo memorável.

Fitei seu olhar. — Sim — respondi finalmente.

— Eu espero sinceramente que esse rapaz saiba se comportar — ele disse, lançando-me um olhar protetor.

Estava prestes a argumentar a favor de Rob quando a porta do elevador se abriu e nosso grupo se espalhou pelo saguão.

— Hora de se divertir! — John disse, colocando uma mão sob meu cotovelo, me ajudando a levantar.

Mais tarde no meu quarto, sentei na cama com as pernas cruzadas e dei uma olhada no itinerário. Às vezes penso por que sou paga para acompanhar esses eventos corporativos. Tudo bem, tenho que confirmar as reservas dos restaurantes, servir de secretária para John, garantir que os carros e os guias apareçam na hora certa e geralmente trabalhar como uma burra de carga, mas, para falar a verdade, não é um trabalho duro. Veja esta noite por exemplo: bebi muito e comi uma refeição suntuosa. Não tenho muita certeza do que comi; tudo era amarelo... mas era amarelo e delicioso. Amanhã vamos fazer um safári de jipe no coração da Cordilheira do Atlas, algo que parece maravilhoso. Vamos viajar num comboio. Nunca estive num comboio; tudo isso parece tão Indiana Jones! Uma imagem minha subindo a montanha usando um short cáqui e um chapéu de abas largas, amarrado com uma echarpe de chiffon, surgiu na minha mente. Não via a hora de isso acontecer. John disse que esses caras não se conheciam muito bem, então era minha função fazer com que eles quebrassem um pouco o "gelo". É moleza! Vou fazer com que se cumprimentem como velhos amigos, e em pouco tempo troquem e-mails.

Meu celular tocou.

— Evie, meu bem, estou louco de saudade — Rob disse com a voz estranha.

— Também sinto a sua falta.

E acabei de descobrir que vamos ter uma caça ao tesouro no mercado ao ar livre no domingo. Maravilha! Adoro caça ao tesouro! Quem não gosta?

— Isso *não pode* acontecer de novo! Nós devíamos estar juntos — Rob disse com esforço.

E eu adoro mercados ao ar livre! Tem até uma lista de compras feita para a caça ao tesouro; uma lista das coisas que devemos procurar. Genial!

— Evie, pense nisso. Essa é uma situação ultrajante, você sozinha em Marrakesh. Se quer conhecer o Marrocos, entramos juntos num avião. É simples assim.

E tem um prêmio para o vencedor da caça ao tesouro!

— Eu adoraria vir para cá junto com você — disse distraída.

Sabe o que mais? Aposto que, como estou trabalhando, não vou poder vencer essa droga de caça ao tesouro e levar o prêmio. Vou perguntar! Não adianta ficar correndo por um mercado empoeirado se não puder ganhar o prêmio! É melhor aproveitar meu tempo de outra forma, visitar um bar do mercado. Fazer alguns amigos por lá.

— Encontrei algumas casas de que gostei — Rob afirmou.

Eu estava prestando atenção agora.

— Onde?

— Hampton, Teddington.

— Quanto?

— Por volta de quatrocentos mil. Obviamente, não vamos olhar nenhuma propriedade ainda. Não adianta nada, até estarmos com as finanças em ordem. Tenho uma reunião com o gerente do banco na próxima semana.

Tive uma sensação de pânico. Gerente do banco?

— Nossa, isso é... tão, tão rápido — eu disse, tentando parecer alegre.

— Evie, o processo todo, mesmo que a gente ache uma casa no dia em que você voltar, levaria pelo menos doze semanas.

Senti uma ponta de alívio. São três meses!

Houve uma pausa embaraçosa.

— Evie, sei o que está pensando; você não gosta de ideia de se mudar. Não vamos vender o seu apartamento se não for necessário. A

Lulu pode ficar lá, o Vic pode morar lá com ela. Você poderá visitá-la todos os dias se quiser, e, se aquele trabalho no bar te deixa feliz, tudo bem, trabalhe lá. Quero providenciar um lar para a gente. É isso que todo homem deseja fazer para a mulher que ama.

Senti meus olhos se encherem de lágrimas e funguei. Ele é *tão* meigo. Onde eu estava com a cabeça? Eu deveria estar feliz por ele querer que a gente more junto. De repente, e para minha surpresa, uma lágrima desceu pelos meus cílios e escorreu pelo meu rosto.

— Está me ouvindo, meu bem?

— Humm.

— Qual o problema?

— Eu... eu sinto a sua falta — eu disse, com a voz anasalada.

Uma risadinha soou do outro lado da linha. — Você vai ter a melhor recepção de boas-vindas que alguém já teve — ele disse.

— Promete? — perguntei.

— Prometo!

Só depois que eu estava aconchegada na minha cama de dossel das Mil e Uma Noites percebi que não tinha me preocupado em perguntar a Rob como estavam as coisas em Birmingham. Não tem problema. Perguntaria a ele amanhã.

Cinco jipes Land Rover chegaram para nos levar para nosso safári na montanha. Reuni o pessoal ao lado da entrada principal. Eles ficaram andando por ali, com as mãos enfiadas nos bolsos das suas calças cáqui, batendo papo desajeitados, mas educadamente. Logo isso iria mudar. Alguns copos de vinho na hora do almoço, algumas fotos em grupo e eles seriam amigos para sempre. É para isso que estou aqui!

Quando John atravessou o saguão, o estado de espírito dos caras mudou, de relaxado para empertigado. Não sei se por acaso ou de propósito, John apavora as pessoas que trabalham para ele. Ele espera que todo mundo seja tão maniacamente obcecado pelo trabalho quanto ele mesmo. Isso leva a um profissionalismo exacerbado, tornando o relaxamento e a socialização perto dele algo quase impossível. Pra dizer a verdade, se John quisesse que os caras se divertissem pra valer nesses eventos, ele não deveria vir junto. Apesar disso, ele sempre foi extremamente gentil comigo.

Com minha prancheta debaixo do braço e minha câmera pendurada em volta do pescoço, era óbvio quem estava no comando. Eu estava usando uma calça de sarja creme, blusa rosa e um chapéu de aba larga. Não acreditei na minha sorte quando vi aquele chapéu na loja de presentes do hotel. Boa sorte, pensei, arrancando-o do manequim.

Separei a equipe em cinco grupos de três, e eu fiquei com John e dois de seus homens, Tom e Simon, no primeiro jipe. Tanto o motorista como o guia eram da mesma altura, cerca de um metro e vinte, usavam um pijama branco, lenços de pescoço vermelho e chinelos de dedos, e não tinham dentes. Dei uma ajeitada no meu chapéu e entrei no jipe. Não via a hora de começar.

Avançamos aos solavancos, num comboio animado.

— Oh, meu Deus, olhe só aquilo. Não é maravilhoso? — eu disse entusiasmada, estendendo a mão para aquela paisagem impressionante de dramáticas encostas férteis, pontilhadas por amontoados de aldeias bérberes, pomares de laranjas, pequenas fazendas e casinhas de barro de cartão-postal.

John, Tom e Simon deram um sorriso evasivo.

Qual o problema desses caras? Eles eram cegos? Será que não estavam enxergando o mesmo que eu?

Esse é o problema com os homens de negócios: eles se tornam complacentes. Eles se acostumam a ser transportados a lugares exóticos, e jantam e tomam vinho à custa das empresas. Fiquei realmente irritada com a atitude deles; são tão mal-agradecidos. Estava quase dizendo tudo isso a eles quando o jipe passou sobre uma pilha de pedras com um solavanco, e meu cotovelo, que estava apoiando meu queixo, escorregou do braço do assento e eu mordi com força a minha língua.

Meus olhos se encheram de lágrimas por causa da dor. Olhei furiosa e incrédula para Tom, que estava absorto com seu BlackBerry. Ele nem mesmo estava olhando pela janela. O que há de tão interessante nessa droga de telefone? Dei um olhar enviesado para Simon. Ele estava lendo um jornal, e John, esfregando os nós dos dedos no sulco entre as sobrancelhas, se preparava para voltar a dormir. Dormir! Numa viagem incrível como essa! Não importa onde eles estavam. Poderiam estar nas suas próprias cozinhas, em casa. Eu era a única que reconhecia que essa viagem estava sendo uma experiência emocionante.

Fiz um gesto extravagante. — Bom, acho este lugar lindo — disse, com a voz vacilante, quando o jipe entrou com tudo numa curva fechada. Agarrei o braço do assento. Era um passeio agitado.

Nunca vou me cansar de apreciar a emoção e a aventura de uma viagem internacional, pensei, agradecida. Respirei fundo quando o motorista fez uma curva perigosíssima na estrada. Não gostaria de dirigir por aqui. Olhei a altura do penhasco... na verdade, era bem íngreme. Pra ser honesta, era provavelmente a encosta mais profunda numa estrada cheia de curvas perigosas que eu já tinha visto. Não vou olhar para baixo, decidi, arrumando o meu chapéu. Vou me concentrar na estrada adiante. Fizemos uma curva arriscada em duas rodas. Fui jogada de encontro ao assento. Enquanto me endireitava, o motorista apertou com força os freios e parou derrapando após uma curva. Uma nuvem de poeira se formou depois da nossa freada. Era como andar na corda bamba; um passo em falso e eu estaria morta. Eu disse morta? Eu disse! A visão do jipe rolando ribanceira abaixo surgiu na minha mente, numa série de imagens vívidas e apavorantes. De repente um fusível explodiu no meu cérebro e eu fui tomada por um pavor irracional. Joguei meus braços para cima.

— E se a gente bater? E se esse monte de ferro-velho sair da estrada? — berrei, enlouquecida. — E se a gente despencar montanha abaixo? E o jipe explodir? E todo mundo morrer?

Assustado, John se endireitou rapidamente no assento. Simon ergueu o queixo do jornal que estava lendo. Tom deixou cair seu BlackBerry. Eles trocaram olhares desesperados.

Só tenho vinte e seis anos. Sou jovem demais para morrer.

— E, se não fosse bastante ruim o fato de estarmos todos mortos, nossos corpos vão explodir nas chamas! — surtei por completo.

Houve um gesto unificado de concordância.

Eles acharam que eu estava maluca. Era óbvio.

Não estou.

Enfiei o punho na minha boca.

— Evie, não seja tola. Ninguém vai morrer, nem explodir — John disse, como se estivesse explicando algo incrivelmente simples a alguém excepcionalmente idiota.

Onde eu estava com a cabeça? Esse é um passeio de turismo, não uma chamada do esquadrão de emergência antibombas. Consegui dar um sorriso e chequei meu relógio. Estávamos dirigindo havia cinco minutos, portanto faltavam apenas mais umas... sete horas e cinquenta e cinco minutos para chegarmos. Ótimo, tudo perfeitamente bem.

— Hipoteticamente falando — eu disse, colocando os óculos escuros no rosto e me virando para olhar a vista.

Meus nervos estavam em frangalhos. Eu não estava aproveitando nem um pouco o passeio. Um bolha suspeita surgiu na minha garganta, e os músculos do meu estômago estavam contorcidos. Respirei fundo. Estava tonta e... com enjoo. Dei um suspiro. Era só isso que me faltava. Uma onda do jantar da noite passada irrompeu do meu estômago até a minha garganta. Coloquei a mão sobre a boca. A ânsia de vômito passou, por pouco. Que inferno, eu estava exausta.

O jipe sacolejou e freou bruscamente numa curva. A viagem era um purgatório, o inferno na terra. Será que o motorista tinha pelo menos carteira de habilitação? Transpirando, afundei no assento e puxei o chapéu sobre os meus olhos. Se eu bloqueasse a paisagem lá de fora, talvez me sentisse mais segura. Afinal de contas, depois de ver uma aldeia bérbere, você já viu todas. Por que diabos estou aqui?

Paramos numa fazenda de moagem de azeitonas. Não estava no itinerário, mas John demonstrou interesse, então o motorista estacionou. Eu poderia passar sem essa. Basicamente, uma azeitona é uma azeitona. O que tem pra ver? Dei um passo hesitante pra fora do jipe e senti o prazer da brisa fresca, antes de o cheiro pungente das azeitonas moídas me atingir em cheio. Voltei apressada para o jipe e bati a porta com força.

O peito de John apareceu na janela. — Evie, você está bem? Está um pouco pálida — ele disse, sua voz baixa e educada.

— Estou bem — menti.

Estou bem? Ele está falando sério? Primeiro de tudo, quase morri de medo nessa apavorante viagem que desafiou a morte! E agora estou sofrendo por alguma toxina que o hotel me serviu na noite passada.

— Siga com o jipe para o restaurante. Diga a eles que chegaremos atrasados — ele ordenou. — Tem bastante espaço nos outros veículos para a gente viajar.

— Tudo bem — consegui dizer.

Senti vontade de beijá-lo. Pelo menos, se eu vomitasse, não teria uma audiência para assistir. Desamarrei meu chapéu, usei-o com um leque, joguei no ar um pouco do meu perfume Flower, da Kenzo, e me acomodei tranquilamente, concentrando-me em sobreviver até a parada no restaurante. O jipe deu um salto quando o motorista engatou a primeira. Fechei os olhos e encostei o vidro do perfume na ponta do meu nariz. Se eu conseguisse bloquear a paisagem e o cheiro, e concentrasse minha mente num lugar diferente, qualquer lugar que não fosse nesse jipe, nessa montanha, eu provavelmente iria conseguir segurar o jantar da noite passada.

Quando John e seu grupo finalmente chegaram ao restaurante, eu estava cor de ameba. Estava exausta, chorosa e desidratada, depois de passar praticamente uma hora vomitando. John apareceu na porta do banheiro feminino, acompanhado da atendente do toalete, os olhos dela reluzindo de importância.

— Venha, Evie — John me acalmou, abaixando-se para me levantar do chão, onde eu jazia encostada na parede fria de azulejos. — Vamos te levar de volta para o hotel e te colocar na cama — ele disse com um sorriso fraco.

Senti uma onda de alívio ao vê-lo. Não conseguia me lembrar da última vez que havia me sentido tão mal.

— Mas eu tenho que cuidar de vocês — eu disse debilmente.

— Acho que desta vez talvez seja melhor que eu cuide de você. Vou mandar o médico do hotel vir te atender, apesar de ter certeza que seu mal-estar se deve às curvas da Cordilheira dos Atlas, depois de um belo jantar na noite anterior. Não importa o motivo, quero ter certeza que vai ficar bem — ele disse, colocando um braço em volta dos meus ombros, me orientando.

Eu o segurei com força. — Mas...

— Sem mais.

Passei vinte e quatro horas na cama, vomitando pedacinhos amarelos do jantar. Foi pavoroso. Aposto que perdi peso. A certa altura suspeitei que fosse veneno. Mas quem iria querer me envenenar? John mandou flores. Não é fofo da parte dele? Flores para um quarto de hotel! Nem mesmo vou poder levá-las para casa. Liguei para Rob para perguntar como estavam as coisas em Birmingham.

— Está uma chatice, e sinto saudade de você, eu sinto muito, muito sua falta — ele admitiu. — Nunca mais vou deixar você se afastar de mim de novo.

Hoje é o nosso último dia em Marrakesh; dia da caça ao tesouro no mercado livre. Distribuí dirhams a todos, para gastarem, e uma lista de compras. A tarefa é encontrar e comprar os itens da lista, e voltar para o ônibus o mais rápido possível. Não quero me vangloriar, mas tenho certeza de que eu serei a vencedora, muito embora esteja sentada numa masmorra de pedras, apinhada de vidros de perfumes empoeirados e cestas de flores secas, fazendo uma tatuagem de henna na mão.

Dei uma boa olhada na lista de compras: açafrão, um narguilé, um saco de tabaco, sabão preto, chá de menta e algumas frutas das quais nunca havia ouvido falar. Decidi que a coisa mais sensata a fazer seria contratar um "personal shopper". E foi o que fiz. Me aproximei de alguns garotos do lado de fora do tatuador de henna com uma *proposta*... a proposta de lhes dar três sacos de balas de goma, e eles correram pelo mercado juntando tudo da lista. O resultado é que eu estava agora com a sacola de compras completa, apoiada no chão entre as minhas pernas, e admirava preguiçosamente o lindo ramo de flores se esgueirando pelo meu pulso. Adorei!

Minha animação já estava nas alturas quando saí do local da tatuagem de henna e entrei na agitação do mercado; um labirinto de corredores de argila. Parecia uma cena saída do livro das Mil e Uma Noites. Você não consegue dar dois passos sem alguém estender um tapete à sua frente, na esperança de que você vá comprá-lo, colocar um doce fresquinho debaixo do seu nariz, ou tentar te laçar para dentro de sua loja. Com certeza, os caras iriam se atrasar, ou, melhor ainda, iriam se perder. Tenho certeza disso. Eu, pelo contrário, sabia exatamente para onde estava indo, porque, assim como contratei um "personal shopper", eu tinha contratado também dois guias pessoais. Eram dois garotos gêmeos de sete anos de idade, que, pelo preço de um saco de balas de goma Kola Kubes, estavam agora me levando de volta para o ônibus. Foi simplesmente uma questão de iniciativa.

Eu bufava; correr estava me dando umas pontadas. Deveria ter posto um sutiã esportivo. Ainda assim, valia a pena. Tinha certeza de que o prêmio seria fabuloso, e eu estava qualificada para participar. Tinha perguntado ao John.

Como era esperado, fui a primeira a chegar ao ônibus. Simon foi o segundo. Ele me entregou sua sacola de compras para inspeção. Despejei o conteúdo no painel do veículo.

— E o narguilé e o sabão preto? — dei um suspiro desanimado. — Você está desclassificado — disse a ele bruscamente.

Ele passou a mão na testa suada. — Não consegui encontrá-los — ele admitiu, com tristeza.

— Não deveria ter voltado pra cá antes de conseguir comprar tudo. Onde está seu espírito de luta?

John, sentado ereto e com as pernas cruzadas, folheava o *Financial Times*.

— Evie está certa, Simon — John disse, do seu confortável e fresco assento dianteiro. — É uma questão de determinação e motivação.

Simon pareceu magoado, como se a desaprovação do patrão tivesse sido um soco no estômago. Dei um olhar cínico para John. Ele era um descarado. Era fácil para ele dizer isso; ele estivera numa reunião de negócios num luxuoso hotel cinco estrelas. Não tinha ficado correndo por um mercado ao ar livre lotado de gente, respirando uma sufocante poeira vermelha, como o resto de nós.

Foi um final infeliz após o outro. Elliot argumentou que havia perdido sua sacola de compras, e Tom tinha se encontrado com um conhecido da sua cidade e passaram o tempo todo num bar. Os caras estavam com calor e exaustos, desanimados; ninguém, a não ser eu mesma, tinha completado a tarefa. Não fiquei muito surpresa. Todo mundo dormiu na volta para o hotel, a não ser John, que ficou examinando seu jornal.

Tudo bem, agora me sinto culpada. Tínhamos acabado de jantar num salão privado do hotel. John fez um discurso agradecendo o pessoal por todo o esforço que fizeram. A certa altura a coisa começou a ficar meio entediante, quando ele começou a falar sobre desempenho, performance das vendas e mercado internacional, mas a animação cresceu perto do final, quando anunciou o vencedor da caça ao tesouro. Era eu! Estou agora segurando um envelope em minhas mãos. É o prêmio. Um fim de semana para quatro pessoas na Disneyland Paris. O motivo que me faz sentir mais culpada é porque, agora que ganhei esse prêmio, ele não me interessa. Esses homens têm esposas e filhos. O que eu vou fazer num fim de semana na Disneyland?

— Pessoal — anunciei, inspirada e saltando animada na ponta dos pés. — Vou entregar esse prêmio para o melhor dançarino de dança do ventre, que for votado pelas duas garçonetes que acabaram de nos servir.

Foi hilário; Tom venceu. Ele mereceu. Ele caiu no laguinho. Com um gesto amplo e um discurso eloquente, apresentei o prêmio a um sorridente e choroso Tom. Ele estava encantado.

John, de braços cruzados, tinha observado tudo isso com um silêncio divertido. Ele colocou a mão no meu quadril e me guiou até o bar.

— Evie, você trapaceou? — ele perguntou num tom conspiratório.

— Trapacear? — repeti, afrontada.

— Trapaceou?

— Não seja ridículo. Como alguém pode trapacear fazendo compras?

Ele ergueu minha mão e apontou o dedo na direção da minha tatuagem floral de henna.

— Você trapaceou? — ele exigiu uma resposta.

Senti uma pontada de culpa. — Sim! — confessei.

Ele meneou a cabeça, compreensivo.

— Na verdade eu não trapaceei — me justifiquei —, porque não havia regras específicas e coisa e tal...

— Você trapaceou! Isso não faz parte do espírito do jogo. Dito isso, gostaria de saber como foi que você conseguiu. — Fez um sinal para o barman. — Quer uma taça de champanhe? — ele perguntou.

— Preferia um gim-tônica. — Quando alcancei minha bolsa para pegar o lip gloss, percebi o olhar sorrateiro de John. — O que foi? — perguntei.

— Tenho um evento no mês que vem em Dublin; vou levar um grupo para o *Six Nations*. Gostaria de ir junto?

Dei-lhe um sorriso admirado. — Sim — respondi. — Adoraria ir a Dublin.

— Agora me conte... como você conseguiu vencer a caça ao tesouro e fazer uma tatuagem de henna ao mesmo tempo?

CAPÍTULO 7

Rob e eu estávamos na cama fazia vinte e oito horas. Fizemos três piqueniques! Rob rolou em minha direção e esfregou seu rosto com a barba por fazer na curva do meu pescoço. Uma faixa de luz do sol da manhã penetrava pelas lâminas das persianas, iluminando o tom avermelhado do seu cabelo loiro.

— Tenho algo pra você — ele disse, jogando as cobertas para longe.

Nu, ele foi andando até a cômoda e abriu sua pasta. Me apoiei nos cotovelos e fiquei olhando seu traseiro firme, a longa curva da sua coluna e suas costas largas e musculosas. Os músculos dos seus ombros se moviam suavemente quando ele fechou a tampa da caixa. Ele se virou para mim com um sorriso triunfante.

— Aqui está — disse, brandindo uma colorida pasta de papel A4.

O colchão se moveu quando ele subiu novamente na cama.

— Casas! — ele anunciou, fechando sua mão sobre a minha.

Senti uma onda de desconforto.

Um sorriso iluminou o rosto dele.

— Você quer que a gente compre uma casa, não quer? — ele perguntou, seus olhos brilhantes e cheios de energia.

— Quero! É claro que quero!

— Ótimo. — Ele puxou meu corpo de encontro ao dele e beijou meu rosto. — Meu bem. Olhe o que podemos ter — ele disse ansiosamente, entregando-me um portfólio reluzente da imobiliária Trackson Estate Agents.

Eu estava impressionada. Palavras como "recém-reformada", "lindamente apresentada", "características de época" e "deslumbrante saleta de café da manhã" chamaram a minha atenção. Mas quando li "perto de butiques", "suíte com banheiro privativo" e "closet totalmente equipado", francamente, fiquei empolgada. Me vi escancarando as portas e entrando num armário com uma sapateira que ia do teto ao chão. Claro, eu teria que ir às compras. Qual a vantagem de ter uma casa de três dormitórios se você não se ocupar em encher os três guarda-roupas?

— Esses são de três dormitórios, mas, Evie, acho que posso esticar para quatro.

Quatro?

Eu teria que aprender a fazer panquecas; teria mesmo. Do contrário, por que iria querer ter um fogão Aga?

Ficamos em silêncio folheando as páginas com as descrições, nós dois completamente perdidos em nossos próprios pensamentos. Olhei de soslaio para Rob, e senti uma enorme onda de afeto por ele. Ele queria tanto tudo isso, e queria para *nós dois*. Ele queria fazer isso por mim.

— Assim que tiver uma reunião no banco, terei uma ideia melhor do quanto poderemos gastar — ele disse com intensidade. — Eu preferia me esforçar mais; tenho algumas apólices que posso resgatar para termos um depósito mais substancial. O ideal seria a gente poder manter este apartamento.

Apólices? Ele tem apólices? Se eu não posso comer, usar, nem beber alguma coisa, eu simplesmente não a compro!

Ele jogou os papéis de lado e segurou meu rosto. Alisei sua bochecha.

— Você e eu temos o resto de nossa vida para aproveitar — ele disse.

Rob me apertou com força e cobriu minha boca com a sua. Senti uma incrível explosão de alegria. Eu o queria. Queria estar sempre ao lado dele, e queria viver com ele na nossa própria casa. Era a coisa certa a fazer. Eu sabia, tinha certeza disso.

Rob foi trabalhar. Lulu e eu estávamos sentadas na saleta, com nossas xícaras de café. Minha mente trabalhava alucinadamente. Eu precisava contar para a Lulu que Rob e eu estávamos comprando uma casa. Passei a língua pelos lábios. Basicamente, eu raciocinei, era uma simples questão de evolução das coisas. Não se pode morar com sua melhor amiga para sempre; e ela estava saindo com Vic fazia mais de sete meses, um recorde para ela. Provavelmente ela mesma estaria pensando nas mesmas coisas... mais ou menos... enfim. Cabeça curvada, ela estava roendo as unhas e separando as cartas dos fãs. Eu sei, dá pra acreditar nisso? Cartas dos fãs! Olhei duramente para as cartas em cima da mesa. Pensar que alguém pudesse pedir conselho a ela era inacreditável.

Minha cabeça estava fervilhando, tentando encontrar as palavras certas.

Ela me olhou rapidamente. — O que foi? — perguntou.

Tentei dar um sorriso. — Dar palestras no rádio parece ser uma coisa que está em alta hoje em dia — eu disse, casualmente.

— Humm, é sim — ela concordou. — Eu adoro. Falar sobre fumar é bem melhor para mim que fumar um cigarrinho.

— Com certeza — concordei. — Então... como andam as coisas entre você e o Vic?

— Está tudo acabado — ela disse tranquilamente.

Meus pensamentos despencaram. — Terminaram tudo?

— Sim, terminamos. Eu não conseguiria parar de fumar e controlar um relacionamento ao mesmo tempo. Você não faz ideia de como parar de fumar consome o nosso tempo. Não tenho tempo para fazer praticamente mais nada.

— Mas você adorava ele.

— Adorava... no passado!

— Mas... o que você vai fazer em relação ao sexo? — perguntei.

Ela fez um sinal para eu não me preocupar. — Vou cuidar disso quando e como acontecer. — Ela jogou um punhado dos seus cabelos loiros sobre o ombro e segurou a minha mão. — Os homens vêm e vão, mas as amizades são pra vida toda. Eu tenho você, e isso é o que importa. O mais importante de tudo é termos uma à outra. Não é?

— Sim — concordei, engolindo em seco.

Ainda não é hora de mencionar a casa, decidi. Talvez eu conte na semana que vem, ou na semana seguinte.

Rob e eu estávamos na cama, aninhados nos braços um do outro, depois do sexo. Fiquei observando a luz amarela tremulante que penetrava no quarto por causa da lâmpada do poste na rua. Eu tinha agora dois assuntos prementes:

1. Preciso contar para Lulu que estou planejando ir morar com Rob e que vou deixá-la sozinha.

2. Preciso contar para Rob que vou para Dublin com John Jackson.

Não adianta fazer nenhuma dessas coisas agora. Estou adiando isso por quase uma quinzena, e na verdade as duas coisas poderiam esperar mais um mês. Agora não era hora de contar para Rob que eu iria para Dublin, porque na noite passada tivemos que sair da cama à meia-noite para resgatar Lulu, que tinha ficado sem diesel na A3. Ela estava sentada de pernas cruzadas no acostamento, chorando, quando a encontramos.

— Não consigo me concentrar nas tarefas mais simples do dia a dia, tipo encher o tanque do carro, pintar as unhas, checar o Facebook ou alisar o meu cabelo, porque estou ocupada demais tentando não fumar. É uma canseira — ela gemeu. — Não sobra tempo para mais nada — acrescentou, esfregando o rímel molhado em volta dos olhos com os pulsos.

Dei a ela um lenço de papel, segurei seu cotovelo e a ajudei a levantar.

Rob, curvado para abrir o recipiente com diesel, me olhou furioso.

— Pergunte o que vou fazer neste fim de semana — ela me desafiou. — Vamos! Pergunte!

— O que você vai fazer neste fim de semana?

— Eu não vou fumar durante todo o fim de semana. É isso que vou fazer! — ela respondeu, e caiu no choro.

— É uma coisa muito legal de fazer — eu disse a ela, tentando lhe dar apoio.

Fui dirigindo o carro de Lulu até em casa, enquanto ela ficou sentada no banco do passageiro entoando um mantra — Quero um cigarro, quero um cigarro — durante todo o caminho.

Rob, enfurecido, tinha seguido no seu próprio carro.

E hoje à noite tivemos que ajudá-la novamente. Ela ligou para dizer que estava com um pneu furado. Encontramos Lulu encostada num ponto de ônibus, com os braços cruzados, olhando hipnotizada o tráfego de carros circulando no sistema de mão única Wandsworth. Os olhos dela se encheram de lágrimas ao me ver. Ela se jogou na minha direção, com os braços abertos. Eu a abracei.

— Evie, perdi o controle do meu carro. Podia ter morrido. Meu pneu estourou.

Rob, com as mãos enfiadas nos bolsos da jaqueta de couro, tinha andado em volta do carro, chutando cada pneu para avaliar a situação.

— O carro não está com o pneu furado — ele disse enfaticamente.

Lulu tinha se virado para ele. — Tá, sim! Meu ouvido ficou estranho, fraco, havia um eco na minha cabeça, como se meu carro estivesse rodando com... rodas de aço. E de repente meu carro virou para a esquerda, sozinho. Está com um pneu furado, sim! — ela insistiu. — Eu quase acabei atravessando as duas pistas, e indo parar do lado errado da estrada.

Rob a olhou fixamente. — Não está, não! — ele disse a ela.

— Está sim!

— Não está!

Ela havia girado o corpo para ficar frente a frente comigo, os olhos selvagens. — Diga pra esse maldito idiota que estou com um pneu furado! — ela guinchou, apontando o dedo para Rob.

Rob tinha apoiado a mão no capô do carro e balançado a cabeça de um lado a outro. — Ela não está com o pneu furado — ele havia repetido.

Não duvidei dele.

— Assassino! É isso! Ele quer que eu morra porque está com ciúme. Ele quer você só pra ele. É óbvio. E ele acha que se eu tiver um carro caindo aos pedaços é a resposta. Não ficaria surpresa se ele tiver cortado os freios ou coisa parecida.

— Sabe o que mais? — comecei diplomaticamente. — Acho que a falta de nicotina causou esse ruído nos seus ouvidos.

Os olhos dela se arregalaram. — Será? — ela perguntou, enfiando um dedo na orelha e cavoucando lá dentro. Ela mordeu o lábio inferior, seus olhos ficaram marejados de lágrimas. — Evie, acho que eu devo entrar para o AA porque...

— Eu sinceramente espero que você esteja se referindo à Associação de Automóveis. — Rob interrompeu friamente.

— Não, os Alcoólicos Anônimos — ela disse. — Acho que está na hora de eu me encontrar com outros viciados... como eu.

Eu tinha colocado Lulu na cama com uma bolsa de água quente e um cigarro de plástico.

Não! Certamente, agora não era o momento certo de contar para Rob que eu estava indo para Dublin. Coloquei meu braço sobre o peito dele, puxei o edredom sobre os meus ombros e assoprei minha franja para longe da testa.

— Tenho uma reunião com o banco amanhã — ele disse.

Meus olhos vaguearam pelo quarto escuro.

— Maravilha — consegui dizer com um nó na garganta, e percebendo com uma certeza assustadora que teria que contar para Lulu sobre a compra da casa, e quanto antes fizesse isso, melhor.

Na manhã seguinte, Nikki me levou para Wimbledon Village. Ele está negociando a compra de uma propriedade, com a intenção de transformá-la em apartamentos. Quando vi o prédio, duvidei seriamente da sua sanidade mental. Estávamos parados num pátio de cascalho. Parecia algo saído de um filme de terror. Era uma construção totalmente dilapidada, com as janelas vedadas por tábuas cobertas de grafites góticos, a pintura descascada e as calhas literalmente balançando e caindo para fora dos beirais. Eu estava me esforçando para encontrar alguma coisa agradável para dizer. Tenho que conseguir dizer alguma coisa, sem dúvida!

— É grande — eu disse finalmente, assustada, quando um bando de pombos saiu voando de dentro do telhado.

Nikki sorriu, olhando com carinho para a fachada. Ele segurou o portão do jardim na sua mão. O portão havia se soltado das dobradiças quando Nikki o abriu para a gente entrar. Ele jogou o portão no topo de uma pirâmide de sacos de lixo preto fedidos.

— Eu quero, quero muito — ele disse com um sorriso ansioso. Me deu um olhar penetrante. — É perfeito — ele disse, e estava sendo sincero. — Existe apenas mais uma pessoa interessada na compra, então somos apenas dois a competir.

Tirei o casaco e imaginei quem seria o outro maluco. Houve um súbito movimento vindo da direção da pirâmide de sacos de lixo. Me virei ao ouvir o barulho. Nikki colocou sua mão sob os meus cabelos e massageou minha nuca, distraído.

— Vou ficar muito desapontado se perder esse negócio — ele confessou —, amargamente desapontado.

Os sacos de lixo se mexeram. Apontei um dedo trêmulo.

— Você viu aquilo? — perguntei apressada. — Aqueles sacos se mexeram.

Nik balançou os ombros indiferente. — Ah, são apenas ratos.

— Ratos!? — Soltei um grito, disparando para longe dele. — Nik, me leva embora daqui — berrei, descendo o caminho sem olhar para trás.

SERVIMOS MAIS DE CEM refeições no almoço. Cem! Nikki deve estar faturando alto. Não é de admirar que ele tenha dinheiro sobrando para comprar prédios em Wimbledon. Passei um pano de prato sobre o balção, num movimento lento, formando um oito, e observei Nik, sua cabeça morena curvada enquanto contava o dinheiro no caixa, linhas tênues nos cantos dos seus olhos cor de chocolate se crispavam quando ele sorria. Ele percebeu o meu olhar e me mandou um beijo. A porta da frente se abriu com um estrondo e bateu na parede.

— Evie!

Assustados, Nik e eu nos viramos para ver quem era. Quase engasguei. Rob ocupava a soleira da porta. O rosto dele estava vermelho, e uma veia pulsava forte no seu maxilar. Ele estava lívido de raiva. Houve um silêncio pesado. Espantada, dei alguns passos corajosos para perto dele.

— Lá fora! — ele disse bravo, apontando com o queixo.

Minha mente apavorada procurou se lembrar de um motivo para tamanha explosão de fúria. Olhei para o relógio; não podia sair do trabalho uma hora mais cedo. Pensei em dizer isso a Rob, mas rapidamente mudei de ideia quando ele deu um passo em minha direção.

— Lá fora! — Rob repetiu, enfurecido.

Caramba, ele estava realmente furioso!

Nikki pegou meu casaco do cabide de madeira atrás da caixa registradora e, sem desviar seus olhos escuros de Rob, contornou o bar e o colocou em volta dos meus ombros. Me desculpei com o olhar.

— Chame se precisar de mim — Nikki disse secamente.

Foi horrível. Rob segurou meu cotovelo e, apressado, nos levou para a rua. Ele não disse nada, nem uma única palavra, até chegarmos ao apartamento. Mesmo chegando ali, ele não parou de andar em círculos, numa raiva contida. Meu estômago se contorceu de tanto nervoso. Ele ainda estava usando seu terno azul-escuro, obviamente tinha vindo direto do banco. Ele se virou e me olhou furioso, com uma expressão assustadora.

— O que aconteceu? — perguntei numa voz que não se parecia com a minha.

Ele bateu um punho fechado na palma da sua mão — Tem um tribunal de justiça contra você! — ele gritou.

Balancei a cabeça mecanicamente. O tribunal da comarca? Vasculhei minha mente. O que ele queria dizer com isso? O quê?

— Não ouse negar, Evie, porque é verdade!

— Eu não, não...

— Você tem ideia do quanto estou zangado? — ele vociferou.

Eu tinha. Estava claramente óbvio o quanto ele estava zangado.

— Não vamos conseguir um empréstimo até resolvermos isso. E ouvir o gerente do banco dizer que você tem nota zero na avaliação de crédito... — ele interrompeu a fala e soltou o ar profundamente. — Evie, nunca fiquei tão envergonhado em toda a minha vida. Não vai ter casa nenhuma até toda essa confusão ser resolvida, e a culpa é toda sua!

Senti um pequeno repuxar no canto da boca, e minhas narinas tremeram com o esforço para não chorar. De repente eu queria desesperadamente um fogão Aga, a suíte com banheiro privativo, e tudo havia sido tirado de mim por causa de um julgamento do tribunal da comarca, o qual, agora que pensava melhor sobre isso, acabei tendo de enfrentar porque não tinha um selo quando precisei de um.

Uma sobrancelha loira se ergueu. Rob deu um passo gigantesco para se aproximar mais de mim, e encolhi o corpo assustada.

— Então, do que se trata tudo isso? No ano passado pagamos todos os seus cartões de crédito. Nos livramos deles, e zeramos suas contas que estavam no vermelho.

Concordei com a cabeça.

Ele se balançou apoiado nos calcanhares, as mãos enfiadas nos bolsos. — Então, que diabos, pra quem você está devendo? — ele berrou.

Minha garganta estava se fechando. — Multas de trânsito — confessei.

— Multas de trânsito! — ele rugiu. — Multas! Quantas multas uma pessoa tem que ter antes de o sistema bancário se interessar por isso? — ele perguntou acidamente, os olhos brilhando de raiva.

— Não tenho certeza, elas... elas estão guardadas na gaveta das multas.

O rosto dele estava cheio de manchas vermelhas. — Você tem uma gaveta com multas de trânsito? — vociferou.

— Algumas são da Lulu — revidei na defensiva —, e também tem umas multas por velocidade, mas elas são da Espanha, então acho que essas não contam. E tem uma multa do rodízio, mas não me lembro de ter ido de carro para o centro de Londres; eu ia recorrer. E eu estava separando todas, mas a Lulu usou toda a cartela de selos, entrando num concurso...

Ele ergueu a palma da mão. — Evie, cale a boca!

Eu estava me sentindo fraca e mole. Parecia que eu estava derretendo.

Seus olhos se estreitaram. Ele respirou fundo algumas vezes, para equilibrar sua voz antes de falar. — Tudo bem... agora... escute.

Eu era toda ouvidos.

— Este seria um bom momento para você me contar se existe algo mais que eu deveria saber.

Silenciosamente duvidei disso.

— A casa vai consumir a maior parte das minhas economias, e a hipoteca é tudo o que eu posso pagar. Não quero enfrentar uma situação em que alguma coisa apareça e eu não possa dar conta. As suas dívidas são as minhas dívidas. Me diga agora, existe mais alguma coisa? Quero a verdade, Evie. Nós concordamos... sem segredos.

Ergui os olhos da curva do seu pescoço e levantei meu queixo para o combate.

— Meu cheque especial está mais ou menos na marca de mil libras, mas posso pagar isso com facilidade. Tirei um cartão da Harrods no Natal, mas o pagamento mínimo é baixo. É razoável, é...

— Pegue as multas, a fatura da Harrods e o cartão da Harrods — Rob exigiu. — E me mostre seu último extrato bancário.

Foi horrível. Ele nem se importou com o quanto eu estava chateada. Chorei, pensando que talvez ele se sentisse culpado por gritar comigo, mas ele nem se importou. Ele ficou fazendo sermão durante mais de uma hora. E, quando Lulu ligou para dizer que estava bêbada e precisava de uma carona para voltar para casa de Clapham, ele a mandou ficar sóbria e pegar um táxi.

Mas, por mais desagradável que a noite tenha sido, nada se compararia com a manhã seguinte.

Rob saiu para trabalhar. Para ser honesta, fiquei feliz ao vê-lo sair. Tínhamos passado a noite toda dormindo um de costas para o outro. Eu me contorci debaixo do edredom e sonhei com alguma coisa agradável, e apreciei ter a cama só pra mim antes de me levantar e ir trabalhar, quando Rob entrou como um furacão dentro do quarto.

— As chaves! — ele berrou.

Sentei ereta na cama. — Você quer o quê? — perguntei espantada.

— Me dê as chaves do seu carro. Meu carro foi roubado.

— Vai embora; não foi roubado não — eu disse, puxando a coberta sobre o meu peito.

Ele pegou minha bolsa da mesinha de cabeceira e a jogou para mim. — As chaves, agora! — Ficou parado aos pés da cama. — Evie, nós não vamos ficar morando aqui. Vou alugar uma casa. Você eu vamos nos mudar daqui em breve, quanto antes melhor.

Ele agarrou as chaves da palma da minha mão e saiu a passos largos do quarto, com a aba do casaco balançando.

E o dia ainda iria ficar pior.

Minha papelada para a viagem de Dublin havia chegado, lembrando-me de que eu ainda não havia mencionado essa viagem para Rob, e Lulu perdeu seu emprego na clínica. A clínica havia lhe dado um ultimato: volte para o trabalho ou... Ela preferiu o "ou...".

Lulu, Nikki e eu nos sentamos para tomar um café depois da correria do horário de almoço.

— Evie, não posso voltar a trabalhar na clínica. Adoro meu programa no rádio.

— Bem — comecei. — Não é na verdade um programa, é mais uma... participação e...

Ela segurou meu braço com força, e esticou a mão através da mesa para tocar a de Nikki. — Vou ficar dura por um período, mas pelo menos sei que tenho casa e comida, porque você vai me ajudar, não é, Evie? — ela perguntou, fitando-me com um olhar febril. — E você vai me dar um prato de comida, não é, Nikki? — Ela nos deu um sorriso agradecida.

Mordi meus lábios, digerindo toda essa situação pesadelo.com. Não podia abandoná-la no apartamento sem emprego nem dinheiro. Podia?

— Qual o problema? — ela perguntou. — Você parece preocupada.

— O carro do Rob foi roubado esta manhã.

— Ele estava dentro? — Lulu perguntou, seu amplo sorriso se alargando ainda mais. — Me diga que sim.

Nikki lhe deu um olhar de advertência.

— Só estou brincando — ela disse. — Quem iria querer roubá-lo? Os sequestradores iriam pagar para você tê-lo de volta. — Ela se levantou, ergueu rapidamente a tira da bolsa, colocou-a sobre os ombros e se virou para nos beijar, um a um. — Tenho que ir à clínica pegar meu bilhete azul. Te vejo em casa — ela disse, partindo numa onda de Flowerbomb.

Houve um silêncio contemplativo. Passei os dedos pela borda da xícara.

— Evie, no que está pensando? — Nikki perguntou em voz baixa.

— Rob quer se mudar de Tooting agora; ele quer alugar uma casa em outro lugar. Roubarem o carro dele foi a última gota.

Nikki colocou sua mão sobre a minha e se inclinou para a frente, fazendo sua sombra cair na mesa. Seus olhos mergulhados nos próprios pensamentos.

— Alugar não faz sentido financeiramente, não quando você já tem um lugar para morar e ainda está pagando seu financiamento. É dinheiro sendo jogado pelo ralo. Ele é um homem de negócios. Converse com ele.

Sorri. Nik é tão racional. Ele estava absolutamente certo.

Na manhã seguinte, Rob saiu para trabalhar. Dois minutos depois ele estava de volta. Lulu e eu estávamos tomando o café da manhã na saleta.

— Não acredito nisso. Trouxeram meu carro de volta — ele disse, depositando as chaves do meu sobre a mesa de centro. — Não vou precisar do seu carro hoje.

— Tem certeza que o carro foi roubado mesmo, seu exagerado? — Lulu perguntou, olhando-o com ceticismo.

Rob apertou um pouco mais o nó da gravata. — Não vi sua vassoura estacionada na entrada. Como veio para casa ontem à noite? — ele perguntou.

— Que engraçadinho — ela retrucou, acenando com uma fatia de torrada.

Quando entrei no bar mais tarde, a primeira coisa que fiz foi desafiar Nikki.

— Você tem alguma coisa a ver com a devolução do carro de Rob?

— Pode ser — Nikki admitiu evasivamente.

Coloquei-me à frente dele, com as mãos nos quadris. — Você teve alguma coisa a ver com o roubo do carro?

Ele passou a palma da mão nos seus cabelos negros e grossos. — É claro que não! — insistiu, ofendido. — Eu simplesmente mencionei na academia que, se alguém o tivesse levado, ou soubesse quem o tivesse levado, eu gostaria que o devolvesse.

— Obrigada.

Seu rosto passou de indiferente a sério. — Por você, eu faria qualquer coisa.

O bar estava quieto — era o silêncio antes da tempestade. Maria e eu estávamos sozinhas. Fechei os olhos ao sentir a dor dos bobes de esponja serem presos no meu cabelo. Nikki e Peppi estavam na loja de apostas, e o Costas tinha ido para casa com uma garota com quem havia conversado na hora do almoço.

Liguei para Rob.

Maria inclinou minha cabeça para o lado, cantarolando baixinho enquanto trabalhava. Segurei o telefone entre o meu ombro e minha orelha.

— Rob, estive pensando. Não é uma boa jogada financeira a gente alugar uma casa — disse sabiamente. — Iríamos pagar mais de mil libras por mês e não ter nada em retorno. E provavelmente teríamos que fazer um contrato de aluguel por no mínimo seis meses, e...

— Você está absolutamente certa.

Fiquei espantada, porque eu quase nunca estava certa.

— Então? — disse, vagamente.

— Então vamos ficar em Tooting até acharmos uma casa para comprar — ele disse rapidamente.

Agora era hora de eu jogar a minha pequena bomba. Senti uma onda quente subir pelo meu rosto, e meu estômago deu um nó.

— Certo. E, Rob, ahnn, o negócio é o seguinte, surgiu um trabalho em Dublin. É para o John Jackson, que, você sabe, é um fofo. Ele é um tesouro e paga bem. Eu realmente gosto de trabalhar para ele, e...

— Quando?

— Neste fim de semana. Eu ia mencionar isso antes, mas...

— Tudo bem, preciso ir para o Norte por alguns dias. O *timing* está perfeito.

— Certo — falei, bem devagar.

— Algo mais? — ele perguntou rigidamente.

— Não, é óbvio que você está muito ocupado — eu disse, percebendo seu tom ríspido.

Ele soltou a respiração ruidosamente. — Sinto muito, meu bem, eu sinto muito mesmo. Sim, estou ocupado, mas nunca estarei ocupado demais para conversar com você. Você está bem?

— Sim — dei um sorriso carinhoso para Maria. — Estou arrumando o cabelo.

— Bom, nesse caso vou ter que te levar para jantar fora, né?

— Eu iria adorar.

Ele soltou uma risada preguiçosa. — Deixe que eu faço as reservas. Use algo sexy e bem caro.

Sorri para o telefone.

— Ohhh, gostei de ouvir isso... use algo sexy e caro.

Maria deu um puxão no meu cabelo e bateu a palma da mão na minha testa.

Estremeci.

— Eu te amo — ele disse.

— Idem — eu disse, dando um sorriso desconfiado a Maria. Não iria dizer a Rob que o amava na frente dela. Né?

— Evie, a questão do dinheiro, esqueça, vamos encontrar uma solução. Vou pagar seu cartão da Harrods ainda hoje. E, antes que a gente se mude, vamos discutir um orçamento. Vamos começar do zero, e não haverá motivo para a gente brigar. Te vejo hoje à noite. Lembre-se... sexy e caro — ele repetiu.

— Vou lembrar — eu respondi, olhando pela janela para os ruidosos ônibus de dois andares, e o trânsito lento, quase parado, do fim de tarde.

Guardei meu telefone na bolsa e joguei o cardigã nas costas. Rob estava preocupado com alguma coisa, algo mais importante do que reclamar comigo sobre meu trabalho de guia de turismo, mudar de casa ou os meus gastos.

— Lindo, lindo cabelo. Fique com os bobes. Posso comprar outros — Maria ofereceu, aproximando-se e admirando seu trabalho artístico.

— Obrigada — respondi, indiferente.

Deve ser problema com o trabalho. Tomei a decisão consciente de demonstrar mais interesse pelas coisas dele.

— Vou te dar um lenço verde pra cobrir os bobes quando voltar para casa — Maria ofereceu.

— Ótimo.

Nunca pergunto nada relativo aos negócios dele. Eu deveria ser mais solidária. Ele trabalha tanto e paga tudo.

— Tenho um colar lindo que vou te dar, porque sei que um dia será minha filha — Maria me disse, acenando gravemente com a cabeça.

Do que ela estava falando?

CAPÍTULO 8

John Jackson é um diabo maléfico. Tenho direito a cada centavo que aquele sovina me paga! Estou arrasada depois de uma das piores manhãs de toda a minha vida.

No aeroporto de Heathrow, um cliente chegou, e John tinha certeza que ele havia cancelado a viagem, o que significava que estávamos com uma passagem a menos. Supliquei para a British Airways trocar o meu nome na passagem, para colocar o homem no mesmo voo, mas isso significava que eu teria que ficar de *stand-by*. John ficou furioso. Ele ligou para seu *piloto particular* e soube que o seu avião estava na manutenção e não estaria pronto antes de três dias. Jogou seu BlackBerry dentro da pasta com raiva.

John tem um avião particular! Ele não é simplesmente um cara velho; ele é um cara que tem um avião!

— Não vou acompanhar esse grupo sozinho — John surtou. — Dê um jeito nisso, Evie. Arrume um lugar num avião! Vá para Dublin!

Corri uma verdadeira maratona pelo aeroporto antes de conseguir um assento no mesmo voo que o grupo.

Chegando ao aeroporto de Dublin, não conseguia encontrar o ônibus em lugar algum. Quando finalmente localizei o motorista, ele estava com os seus três filhos a bordo, porque sua esposa estava passando o fim de semana com as amigas em Ibiza. Isso significava que não teria assentos suficientes para os meus vinte cavalheiros de terno Armani. Honestamente, onde este motorista estava com a cabeça? Estou administrando um evento corporativo, não uma creche. Rapidamente coloquei as crianças num táxi e instruí o motorista para seguir nosso ônibus. Foi só então que ele admitiu nunca haver estado em Dublin antes. Ele era de Cork e tinha sido mandado para Dublin para ajudar com a afluência de torcedores de rúgbi que estavam na cidade para uma grande partida. Deu a notícia como se fosse uma grande novidade que eu iria adorar saber. Fiquei apavorada. Tive que acessar o GPS do meu celular e ensinar o caminho para o idiota entrar na cidade. Eu! Inacreditável. Não consigo nem mesmo achar o caminho de Tooting até o centro de Londres, e eu moro lá há anos. Não tenho nenhum senso de direção, todo mundo sabe disso.

Estamos agora no saguão do hotel, uma reserva a menos por causa do nosso cliente inesperado, e a cidade de Dublin estava lotada até as tampas; não tinha nenhum cantinho livre para alugar. E estou falando sério, absolutamente nada! É a final do campeonato *Six Nations*, Inglaterra *versus* Irlanda, e todas as camas e sofás nos arredores estão ocupados. O resultado final é... John e eu vamos ter que dividir um apartamento. Ele está furioso, e, francamente, eu mesma não estou muito entusiasmada.

O grupo se movimentou em direção ao elevador, e todos subiram para seus quartos.

— Evie — John esbravejou assim que ficamos sozinhos. — Tem que ter algum outro jeito.

— Tem sim.

— Qual?

— Eu fico na rua... se não dividir o quarto com você, não tenho onde dormir.

Suas sobrancelhas grisalhas se crisparam com irritação, e ele pressionou os lábios com força. Olhos negros examinaram o saguão acarpetado do luxuoso Fitzwilliam Hotel.

— A suíte na cobertura — a recepcionista anunciou alegremente, deslizando a chave pela mesa.

— Obrigada — respondi com um sorriso.

John segurou meu cotovelo, a cabeça inclinada na minha direção, e me levou resolutamente até o elevador.

— Evie, você *não vai* atender o telefone da nossa suíte. Minha esposa *não iria* entender, e nenhuma explicação do mundo seria capaz disso. E *não quero* que nenhum dos meus clientes saiba que estamos no mesmo apartamento — ele disse num tom de advertência. — Estou sendo claro?

— Claríssimo.

Uma ideia me ocorreu.

— Você também não pode atender o telefone da suíte — eu disse a ele, entrando no elevador.

Os olhos escuros fitaram os meus. A porta se fechou silenciosamente.

— Por que não?

— Meu noivo não vai ficar muito feliz se souber que estou dividindo a suíte com você.

Seu peito largo inflou de indignação. — Posso garantir que você está segura comigo! — ele trovejou, ofendido.

— E eu posso garantir que você está seguro comigo! — repeti.

— Evie, acho justo dizer que a minha esposa teria um motivo válido para ficar brava se descobrisse que eu estava dividindo a suíte com uma garota trinta anos mais nova que eu.

— Isso pode ser verdade, mas o Rob às vezes é um pouco... irracional.

A porta do elevador deu um toque e se abriu. Trombamos um com o outro na pressa de sair. Ele passou apressado à minha frente. Deslizei atrás dele.

— Só tem uma solução; nenhum de nós vai atender o telefone no quarto — ele disse, organizando seus pensamentos. — Vou instruir o copeiro para fazer isso — ele acrescentou, impassível.

Parei. — Você disse copeiro? — perguntei com a voz esganiçada, os braços palpitando para alcançá-lo.

Estamos numa suíte de cobertura muito luxuosa. É maior que o meu apartamento. Tem uma sala e três quartos. Poderíamos ter inquilinos e uma família de refugiados aqui dentro, e você não perceberia a presença deles. E temos nosso próprio bar. E um copeiro, o nome dele é Sidney. Estava sentada num banco de bar, alto e de couro macio, batendo um papo com Sid, bebericando champanhe. Só aceitei a bebida para dar algum trabalho a ele. E temos um enorme piano de cauda. Eu não ficaria surpresa se descobrisse que aulas de piano estavam incluídas na diária. Talvez eu pergunte.

John entrou lentamente na sala, endireitando a gravata.

— Quer uma bebida? — perguntei a ele.

— Não, obrigado — ele disse, desinteressado. — Tenho uma reunião daqui a cinco minutos no salão lá embaixo. Te encontro na hora do jantar. — Ele enfiou o braço na manga do casaco e o ajeitou sobre seus ombros largos.

— Este apartamento é muito maior que o salão lá de baixo — eu disse para dentro do meu copo. — Se eu fosse você, ficaria aqui.

— O que vai fazer essa tarde com o seu tempo livre? — ele perguntou.

— Não tenho nada pra dormir. Acho que vou fazer umas comprinhas.

Os olhos dele se arregalaram e sua testa franziu — Nem eu. Também não trouxe nenhuma roupa de dormir.

— Quer que eu te compre um pijama?

— Sim... sim, por favor — ele disse, evitando me olhar nos olhos.

Ele procurou sua carteira no bolso da calça, abriu-a e tirou um punhado de notas. Entregou-me cerca de quinhentos euros.

— Será que isso é suficiente? — ele perguntou.

Fala sério!

— Acho que sim — disse a ele. — Vou fazer o possível para comprar. — Não resisti.

Ele se virou. — Te vejo mais tarde — disse, olhando de relance para trás, fechando a porta firmemente atrás de si.

Tentei convencer Sid a tomar um drinque comigo, mas ele não quis saber.

O telefone tocou — corri para atender.

— Alô — disse alegremente.

— Evie, eu sabia que você iria atender o telefone... Não faça isso de novo! O copeiro vai fazer isso! — John berrou.

Engoli em seco e bati o telefone. Que inferno! Às vezes ele é um monstro.

O telefone tocou novamente.

Meu estômago se contorceu e meus dedos coçaram, mas não atendi. Sid fez isso. Era John.

Dublin é incrível, e os irlandeses também são. Eles são um país de gente festeira, que gosta de cantar e contar piadas. E as lojas são maravilhosas, se bem que extremamente caras. Comprei para John um pijama azul-marinho enfeitado com duendes verdes, por dez euros, em uma banca no meio do shopping center. E, para mim, um pijama de seda preta, numa loja sofisticada no shopping Stephen's Green. Estava um dia glorioso, implacável mas ensolarado, certamente a primavera estava a caminho. Tulipas e narcisos balançavam sob a luz do sol, debaixo de um céu cor de anil. Decidi pegar uma carruagem para um passeio pelo parque. Por que não? Afinal de contas, este era o país de Deus, de acordo com o nosso motorista do ônibus. Passei a mão admirada sobre o estofamento vermelho aveludado da reluzente carruagem branca e me aconcheguei debaixo de um grosso cobertor de lã. Um jovem casal usando casacos combinando acenou. Quase caí do banco ao acenar de volta. Os cavalos trotaram lentamente por uma fileira de árvores frondosas, que se estendiam até os céus. Senti uma imensa onda de felicidade, como se estivesse no lugar certo. Queria ser irlandesa. Amei aquilo tudo. Estava numa cidade linda, aproveitando cada minuto. Encostei no banco para aproveitar o passeio.

John não gostou do seu pijama.

— Qual o problema com ele? — perguntei, fungando orgulhosamente. Meu nariz estava gelado e escorrendo. O condutor da carruagem insistiu em dar duas voltas pelo preço de uma. Por que ele achou que eu iria querer ficar rodando pelo parque, com a temperatura abaixo de zero, não sei. Nunca mais faço isso! Meu rosto ficou entorpecido! Se você vir uma árvore frondosa, já viu todas!

— Ele tem estampa de dragões — John reclamou secamente.

— Não tem não, são duendes. — Dei lhe um sorriso ansioso. — É cem por cento algodão, e você tem quatrocentos euros de troco.

Ele pegou o pijama da minha mão com um suspiro. Não estava muito impressionado. Sid e eu ficamos olhando enquanto ele se afastava; demos um pulo quando ele bateu com força a porta do quarto. Bom, isso é que é gratidão, pensei.

TIVE UMA DAS MELHORES noites da minha vida num bar na Capel Street. Os cantores de karaokê eram impressionantes; todos mereciam ganhar o *The X Factor*. Geralmente quando estou bêbada, eu gaguejo um pouco e canto muito bem "Maggie May", mas dessa vez não ousei. Teria parecido uma idiota. E a comida estava deliciosa. Comi uma torta do tamanho do capô de um carro. Para ser sociável, tentei uma caneca de Guinness, que me deixou meio enjoada. Tomei três coquetéis de fruta com Bacardi, duas taças de champanhe e um copo de vinho tinto para tirar o gosto ruim.

Quando voltamos ao hotel, John foi para a cama cedo (sem mudanças nessa área) e eu servi de juíza numa competição de bebedeira no bar do térreo. Precisávamos de um daqueles copos de metro, então chamei Sid, e pronto, um copo de metro apareceu como num passe de mágica. A princípio eu achava que esse grupo era um bando de caras sisudos, mas, ao que parece, não poderia estar mais errada. Eles eram bem divertidos. Já era bem depois das duas da manhã quando finalmente fui para a cama. Não vi John no apartamento. Não fiquei surpresa.

No dia seguinte, a atmosfera no ônibus que iria nos levar para Lansdowne Road, para a partida de rúgbi, estava elétrica. Eu mesma me sentia bem empolgada, até me lembrar de que não tinha um bilhete de entrada para o jogo, pois dera o meu para o hóspede inesperado. Ainda assim, iria voltar para o hotel, fazer uma massagem e dar um corte no cabelo. E pensei que poderia tocar um pouco nas teclas marfim do piano de cauda, só pra ver se ainda sabia tocar "Three Blind Mice".

— Evie, desculpe por não termos um bilhete pra você — John disse com um sorrisinho sem graça, quando desceu do ônibus. Ele estava elegante no seu terno marinho impecável, com camisa branca e gravata rosa, tudo complementado pelos seus olhos escuros.

— Está tudo bem — insisti.

— Vamos te encontrar na cidade depois da partida. Eu te ligo para dizer onde estamos.

O motorista me deu uma carona de volta para o hotel. Pusemos para tocar música pop irlandesa no máximo. Mais uma vez eu me sentia como uma nativa.

De volta ao hotel, cortei o cabelo, fiz uma massagem, manicure e pedicure. A questão é a seguinte: Sid quer arrumar todas essas coisinhas para mim. Na verdade, tenho que me esforçar para acompanhá-lo. Ele tem tantas ideias. Aparentemente, o serviço completo está incluído, então posso usufruir e tirar vantagem disso. Sid é incrível, pensei. Ele consegue qualquer coisa. Honestamente, se por acaso eu dissesse "Sid, você me arruma um chimpanzé, um elefante e dá um jeito pra eu fazer sexo com o Louis Walsh?", ele daria um jeito. Não que eu queira alguma dessas coisas. Mas tudo o que eu pedi até agora ele fez acontecer.

Estava com pressa de me aprontar, porque eu tinha que encontrar o grupo num pub na Grafton Street. Usava um minivestido de chiffon preto de mangas compridas, com um decote em formato de coração da Karen Millen, sandálias de salto alto enfeitadas com pedrarias, um arraso, pelas quais paguei uma fortuna quando estava sofrendo por causa de Rob, e brincos de argola pretos.

O pub estava bombando. Senti uma onda de animação assim que abri a porta. Uma trupe de Riverdance estava pisoteando as tábuas de madeira; o som do batuque fez meu coração disparar. Eu me sentia patrioticamente irlandesa. Adoraria saber dançar aquelas músicas. Dancei parada na soleira da porta à procura do meu grupo. Eles estavam em volta do bar.

— Polícia! — gritei, abrindo caminho pelo meio da multidão com os cotovelos. O caminho se abriu. Isso nunca falha.

Os caras aplaudiram quando me viram. A Inglaterra tinha vencido a partida de rúgbi, então os ânimos estavam exaltados. Imaginei se os irlandeses estavam cientes do placar do jogo, porque parece que eles estavam celebrando com ainda mais animação. Ficamos no bar um tempão, e esquecemos de comer.

John estava olhando de relance para o seu relógio. — Evie, ligue para o Sidney e peça para ele preparar alguns filés. Não acho que nossa presença seja necessária aqui, não é? — John disse. — Vamos comer na suíte.

Tive que concordar. Alguns dos caras usavam perucas verdes brilhantes, e outros dois estavam com enormes chapéus verdes feito de espuma. Todos estavam completamente embriagados e um deles havia se juntado à trupe de dança. Eles não precisavam ser entretidos por mim ou por John, então escapulimos dali sem sermos vistos.

O jantar na suíte foi formal e com tapete vermelho. A mesa estava recoberta por uma toalha de linho branco e um imponente candelabro de cristal. Sid usava uma camisa de gola italiana, uma *dinner jacket*, e seu rosto se mantia compenetrado. Fiquei olhando enquanto Sid e

John se comunicavam em silêncio por uma série de olhares esquivos. Guardanapos foram colocados em nossos colos, champanhe foi servido, as abóbadas prateadas foram retiradas dos nossos pratos, e então num passe de mágica Sid desapareceu.

O filé estava delicioso. John não conversou muito durante o jantar. Na verdade, ele não disse quase nada. Contei a ele sobre o meu dia. Ele conseguiu demonstrar certo interesse, acenando com a cabeça de vez em quando e dando um sorriso compreensivo. Depois do jantar, ele dobrou seu guardanapo e o colocou sobre a mesa. A vela tremulante revelou um brilho de aço quando ele piscou.

— Gostaria de tomar um conhaque, Evie? — ele perguntou.

Assim como o gênio da garrafa, Sid apareceu, e com exagerada cerimônia colocou duas taças de cristal à nossa frente. John tomou um gole do seu copo, segurou o conhaque na boca e fez um sinal de aprovação para Sid. Prefiro tomar conhaque com Diet Coke, mas não quis dizer nada agora. Tenho certeza que essa era uma das melhores marcas, e seria um crime diluir a bebida. John encarou profundamente o líquido âmbar, preguiçosamente tocando seu copo, os cílios escuros escondendo seus olhos. Ele havia desligado. De repente me ocorreu que talvez ele fique entediado comigo. O silêncio era desconfortável. Apoiei minhas mãos na mesa e me levantei para sair.

— Você está cansado. Vou dizer boa-noite.

Ele se aproximou e segurou minha mão. — Não, Evie. Sinto muito. Estava a quilômetros de distância, mas não, não estou cansado. Gostaria muito que você ficasse e conversasse um pouco comigo. A circunstância nos obrigou a ficar juntos aqui, então vamos aproveitar o melhor disto.

Eu, ficar e bater um papo?

Ele se levantou, pegou seu copo e caminhou até o sofá. — Venha aqui — ele disse, sentando lentamente.

Ergui meu copo da mesa.

— Sente-se — ele disse, tocando uma almofada ao lado dele.

Olhos negros com séria intensidade fitaram os meus quando me sentei ao seu lado. Por algum motivo, eu sentia que estava sendo minuciosamente examinada. O rubor cobriu meu rosto. Ele acariciou a minha mão.

— Sidney foi dormir. Que tal outro conhaque? — ele perguntou, pegando o copo quase vazio da minha mão. O conhaque não era nada mau. Acho que daqui para a frente vou deixar a Diet Coke de lado.

Observei John andar até o bar do outro lado da sala. Ele tirou seu casaco e o jogou sobre um banquinho do bar. Arqueou os ombros e, tirando a camisa de dentro da calça, estendeu a mão para pegar a garrafa.

Meus olhos examinaram a sala silenciosa, luxuosamente mobiliada, e se fixaram na janela, que refletia as luzes brilhantes que rodeavam St Stephen's Green. Essa era realmente uma suíte belíssima, grande, aconchegante, imponente, mas...

Houve um barulho repentino. Ergui o rosto.

John estava no chão!

Dei um salto e corri para o outro lado da sala. Ele estava deitado, imóvel, com o corpo virado para o lado. Eu ajoelhei e o virei de costas. Seus lábios estavam apertados, os olhos fechados e seu peito arfava lentamente. Segurei seu rosto. Estava suado. Lutei para me levantar, tropecei por cima do banquinho e arranquei o telefone do bar.

— Uma ambulância! — gritei para a telefonista, que, não sei como, conseguiu compreender minhas palavras incoerentes e entender o que estava se passando.

Me abaixei e me arrastei para ficar ao lado dele. Tirei sua gravata, desabotoei seu colarinho e fiz uma massagem no ombro dele, não adiantou. Não estava acontecendo nada. Nada. Mas... o que deveria acontecer? Apertei sua mão com força de encontro ao meu peito, e desatei a chorar.

— Não ouse morrer, John... Não — solucei.

O rosto dele estava pálido. Levantei um braço, que não esboçou nenhum reflexo, e apalpei seu pulso para sentir as batidas. Mas não sei como fazer para medir a pulsação. Por que não sei medir a pulsação de alguém? Isso é importante! Meu coração batia descompassado dentro do peito.

— John!

Meus olhos percorreram a sala. Parecia a mesma de antes, mas como isso era possível? Nada era o mesmo. Onde estava a ambulância?

Ele estava tão parado.

Mãos fortes seguraram meus braços e me fizeram ficar de pé. Os olhos tranquilizadores de Sid se fixaram nos meus. Uma mulher usando um terninho preto e colar de pérolas se ajoelhou e começou a se ocupar de John.

— Evie, a ambulância está a caminho. Esta senhora é médica. O senhor Jackson vai ficar bem — Sid me assegurou em voz baixa.

Me apoiei nele, os olhos fixos em John, as lágrimas escorrendo pelo meu rosto.

Os paramédicos me deixaram ir junto na ambulância com John. Tenho certeza que eles se arrependeram disso — fiz mais barulho que a sirene. Ele tinha que ficar bem.

Tinha!

Quando o médico finalmente permitiu que eu entrasse no quarto dele, eu estava frágil por causa do nervosismo, mas estranhamente calma. John estava dormindo. Ele tinha sofrido um enfarte. Não um enfarte fortíssimo. Foi na verdade algo que os médicos chamaram de "um aviso". O pior já havia passado. Cautelosamente, nos meus saltos altos, puxei uma cadeira para perto da cama e fiquei observando enquanto ele dormia. John estava pálido, com uma cor doentia. Usava uma túnica verde do hospital, a mangueira do soro estava presa na mão dele, e ele estava ligado a um monitor. O quadro dele era *estável*. O movimento suave do seu peito subindo e descendo era reconfortante, até mesmo hipnótico. Coloquei minha mão sobre a dele e deitei minha cabeça ao lado do seu braço. E pela primeira vez na minha vida rezei de verdade. Não uma decoreba robótica que a gente aprende na escola, mas uma oração em que você escolhe as palavras. Uma prece em que eu não pedia nada para mim mesma, uma prece que me fez chorar.

A manhã chegou como uma surpresa.

Andando lentamente para cima e para baixo pelo corredor do hospital, liguei para o hotel. Sid disse que explicaria o que havia acontecido para o pessoal do nosso grupo e organizaria o transporte de todos até o aeroporto de Dublin. Ele também iria empacotar algumas coisas para mim e para John, e mandar para o hospital. Informei as novidades para Tina da Insignia Tours, que estava passando a manhã de domingo na cama, por causa de uma ressaca. Eu não tinha nenhum dado para poder contatar a família de John, Tina disse que resolveria isso. John havia sido transportado diretamente do hotel para um hospital particular, e, é claro, ele tinha seguro-saúde, então eu não precisava me preocupar com essa parte. E conversei rapidamente com Rob, que na verdade só estava interessado em saber quando eu voltaria para casa.

Entrei silenciosamente no quarto de John.

Um raio de sol da tarde dançava sobre o rosto dele, iluminando um punhado de fios prateados e negros da barba por fazer. Meus olhos estavam pesados e ardendo, como se estivessem com areia. Puxei minha cadeira para perto da cama e apoiei a cabeça nos meus braços cruzados.

Exausta, peguei no sono.

Quando acordei, a mão dele, relaxada pelo sono, estava apoiada no alto da minha cabeça. Sentei lentamente. Seu rosto pálido estava iluminado pelo brilho fraco de uma lâmpada acima da sua cama. O quarto estava mergulhando na escuridão, e uma brisa suave fazia o galho de uma roseira bater na janela. Um leve ruído de lençóis engomados. John, olhos arregalados, se apoiava em um dos cotovelos para tentar se sentar. Ele se virou para mim e agarrou a minha mão.

— Evie, você está bem? — ele perguntou.

— Eu? Eu estou bem? Você, você caiu, e eu...

Ele estendeu o braço para pegar a jarra de água. Eu me levantei e me apressei para ajudá-lo. Ele me observava, os olhos piscando rapidamente enquanto tomava uns goles do copinho que levei aos lábios dele. John se sentou apoiado no travesseiro e tentou dar um sorriso. Coloquei o copo vazio na mesinha de cabeceira e tentei controlar a expressão do meu rosto. Não queria chorar. Cutuquei a roupa de cama com os dedos nervosos. Quando nossos olhos se encontraram, o rosto de John ficou anuviado. Ele estendeu um braço, colocou uma mão atrás da minha cabeça e me puxou para perto dele, encostando meu rosto na curva do seu pescoço. Abracei o pescoço dele, e sem pudor caí no choro.

Ele me abraçou com força.

— Shhh, vamos lá. Tudo vai ficar bem — ele disse suavemente, segurando uma mecha do meu cabelo.

— Eu sei — consegui dizer, despencando na cadeira ao lado da cama. — Eu sei.

John segurou minha mão. Eu ainda estava usando o minivestido preto e a sandália de salto. Já fazia quase vinte e quatro horas que não passava uma escova no cabelo, e ainda usava o que sobrou da maquiagem da noite passada. Exausta de alívio, fechei os olhos e fiquei ouvindo os sons movimentados do corredor do hospital. Inclinei o corpo para a frente e fiquei fazendo carinhos no braço dele. Ele estava certo, claro que estava certo, tudo iria ficar bem. Senti uma onda de confiança. Me sentia segura, apesar de eu mesma nunca ter estado em perigo... Tudo iria ficar bem. Limpei as lágrimas do meu rosto com a palma da mão.

— Estou com fome — John disse simplesmente.

Levantei o queixo. Os olhos dele estavam escuros e cansados.

— Eu também — disse, fungando o nariz.

— O médico esteve aqui um pouco antes, conversei com ele enquanto você dormia. Tem um quarto disponível aqui do lado para você se refrescar. Vamos comer alguma coisa, e então você pode voltar para o hotel. Vou ficar bem aqui — ele disse.

— Não quero voltar para o hotel. Posso dormir aqui do lado?

— Acho que pode. Não pensei que fosse querer ficar aqui.

Apontei o queixo para o canto do quarto onde a nossa bagagem estava. Sid havia empacotado tudo.

— Sid arrumou as nossas malas.

— Ele é um cara incrível, o seu Sid — John disse, sorrindo debilmente.

Meu quarto era moderno, mas era um quarto de hospital, com a cama alta de metal, dois armários de cabeceira, uma penteadeira e duas poltronas no canto da janela. Sentei na cama por alguns minutos para colocar a cabeça em ordem. Senti uma pontada de medo. Pensei que nunca tinha conhecido ninguém que morreu, ninguém mesmo. Nunca conheci os meus avós, então, embora eles estejam mortos, isso não conta. Nunca tive que me deparar com um cadáver, nem mesmo com o de um camundongo. Cerrei os olhos. Estava tudo bem, John estava bem. Em protesto, minha barriga começou a roncar. Arranquei meus sapatos e desci da cama. Iria arrumar alguma coisa para comer e, depois, tomar um banho.

Liguei para Tina. Ela havia entrado em contato com a secretária particular de John, então esperava que a família dele chegasse amanhã. Liguei para Rob. Ele ainda estava em Birmingham.

— Não tenho vontade de partilhar minhas refeições com a Lulu, a Fada Malvada. Vou voltar para Londres só amanhã à noite. Não quero chegar ao apartamento antes de você — ele disse. Por que não fiquei nem um pouco surpresa?

Entrei pé ante pé no quarto de John, para não acordá-lo caso estivesse dormindo — não estava. Três enormes arranjos de flores haviam sido entregues. Eles encheram o quarto com o perfume pesado dos lírios.

— Que horas são? E o que você pediu para jantar? — John perguntou, quando fechei gentilmente a porta atrás de mim.

— Sete e meia, e pedi uma omelete com salada.

— Omelete? Isso *não é* uma refeição — ele disse secamente.

— É uma refeição — respondi de volta, no mesmo tom que o dele.

— É um lanche.

— Bem, foi isso que a enfermeira sugeriu... então, é isso que vamos comer.

Ele afastou o olhar.

— Você ficou amuado por causa da omelete? — perguntei, tirando o controle remoto da mesinha de cabeceira.

— Não fico *amuado*.

— Ótimo.

Cliquei o controle em direção da televisão presa na parede.

— Gostaria de ver *Friends*? — perguntei a ele.

— Nunca ouvi falar — ele disse, rabugento.

Quase perdi o fôlego, incrédula. — Rachel, Monica, Phoebe, Joey, Chandler e Ross! — recitei. Observei atentamente o rosto dele. Não vi nenhum sinal de reconhecimento. — Você tem vivido debaixo da terra? — perguntei.

Os sofás do café *Central Perk* encheram a tela. Ele relaxou encostado nos travesseiros. John não ergueu os olhos para a tevê nem uma vez, nem mesmo nas partes mais engraçadas. Em vez disso, ficou folheando vagarosamente o jornal de ontem.

As omeletes chegaram. Posicionei meu prato no canto da mesinha de cama de John. Comemos ouvindo o tagarelar de *Frasier* ao fundo. (John também nunca tinha ouvido falar de *Frasier*.)

— Está uma delícia, eu admito — John declarou, depositando seus talheres no prato vazio. Ele conseguiu dar um sorrisinho torto.

— Cansado? — perguntei.

Ele assentiu, sonolento.

Uma senhora corpulenta, usando um terninho branco, entrou repentinamente no quarto, juntou os pratos e os colocou numa bandeja, nos deu um sorriso largo e saiu sem dizer uma palavra.

— Estou cansada. Para falar a verdade, estou exausta — eu disse, bocejando.

Ele levantou minha mão. O brilho da lâmpada atrás dele lançava uma sombra na cama. Houve um silêncio carregado. Não dissemos nada, mas cada um sabia o que o outro estava pensando. O que teria acontecido se ele estivesse sozinho? Ele segurou meu pulso com a mão, o olhar perdido em pensamentos. Eu quis voltar para o meu assento. Ele apertou com mais força o meu pulso. Com minha mão livre, toquei seu braço.

— Vá para a cama — ele disse suavemente.

Dormi como uma pedra, acordando um pouco antes do meio-dia na manhã seguinte. Tomei um banho e vesti uma calça jeans, um blusão azul claro de cashmere de gola careca e escovei o cabelo. Espero que a esposa de John chegue hoje. Estava curiosa para conhecê-la. Tudo bem, estava *morrendo de vontade* de conhecê-la. Ficaria bem desapontada se ela fosse um daqueles tipos magricela, desajeitada, com cara de fuinha, que não usa maquiagem alguma. Afastei a imagem magrela e desajeitada da minha mente. Imaginei, então, uma Ivana Trump. Tenho certeza de que estava certa. Por mais velho que John fosse, ele era bem atraente e estava em plena forma. Por que ele teria uma esposa com cara de fuinha? Assim que ele estivesse seguro nos braços da sua amada, eu marcaria meu voo para Londres. Deveria estar com Rob antes do noticiário das dez. Só de pensar nisso sentia minhas virilhas formigarem.

Entrei cautelosamente no quarto de John.

— E como está o nosso paciente hoje?

Falando assim, eu ficava parecida com a Pollyana.

John estava escondido atrás das páginas do *Financial Times*. Ele fechou o jornal e o colocou no colo. Parecia bem melhor. Ainda estava com o soro, mas o tubo que ligava o peito dele ao monitor do lado da cama havia sido removido. Tinha um leve sorriso nos lábios e sua pele, apesar de não estar com o brilho saudável e a aparência robusta de antes, estava bem mais brilhante e menos amarelada do que da última vez que o vi.

— Pedi o almoço. — Ele olhou o seu relógio. — Deve chegar em quinze minutos. — Ele dobrou o jornal e o colocou no armário ao lado da cama. — Você dormiu bem?

— Dormi, obrigada. — Acomodei-me na cadeira ao lado da sua cama. — Você parece bem melhor.

— Me sinto melhor.

— Maravilha — eu disse, tamborilando minhas unhas pintadas na cama.

— Então, a que horas está esperando sua esposa? — perguntei despreocupadamente. Não queria parecer intrometida.

— Minha esposa?

Com toda a confusão, tinha me esquecido que eu havia ido à manicure dois dias antes. Minhas unhas estavam bem bonitas, um preto brilhante com glitter nas pontas.

— Sim, sua esposa.

— Não estou à espera da minha esposa.

Afastei os olhos das minhas unhas brilhantes, pretas e cintilantes. — Não está à espera dela?

Olhei incrédula para ele. Que tipo de mulher não correria para o lado da cama do seu marido doente, que recentemente havia enfrentado a morte? Não importa onde ela esteja, ou o que esteja fazendo, o lugar dela é aqui, ao lado dele. Eu tinha que lidar com isso com delicadeza. Não queria aborrecê-lo. Senti uma ponta de pena. Pensei cuidadosamente no que iria dizer.

— Não a está esperando... até quando? — arrisquei.

Pronto, foi um toque de gênio. Eu poderia ser uma conselheira sentimental. Isso é que era tato!

— Não, ela simplesmente não vem — ele retrucou, secamente.

Fiquei estupefata. — Ahn — comecei —, você ligou para ela e explicou o que aconteceu? — tentei saber.

— Não — ele disse, seus olhos desviando dos meus.

— Não? John, ela vai querer saber! O que você tem na cabeça?

— Meu escritório deve ter informado a ela.

Fiquei espantada. — Seu escritório? Você deixou uma coisa importante assim para o seu escritório contar?

Ele endireitou os ombros e descansou as mãos no colo, os dedos unidos em pirâmide.

Meu rosto ficou sério. — É sua vez de falar, John — eu disse a ele, secamente.

Ele deu um suspiro profundo. — Minha esposa e eu estamos nas últimas etapas de um processo de divórcio. Só nos comunicamos quando é necessário, e pelos últimos seis meses não achamos isso necessário. Não acredito que ela vá pegar um avião em Los Angeles e voar para Dublin para perguntar como estou me sentindo.

Senti um certo desapontamento. Sem Ivana? Minha cabeça estava cheia de perguntas.

— Mas então, se você está se divorciando, por que se preocupou em dividir o apartamento do hotel comigo? O que importava quem atendesse o telefone?

— Ah, isso — ele disse, indiferente. — Não queria dar mais munição a ela.

Inclinei minha cabeça, compreensiva. Tudo bem, certo. Acho que isso faz sentido.

O motivo pelo qual os dois estão se divorciando *não é da minha conta*. Isso acontece. Não é? Suspirei. Acontece o tempo todo. Vou mudar de assunto. Isso é extremamente pessoal, e, para ser sincera, não estou realmente muito interessada. Por que estaria? Brinquei com a manga do meu blusão, cobrindo o meu relógio.

— Então, quem foi que pediu o divórcio? — deixei escapar.

Ele cruzou os braços sobre o peito, tomando cuidado com a agulha espetada na sua mão. — Ela está se divorciando de mim.

— Por quê?

— Eu tive um caso.

Dei um pulo. — Você me contou no ano passado que era fiel à sua esposa! E você teve a coragem de criticar o comportamento do Rob! Que cara de pau!

Ele ergueu a mão. — Evie, basta! Sente-se.

Sentei-me devagar, exageradamente lenta, e examinei o rosto dele com o olhar crítico. — Você mentiu para mim — eu disse, friamente.

— Sim, menti — ele admitiu, não parecendo estar envergonhado. — Eu realmente menti para você.

— Por quê?

— Não tenho ideia — ele disse, com um suspiro arrependido. — Na verdade, essa não é exatamente a verdade. Eu sei por que menti.

— Por quê?

— Você estava chateada porque seu namorado havia te traído. Eu não queria que pensasse que estava confiando num homem que não era nada melhor do que aquele que te causou tanto mal. Naquele momento, achei que era a melhor coisa a fazer.

Senti que me acalmava um pouco. — Sinto pena da sua esposa — disse firmemente.

— Não sinta. Ela teve três casos, que eu saiba.

Olhei horrorizada para ele. — Três? *Você* é que deveria estar se divorciando *dela*.

Ele balançou os ombros casualmente. — Não faz nenhuma diferença; o resultado será o mesmo. Posso te afirmar pela experiência.

— Você já se divorciou antes?

— Esta é a minha quarta vez.

Meu queixo caiu. — Quatro esposas?

— Evie, isso tudo aconteceu num período de trinta anos. Eu vivi mais que você.

— Mesmo assim.

Uma figura usando uma túnica branca entrou subitamente no quarto, com um carrinho de refeições. Digeri as informações que John havia me contado. Quatro esposas. Já teve *quatro* esposas! Olhei perplexa para ele. E casos amorosos. Não é de admirar que o coração dele quase parou, pensei, enquanto pegava um copo de água do carrinho. A figura de branco saiu apressada ao ouvir um bipe tocar, anunciando que a presença dela era necessária em algum outro lugar. Observei John sobre a borda do meu copo.

— Você tem filhos? — perguntei.

— Não, não tenho filhos — ele disse com uma ponta de tristeza. Os olhos negros fitaram os meus.

Sou bastante intrometida para perguntar por que não? Não, não sou. Bem, talvez...

Nós dois viramos a cabeça ao ouvir o som de passos rápidos no corredor. Os passos se detiveram em frente ao quarto de John. A porta foi escancarada. Um homem alto, de ombros largos e olhos cor de açafrão, cabelos negros e testa alta apareceu na soleira da porta, ladeado por um grupo agitado de estudantes de medicina. Três passos determinados, e ele estava ao lado da minha cadeira.

— Doutor Keating — ele se apresentou, estendendo a mão para John.

Doutor Keating olhou para mim.

— Posso pedir a você para sair do quarto por um instante, enquanto converso com o seu pai? — ele disse, com um sorriso profissional.

CAPÍTULO 9

John iria receber alta depois de amanhã, e decidi ficar com ele. Bem além das minhas responsabilidades, eu sei, mas não queria deixá-lo sozinho. É ridículo, porque ele é um homem adulto, multimilionário e sabe se cuidar muito bem, e, se não souber, pode contratar uma equipe para fazer isso por ele, mas eu me sentiria mal. Estava agachada no chão da saleta de tevê, vasculhando o armário de jogos. Queria encontrar o *Monopoly*, que John havia topado jogar comigo. Meu celular estava apoiado na luminária sobre o armário, Rob estava no viva-voz.

— Evie, isso é um absurdo! Não quero ficar sozinho no apartamento por duas noites com a *Cruella de Vil*! — Rob disse, irado.

Encontrei o *Frustration*, mas era impossível trapacear nesse jogo, a menos que a outra pessoa vá ao banheiro e você tenha uma oportunidade de mexer nas peças. Os dados embalados em plástico-bolha tornavam o jogo praticamente à prova de trapaças.

— Isso não está dando certo. Seja razoável, isso não é normal. Quero você em casa!

Trivial Pursuit, esquece esse porque John é inteligente, e, apesar de eu não ser burra, não entendo nada de esportes e sou péssima em conhecimentos gerais.

— Vou logo avisando, Evie, se ficar fora mais de duas noites... vou até aí e te trago de volta. Posso chegar a Dublin em uma hora. Estou falando sério!

Xadrez. Nem sei como colocar as peças no tabuleiro. Afastei minha cabeça do armário e espirrei. Alguém precisaria vir aqui com um espanador e um vidro de detergente. O armário estava imundo.

— Rob, estou morrendo de saudade de você, mas eu quero ficar aqui. Não sei explicar o porquê. Estarei em casa daqui a quarenta e oito horas. Não vai demorar nada. Você não pode ficar aí em Birmingham? Não tem mais nenhum plantão de vendas pra fazer?

Houve um zumbido de calmaria. Espirrei novamente. Meus joelhos estavam começando a queimar. Fiquei olhando o telefone à espera de uma resposta.

— Bem, sim, sim — ele disse finalmente. — Acho que posso, eu...

— Então faça isso. Fique em Birmingham e a gente se vê na quarta-feira.

— Ahn, tudo certo, meu bem. Bom, falo com você antes disso, mas concordo, a gente se encontra na quarta.

— Não vejo a hora — disse a ele.

Foi fácil. Será que sou sempre eu que tem que pensar em tudo? Mergulhei novamente no armário de jogos. Ah, encontrei. *Monopoly*!

Meu celular vibrou, era uma mensagem da Tina.

Que vc tá fzd? Pq o coração dele pifou? Tá dormindo c ele? Ele é o nosso melhor cliente, tome cuidado. Precisamos dele vivo!

NÃO RESPONDI. Imagina!

John ganhou as duas partidas do *Monopoly*. Eu estava espumando de raiva; ele parecia satisfeito. Detesto gente presunçosa. Ele terminou com mais dinheiro que o banco, e um montão de casas e hotéis, e não foi para a cadeia nenhuma vez. Eu fiquei com uma nota de dez libras e perdi todas as minhas propriedades. Estava morrendo de inveja. Fiquei feliz quando o jantar chegou e tivemos que guardar as peças do jogo.

Comemos risoto. Eu tomei um copo de vinho, meu primeiro drinque em dois dias, estava delicioso. John logo caiu no sono. Não me importei, porque estava esperado uma oportunidade de ler os cartões que chegaram com os arranjos de flores. Fui andando nas pontas dos pés até a mesa. Eram de Amanda, Ava e Catherine, todas mandando amor e beijos.

— Satisfazendo sua curiosidade? — John perguntou, me assustando.

Dei meia-volta. — Suponho que você precisaria de crachás e uma catraca na porta para todas as apaixonadas, caso tivesse convidado todas elas — retruquei friamente.

Ele abriu a boca para dizer alguma coisa, pensou melhor e a fechou novamente. — É isso mesmo? — desafiei-o.

— Algo parecido — ele admitiu.

— Vamos ver televisão? — perguntei, pegando a cadeira ao lado da cama dele.

Ele verificou seu relógio. — Coloque no noticiário.

Bufei. — Estava pensando em assistir a algum programa do tipo *America's Next Top Model*. Apontei o controle remoto para a televisão. Um locutor da RTE ocupava a tela, relatando enfadonhamente uma nuvem de poeira vulcânica que se movimentava da Islândia para a Inglaterra. Espero que Lulu não tenha deixado nenhuma roupa no varal.

Olhei para John, sentado confortavelmente no melhor lugar do quarto, recostado nos travesseiros, vendo televisão. Enquanto eu, ao contrário, estava sentada desconfortavelmente, numa posição baixa e na lateral, com o pescoço virado, e pensei que, se ele movesse um pouco para o lado, eu poderia ficar do lado dele. Sentaria do lado esquerdo, porque o soro estava no lado direito. Tirei meus sapatos e subi na cama. Ele se moveu sem dizer palavra alguma.

Assistimos ao filme *O Diabo Veste Prada* e ao musical *Mamma Mia*! em DVD, porque Meryl Streep era a única atriz viva que ele conhecia por nome. Lado a lado, dividimos um misto quente.

— Evie, quero que me prometa uma coisa — John disse, num tom baixo e sério.

Virei o corpo para encará-lo. — Depende do que for.

Emoções desencontradas transpareciam no seu rosto. — Quero que prometa que vai me procurar se algum dia estiver em dificuldade. Quero que prometa que vai me ligar se precisar de ajuda... de qualquer tipo.

Meu sanduíche parou a meio caminho da minha boca.

Suas sobrancelhas se ergueram esperançosamente. — Você me dá sua palavra? — ele perguntou.

Olhei para ele meio desconcertada. — Como o quê? Eu não me meto em confusão.

Ele tirou o sanduíche da minha mão e o colocou no prato que estava no seu colo. — A gente nunca sabe o que pode acontecer.

Aquilo me pegou de surpresa, como se eu tivesse feito alguma coisa que não deveria fazer.

Seu olhar ficou mais afiado. — Prometa.

— Eu prometo — disse.

— Muito bem — ele retrucou com um aceno de cabeça. — Vamos terminar isso e dormir mais cedo.

NA MANHÃ SEGUINTE, entrei de mansinho no quarto de John. Para meu espanto, ele estava de pé ao lado da cama, resplandecente num terno cinza-claro imaculadamente confeccionado, camisa branca e gravata marinho. Ele remexia no conteúdo da sua pasta, com o telefone preso entre os ombros e a orelha.

— Me encontre em Londres, não venha para Dublin. Vou estar em casa antes de você chegar — John disse, antes de fechar seu celular. Ele me olhou seriamente.

— Você não está trabalhando já, está? — perguntei. — Com quem estava conversando?

— Meu irmão. Ele está voltando de Nova York. Não faz sentido ele vir até Dublin, estamos partindo.

— Partindo?

— Faça sua mala. Um carro vai chegar em vinte minutos para nos levar ao aeroporto. Meu avião está esperando.

Olhei para ele com um olhar furioso e desafiador. — Por acaso você já recebeu alta?

Ele fechou sua pasta com um clique. — Sim! Agora, apresse-se, não vamos deixar o motorista esperando.

— Mas é cedo demais. E quanto aos remédios? Você quase morreu!

Ele deu a volta na cama e me deu um leve abraço. — Sim, uma aspirina por dia.

— Uma aspirina! — eu repeti.

Ele me segurou com os braços estendidos. — Sim, uma aspirina... para afinar o sangue. E eu não quase morri — ele disse, me virando e me encaminhando gentilmente em direção à porta. — Você tem vinte minutos.

Fui atrás de John ao subir as escadas do avião. Meu coração batendo com empolgação; não havia fila de passageiros, nem disputa por lugares. Tínhamos o avião *inteiro* à nossa disposição. No último degrau, fiz uma pausa e olhei em volta. Estávamos em algum tipo de estacionamento de aviões. Não consegui resistir em acenar para a multidão e os paparazzi. Tudo bem, não havia nenhuma multidão, nem fotógrafos à espreita para tirar nossas fotos, mas na minha mente havia uma centena deles. Dei um aceno vigoroso.

Alguém agarrou meu cotovelo e me puxou para trás, para dentro da porta da aeronave.

— Quer se apressar? — John disse, bravo, olhando-me com frieza. — Pra quem você estava acenando? Não tinha ninguém lá fora!

Meus olhos deslizaram ao meu redor, enquanto John me empurrava pelo corredor central, passando por duas comissárias de bordo paradas como se fossem duas estátuas. Eu estava impressionada. Quem não ficaria? Havia um sofá baixo na cor creme ao longo de uma parede, encostado confortavelmente ao lado de uma mesinha de café. Do lado oposto ao sofá tinha uma tela de tevê, e, no canto mais distante, duas poltronas ladeavam outra mesa com uma decorativa seleção de revistas e jornais. Eu estava boquiaberta.

— O que tem ali? — perguntei, apontando para duas portas, entre as quais havia um quadro com a caricatura de um homem com um olho só.

— Os quartos — John respondeu. Ele relaxou em uma das poltronas e sinalizou para que eu fizesse o mesmo. — Sente-se e coloque o cinto de segurança, ou nunca vamos decolar — ele disse, abrindo o *Wall Street*.

Sentei mecanicamente e fechei o cinto de segurança. — Isso é muito agradável — elogiei desajeitadamente.

John olhou de relance para as revistas na mesa. — Encomendei vários exemplares daquela porcaria que você lê — ele disse, cruzando uma perna sobre a outra.

— Obrigada.

E era muito agradável, muito mais que isso. Era como uma casa voadora.

Assim que levantamos voo, vagueei em volta da cabine ricamente acarpetada. Havia uma mesa de jantar e um bar discretamente montado atrás de um painel de madeira, e um banheiro repleto de produtos da Harrods. Passei um dedo sobre o couro macio do estofamento de um dos bancos do bar. Parecia seda.

— Gostaria de comer alguma coisa? — John perguntou.

Me virei.

Ele tocou na almofada do sofá ao lado dele.

— É cedo demais para um gim-tônica? — perguntei, sentando perto dele.

— Bem, para mim é. São apenas onze e meia.

— Quero sentar no bar — disse.

Notei uma discreta alça dourada debaixo da mesinha e a puxei.

— Podemos tomar o café da manhã no bar — ele sugeriu.

— Ótimo — concordei, a cabeça curvada, mexendo no conteúdo da gaveta estofada.

A comissária de bordo surgiu como num passe de mágica à minha frente. Fechei a gaveta com força. Não queria que ela pensasse que sou abelhuda. Ela usava um elegante conjunto marinho, seu cabelo loiro estava preso num coque apertado, e uma delicada fileira de pérolas enfeitava seu pescoço branco e esbelto. Mas seus lábios tinham um toque de carmim e a base na sua pele era tão grossa como a camada interna da Terra.

— Café da manhã para dois, senhor Jackson? — ela perguntou, profissionalmente.

— Sim, por favor — John respondeu. — Vamos nos sentar no bar, Sadie.

Sadie balançou a cabeça, virou-se nos seus sapatos Prada e desapareceu.

John dobrou seu jornal, colocou-o sobre a mesa e caminhou até o bar. Eu o acompanhei. Olhei de relance para ele, preocupada. Sua cor saudável havia retornado quase por completo. Ainda assim, apenas uma aspirina por dia? Eu não estava convencida. Cílios longos escondiam seus olhos. Enquanto me aproximava do banquinho do bar, John notou que o estava encarando. Ele se inclinou em minha direção e me olhou solenemente por um longo tempo.

— O que foi? — perguntei, olhando-o em dúvida.

Por um minuto ele não me respondeu. — Evie, quero agradecer pela sua companhia. Você poderia ter voltado de avião para casa quando fui internado no hospital. Tenho certeza que você preferia ter passado esse tempo com seu namorado bonitão, em vez de bancar a enfermeira de um velho — ele disse em voz baixa. — Mas você preferiu ficar. Adorei sua companhia, não posso nem dizer quanto.

Ele era enorme, com os ombros largos, e estava bem próximo, e eu senti um perfume picante. Ele pegou minha mão que estava no bar, virou-a e circulou minha palma com seu polegar.

Ficamos em silêncio por alguns instantes.

— Vamos manter contato — ele sugeriu, quebrando o silêncio.

— Claro que sim — disse sorrindo.

— Vamos nos encontrar a cada duas semanas para almoçar. O que você acha? — ele perguntou.

— Eu iria adorar.

— E, lembre-se, se algum dia precisar de alguma coisa, me ligue. — Ele disse com um movimento insistente de cabeça.

— Tem uma coisa.

Ele se sentou com determinação. — É sua. O que você quer?

Meus olhos examinaram a cabine. Senti uma pontada de animação. — Podíamos voar por algum tempo a mais, estender a viagem por mais que uma hora?

Ele soltou minha mão. — Não!

Apertei o casaco com força contra meu corpo. — Você disse qualquer coisa — lembrei a ele.

— Eu disse qualquer coisa de que você precisasse. Você não precisa desperdiçar meu tempo voando sem destino pelo espaço aéreo da Europa. Não consegue imaginar alguma outra coisa?

— Não, neste momento não sei de nada.

— Bom, então, quando souber me avise.

John mandou uma limusine com motorista me levar para casa. Foi incrível. Tinha um armário de bebidas. Fiquei quase triste quando o carro parou na porta do meu apartamento. Entrei na sala, empurrando minha mala de rodinhas. Sorridente, Lulu pulou do sofá. Soltei a alça da minha mala.

— Evie! Adivinha o que aconteceu? Notícias fabulosas! Andrew Blackbourne do *Good Morning, this is the Capital* foi preso por posse de maconha — ela contou animadamente. Ela entrelaçou seus dedos nos meus e apertou minhas mãos de encontro ao seu peito.

— Por que isso é uma notícia fabulosa?

Seus olhos estavam arregalados e agitados. — Porque... ele foi demitido. Isso não é brilhante?

Dei de ombros, confusa. — E por que é brilhante o Andrew Blackbourne ter sido demitido? — perguntei.

Ela soltou minhas mãos, agarrou meus ombros e me segurou. — Porque, sua bobinha, me ofereceram o emprego dele. Bem, me ofereceram o emprego dele temporariamente.

Bobinha? Não era assim que Lulu costumava falar.

Fiquei satisfeita, mas espantada. Quando saí de casa na semana passada, Lulu era uma enfermeira desempregada.

— Te ofereceram o emprego de locutora de rádio? — perguntei aturdida.

Ela me puxou pela mão até o sofá. — Sente-se. Vou abrir uma garrafa de vinho. Vamos comemorar — ela disse, e desapareceu da sala, descendo o corredor.

Afundei nas almofadas. Pelo menos ela estava ganhando dinheiro novamente, pensei, mas locutora de rádio? O que estava acontecendo?

Ela irrompeu na sala como um furacão, segurando o baldinho de gelo e caminhando entre as revistas espalhadas pelo chão. Colocou o balde de gelo na mesinha.

— Estou vasculhando tudo no iTunes nesses últimos dias, estou estudando bastante, porque, quando um ouvinte perguntar se posso tocar, humm, alguma coisa como... uma música bem antiga, do tipo, humm, deixa eu pensar... — Ela balançou a garrafa de vinho distraidamente, com os olhos buscando inspiração. — Ah! Tipo o Wham! Você sabe, a banda de que o George Michael fazia parte? Você sabia que ele cantava num conjunto? É claro que não sabe, você não é da área. Agora eu sei seis músicas do Wham! Sem pensar! — ela se vangloriou. — Tudo o que preciso fazer é tocar a tecla com o nome do artista no teclado do computador, e uma lista com todas as canções dele aparece na tela, e eu pergunto para o ouvinte que pediu o número, o número é tecnicamente a canção, e eu respondo, "Ah! Você quer blá-blá-blá?". Como se eu já conhecesse a canção, e então eu toco a música pedida. No entanto, Evie, as músicas são a parte mais chata. A parte de que eu mais gosto são as entrevistas. *Entrevistas* são o meu forte — ela contou, corada de alegria.

Inclinei minha cabeça curiosa. — Entrevistas? — perguntei entorpecida, aceitando um copo de vinho das suas mãos estendidas.

Com os olhos reluzentes, ela continuou. — Sim, entrevistas com os ouvintes ou celebridades. Você sabe, alguém promovendo o lançamento de um livro, ou negando ter feito uma cirurgia plástica ou jurando por Deus que não está falido, quando todos os jornais juram que é verdade. — Ela se sentou ao meu lado e tomou uns goles apressados do vinho.

— Então, como uma enfermeira sem experiência prévia recebe uma proposta de trabalho para ser apresentadora de um programa de rádio?

— Foi muita sorte mesmo — ela me contou alegremente. — Fizeram uma batida policial na casa do Andrew às oito horas na sexta-feira de manhã. Ele foi levado preso, então não podia apresentar o programa, que começava às dez. E lá estava eu, sentada pacientemente, folheando uma revista *Heat*, com os fones de ouvido ligados, esperando que as ligações do Desafio Parar de Fumar começassem. Evie, parecia um acontecimento nacional. A equipe de produção enlouqueceu. Não tinha ninguém para apresentar o programa. "Vamos convocar os fuzileiros navais ou algo parecido, alguém com habilidades anfíbias, para emergir do fundo do Tâmisa e salvar o dia", sugeri brincando. E então, num toque de mestre, pensei em mim mesma. Me levantei repentinamente e gritei: "Eu faço isso. Vou apresentar o programa". E foi isso que aconteceu. Nasceu uma estrela — ela me contou, triunfante. — E, Evie, os telefones não pararam de tocar depois que o programa terminou, para dizer que gostaram da novidade.

— Mas o Andrew não tem um contrato ou coisa parecida?

Ela me olhou de um jeito incrédulo. — Não sei e não quero saber — ela disse.

— Certo, bem, então isso é uma notícia incrível... Parabéns!

Esfuziante, ela tocou seu copo no meu, brindando. — Ao Andrew! — ela disse.

— Ao Andrew! — imitei. Coloquei meu copo na mesa, enfiei a mão na bolsa e peguei o celular.

— Pra quem está ligando? — ela perguntou desconfiada.

— Rob. Ele não está me esperando em casa até amanhã. Ele vai voltar de Birmingham se souber que já cheguei.

Ela segurou a minha mão. — Evie, não podemos ficar juntas esta noite, só você e eu, sem o senhor Nariz de Verruga? — ela falou, amuada.

— Rob *não tem* um nariz com verrugas — afirmei.

— Tudo bem, sem o Senhor Sabe Tudo de Tudo?

Soltei um suspiro exasperado. — Por que você não gosta do Rob? Você gostava dele no ano passado. Era você que dizia "Esse cara é um gato, não deixa ele escapar".

— Eu sei, mas isso foi antes de você ficar noiva — ela respondeu, com o queixo firme.

— Que diferença isso faz?

— Achei que você iria se cansar dele e o mandar embora. Como aconteceu com todos os outros.

Ouça o que ela diz. Todos os outros, como se eu tivesse um time de futebol de ex-namorados.

— Eu sinto... — ela interrompeu o que ia dizer, e se aproximou. — Sinto falta da gente — ela disse com um sorriso triste.

Meu telefone tocou. Ao ver o nome no visor, Lulu bufou e tomou sua bebida de um gole só. Era Rob.

— Evie, meu bem! Estou louco de saudade de você. Não consigo mais esperar. Senti tanto a sua falta. Vinte e quatro horas e...

— Estou em casa — interrompi, levantando meu copo para Lulu enchê-lo novamente.

— Ah!

— Sim, acabei de chegar. John teve alta um dia antes. Liguei pra te contar, mas seu celular estava desligado e a mensagem de voz não funcionou.

— Desculpe, estava numa reunião. Só agora percebi que tinha uma chamada perdida.

Observei Lulu despejar o delicioso vinho gelado no meu copo. — Então, a que horas você vai estar em casa? — perguntei.

O rosto de Lulu endureceu.

— Meu bem, tenho mais duas reuniões agendadas e a segunda é às sete horas da noite — ele disse, desculpando-se.

Fiquei um pouco desapontada. — Certo, bem... — comecei.

— Vou cancelar! — ele propôs rapidamente.

Que Deus o abençoe.

— Não, não faça isso.

Lulu franziu a sobrancelha, curiosa, e tomou um gole do seu copo.

— Bem, se você tem certeza, ficar para essa reunião vai evitar que eu tenha que voltar aqui por um bom tempo — ele explicou. — E já paguei o hotel.

— Fique aí hoje à noite. Faz sentido — eu disse, com firmeza. — Acerte essa questão do plantão de vendas.

— Tudo bem, te vejo amanhã.

— Só mais vinte e quatro horas — eu disse a ele, sorrindo para o telefone.

— Tchau, meu bem!

Joguei o telefone dentro da bolsa.

— Hip hip hurra, o Senhor Nariz de Verruga não vai voltar pra casa hoje! Vamos jantar com o Nikki no bar — disse Lulu, alegremente.

O Bar Thea estava bombando. Quase não consegui passar pela porta. Na verdade, estava voltando para fora quando Lulu me deu um empurrão para a frente, me fazendo cambalear até o cabide de casacos. Virei para encará-la.

— Nikki vai pedir para eu trabalhar — eu disse, sibilando. — O lugar está lotado. Você sabe como ele é.

Ela colocou os braços em volta dos meus ombros. — Não, não vai não. Olhe só pra você. Você está bêbada — ela disse, sorrindo meigamente para uma mesa cheia de rapazes. — E eu vou dizer a ele pra se mandar.

Nikki estava cuidando do bar. Ele arrancou um pedido do quadro e se enfiou na geladeira para pegar uma garrafa de vinho, enquanto simultaneamente apertava a torneira da cerveja lager com o cotovelo. Seus olhos escuros percorriam o salão, parando brevemente em cada mesa. Seu rosto bonito se iluminou com um sorriso ao me ver.

— Evie, pode trabalhar? — ele perguntou, esperançoso.

Agarrei o braço de Lulu. — Bem que eu avisei — disse num sussurro dramático.

Pepi passou apressado ao nosso lado, balançando uma pirâmide de pratos numa bandeja.

— Não, ela não pode trabalhar. Estamos bêbadas e com fome. Dois filés e uma garrafa de Shiraz — Lulu disse, colocando a perna sobre um banco do bar.

Nikki se inclinou sobre o bar, curvou seu braço em volta do pescoço dela e a beijou. Peguei o banco ao lado do dela.

— Você tem jeito com as palavras — ele disse. — Já pensou em escrever poesia?

— Muito engraçado. Estamos tendo uma noite só para garotas, então espero que você cuide da gente — ela respondeu.

Os músculos dos braços fortes de Nikki mudaram de lugar quando ele pegou meu cotovelo e me puxou pelo bar em sua direção. — Vou tomar conta de você com o maior prazer — ele disse, me dando um beijo barulhento no rosto. — Quando quiser!

— Ah, certo, Nik! Você vai cuidar dela do tipo "se eu te levar pra jantar como amigo, você transa comigo como amigo?" — Lulu perguntou, e caiu na gargalhada com seu próprio humor.

Nik a fuzilou com o olhar. Ele sempre morde quando ela joga a isca sobre a promiscuidade dele. Fico surpresa que ele ainda se incomode.

Nik é um jogador treinado. Nunca tinha conhecido um homem com tanto poder para atrair e seduzir mulheres com tanta glória e persistência quanto o Nik. Como consequência lógica, nunca o olhei de outro modo que não fosse um amigo, patrão, vizinho e gigolô. Dito isso, pensando melhor no assunto, eu não o tenho visto com uma garota já há um tempão.

O telefone de Lulu tocou. Ela o abriu. — Ouça, eu realmente não me importo com o que você vai fazer amanhã à noite. Só quero saber se preciso me depilar ou não — ela disse para a pessoa do outro lado da linha.

Estendi o braço para pegar a garrafa de vinho que Nik havia deixado no bar. Meus olhos deslizaram para a esquerda e para a direita. Era legal ser cliente, para variar. E era gostoso passar a noite com Lulu, só nós duas. Não que eu não estivesse sentindo falta de Rob. Claro que estava, não via a hora de me encontrar com ele.

CAPÍTULO 10

Rob chegou em casa às sete e meia na manhã seguinte. Não o estava esperando antes da hora do almoço. Ele rastejou para a cama e me aninhou junto dele, sua barriga encostada no meu bumbum. Ele esfregou o rosto gelado no meu e enfiou os dentes de leve na minha nuca. Estendi a mão e dei um tapa na perna enrolada na minha.

— Você está gelado.

— E com tesão — ele disse. — Tesão como um touro bravo.

— A menos que possa curar minha ressaca com seu pênis, não estou muita interessada em saber se você está com tesão ou não — disse a ele.

— Ressaca? Acho que você andou saindo com a Duende Maléfica.

— É isso mesmo, e você está cheirando igual a um sanduíche de bacon — reclamei. — Isso acaba com qualquer tesão.

— Precisava de energia.

— Precisava de energia para quê?

Ele me virou de costas, mergulhou suas mãos nos meus cabelos e abaixou a cabeça lentamente, pressionando seus lábios nos meus.

— Energia para ficar ao seu dispor — ele murmurou com um sorriso. — Não tenho certeza se posso curar sua ressaca com meu brinquedinho, mas fico feliz em tentar.

Rob trabalha demais. O pobre coitado tinha que estar no escritório às dez e trinta. Nikki, o feitor de escravos, deve ter visto o carro de Rob ir embora, porque, dois minutos depois de ele sair, me ligou e pediu para eu trabalhar.

— Está uma maluquice por aqui, e você já teve uma semana de folga — ele disse bruscamente.

— Sou uma empregada temporária, você me paga em dinheiro. Posso tirar quanto tempo de folga eu quiser.

— Não se eu precisar de você. Venha pra cá ou vou te buscar — ele ameaçou.

Eu me levantei. Milagrosamente, minha ressaca tinha desaparecido.

Nikki, Maria e eu sentamos em volta da mesa ouvindo o programa de Lulu. Tio Spiros, o chef e temido patriarca da família, que me trata como se eu fosse sua princesinha, estava ouvindo o programa na cozinha, e, ao contrário da gente, fingiu estar ocupado demais para se sentar e ouvir. Não acredito que Lulu agora tenha seu próprio programa de rádio! Eu sentia que iria explodir de orgulho. Ela tem até seu próprio jingle, uma marca registrada de Lulu. Maria estava pintando as unhas da minha mão, Nikki estava lendo seu jornal, e eu estava olhando para o rádio, com a ansiedade de um cidadão esperando ouvir o próximo discurso de Churchill à nação.

— Bom dia, Londres! — Lulu cantarolou.

Senti uma onda de empolgação. — Bom dia, Lulu! — deixei escapar, dando um tapa na mesa com minha mão livre.

Nikki soltou um suspiro cansado e deu uma sacudida no seu jornal.

— Hoje no estúdio temos a presença de Sherry Coil, esposa do goleiro do Liverpool, Anton Coil! — A voz de Lulu reverberou.

Houve uma rodada de aplausos, e um distante eco de vivas.

Segurei o cotovelo do Nikki. — Sherry Coil — murmurei, maravilhada.

Ele ergueu uma das sobrancelhas, fingindo estar interessado, e sorriu para seu jornal. Ele não se importava. Era óbvio. Lulu estava entrevistando uma celebridade, e Nikki não dava a mínima para isso. Às vezes ele era um tremendo chato.

— Sherry, hoje você está aqui para esclarecer as coisas — Lulu declarou com autoridade.

— Estou sim, Lulu — Sherry retrucou, falando no mesmo tom sério que o de Lulu.

Esclarecer as coisas! Que ideia genial! Meu Deus, ela se parecia com... com o primeiro-ministro.

— Sherry, quatro dos principais jornais nacionais de hoje alegam que você foi infiel a Anton, seu marido jogador de futebol, e que teve um caso com o instrutor de equitação dos seus filhos — Lulu disse, num tom de desculpas.

— Sim, eu li essas reportagens — Sherry confirmou com um suspiro.

— Na verdade, a matéria saiu hoje na capa do *Daily Globe* — Lulu salientou num tom severo.

O *Daily Globe*. Esse é o jornal que Nikki lê.

Avancei em direção a Nikki e, com cuidado para não estragar as minhas unhas ainda úmidas, folheei o seu jornal até achar a primeira página. Com certeza, lá estava a foto de Sherry saindo de um estábulo, seus cabelos loiros emaranhados com palha, e seu batom borrado. Ela estava com uma garrafa de champanhe presa debaixo do braço e um belo par de sapatos Jimmy Choo turquesa pendurado no seu dedo indicador. Nikki deu um tapa na minha mão. Dei um gritinho. Ele pegou de volta o seu jornal. Maria ficou de queixo caído e seus olhos se estreitaram. Ela estendeu o braço e deu um tabefe na orelha de Nikki, e então levou minhas mãos aos seus lábios e assoprou gentilmente.

— Então, Sherry — Lulu continuou, medindo suas palavras. — São alegações muito sérias. — Houve um sussurro coletivo enquanto Londres digeria isso. — O que quer dizer aos abutres?

Troquei um olhar indeciso com Nik. Não tinha certeza se quem fazia alegações era chamado de abutre. Obviamente Nik não tinha certeza também, seu rosto estava sem expressão.

— Bem — Sherry começou —, gostaria de dizer que eles deviam se informar melhor.

— Com certeza! — Lulu disse ardentemente. — Então, você teve um caso com o instrutor de equitação?

— Sim, Lulu, eu tive! — Sherry confessou forçosamente.

— Incrível, essa é uma notícia incrível. Parabéns, Sherry — Lulu retrucou com um toque festivo na voz. — E me conte, ele era bom?

— Sim, sim, ele era bom. Ou, seria melhor dizer, ele é bom — Sherry replicou com uma risadinha safada. — Muito bom!

— Sherry, você é uma verdadeira inspiração. As esposas dos jogadores de futebol deveriam aprender um pouco com você. Vão em frente! Instrutores de equitação, professores de piano, jardineiros, vocês podem escolher. Muito oportuno — Lulu aconselhou. — Por que só os homens podem se divertir?

Nikki me olhou franzindo a testa. Senti meu rosto corar e franzi a testa em resposta. Apesar de tudo, tenho certeza de que Lulu sabe o que está dizendo. Maria, indiferente, abriu um vidrinho de esmalte finalizador, seus olhos se revezando entre mim e Nikki.

— E agora, Sherry, acredito que a Fiona de Batchworth Heath está na linha três e gostaria de te fazer uma pergunta — Lulu anunciou. — Oi, Fiona. O que gostaria de perguntar a Sherry?

— Oi, Sherry. Oi, Lulu. Queria saber se o Anton era bom — ela perguntou.

— Anton? Bom no quê? — Sherry perguntou num tom espantado. — Me disseram que ele não é um goleiro ruim, se é isso o que quer saber.

Nikki apertou o controle remoto do rádio, desligando o aparelho.

Dei um cutucão nas costelas dele. — Liga isso.

— Não! Daqui a pouco a Lulu vai começar a dizer a quantos dias, horas e minutos ela está sem fumar um cigarro. Não tenho paciência para ficar escutando isso — Nikki disse, levantando-se. — Vamos, vamos trabalhar.

Rob e eu pedimos pizza no jantar e comemos na cama. Lulu estava fora com Sherry Coil. Sherry preferiria sair amanhã à noite, mas Lulu fica em casa às quintas-feiras para passar roupa.

Rob colocou a caixa de pizza vazia no chão e se virou para me olhar. — Você, madame, está agora no azul. O pesadelo das multas foi liquidado, e o julgamento do tribunal, resolvido. Você não está mais na lista negra do crédito e podemos nos inscrever para o financiamento da casa.

Fiz um aceno duro com a cabeça e um muito obrigada mudo.

— Então este fim de semana começaremos a procurar uma casa. Acho que posso dizer que não precisa mais se preocupar com a Duende Maléfica. Ela está nas alturas com esse novo emprego, vai ficar muito bem. Se ficar aqui sozinha, pode pagar o mesmo aluguel que paga hoje com você. A gente acerta a diferença. Vocês não podem ficar grudadas uma na outra para sempre. As coisas mudam — ele me disse.

— Eu sei.

Ele me virou. — Não me importo em dividir você, mas não todos os dias. Apague a luz — ele disse.

Estamos procurando casa já faz algumas semanas. Agora tenho certeza absoluta de que a coisa que mais quero é ter uma casa com Rob. Procurar casa é uma coisa tão romântica de fazer juntos, adoro visitar casas de outras pessoas com a mão de Rob me guiando firmemente pelas costas. Rob está *tão certo* sobre tudo, sobre a gente ter nosso próprio espaço e jardim. Mal posso esperar. Francamente, me espanto de ter sido capaz de viver por tanto tempo sem ter uma vista do Bushy Park, uma enorme cozinha gourmet e aquecimento debaixo do piso. Rob disse que obviamente eu não posso ter tudo, e que eu deveria fazer uma lista das minhas preferências, coisa que já fiz.

O problema é que minhas exigências preferidas ocupam agora três folhas de papel A4 pautado. Estava sentada na minha mesinha de cabeceira deliberando o que sacrificar. Teria que ser implacável. Rob estava perdendo a paciência.

Mordi a ponta da minha caneta, pensativa. Acho que posso viver sem um aquário que vai do teto ao chão. Risquei esse item. E as cortinas com controle remoto, risquei essas também. E então, pensei, por que sair do sofá para fechar as cortinas quando não há necessidade? Rapidamente recoloquei as cortinas com controle remoto no fim da lista, e dei um suspiro porque minha lista parecia maior do que quando comecei a encurtá-la. Risquei “biblioteca”. Eu só lia um livro por ano, e isso acontecia nas férias. Eu realmente não precisava de um ambiente especial para ler a *OK!* e a *Hello!*.

— Evie, vista-se! Por mais linda que você esteja de sutiã e calcinha, prefiro te ver pronta para sair agora. Não quero chegar atrasado e deixar uma primeira impressão ruim — Rob disse, curvando-se sobre mim.

Joguei a caneta na penteadeira e segurei o rosto dele. Rob iria conhecer meus pais hoje à noite. Ele ficou estressado o dia todo por causa disso. Até foi cortar o cabelo.

O rosto dele se anuviou. — Estou nervoso — ele admitiu, dando um leve beijo na ponta do meu nariz.

— Não fique nervoso, a mamãe e o papai são ótimos. Não tem por que ficar nervoso. Eles estão ansiosos para te conhecer — eu disse sinceramente.

Ele deu um passo atrás, sentou na beirada da cama e puxou minha cadeira entre as suas pernas.

— Estou ansioso para conhecer seus pais, mas talvez, depois do que aconteceu, eles cheguem à conclusão que não sou o genro ideal — ele disse, envergonhado. Seu dedo percorreu minha clavícula, o contorno do meu sutiã, e desceu até meu umbigo. Ele deu um sorriso tímido.

Uma bolha de amor explodiu na minha barriga.

— Isso tudo ficou no passado, e não significa que esta noite terá muita conversa. Minha irmã, meu cunhado e as gêmeas também estarão lá — falei, observando seu dedo deslizar agora para dentro da minha calcinha. — Isso vai facilitar as coisas.

Ele pressionou seus lábios nos meus.

Senti uma lufada de desejo quando seu braço envolveu o meu pescoço.

— Pensando melhor, como seus pais estiveram viajando por mais de dez meses, talvez a gente devesse dar um tempo para eles ficarem um pouco sozinhos com as netas antes de a gente chegar — ele disse, fazendo aquele movimento rotatório de 180 graus que sabe fazer com o polegar.

— Concordo — disse, montando em cima dele sem vergonha.

Quando chegamos à casa de Lexy, o corredor estava bombando com a música vinda do miniaparelho de som e os gritinhos de alegria das gêmeas enquanto trombavam suas scooters nos rodapés. Levei Rob pela mão, seguindo meu cunhado, Graeme, que passou por uma tenda, uma família de coalas e uma canoa inflável. Na sala, Lexy, resplandecente num vestido sem costas na altura do joelho e sandálias decoradas com pedrarias, circundava uma mesinha de centro despejando champanhe em taças de cristal. Alisei a frente do meu minivestido creme e sorri do alto do meu sapato plataforma, feliz por ter me dado ao trabalho de me arrumar tão bem. Mamãe se levantou da cadeira e veio correndo de braços estendidos em minha direção, abraçando-me numa nuvem de perfume.

— Quanto tempo — ela disse, dando-me um abraço apertado.

Minha mãe não parecia a minha mãe.

Olhei por sobre o ombro dela para a minha irmã. Ela desviou o olhar. Lexy revirou sua franja entre seus dedos quanto pôde, enquanto examinava atentamente uma mancha no carpete. Voltei meu olhar para o Graeme, que deu de ombros, indiferente.

— Deixa eu te olhar — mamãe disse, segurando-me a distância.

Apertei os lábios.

Mamãe estava usando um vestido safira longo com decote baixo e mangas longas, com as barras desfiadas, e o que parecia ser um par de sapatos pretos, pontudos como a cabeça de uma cobra. Um enorme dente amarelado estava pendurado numa corrente de prata em volta do seu pescoço, uma coleção de pulseiras de madeira balançava no seu braço, e sobre o seu ombro estava uma bolsa tricotada no formato da cabeça de um canguru. A única coisa que estava faltando era um cartaz dizendo "Acabem com as Bombas" e "Salvem as Baleias", o que era uma pena, porque um cartaz teria combinado muito bem com a sua linda roupa.

— Olhe só para ela, Allister — mamãe disse, virando-se para o papai, que caminhava tranquilamente em nossa direção, com uma camisa havaiana florida e uma bermuda cáqui.

Papai me deu um abraço tão forte como o da mamãe.

Minha mãe, a senhora Isobel Dexter, capitã do time de boliche das senhoras de Canterbury, até há pouco tempo tinha sido um clone da Jackie Onassis. Saltos-gatinho, *twin sets* e conjuntos em cor pastel eram as únicas coisas que ela usava. Quanto ao meu pai, não acho que vi as pernas dele desde as nossas últimas férias em família, em Butlins, há cerca de quinze anos.

Olhei para eles com os olhos arregalados. — Vocês dois estão... incríveis — consegui dizer educadamente, meus olhos não parando de olhar para ambos.

Mamãe abriu os braços e deu uma voltinha.

Lexy bufou, desconfiada.

— Viajar é tão instrutivo — Mamãe disse, sacudindo a corrente nos dentes. — Você descobre seu eu interior. Percebe o que é importante na vida e o que não é.

Papai acenou, concordando. Seus olhos se voltaram para a pessoa atrás de mim. — E esse deve ser o seu rapaz — ele disse.

Me virei e segurei a mão do Rob, puxando-o para o meu lado. — Esse é o meu noivo, Rob — anunciei, empurrando-o para a frente.

Havia um brilho de aprovação e surpresa nos olhos da minha mãe quando ela viu Rob. Eu sei que não paro de dizer como ele é bonito, mas, honestamente, ele é mesmo, parece um modelo de peito nu da Abercrombie & Fitch. As sobrancelhas da minha mãe se ergueram. Ela deu um passo à frente, oferecendo a proverbial face para o beijo de boas-vindas. Rob inclinou a cabeça para ela e fez sua obrigação.

Meu pai estendeu a mão. — Allister! — Papai se apresentou, sacudindo a mão de Rob e lhe dando um vigoroso soco no braço.

O rosto da minha mãe passou de admiração total para as boas-vindas. — Vamos para a sala de jantar? — ela sugeriu, passando seu braço pelo de Rob, que parecia constrangido ao ser ladeado pelo Estranho Casal.

Graeme, Lexy e eu ficamos maquinando em trio. Minha irmã jogou a cabeça para trás e entornou mais um gole de champanhe.

— O que é *isso* que ela está usando? — Lexy perguntou, arrotando baixinho. — Você lembra quando ela disse que eu parecia a mulher vitoriana de um mineiro naquela vez em que usei aquele xale preto maravilhoso que comprei em Fenwick´s?

— Quem se importa com isso? — Graeme disse, colocando o balde de gelo debaixo do braço. — Eles estão felizes e se divertindo bastante.

— Você acha que essa roupa é um acontecimento único? — perguntei.

— Não — Lexy disse, enchendo sua taça. — Tem uma capa amarela comprida, com a saia combinando, pendurada no armário do quarto de hóspedes. Eles vão passar a noite aqui, assim os dois podem beber e não precisam dirigir de volta até Kent.

— Os dois vão beber? — repeti, curiosa. — Eles *nunca bebem juntos*.

Lexy deu um aceno seguro. — Agora eles bebem.

O suflê de Lexy foi um desastre. Parecia uma bola de futebol estourada, mas fizemos os elogios esperados. A entrada era salmão grelhado temperado com especiarias, e cuscuz apimentado, que, eu tenho certeza, estava anunciado nas ofertas da Marks and Spencer na semana passada, na promoção para o jantar. Para sobremesa, tiramisù, que com certeza não foi a Lexy quem preparou, embora ela insistisse em afirmar com a maior cara de pau que *foi ela* quem fez. Mas, para dizer a verdade, foi um jantar agradável, e, assim que os pratos foram retirados, meu pai já estava se servindo de conhaque.

Mamãe, sentada do outro lado, olhava ansiosa para mim. Ela me fez um aceno encorajador e despejou o que havia sobrado do vinho Chardonnay, que ela havia bebido praticamente sozinha, para dentro do seu copo.

— O que foi? — perguntei a ela.

Seu sorriso era largo e o olhar meio remelento.

Sorri por dentro. Nunca a tinha visto tomar mais que duas doses de vinho suave. Fiquei impressionada por ela ainda estar de pé.

— Vocês já marcaram a data? — ela perguntou, apertando seu pingente nos dentes.

Rob a interrompeu. — Não há pressa — ele disse, educadamente.

Dei um sorriso cúmplice para ele. Onde já se viu marcar a data. Eu ainda nem comprei a revista *Brides*. Definitivamente, ainda não estava pronta para marcar a data.

Acenei concordando.

— Não há melhor momento do que agora — Mamãe disse, fazendo um movimento de mágica com seu copo.

Ela estava alegre, muito alegre.

Rob ergueu o queixo e fez sinal de não com a cabeça.

— Não estamos prontos, ainda não. E não é um assunto urgente — ele disse com a voz assertiva.

Olhei meu anel de noivado. — Não é um assunto urgente — murmurei para o meu copo. Senti os cabelos se arrepiarem na minha nuca. Virei para encará-lo.

— Então, por que não estamos prontos? — interrompi, irritada. De repente queria saber por que o homem com quem eu estava comprometida não tinha pressa alguma de se casar comigo. Era uma questão de princípios. Joguei meus cabelos com força sobre os ombros.

— Meu bem, eu pensei, vamos mudar primeiro para uma casa, e...

— Sim, Evie, vocês primeiros deviam se estabelecer — Lexy conciliou. — Com certeza.

Depois de articular uma pergunta, minha mãe sentiu confiança para seguir em frente e fazer outra.

— O outro problema foi resolvido? A mulher foi embora? — Mamãe perguntou suavemente. — Você sabe, a outra mulher? — ela se viu forçada a acrescentar, como se não soubéssemos exatamente a quem ela estava se referindo.

Houve um silêncio acabrunhado.

Lexy e Graeme se concentraram em dobrar os guardanapos silenciosamente, um de cada lado da mesa. Papai, do lado oposto ao de Rob, se serviu trêmulo de mais uma dose de conhaque. E mamãe, percebendo a gafe, mergulhou no seu Chardonnay.

Com o maxilar travado, Rob examinou a sala. Ele estava olhando para o gato esticado confortavelmente em frente ao fogo crepitante da lareira.

A sala estava quieta. Papai olhou com desdém para minha mãe.

Rob se inclinou para a frente, os cotovelos apoiados na mesa, os dedos apoiados uns nos outros, como uma espiral. Ele balançou a cabeça em direção ao gato deitado no chão debaixo do aquecedor, seu peito ronronando de satisfação.

— Queria poder fazer isso o dia todo — Rob disse, num esforço para aliviar a tensão.

Quando mamãe, papai, Lexy e Graeme se viraram para o gato, ele estava ocupado lambendo seus testículos. Todo mundo trocou olhares constrangidos. Fiquei retorcendo a ponta da toalha de mesa. Rob colocou sua mão sobre a minha e a apertou, dando um suspiro. Ele olhou nos olhos da minha mãe.

— Sim, está tudo resolvido — Rob anunciou, olhando audaciosamente em volta da mesa. — Eu errei e sinto muito. Tive muita sorte. Evie me aceitou de volta e prometo que vou passar o resto da minha vida provando que ela estava certa em me dar uma segunda chance. Eu a amo mais que tudo. Vou fazê-la feliz, eu...

Mamãe levantou as mãos, desculpando-se. — Tenho certeza que vai — ela disse. — Eu não devia ter mencionado...

Lexy bateu as palmas das mãos na mesa e se levantou agilmente. — Champanhe? — sugeriu em voz alta.

— Vou ajudar — mamãe se ofereceu, seguindo atrás dela.

— Mais conhaque? — Papai perguntou com voz séria.

— Eu sirvo — Graeme disse, agarrando a garrafa.

Rob ficou olhando para longe.

Segurei seu queixo e o forcei a me encarar. — Você realmente me faz feliz — disse a ele, deslizando meu polegar ao longo do seu rosto.

Ele passou o braço pelo meu pescoço e me abraçou. — Se quiser marcar uma data para o nosso casamento, vamos em frente — ele disse com firmeza.

Uma onda de empolgação se movimentou dentro de mim. — Natal? — deixei escapar.

— Então será no Natal — ele respondeu rapidamente.

— Um casamento no Natal! — papai disse, fazendo um brinde ao acaso.

— Fabuloso! — mamãe concordou, entrando na sala, segurando uma bandeja de taças com o cuidado exagerado dos bêbados.

Eu estava prestes a explodir de animação; iria me casar no Natal. Papai estava irradiando alegria, e Graeme também. E Lexy, idiota, começou a chorar, o que me fez chorar também. Foi o assunto da conversa pelo resto da noite.

Rob nos levou para casa; ele havia bebido apenas um copo de vinho e uma cerveja lager pequena. Pensando bem, eu tinha tomado apenas dois drinques. Quando Rob encostou sua BMW na entrada do meu apartamento, seu telefone tocou.

— Entre, meu bem. Aqueça bem a cama. Daqui a pouco estarei com você — ele disse, desligando o motor e abrindo seu telefone.

Estava zonza de tanta felicidade. Eu, Evie Dexter, iria me casar no Natal. Acendi as luzes da sala. Até mesmo a visão das revistas de Lulu e do kit de cera de depilação (com as tiras usadas) jogados no chão, e um prato de feijão congelado na mesa do jantar, não conseguiu destruir meu bom humor. Esta noite tinha sido maravilhosa. Tudo bem, mamãe falava demais, mas tudo tinha dado certo no final.

Rob entrou na sala, o telefone preso entre seu ombro e a orelha. Jogou a pasta em cima da mesa de jantar e a abriu. Estudei minha imagem no espelho da parede. Não parecia diferente. Mas, então, como se parece alguém que vai se casar no Natal? Rob vociferou algumas instruções e ordens ao telefone, enquanto procurava algo num folder de couro. Passei um batom. Ainda assim não estava parecendo com alguém que iria se casar. Talvez se eu prendesse meu cabelo?

— Evie, tenho que sair.

Me afastei do espelho, segurando o batom no alto. — Agora? — perguntei, olhando perplexa para ele. — Mas... é quase meia-noite.

— Um dos meus ônibus quebrou. O motorista está com um grupo de passageiros. Ele não pode dirigir o ônibus extra porque já excedeu suas horas. Felizmente ele não está muito longe, está em Gatwick. Vou ter que trazer o grupo para a cidade. Vou levar seu carro — ele disse, pegando minhas chaves na mesinha de centro. — Não tenho tempo de abastecer o meu. Está quase na reserva. — Segurou meus braços e colocou sua boca na minha. — Não me espere acordada. Vou demorar algumas horas.

E, dizendo isso, foi embora como o vento.

Os papéis de Rob estavam espalhados sobre a mesa, e, junto com a tranqueira das coisas de Lulu, não dava para enxergar um centímetro da superfície da mesa. Coloquei o folder de couro novamente dentro da pasta, levantei meu cabelo, prendi-o num coque e comecei a juntar os documentos de Rob. Observei um envelope na minha mão. Os nomes dos destinatários, escritos em negrito e em itálico, eram o senhor e senhora Robert Harrison. Meus olhos desviaram para o carimbo postal; estava datado da semana passada e tinha sido enviado para um endereço em Birmingham. Os pais de Robert! Obviamente, ele está encaminhando a correspondência deles para a Espanha. Minhas costas ficaram rígidas. Mas o nome do pai dele era Harold, não Robert...

Minha garganta se fechou. Examinei o envelope. Estava aberto. Por que o Robert abriria a correspondência do seu pai antes de encaminhá-la para ele? Pressentimento ruim e pânico cresceram como fogo dentro de mim. Sacudi para fora o conteúdo do envelope. Era uma fatura do Visa, endereçada para o Senhor Robert e a Senhora Cassandra Harrison. Minhas pernas desabaram. Robert Harrison? Cassandra Harrison? Puxei uma cadeira da mesa de jantar e afundei nela. Me joguei para a frente e apoiei a testa à esquerda do prato de feijão. Estava me sentindo enjoada e zonza. Robert e Cassandra. Tudo bem, eu tinha que olhar, disse a mim mesma. Tinha que examinar essa correspondência. Claro que tinha. Não pode ser Rob, não o meu Rob. Sentei lentamente, segurei a fatura com as mãos trêmulas e examinei as transações:

Boots	£ 18,90
Debenhams	£ 99,90
Superdrug	£ 23,99
Tesco	£ 80,47
River Island	£ 8,50

Podia sentir o sangue pulsando nos meus ouvidos. Minhas mãos rasgaram freneticamente os envelopes espalhados pela mesa. Havia uma conta de gás, um extrato de imposto municipal, um recibo de encanador e uma pilha de outras coisas, todas endereçadas para o senhor e a senhora Harrison. Meu rosto queimava e minha vista ficou turva. Senti falta de ar.

Rob, casado? Meu Rob, casado? Com Cassandra?

Meus olhos dispararam pela papelada, espalhada como uma nuvem negra pela mesa. Meu rosto estava entorpecido. Não conseguia entender isso. Era um erro. Eu iria ligar para Rob e ele iria explicar.

Rob com uma esposa em Birmingham.

De jeito nenhum. Afastei o pensamento da minha cabeça e enfiei o braço na bolsa à procura do meu celular. Rob atendeu no segundo toque.

— Oi, meu amor! Você está ligando para dizer boa-noite?

Senti uma pontada de medo. — Você tem uma... uma... — respirei com dificuldade antes de proferir a palavra — esposa?

Não acreditei que estava realmente perguntando isso.

Houve um silêncio excruciante.

Diga que não, orei em silêncio, segurando o telefone com as mãos suadas.

— Meu bem, eu posso explicar. Não é o que está pensando, é...

Meu coração deu um salto. — Você é casado? — dei um grito. — Preciso de uma resposta simples. Sim ou não?

— Evie, me escute! — ele berrou. — Eu posso explicar, eu ...

— Não acho que possa — gritei.

— Estou resolvendo isso, Ev....

Desliguei o telefone com força e o joguei dentro da bolsa. Estava sentindo uma mistura de emoções conflitantes, que literalmente me deixou sem fôlego. Levantei, ignorei o toque do telefone e saí cambaleando cegamente da sala, desci o corredor, as lágrimas escorrendo pelo meu rosto.

O quarto de Lulu estava frio e a cama, vazia. Ela estava fora. Fechei a porta do quarto dela com as mãos trêmulas e voltei para a sala.

Afundei no sofá. O que a gente faz quando descobre que o seu noivo tem uma esposa? Rob é *casado*. É verdade. Olhei para as cartas. As lágrimas desciam livres pelo meu rosto. Meu mundo tinha desabado. Senti raiva. Senti tristeza. Estava... confusa. Os pensamentos estavam embaralhados na minha mente. Uma esposa. Uma casa.

Sobressaltada, sentei ereta. Uma bruma de medo se espalhou no meu peito. Rob poderia voltar para cá. Eu precisava ir embora, sair do apartamento. Não queria vê-lo. Levantei rapidamente e corri para a mesa, para pegar as chaves do carro dele. Limpei o nariz úmido com as costas da mão, mordi o lábio inferior e ouvi o silêncio. Uma esposa? Eu tinha que verificar isso por mim mesma, tinha que fazer isso. Iria para Birmingham. Peguei a fatura do Visa, amassei-a e a coloquei dentro da minha bolsa. Saí do apartamento. Iria até lá agora.

CAPÍTULO 11

Abasteci o carro dele, digitei o código postal de Birmingham no GPS, e, sem prestar muita atenção para onde estava indo, me encaminhei para fora de Londres. Dirigi como um robô, sem sentir nada. Meu cérebro funcionava por espasmos. Durante certo tempo minha mente ficou entorpecida, e então, repentinamente, minha cabeça se encheu de pensamentos. Preferia o entorpecimento, que me deixava apática. Então, apesar da intermitente histeria, me concentrei em seguir uma linha de pensamento. Perguntei a mim mesma como não havia desconfiado antes. Como pude ser tão... tão burra, cega e confiante. E por que Rob não havia dito nada? E, mais importante ainda, por que ele havia se casado? Bom, isso eu entendi sozinha rapidamente; ele tinha se casado porque a amava. Essa percepção, nada bem-vinda, me deixou ainda mais desesperada do que antes. Lágrimas quentes escorriam pelo meu rosto, e minhas mãos apertavam a direção com tanta força que os nós dos dedos estavam brancos. Parecia que eu estava passando por uma experiência extracorpórea, como se isso tudo não estivesse acontecendo comigo. Por dentro eu estava gelada, e, embora o aquecimento do carro estivesse ligado no máximo, meu corpo tremia de frio. O brilho âmbar do meu telefone tocando no modo silencioso iluminou o interior do carro. Meus olhos desviaram da estrada à minha frente para o dispositivo viva-voz.

Era Rob. Novamente. Meu rosto endureceu. Não podia falar com ele. Iria desabar de tanta dor. Dei uma fungada ruidosa e limpei o rosto molhado com os punhos fechados. Enquanto o carro deslizava pela escuridão vazia da estrada, meus pensamentos voaram para minha mãe e meu pai, e para Lexy e Graeme. O que iria dizer a eles? A lembrança do anúncio do casamento no Natal me fez sentir outra onda de náusea, e por um instante pensei que iria realmente vomitar. Tentei ligar várias vezes para Lulu, mas seu telefone estava desligado, assim como o de Tina. Precisava conversar com alguém. Peguei minha lista de contatos, achei o número de John, e num impulso, apertei o botão de discar.

— Evie, sabe que horas são? — John me repreendeu, com um tom profundo e sério.

Ao ouvir a voz dele, meu coração disparou. Meus olhos examinaram o relógio. Era uma hora da madrugada.

— Evie!

Desviei o carro para o acostamento, desliguei o motor, dobrei meus braços sobre a direção, engoli minha tragédia e apoiei a cabeça na curva do cotovelo.

— Evie!

— Rob é casado! — deixei escapar baixinho na escuridão. — Ele tem uma esposa... Uma esposa. — Apoiei minha testa na direção, e bem alto despedacei meu coração.

A voz dele explodiu no carro. — Evie! Onde você está?

Lágrimas grossas e salgadas escorreram pelo meu rosto.

— Responda!

Minha cabeça latejava e meus olhos ardiam. Eu me sentia sozinha, tão sozinha e assustada.

— Tudo bem, Evie. Sente direito e tente respirar fundo... agora solte o ar. Vamos lá, Evie. Respire e solte, respire fundo... e solte.

Levantei o queixo, fechei meus olhos e me concentrei na tarefa de inspirar e soltar o ar. Depois de algumas tentativas trêmulas, começou a surtir efeito.

— Vamos lá, meu bem, respire fundo... e solte. Você está indo bem, isso mesmo.

Olhei para o espaço, quando meu pulso se normalizou.

— Tudo bem, você está indo muito bem.

Olhei à minha volta. Havia um silêncio reconfortante, a não ser pelo ruído esporádico, veloz, de um motorista dirigindo tarde da noite. Com o punho cerrado, limpei uma lágrima do meu rosto, e então tirei o celular do viva-voz e o pressionei na orelha.

— Agora, vamos lá, é isso aí, garota.

— Estou bem, estou bem — disse baixinho, segurando o telefone com os dedos rígidos.

— Bom — John respondeu, com um suspiro.

Minha garganta estava seca e apertada, e meus olhos estavam pesados.

— Agora — ele começou numa voz entrecortada. — Onde você está?

— No carro do Rob.

— Está sozinha?

— Sim.

— Me diga exatamente onde está, e vou mandar alguém te buscar.

Espiei a escuridão. Não tinha ideia de onde estava.

— Estou na estrada — disse a ele.

— Que estrada?

— Não sei — admiti, e as lágrimas encheram meus olhos, pois sabia que deveria saber em que estrada estava. — A B... estrada para Birmingham. Estou indo conhecer a esposa dele — disse, com a voz tremendo.

— Você não vai a lugar algum. Diga qual o número da placa do seu carro.

Roí a unha do meu polegar. — Não sei. É uma BMW. Devo sair e olhar a placa?

— Não — ele gritou, me fazendo dar um pulo. — Você está no sentido Londres-Birmingham?

— Sim.

— Você se lembra de ter passado por alguma placa?

Apertei meus olhos, pensando com força. — Oxford, eu acho.

— Fique onde está. Vou mandar pegarem você e o carro daqui a uma hora.

Funguei. — Posso... posso esperar no acostamento?

— Na verdade não deveria, mas não se preocupe com isso. É mais seguro do que correr o risco de perder o controle do carro. Espere aí, não dirija. Está me escutando, Evie?

Assenti, infeliz.

— Está me escutando?

— Sim.

O brilho amarelado do meu telefone tremulou, e diminuiu de intensidade quando a linha foi desligada. Joguei o celular dentro da bolsa, reclinei o banco do motorista e cruzei os braços à minha frente. Estava cansada. Não, estava exausta. Iria esperar pelo John. Gotas grossas de chuva caíram e ziguezaguearam pelo para-brisa. Deixei meus olhos pesados se fecharem para cair na inconsciência, senti uma calma sonolenta. Talvez me sentisse melhor se dormisse um pouquinho. E John estava certo, eu não deveria estar dirigindo. Iria descansar.

Meus olhos se arregalaram. A fatura do Visa estava impressa na minha mente, como um holofote iluminando os perímetros de Alcatraz. River Island! Devem ser roupas, calçados e acessórios. Debenhams! Aposto que existe uma franquia da Topshop na filial de Birmingham. Boots e Superdrug! Isso deve ser perfume e maquiagem, sem dúvida. E não vamos esquecer a Tesco, que é obviamente seu fornecedor de vinho e gim. Embora estivesse sentada, senti que o chão aos meus pés estava se mexendo. Fiquei tonta e com a cabeça leve, porque de repente me ocorreu que ela, a outra mulher, tinha um cartão de crédito, enquanto eu não tinha. Porque Rob, o sovina duas caras, tinha confiscado todos os meus cartões de crédito no ano passado e me fez prometer não os substituir. Mantive a promessa. Estou sem cartão, economizando, vivendo apertada, e para quê? Para ele financiar uma esposa?

Endireitei meu corpo, liguei o carro e acelerei do zero para cento e doze quilômetros em menos de um minuto.

Vamos resolver isso logo, logo, decidi, os dedos agarrando com força a direção.

Ao chegar a Birmingham, minha coragem desapareceu. Por completo. O tempo estava apropriadamente sombrio, com o céu carregado de tons cinzas, e pancadas de chuva sendo trazidas por um vento cortante. O relógio no painel do carro mostrava três horas da manhã. Soltei o cinto de segurança, olhei de relance para a frente da casa deles e deixei escapar um gemido. Era uma agradável casa geminada, de estilo vitoriano, com as paredes pintadas em tom rosado e telhado de terracota. Glicínias caíam em cascata sobre a varanda da frente e emolduravam as janelas dos quartos. Parecia... acolhedora. Obviamente eu não poderia bater na porta àquela hora da madrugada. Teria que esperar, esperar, pelo menos até as sete e meia. Me aconcheguei no banco da frente. Iria tentar dormir.

Mas não conseguia dormir sem uma coberta. Rob deve ter alguma coisa no porta-malas que eu possa usar, espero. Ao sair do carro, o vento balançou meus cabelos. Curvei um braço sobre a cabeça para impedir que a chuva batesse no meu rosto e me apressei, o máximo que meus sapatos de plataforma me permitiam, em direção à traseira do carro. Peguei uma jaqueta acolchoada no porta-malas, joguei-a sobre os ombros e abaixei a porta sobre a minha testa. Enquanto me inclinava contra o vento, lutando com a alça da porta do motorista, uma mão delicada tocou meu ombro. Dei meia-volta.

Uma garota magra, atraente, com cabelos loiros compridos, estava parada à minha frente. Ela tinha olhos castanhos fundos e o rosto em formato de coração. Estava usando um roupão cor-de-rosa, e por cima dele tinha colocado uma jaqueta verde da Barbour. Com o queixo erguido, ela levou a mão aos olhos para segurar as gotas de chuva que escorriam do seu capuz.

— Evie? — ela perguntou, elevando o tom de voz por causa do vento crescente.

Confirmei, surpresa.

— Sou a Cassie. Estava te esperando.

Me esperando?

Dando um giro, ela se apressou para voltar à casa, fazendo sinal para eu acompanhá-la. Fucei no carro, agarrei minha bolsa do banco do passageiro, apertei a jaqueta de Rob de encontro ao meu corpo e rapidamente a segui.

— Você veio, bem que achei que viria — ela sussurrou, fechando a porta da frente com bastante cuidado para não fazer barulho. — Venha para a cozinha — ela disse, jogando seu casaco no corrimão e me levando por um corredor decorado com mosaicos de ladrilhos.

Molhada, cansada e infeliz, acompanhei-a até a cozinha, onde afundei numa cadeira de estofamento de couro, diante de uma mesa de pinho limpa. Cautelosamente, Cassie ocupou a cadeira contrária. Seu rosto era firme, sua pele quase transparente. Ela parecia tão cansada quanto eu, com uma sombra de insônia e marcas de fadiga em volta dos olhos. Uma rajada de vento sacudiu a porta da cozinha.

— Onde estou com a cabeça? Você está ensopada, seu casaco está escorrendo. Deixe-me pegá-lo pra você — ela disse, dando um passo em volta da mesa.

Me livrei da jaqueta de Rob nos meus ombros e a observei se mover com uma graça nervosa, ao pendurar a jaqueta num gancho perto da porta e ir para a pia encher a chaleira. Ao voltar, um sorriso frágil pairava nos seus lábios.

— Posso perceber por que ele se apaixonou — ela disse numa voz controlada.

Ela relaxou ao lado do balcão, braços cruzados, atenta, enquanto a chaleira fervia. Enfiei uma mecha de cabelo molhado por trás da orelha. Ficamos olhando uma para a outra pelo que pareceu um longo tempo.

— O que quis dizer com você estava me esperando? — perguntei.

Ela me olhou sem piscar — Rob ligou... ele está desesperado. Já ligou três vezes. Disse que, se você viesse, eu deveria avisá-lo imediatamente... não vou fazer isso, é claro!

Ela se virou e mexeu no armário à procura de xícaras. A cozinha era grande, quadrada e arejada. Armários de madeira polida cobriam a parede, um fogão azul-escuro estava embutido num canto, e cortinas grossas de voil creme enfeitavam as janelas.

Cassie me observou de perto enquanto colocava duas xícaras de café, leite e açúcar na mesa, e se dirigia para o assento do outro lado. O cômodo estava silencioso, a não ser pelo tique-taque ritmado do relógio da parede. O relógio dela, de Rob. O relógio deles. Notar isso me fez perceber que ela não era a outra mulher; eu era. Meus dedos se estreitaram em volta da xícara.

— Finalmente nos encontramos — ela disse.

Manchas vermelhas afogueadas subiram pelo meu pescoço.

— Como é possível eu ter ficado tão surpresa por te conhecer, e você não parecer nem um pouco surpresa em me encontrar? — perguntei, finalmente capaz de achar minha voz.

Ela examinou meu vestido creme de festa.

— Parece que você acabou de saber, enquanto eu já sei desde o verão passado que Rob conheceu outra pessoa.

— No verão passado?

— Acho que foi quando ele te conheceu, porque foi quando as coisas começaram a dar errado entre nós — ela me contou, seus olhos vidrados e distantes.

Meu estômago deu um nó. — Cassie — eu disse —, que tal você me contar sua história e eu te conto a minha? — sugeri.

Ela concordou com a cabeça e se inclinou conspiratoriamente.

MINHA MENTE ESTAVA embaralhada com imagens e datas. Estava tentando bravamente criar alguma coisa que apagasse a história que Cassie havia acabado de me contar. Observei em transe enquanto ela fazia torradas e preparava mais café. Isso era real, eu não estava sonhando, estava realmente acontecendo. Encarando os fatos, eu sabia que não havia outra saída a não ser enfrentar tudo de cabeça erguida. Rob era um cretino infiel. A história de Cassie confirmava isso.

Rob e eu tínhamos nos conhecido em julho do ano passado, em Paris. Ele terminou com Cassie em agosto, saiu de casa e se mudou para um apartamento a cerca de cinco quilômetros daqui. Passou quatro meses comigo, dividindo seu tempo entre Paris, onde nós dois trabalhávamos, e meu apartamento em Londres, voltando para Birmingham uma vez por semana para cuidar dos negócios. Quando ele e eu terminamos, no fim de outubro, ele voltou para Birmingham. No Ano-Novo, Rob e eu reatamos. Ele se mudou para Londres para ficar comigo, e pediu o divórcio para Cassie. Ah, a propósito, seus pais moram aqui perto, não na Espanha.

Massageei minha nuca. Podia sentir a tensão crescendo no meu pescoço. Era muita coisa para processar.

Cassie colocou ruidosamente um prato de torradas sobre a mesa. — Faz sentido — ela disse, indiferente, virando-se para o balcão para pegar as xícaras de café. — Mas, se te serve de consolo, é com você que ele quer ficar. Ele tem me deixado maluca por causa do divórcio. Ele concorda com qualquer coisa que adiante o processo. — Os olhos dela examinaram a cozinha. — Está até mesmo disposto a me dar esta casa.

Olhei a torrada e tentei encontrar forças para comê-la.

— E uma parte no negócio dele — ela acrescentou, afundando na cadeira. — Mas não quero o divórcio, e lhe disse isso.

— Você disse a ele que não quer o divórcio? — perguntei, olhando-a diretamente nos olhos.

Ela fez um aceno triste com a cabeça.

Fiquei espantada. Se Rob sabia que Cassie não queria lhe dar o divórcio, então não poderia se casar comigo no Natal, a menos que estivesse com a intenção de ter duas esposas.

— Cassie, ele te trata como um jogo de pingue-pongue, e mesmo assim você ainda o quer?

Seu rosto estava tenso. Havia um toque desafiador no seu olhar. Ela tinha um segredo, senti isso. Um pressentimento ruim tomou conta do meu peito, enquanto as batidas do meu coração começaram a bater num ritmo trepidante.

— Você não sabe nada do Marcus, não é? — Seus olhos castanhos se fixaram nos meus. — Nosso filho de três anos — ela acrescentou simplesmente.

Despenquei contra o encosto da cadeira.

Cassie notou minha expressão torturada; sua mão cobriu a boca. Fiquei em pé e caminhei tremendo até a pia. Senti um enorme espasmo de aflição. Estava ferida. Traída por Rob, meu melhor amigo e meu amante, me sentia arrasada e confusa. Eu estivera convencida de que essa garota era culpada por destruir a bolha de felicidade da minha vida perfeita. É claro que não era nada disso. Tentando ser objetiva — e eu estava me esforçando ao máximo —, tinha que admitir que ela era tão vítima quanto eu, senão mais... *um filho*?

Olhei em volta da cozinha. Não consegui ver nenhum brinquedo de menino. Não tinha bicicleta nem vara de pescar. Mas então notei uma porta num canto com uma placa "Quarto de Brinquedos", e imaginei que a bagunça estivesse ali. Dei uma fungada e limpei o nariz com as costas da mão. Pensando bem, as vindas de Rob para Birmingham eram constantes e regulares. Uma nova onda de desespero tomou conta de mim enquanto fechava meus olhos e tremia, ao sentir a força devastadora do golpe que estava sofrendo.

Eu o odiava.

— Pode ficar com ele — disse a Cassie.

Ela me deu um sorriso triste. Em vez de odiar essa garota, senti um pouco de compaixão por ela. Não era o que eu esperava sentir.

— Pensei que iria te detestar, mas não — ela admitiu, seus olhos um reflexo dos meus. — Mas nós temos algo em comum, não é?

— Temos?

— Amamos o mesmo homem.

— Não amamos! — gritei, com calculada virulência.

Suas sobrancelhas se ergueram curiosas. Ela mexeu pensativa sua xícara sobre a toalha da mesa, sem objetivo. Seus olhos castanhos não se afastaram dos meus.

Nós nos viramos ao ouvir uma batida repentina na porta.

— Tem alguém à porta! — Cassie disse rapidamente. Seus olhos já bem abertos ficaram ainda mais arregalados. — Quem poderia ser? — ela perguntou.

Olhei para ela distraidamente. — É a sua casa. Provavelmente não vai ser alguém atrás de mim — salientei.

Nossos olhos voaram para o relógio da parede.

— Quatro horas — dissemos juntas.

— Rob? — pronunciei, com os nervos febris.

Ela balançou a cabeça ferozmente. — Ele não faria essa viagem com tanta rapidez, e não viria aqui ao acaso — ela disse racionalmente. — Ele ainda deve achar que você está em Londres.

Uma segunda batida a fez dar um pulo e se levantar.

— Vai acordar o Marcus — ela disse brava. — Quem é?

— Vamos atender à porta... juntas — falei.

Ela saiu apressada da cozinha, as abas do seu roupão se agitando, e eu fui andando atrás dela, resplandecente no meu elegante vestido de festa da noite passada, a maquiagem borrada pelas lágrimas.

Ela abriu a porta para dois homens de terno preto.

— Evie Dexter? — um deles perguntou, seus olhos alternando entre mim e Cassie.

Eu me encolhi, sem ter certeza se queria ou não me identificar. Isso é, quem são essas pessoas? Eles parecem sinistros, parecem ameaçadores. Cassie me olhou desconfiada, e então se posicionou corajosamente à minha frente. Ela puxou um dos cordões do seu roupão e endireitou seus ombros magros.

— O que vocês querem? — ela perguntou, corajosamente. — Quem são vocês?

— O senhor Jackson mandou a gente, ele...

— Ah, tudo bem — interrompi. — Desculpe, não preciso mais de uma carona.

— Sinto muito, senhorita, mas tenho que levá-la até ele — um dos homens afirmou, dando um passo decidido para a frente.

Em resposta, Cassie e eu demos um passo cauteloso para trás.

O homem abriu seu telefone, digitou alguns números e o entregou para mim.

— Sugiro que fale diretamente com o senhor Jackson. As instruções dele foram muito claras.

Cassie passou seus braços em volta dos meus. Peguei o telefone obedientemente, segurando-o contra a minha orelha.

— John? — tentei me safar.

— Evie! Que diabos você está aprontando? Quando digo para ficar onde está, é exatamente isso que você tem que fazer. Estou furioso. Agora entre no carro. Vamos discutir isso quando te encontrar.

— A questão é que... — comecei, mas calei a boca quando percebi que estava falando sozinha.

Cassie me encarou, muda e assustada. Apoiei uma mão em seu braço para tranquilizá-la.

— Quem era? — ela perguntou.

— Ahn... um amigo. Tenho que ir embora. Vamos conversar novamente, tenho certeza.

— Posso pegar as chaves do seu carro, senhorita? — o homem pediu, curvando-se desajeitadamente. — Vou levar seu carro até Londres. Você irá no carro do senhor Jackson, com o meu colega — ele explicou, apontando para o homem atrás dele.

Cassie abaixou a voz confidencialmente. — Deixe o carro do Rob aqui. Para quê devolvê-lo, se forçá-lo a vir buscá-lo aqui é bem mais inconveniente? — ela confidenciou, sua pele pálida rosada com a travessura.

Sorri, deixei a chave do carro de Rob na palma da mão dela e saí.

O motorista de John me levou para o aeroporto de East Midlands, onde Sadie e sua equipe estavam aguardando. Eles me avisaram que eu iria para Amsterdã. Como era esperado. Felizmente, como toda guia de turismo bem organizada, eu carregava sempre meu passaporte comigo.

Chegando ao aeroporto de Schiphol, fui levada num carro de janelas escuras pelas ruas de paralelepípedos da capital holandesa até o Hotel Pulitzer, onde fui recebida e acompanhada pelo saguão silencioso até um elevador, e subi para o último andar.

A imagem de John ocupava todo o umbral da porta da suíte de cobertura. Ele usava calça preta e uma camisa rosa de mangas compridas aberta ao peito. Estava parado com as pernas abertas, as mãos enfiadas nos bolsos da calça. Ele me acenou cordialmente. Quando vi seus olhos se suavizarem e um sorriso formar uma curva em seus lábios, apressei o passo, literalmente correndo pelo corredor em sua direção. Ele deu um passo à frente, diminuindo a distância entre nós, e me abraçou com força. Estava tão feliz por vê-lo novamente.

— Evie, estou exausto. Fiquei a noite toda acordado tentando te encontrar.

— Ele tem esposa e um filho — gemi.

John segurou meus braços com força, olhou-me e me sacudiu delicadamente. — Seu noivo não te merece.

— Mas eu o amo.

Ele passou um braço pelo meu ombro. — Venha, me conte tudo — ele disse, com a testa franzida de preocupação.

— Como o seu motorista encontrou a casa em Birmingham? Você conversou com o Rob? Ele te deu o endereço? — perguntei, tão ansiosa que parecia estar fazendo uma lista de exigências.

— Não, não conversei com o Rob, nem pretendo. Quando meu motorista não a encontrou, mandei rastrear o sinal do seu celular, e isso foi uma amolação também — ele reclamou. — Estou devendo vários favores a muitas pessoas depois do que aconteceu esta noite, não me importo que você saiba.

Isso era um pouco demais para mim. Rastrear sinal do celular? Nem me importei em perguntar o que isso significava. Em vez disso, comecei a chorar. John me levou para um sofá debaixo da janela. Ele não se sentou ao meu lado. Pegou um banquinho e se sentou à minha frente. Meus olhos examinaram a suíte. Havia enormes vasos de flores frescas em todos os lugares. Grinaldas e caudas de veludo dourado adornavam as janelas, e um arranjo casual de poltronas de veludo ladeava uma enorme mesinha de centro.

John se inclinou para a frente, apoiando o cotovelo nos joelhos. — Tudo bem, conte tudo desde o começo, e não tenha pressa, temos o dia todo — ele disse lentamente, os olhos apertados.

Olhei para minhas mãos contorcidas no meu colo, e, para minha surpresa, contei tudo a ele, não me esquecendo de nada.

John tinha escutado em silêncio enquanto eu contava a minha história, balançava a cabeça, me apoiando, aturdido. Segurei uma almofada de encontro ao peito. Estava exaurida.

— O homem... o *garoto*... é um tolo — ele disse.

Concordei, incapaz de dizer alguma coisa. John se levantou do banquinho onde estava para se sentar ao meu lado no sofá e me abraçou. Ficamos sentados quietos, perdidos nos nossos próprios pensamentos.

Ele ergueu meu rosto com o dedo indicador. — Tome um banho. Vou pedir o café da manhã, e depois você vai dormir. Parece exausta. — Ele se levantou e pegou minha mão. — Vamos — ele disse.

Uma hora mais tarde, envolta num fofo roupão do hotel, sentei-me infeliz na mesa de jantar, do lado oposto ao de John, inalando o vapor do meu café. Não conseguia comer nada.

John me olhou sagazmente. — Alguém sabe que você está aqui? — ele perguntou.

— Não.

— Me dá o seu telefone.

Chacoalhei minha xícara no pires e, sob o olhar atento de John, atravessei a sala e peguei meu celular de dentro da bolsa. Como era de esperar, o telefone estava sem bateria. Ele me ouviu suspirar.

— Me dê o telefone — ele disse.

Afundei na cadeira, entreguei meu celular para ele e esfreguei meus olhos com força. Estava arrasada. Já fazia vinte e quatro horas que eu não dormia.

Ele virou o telefone em suas mãos. — Escreva uma lista — ele disse.

— Uma lista de quê?

— Uma lista do que você vai precisar nos próximos dias. Produtos de beleza, roupas...

— Alguns dias?

Ele se inclinou. — Você está com pressa de voltar para Londres?

— Não — admiti, apertando ainda mais o roupão contra o corpo.

— Pegue meu telefone. Ligue para a sua casa agora e diga pra todo mundo que está segura e bem, então, já pra cama. Quando acordar, vai ter a bateria do seu telefone carregada e uma troca de roupas. E vamos sair para um jantar vespertino.

Fui tomada por uma onda de pânico. Impossível sair para jantar. Eu não tinha fome. E não queria encontrar ninguém. E pra quem deveria ligar? Não queria falar com ninguém.

John apertou seu telefone na minha mão. — Faça a ligação — ele repetiu.

O problema para quem ligar foi rapidamente resolvido pelo fato de que o único número que eu sabia de cor, além do número do meu próprio apartamento, era o telefone fixo do Bar Thea. Ligar para o apartamento nem me passou pela cabeça. E se Rob atendesse? Então, sob o olhar inescrutável de John, liguei para Nikki.

A voz de Nik ribombou do outro lado da linha quando ele percebeu que era eu quem estava ligando.

— Evie, é melhor inventar uma boa explicação! Aquele seu namorado me ligou às três horas da manhã. Onde você está? Não me importo em saber que tipo de briga vocês tiveram, mas Deus te ajude se não estiver aqui na hora do almoço. Temos um grupo de vinte e...

Abri minha boca para dizer alguma coisa, mas a voz não saiu. Apertei meus olhos e respirei fundo pelo nariz. John me fez um aceno encorajador. Nikki continuava vociferando.

— Você bateu o carro dele? É isso? O seu carro está na entrada, mas o dele não. Evie, um carro é apenas um carro, agora me escute...

— Nikki, o Rob é casado e tem um filho — interrompi.

Apertei o telefone no ouvido. Houve um silêncio espantado.

— Vou matar esse cara! — Nikki berrou.

— Você não vai fazer nada!

— Vou sim!

— Você pode ligar para a Lulu e para Lexy? Diga para a Lexy não mencionar nada disso para a mamãe e o papai. Eu conto para eles mais tarde — murmurei, numa voz que parecia oca e surreal.

Estava indo bem. Consegui juntar algumas frases, me senti encorajada a continuar. Parecia que eu era uma apresentadora do programa *Crimewatch*, atualizando o público sobre os últimos acontecimentos do caso do "Crime do Assassino da Ferrovia". A expressão sombria e o rosto fechado.

Joguei para trás o cabelo úmido. — Estou em Amsterdã — continuei. — Na Holanda — acrescentei, como se houvesse alguma dúvida sobre a qual Amsterdã estava me referindo.

— Você foi dirigindo até aí? — Nik perguntou.

Era uma pergunta bem normal, mas eu travei, porque por um momento não sabia dizer como havia vindo parar aqui. Minhas narinas tremiam, e meus olhos se encheram de lágrimas. Olhei em volta da suíte. Como vim parar aqui? Como? Desmoronando sob a pressão de ser uma apresentadora do *Crimewatch*, desabei a chorar e entreguei o telefone para John.

John ficou em pé, e com a cabeça abaixada caminhou até a janela e terminou a ligação com Nik num tom abafado, bem baixinho.

Escrevi uma lista. Produto para limpeza de pele, tonificante, hidratante, calcinhas. Não conseguia pensar em nada mais. John pegou a lista sem dizer nada e me levou para o quarto. Deu um beijo na minha cabeça e gentilmente fechou a porta atrás de mim.

O quarto estava terrivelmente silencioso.

Tirei o roupão, deslizei para baixo dos lençóis frescos e chorei até cair no sono.

Dormi o dia todo, acordando às quatro e meia. Me enrolei no edredom, e com determinação abri as dobras pesadas da cortina de veludo azul. Diferentemente de Londres, Amsterdã era banhada de sol. Abri a janela levemente e fitei a rua lá embaixo. Árvores altas e carregadas de flores forravam as vias de paralelepípedos, e janelas com jardineiras transbordando de flores da primavera decoravam a fachada dos imponentes edifícios de tijolos com telhados duplos. O canal, movimentado pelas alegres e coloridas balsas, deslizava como prata líquida. Houve uma batida educada na porta.

— Ouvi um movimento — John disse, entrando no quarto. — Achei que estaria acordada.

— É linda, não é? — comentei, colocando uma mecha solta do meu cabelo atrás da orelha.

— O quê? — ele quis saber.

— A cidade, é claro — eu disse, fazendo um gesto para a janela.

— Ahn, sim, acho que sim — ele retrucou distraidamente e continuou: — Estou faminto. Pode ficar pronta às seis horas? Reservei uma mesa lá embaixo.

Senti uma ponta de ansiedade. — Não estou com fome, e não quero...

Ele ergueu a mão pedindo silêncio.

— Vamos jantar — ele disse — às seis, portanto apronte-se. — E colocou três sacolas brancas sobre a cama. — Você vai encontrar algo para vestir aqui.

Assenti, agradecida. Meu coração batia acelerado e meus olhos ardiam. Não queria chorar de novo, não, ainda não, minha cabeça estava latejando.

— E o seu celular está carregado — ele disse, colocando meu celular ao lado das sacolas. — Não me faça esperar, não almocei hoje.

Foi quando uma lufada de tristeza me atingiu, rapidamente abaixei meu rosto e apoiei o queixo no peito. E apertei meu nariz com os dedos.

John soltou o ar pacientemente.

— Por que ele esconderia esse segredo de mim? Por quê? — gemi, dando vazão a uma nova enxurrada de lágrimas.

John escancarou os braços. Apertei o edredom à minha volta e fui cambaleando para perto dele. Ele me abraçou.

— Só ele vai poder te responder isso — ele comentou.

— Eu o odeio!

Ele deu um suspiro cansado. — Seria bom se isso fosse verdade. Certamente tornaria a vida bem mais fácil. — Ele me abraçou com força, que era do que eu precisava no momento.

— Eu o odeio mesmo! — repeti, fungando com força.

Uma brisa gelada de primavera soprou pelo quarto, fazendo-me estremecer.

— Você está gelada. Vamos, tome um banho e vista uma roupa — John disse, esfregando a palma das suas mãos nos meus ombros. Ele levantou meu queixo. — Quero te ver vestida e me servindo um drinque em uma hora e meia. Compreendeu?

Concordei tristemente.

— Vai se sentir melhor depois de uma boa refeição e alguns gim-tônicas.

Consegui esboçar um sorriso molhado. — Estarei pronta — disse, limpando meus olhos com a palma da mão.

— Bom — disse ele, caminhando para a porta. — Vá direto para o chuveiro.

— Tudo bem — concordei, o rosto erguido. — Agora mesmo.

Andei em círculos pelo quarto como uma fera. Eu realmente deveria dar a Rob uma chance de se explicar. Isto é, obviamente existe uma explicação. Você não pede alguém em casamento, sabendo que já está casado, sem algum plano de ação. Então eu deveria quieta e calmamente ligar para ele e pedir para me explicar toda essa confusão, e contar tudo. Agarrei meu telefone e afundei numa poltrona ao lado da cama. Mas então, pensei, eu conheci a esposa, não é? O que há mais para explicar? Cretino infiel!

Primeiro vou ouvir minhas mensagens, e então, então...

Ligarei para ele. Não tem problema em ouvir o que ele tem a dizer.

Mas, na verdade, o que ele pode dizer que vai mudar alguma coisa?

Não, não vou ligar para ele. Funguei.

Minhas mensagens de voz começaram.

LULU (parecendo completamente enfurecida): "O que está acontecendo!? Aquele merda do seu namorado acendeu todas as luzes da casa! Cada lâmpada! Ele revirou sua agenda, e a minha... E o cretino me chamou de Cruella na minha cara! Na minha cara! Que cara de pau! Você roubou o carro dele? É isso? Não estou conseguindo dormir, e você sabe que tenho que acordar cedo. Volte para cá e resolva seus problemas com ele. Transe com ele, ou alguma outra coisa, qualquer coisa que o faça parar de ficar andando pelo piso... Ah! Quando voltar, poderia trazer uma garrafa de leite?".

LEXY: "Não sei o que você está aprontando. Graeme acha que a família toda precisa de terapia. Depois que você foi embora, a mamãe botou fogo na cortina do banheiro; ela começou a fumar cigarros de enrolar. Acredita nisso? Na idade dela? Isso é ridículo. Rob está desesperado e eu não o culpo. Ele sai para atender uma emergência e você desaparece. E não se esqueça que vai tomar conta das gêmeas amanhã, enquanto faço depilação nas pernas".

TINA (num murmúrio confidencial): "Rob ligou te procurando. Não sabia o que você estava aprontando, e disse que você estava no chuveiro, e ele falou que viria para cá. Então fiquei apavorada e admiti que você não estava aqui. Mas eu não sabia que você havia dito que estaria aqui, certo? Você deveria ter me contado. Acho que deve estar transando com alguém, que, ei, não estou te acusando nem nada, porque sei que você também iria me dar cobertura, mas você deveria ter me avisado antes".

ROB (numa voz de arrependido): "Evie, eu te amo, sempre te amei, sempre te amarei. Isso é tudo que precisa saber, isso é tudo que importa. Podemos resolver tudo isso. Onde você está, meu bem? Me ligue, por favor".

Senti um aperto no peito ao ouvir a voz dele. Dei um pulo e voltei a andar em círculos, arrastando a ponta da coberta atrás de mim.

ROB: "Me ligue, por favor."

ROB: "Quero saber se você está bem."

ROB: "Me ligue."

NIKKI (num tom profissional): "Conversei com a Lulu e a Lexy. Posso estar em Amsterdã em uma hora, se quiser que eu vá buscá-la. O Costas e o Pepi ficam no meu lugar. Me avise".

LULU: "Que miserável! O Nikki me contou tudo! Estou ligando agora para a Lexy para contar a ela".

LEXY (choramingando): "A mamãe e o papai ainda estão por aqui. Não contei nada. Isso é tão duro. Sinto o peso de guardar esse segredo. Precisava conversar com alguém, então contei pra algumas garotas do parquinho, quando fui levar as crianças. Além delas e da mulher da banca de jornais, não contei pra ninguém mais. Vou levar para o túmulo comigo. Estou tão chateada. Me ligue... Não faça nenhuma bobagem. Cancelei minha hora com a depiladora, posso me depilar na semana que vem. Não quero que se preocupe com a minha depilação".

MAMÃE (com um suspiro na voz): "Querida, como o Rob é agradável. Seu pai e eu estamos felizes por você. Decidimos escalar o Kilimanjaro. Estaremos de volta para o grande dia, que emocionante!".

Escalar o Kilimanjaro? Ela nem caminha até a reunião dos Vigilantes do Peso. E isso fica apenas a dez minutos da casa dela.

ROB: "Tentei te contar tantas vezes, mas nunca surgiu o momento certo. Isso não é importante".

Deslizei da cabeceira da cama e caí com um baque no chão. Não é importante? Ele tem uma esposa e um filho, e isso não é importante? Senti que estava febril. Apertei o telefone na orelha. Não é importante!

ALICE: "Rob ligou perguntando por você, ele pensou que talvez você estivesse aqui. Ele me contou tudo. Estou bem decepcionada. Duncan deu um sermão daqueles nele. Se cuide, meu bem".

Rob e eu conhecemos Alice e o marido dela no ano passado em Paris. Embora fosse vinte anos mais velha que eu, Alice e eu tínhamos nos tornado boas amigas, e ainda mantínhamos contato uma com a outra. Rob realmente tinha vasculhado minha agenda. Senti uma pontada de culpa. Pensando bem, estava devendo a Alice umas ligações.

Houve uma batida curta na porta. — Evie, você tem quinze minutos — John disse, num tom profundo e oco.

Quinze minutos?

Desci da cabeceira da cama. — Tudo bem, me dá vinte.

Larguei o edredom. Não é importante? Ele tem esposa e filho. Como isso não é importante? Temos que discordar nesse ponto. Não tenho motivos para ligar para ele. Eu o detesto.

Coloquei um vestido de festa vermelho curto e amarrado na cintura para o jantar. Era um pouco largo no ombro e farfalhava demais nos joelhos para o meu gosto. Complementei com sandálias carmim com saltos prateados, e uma carteira estilo *clutch* combinando.

— Pareço uma prostituta — sussurrei para John, enquanto ele me levava para a sala de jantar lotada.

— Você está linda — ele disse. — Na verdade, está bem mais bonita do que de costume.

— O que quer dizer com isso? — retruquei irritada.

— Você parece uma dama.

Me virei para ele. — Não sou sempre assim?

— Francamente, não, especialmente quando usa aquelas meias grossas ridículas e sem pés — ele disse, fazendo uma careta.

— São leggings.

Ele puxou minha cadeira.

Dei uma rápida olhada de alto a baixo para ele. — Você pode parecer ter doze anos ou noventa com essa roupa — disse a ele.

Pra dizer a verdade, ele estava com uma ótima aparência, como sempre, mas ele tinha insultado os meus leggings! Uma garota tem que dar o troco.

— Esse é um traje de passeio — ele revidou, insultado, passando a mão sobre a gravata de seda.

— Exatamente. Você nunca veste algo diferente.

Ele se acomodou na cadeira do lado oposto. — Visto, sim.

— Sim, calças de sarja e cores pastel — admiti duramente.

Ele me olhou perplexo. — Há algo mais? — ele perguntou, antes de voltar sua atenção para o cardápio. — Recomendo o cordeiro — ele disse, intrometido.

Esposa e filho. Dane-se Rob, pensei, estou na Holanda. De férias.

Fechei meu cardápio com um toque alegre. — Então, que seja cordeiro — repliquei.

Depois de uma garrafa de Châteauneuf-du-Pape, eu estava afundando na areia movediça da depressão. Enfiei um pedaço do cordeiro debaixo da batata. Não conseguia comer; meu estômago só aceitava líquidos. Lágrimas turvaram minha visão.

— Não! — John advertiu.

— Não o quê? — perguntei.

— Não chore.

Meus dedos se crisparam em volta do copo. Senti uma pontada de tristeza. Limpei uma lágrima do rosto, que era instantaneamente substituída por outra. John fechou sua mão sobre a minha, pressionando meus dedos em volta da haste do meu copo.

— Eu não ia chorar até você dizer "não chore" — deixei escapar rapidamente.

— Ia sim. Agora pare com isso... Tome um gole do seu vinho.

Esvaziei o copo. — Não há necessidade de ser assim tão intransigente — disse a ele, fungando.

Ele deu um sorriso largo e fez sinal para o garçom trazer uma garrafa de água. Fiquei sentada bem ereta e olhei para ele com os olhos marejados.

— Já fui chamado de muitas coisas, mas nunca ninguém me chamou de intransigente... pelo menos não na minha cara — ele declarou, seus ombros se ergueram numa risada. — Embora tenha certeza que quase todo mundo da minha equipe pense isso.

Estava prestes a concordar, mas parei para procurar um lip gloss na bolsa. Eu suspeitava que toda a equipe dele realmente pensava assim. Eu não acho isso, mas, de acordo com Tina, ele é metade homem e metade lobisomem.

— Gostaria que você não risse à minha custa — falei, deslizando um brilho rosado pelos meus lábios.

— Não estou rindo — ele disse, a boca esboçando uma curva suspeita.

Lancei um olhar para a opulência requintada do Restaurante Keizersgracht. Cubos de gelo e louça tilintavam, acompanhados pelo zumbido animado de um salão repleto de clientes elegantemente vestidos.

— Então, por que estamos aqui? — perguntei, erguendo o copo num brinde em direção à janela e à vista deslumbrante do canal.

— Em Amsterdã? — John perguntou.

— Sim.

— Tenho um escritório aqui. Venho para cá pelo menos uma vez por mês.

— Que legal — comentei numa voz fraca, as lágrimas temporariamente afastadas.

Seus olhos escuros olhavam firmes para o meu rosto. — Evie, esse garoto, Rob — ele disse, franzindo o rosto sério.

Meu estômago deu um nó ao ouvir o nome de Rob. Senti meu corpo todo se enrijecer.

— Não gosto dele — John disse, com amargura.

— O que quer dizer com não gosta dele? Você nem mesmo o conhece, e ele não é um garoto, é um homem — retruquei lealmente.

Houve um momento de silêncio.

— Tudo bem, talvez a melhor forma de colocar o que estou querendo dizer é: não gosto dele para você — ele disse, acenando para o garçom nos servir.

— Nós nos dávamos bem.

— Não, você achava que se davam bem.

— Nós nos dávamos bem!

Ele soltou a respiração com um suspiro. — Evie, é diferente para um homem.

— O que é diferente?

Seus olhos se agitaram enquanto ele procurava encontrar as palavras certas. — Os homens são bons mentirosos, mais capazes de deixar as coisas de lado quando não queremos mencioná-las. Somos especialistas em desconsiderar nossas próprias falhas. Já fiz isso muitas vezes. Na mente dele, Rob deve ter duas regras, uma que se aplica a você, e outra a ele.

Esfreguei os nós dos dedos no meu queixo. Era muita coisa para assimilar. Não conseguia compreender, estava cansada demais.

— Deixando de lado as mentiras e as enganações, você está preparada para assumir as responsabilidades de uma madrasta? — John perguntou, olhando-me com ar solene.

Madrasta?

Fiquei em silêncio. Dei uma olhada de relance pelo restaurante, me sentindo confusa. Todos os ruídos alegres e as conversas pareciam ter sido abafadas. O rosto de John parecia estar envolto numa bruma. Pisquei furiosamente. Ouvir a palavra "madrasta" teve o mesmo impacto em mim que "preparem o bote salva-vidas" teria numa circunstância diferente. Agarrei a lateral da mesa com uma das mãos e segurei meu copo com a outra. As únicas madrastas que eu conhecia eram aquelas velhas malvadas das histórias da Cinderela e da Branca de Neve. Não queria ser igual a elas. Definitivamente, não. Tomei um bom gole do vinho.

John me deu um sorriso entendedor. — Você *vai* ser a madrasta do filho dele se decidir se casar — ele comentou com animação, como se essas fossem notícias maravilhosas e eu devesse estar rejubilante com a ideia.

Abaixei os olhos para o meu copo.

Madrasta?

— Evie, você é uma bela garota de vinte e seis anos. Tem a vida toda pela frente. Esqueça esse cara.

Ah, uma boa notícia... eu tinha vinte e seis anos. Mas me sentia com oitenta e seis. Uma lembrança do rosto atraente de Rob surgiu na minha cabeça.

— Mas eu o amo — disse.

— Você vai se apaixonar por outros — ele replicou.

Balancei minha cabeça de um lado a outro. — Não do jeito como me apaixonei por ele.

John relaxou o corpo, braços cruzados, queixo apoiado no peito. — Se é esse o caso, ligue para ele agora e diga que o perdoa.

Endireitei-me na cadeira. — Não o perdoo — disse.

— Nem deveria, e nem estou me referindo à esposa e ao filho. Estou me referindo ao incidente do ano passado. Você nem deveria tê-lo aceitado de volta, para começo de conversa.

Senti que precisava ser justa. — Estava infeliz sem ele.

— Você nem se permitiu um tempo para superá-lo — ele disse num tom condescendente.

— Olha só quem está falando: quatro divórcios e três namoradas. Você dificilmente serve de exemplo para relacionamentos duradouros — contra-ataquei.

Ele se inclinou para a frente, ameaçador. Meu coração deu um pulo, assustado.

— Tenho consideravelmente mais experiência em relacionamentos do que você — ele disse numa voz tranquila. — Isso é tudo o que você precisa saber. — Ele fechou sua mão sobre a minha. — Ainda não encontrei a pessoa certa. Quando isso acontecer, ela será a única mulher na minha vida — ele disse, mecanicamente.

Por dentro pensei que era melhor ele se apressar; ele não era um Peter Pan.

— Ainda assim, três namoradas — lembrei a ele.

— Uma — ele se defendeu.

— Uma? Então você deu o fora em duas? E por acaso ela é a Pessoa Certa?

— Não, não é, mas... — ele interrompeu, deixando a sentença inacabada.

— Mas o quê?

Ele franziu a testa consternado.

— Mas o quê? — pressionei.

— Você quer sobremesa? — ele perguntou.

— Sobremesa? Não, obrigada. Quero saber o que você ia dizer.

Houve um silêncio constrangedor. Os olhos dele se perderam atrás de mim.

— Você encontrou alguém, não foi? — desafiei-o, tentando adivinhar alguma coisa.

Ele tomou alguns goles do seu vinho, evitando o meu olhar.

— Me conte sobre ela. Quem é? Como ela é, onde vocês dois se conheceram?

— Evie, essas perguntas são muito inoportunas.

— Perguntas inoportunas? Eu já contei tudo sobre a minha vida, mas não sei praticamente nada sobre você. — Olhei de relance para ele, divertida. — Me conte.

Ele tomou um gole maior do que o normal de vinho. — Quando for a hora certa, eu conto. Por enquanto, esse assunto está encerrado — ele disse, depositando com força o copo na mesa, assinalando que, no momento, o assunto estava realmente encerrado. — Vamos ao bar para o conhaque — ele sugeriu, afastando sua cadeira.

CAPÍTULO 12

Acordei às nove e meia, chorei por uma hora, e não me sentia nem um pouco melhor. John tinha saído, mas deixou um recado sobre a mesinha da sala, dizendo que estaria de volta às onze. Telefonei para Lulu; ela estava na estação de rádio.

— Evie! Você precisa de *mim*. Quero cuidar de você. Volte para casa; numa hora dessas você deveria ficar perto de mim — ela disse, com urgência.

— Você o tem visto? — perguntei.

Ela soltou a respiração ruidosamente. — Não, mas o escutei batendo na porta hoje de manhã, o cretino — ela retrucou. — Vou te contar, eu...

— Quero ele fora do apartamento quando eu voltar — interrompi sua fala.

— Antes de você voltar? Ele vai estar longe desse apartamento antes de eu voltar para casa, hoje. Estava apenas esperando um sinal da sua parte. O que está pretendendo, voando para a Holanda desse jeito? E o que está acontecendo entre você e esse milionário?

Fiz uma careta.

— Ah! E adivinha o quê? — ela perguntou alegremente.

— O quê?

— Venci o desafio! Andrew Blackbourne foi fotografado fumando um cigarro ao sair da delegacia.

— Isso é fantástico — disse a ela.

— Não que eu vá ganhar algum prêmio ou coisa e tal, mas, ainda assim, é legal ser a vencedora.

Houve uma pausa desconfortável na conversa.

— Evie, eu não era a maior fã do Rob, mas não queria que isso acontecesse. Eu queria...

— Sei que não queria isso — falei triste.

Houve outro momento de silêncio, algo que até agora nunca havia acontecido numa conversa entre mim e Lulu.

— Eu te ligo para avisar quando volto para casa — eu disse.

— Tudo bem. Cuide-se — ela disse num tom assertivo que a fez soar como a mãe dela.

Liguei para Lexy. Não falei nada. Não tive oportunidade. Foi como um teatrinho de fantoches do Punch e Judy, com ela representando os dois papéis.

— Como você está? — ela perguntou.

— Terrível, pode apostar — ela replicou.

— Como ele pôde fazer isso? Onde ele estava com a cabeça?

— Uma vida dupla... dá pra acreditar?

— Bom, não consigo.

— Eu sei, eu sei, provavelmente você ainda o ama.

— Mas você vai ficar bem. Tem muita gente que te ama.

E continuou a ladainha. Ela até mesmo disse adeus por nós duas.

Liguei para Tina.

— Evie, você está chateada. Tudo ainda é muito recente. Você está desiludida e provavelmente não está com a cabeça no lugar. Mas preste atenção. *Não devolva o anel!* Você vai se arrepender se o fizer, quando voltar ao seu estado normal, intrépido e vingativo.

Contei a ela que estava com John Jackson em Amsterdã.

— Ele é um monstro! Você não está com medo? As exigências dele são infindáveis. Ele é capaz de reduzir o nosso gerente a uma pilha de nervos — Tina advertiu. Houve uma pausa. — Por quê, por que ele? — ela perguntou finalmente. — Evie, tome cuidado.

Brinquei com o anel de Rob no meu dedo, e o guardei na minha bolsa.

Nikki conversou comigo numa voz sombria, rouca. Ele me disse para ficar afastada do trabalho quanto precisasse, o que deve ter lhe custado muito dizer. Posso até imaginá-lo roendo os dedos ao pronunciar tais palavras. Maria lutou para tirar o aparelho das mãos dele; ouvi a luta. Chorando, ela me disse que o amor estava à minha volta.

Agora era a vez de Rob.

Segurei o telefone com força e respirei fundo algumas vezes. As batidas do meu coração dispararam ao ver o nome de Rob na minha agenda de contatos. Hesitei por um instante, as lágrimas ameaçando despencar.

O barulho do cartão de John na porta me fez dar um pulo.

— Evie! O que está fazendo se escondendo aqui dentro, a esta hora do dia, de roupão? — ele me repreendeu. Olhou incisivamente para o seu relógio.

Eu estava sentada no sofá, as pernas cruzadas, apertando uma almofada no peito. O telefone na mão. Quando seus olhos me desafiaram, meu lábio inferior começou a tremer. Não consegui evitar. Afundei meu rosto na almofada enquanto as lágrimas escorriam dos meus olhos. Ouvi John suspirar, e senti uma coisa boa ao perceber a pressão do corpo dele se sentando ao meu lado no sofá. Instintivamente me joguei nos braços dele, segurei no seu pescoço e fechei os olhos. Ele me apertou em seus braços. Sua garganta encostada na minha testa.

— Evie, vou sugerir uma coisa que nunca sugeri a nenhuma mulher na minha vida — ele disse, levantando os ombros, como se seu casaco estivesse muito apertado.

— O quê? — consegui dizer.

— Vamos fazer compras. Acredito que seja a cura de uma infinidade de males femininos. Acho que podemos tentar. Vou ter que ir a um baile beneficente hoje à noite. Se for levar você comigo, vai precisar de um vestido de festa — ele disse, pensativo.

Com a cabeça apoiada no peito dele, funguei ruidosamente e enfiei meu polegar no punho da sua camisa.

— Compras não fazem esposas e filhos desaparecerem — salientei.

— Por acaso isso significa que não quer ir?

Eu me sentei. — Fico pronta em quinze minutos.

— Você tem dez minutos. Já estou me arrependendo do convite.

— Eu ia ligar para o Rob.

— Ligue para ele quando a gente voltar. Não me faça mudar de ideia. Por falar nisso, estou pensando duas vezes. Pra dizer a verdade, três vezes.

Agora, detesto parecer mal-agradecida, mas as roupas nas três sacolas são tradicionais, conservadoras, caras, e tenho certeza que ficariam maravilhosas na princesa Anne. *Preciso* fazer compras. Vesti um jeans (o melhor de um monte de calças horríveis) e um dos suéteres com gola careca de John, que era enorme para mim. Mas era de cashmere, então nem me importei com o seu tamanho, e John disse que eu poderia ficar com ele. Quanto ao resto das roupas, John acertou com o porteiro para pegá-las e devolvê-las de onde vieram.

— É um desperdício de dinheiro — expliquei, enfiando os dedos pelo meu cabelo enquanto saía do quarto.

— Concordo, já que você não gosta delas — John disse.

— É maravilhoso poder mandar alguém ficar na fila para devolver as coisas.

John concordou distraidamente com a cabeça.

— Por incrível que pareça, a lingerie é maravilhosa e serviu perfeitamente. Essas eu não vou devolver — disse a ele.

— Muito bom — ele falou.

Um pensamento passou pela minha cabeça.

— Quem adivinhou os tamanhos?

— Fui eu — ele disse, levando-me direção ao elevador.

Foi ele?

John estava divertido. Na primeira butique, uma das assistentes perguntou educadamente se poderia ajudá-lo. Ele pediu um jornal e um café expresso, e para ficar numa sala de espera. Não havia sala de espera, muito menos café expresso e jornal.

Quando entregou seu cartão de crédito, ele disse à assistente que estávamos hospedados no Pulitzer, e para mandar nossas sacolas para lá. Segurando no braço dele, levei-o para fora da loja. Com minhas sacolas penduradas no ombro, expliquei o processo de comprar e levar.

— Se a loja não entregar nossas compras, o hotel mandará alguém pegá-las. Eu garanto isso — ele disse, com a testa franzida.

A praça Dam Square, tendo como cenário o Royal Palace, estava agitada. Turistas com os rostos erguidos, maravilhados com a beleza das altivas construções da Renascença, e consumidores lutando por um espaço nas calçadas lotadas.

— A característica mais marcante de Amsterdã são os seus sons — disse a John, quando fizemos uma parada para um chocolate quente.

— Que sons?

— O zumbido ritmado dos bondes elétricos e o tilintar dos sinos das bicicletas — disse a ele.

— É mesmo? — ele disse, erguendo a sobrancelha, desinteressado.

— Você já fez um cruzeiro pelo canal? — perguntei.

Ele inclinou um pouco a cabeça, como se estivesse pensando seriamente. — Não!

— Gostaria de fazer um?

— Não, na verdade não. — Ele me deu um olhar gelado. — Por que estou parado numa esquina, tomando café em uma xícara de isopor, quando poderia estar sentado confortavelmente numa cafeteria? — ele perguntou bruscamente.

Lambi a espuma do meu chocolate. — Você pode comprar haxixe e maconha em alguns cafés de Amsterdã. São chamados de Cafés Cannabis — disse a ele, ignorando seu mau humor.

Ele estreitou os olhos. — É mesmo?

Uma fileira apressada de escolares passou rapidamente ao nosso lado, nos separando e o prendendo na soleira de uma loja.

Ele jogou sua xícara no lixo. — Vamos continuar andando — ele disse. — Agora que estou na rua, prefiro continuar me mexendo.

Estava de volta ao meu quarto, cercada pelas sacolas; quatorze sacolas, para ser exata. John estava certo quanto ao hotel buscá-las. Incrível! Nós tínhamos parado no bar lá embaixo para um drinque e, num passe de mágica, as sacolas chegaram ao quarto antes da gente. Nunca havia gastado tanto dinheiro num dia só, nem mesmo num mês. Já disse obrigada a ele mais de um milhão de vezes. John disse que, se eu agradecer mais uma vez, ele vai mandar devolver tudo. Estou com um guarda-roupa novo. E o mais estranho é que John me incentivou a comprar cada um dos itens. Ele me incentivou mesmo! Achei que ele fosse me apressar para comprar o vestido de festa, e depois voltar correndo para o hotel, mas aconteceu exatamente o contrário. Ele se demorou preguiçosamente em cada uma das butiques, lendo o jornal e insistindo que eu demorasse o tempo que fosse preciso. Eu nem sei quanto custou meu vestido de festa; ele não quis me dizer.

— Esse baile beneficente é um evento de muita visibilidade. Não quero que esteja nada menos do que deslumbrante — foi tudo o que ele disse.

Escutei uma batida na porta do quarto.

— Entre!

— O porteiro tocou. O cabeleireiro está subindo — John disse.

— Não pedi um cabeleireiro.

— Não, mas eu pedi. Achei que você poderia ter uma ajuda com a sua longa cabeleira — ele disse, sorrindo abertamente. Ele entrou no meu quarto, com os braços estendidos. — Me dá o seu celular.

— Meu celular?

Ele confirmou com um aceno de olhos. — Passamos o dia todo sem lágrimas. Não quero que fique pensativa, ouvindo suas mensagens. Pode fazer isso amanhã.

Olhei minha bolsa, onde o celular estava seguramente guardado. Eu estava planejando ligar para Rob.

— O telefone — ele repetiu suavemente, mas com um estalar de dedos exigente.

Peguei o aparelho da bolsa e entreguei a ele.

— Obrigado — ele disse, e saiu do quarto.

Meu cabelo foi preso num coque alto, no formato de um abacaxi, e enfeitado com uma tiara reluzente, com alguns cachos longos e encaracolados caindo estrategicamente em volta do meu rosto. Eu estava com um vestido preto de chiffon tomara que caia, com uma discreta fenda até a altura da coxa, que envolvia meu busto e quadris e rodopiava, formando uma cauda de sereia. Uma estola de pele artificial estava em volta dos meus ombros bronzeados. Sim, bronzeados! A cabeleireira me fez o bronzeamento de St. Tropez, e, enquanto fazia isso, ela me colocou cílios postiços. Estava com a aparência mais magra também... a descoberta recente de que meu noivo tem esposa e filho acabou com o meu apetite.

John estava sentado numa poltrona, na sala em penumbra, uma perna elegantemente cruzada sobre a outra, resplandecente de black-tie, estudando o *Financial Times*.

— Estou pronta — falei, sentindo um arrepio.

Ele dobrou o jornal e me olhou como se eu fosse uma bola de cristal. O que a bola de cristal revelou a ele deve ter sido bom, porque um enorme sorriso tomou conta do seu rosto. Ele ficou de pé e caminhou lentamente em minha direção.

— Você, minha querida garota, está uma beleza.

Uma bolha de felicidade explodiu na minha barriga.

— Está faltando uma coisa — ele disse, pegando uma caixa de veludo azul apoiada numa almofada de cetim branco. Ele abriu a caixa.

Segurei a respiração.

Um pingente de safira em uma corrente de ouro branco, com brincos combinando, aninhados em uma almofada de cetim cor de creme.

— São verdadeiras? — perguntei, meu rosto queimando de prazer e encanto.

Os lábios dele se retorceram tentando esconder um sorriso. — Claro que são verdadeiras! — ele disse, prendendo a corrente em volta do meu pescoço. Ele deu um passo para trás e esfregou as mãos. — Combinação perfeita!

— Combinação com quê? — perguntei.

— Seus olhos, é claro.

Senti um calor no rosto.

— Coloque os brincos — ele disse.

Retirei meus brinquinhos comuns de cristal. — Ficamos juntos o dia todo. Quando você teve tempo de ir ao joalheiro? — perguntei.

— Pedi a um joalheiro para vir até o meu escritório. Eu os comprei esta manhã.

— Você os comprou?

— Sim.

— Não são emprestados?

Ele ergueu as sobrancelhas, surpreso. — Emprestados? Como eu poderia dar de presente algo emprestado?

— Você quer dizer que eles são meus... para sempre? — perguntei.

— Claro que eles são seus para sempre!

Lágrimas assomaram aos meus olhos. Ele colocou suas mãos de cada lado da minha tiara, como se estivesse me abençoando. Seu toque era... quente, e seguro e agradável.

— Não chore! — ele advertiu, fazendo uma careta que eu sabia que era de brincadeira.

Minha estola deslizou pelo meu braço. Eu a puxei para cima dos ombros com um movimento rápido e desajeitado.

— Não é o que você está pensando; é um choro de felicidade...

— Não quero ver *nenhum* tipo de choro.

Num impulso, o abracei. Ele parecia forte e grande. Engoli em seco. Ele acariciou gentilmente minhas costas.

— Vamos. Vamos embora — ele disse, passando meu braço sob o dele. — Estamos atrasados.

O BAILE BENEFICENTE estava acontecendo no Dutch Stock Exchange, uma instituição de quatro séculos. Enquanto nossa limusine rodava silenciosamente e estacionava, eu saí do carro, estendendo uma perna da cor de St Tropez. Meu coração quase teve um ataque quando pisei no tapete vermelho. *Um tapete vermelho de verdade!* À esquerda, um homem sob as luzes de um holofote segurava um enorme microfone peludo, enquanto uma jovem maquiava seu rosto, e um cinegrafista girava ao lado dele. Me virei para John.

— Quem é ele? — perguntei, apontando minha bolsa para o homem.

— Não faço ideia — John disse, acertando sua elegante gravata-borboleta.

— Vamos descobrir — sugeri, ansiosa, olhos flertando para todos os lugares.

John segurou meu braço e me conduziu para a reluzente multidão de convidados que se movimentava perto da entrada.

— Não faremos nada disso — ele disse bruscamente.

Caminhei para a frente enquanto olhava para trás. Se eu estivesse ao alcance da câmera, talvez aparecesse na televisão. John apertou meu cotovelo.

— Evie, olhe por onde anda. Você está tropeçando nos meus pés! — ele me repreendeu. — Tome cuidado.

Mordi o lábio inferior, irritada, mas logo abri um sorriso ao notar a série de flashes estourando à minha frente. Meu olhar se fixou num triângulo de fotógrafos, câmeras penduradas displicentemente sobre seus ombros, conversando uns com os outros. Entortei a boca. Eles não deveriam estar... tirando fotos?

A simplicidade externa do prédio contrastava com o magnífico interior. Uma sala imensa decorada em branco e dourado, com holofotes iluminando quadros que iam do teto ao chão, com pinturas de casais da Renascença dançando. Duas escadas largas, enfeitadas com lírios, conduziam a uma varanda onde os convidados se reuniam em grupos animados, enquanto garçons de casaca branca serviam bandejas de champanhe, circulando suavemente entre eles. Era fabuloso. Uma sensação inebriante de irresponsabilidade tomou conta de mim. Alisei minha estola de pele falsa carinhosamente. Iria me divertir muito. Que se dane a depressão. Rob? Quem?

John pegou duas taças da bandeja de um garçom que passava e me deu uma.

— Você teria vindo aqui sozinho? — perguntei sobre a borda da minha taça, olhando de relance em volta.

— Tenho três mesas de dez.

— Você tem vinte e nove amigos aqui?

— Não, eu tenho vinte e nove membros da minha equipe.

— Vamos sentar com eles?

— Não — ele disse, sem dar mais explicações.

Foi realmente um tédio. Não estou brincando. Tinha um banqueiro austríaco à minha esquerda, cuja conversa inicial foi perguntar minha opinião sobre a política do governo britânico em relação ao Imposto sobre Heranças. Como eu não tinha nenhum ponto de vista sobre o assunto, nenhum mesmo, a conversa foi meio que unilateral, de modo que eu fingi ouvir suas opiniões enquanto ele discorria sobre a questão. Ele também tinha uma história longa e (ele achava) hilária sobre as taxas de juros. Tive vontade de matá-lo. John, à minha direita, passou a noite batendo papo com uma mulher de aspecto impetuoso, vestida como a camponesa Little Bo Peep.

Sozinha, a não ser pela garrafa de vinho Chablis, pensamentos e lembranças de Rob ocuparam minha mente. Observando um jovem casal apaixonado numa mesa ali perto, senti uma ponta de inveja. Apertei o braço de John. Imaginei se ele estaria com o meu celular. Poderia ir até o banheiro feminino e ligar para Rob.

— Estou entediada. Você está com o meu telefone aqui? — perguntei.

— Não, não estou, e não o daria a você se estivesse. Os lances vão começar em breve — ele me disse, dando um tapinha na minha mão.

— Os lances! Está falando sério? Não tem lance nenhum acontecendo aqui! — Eu tinha certeza.

— *O leilão* — ele disse com um suspiro.

— O leilão — confirmei, meu interesse despertado.

— Sim — ele disse, sua voz baixa e tranquila. Ele ergueu meu queixo com seu dedo indicador. Seu olhar era amplo e seu sorriso ansioso. Ele curvou a cabeça para perto da minha de um jeito conspiratório. — A senhora do meu lado é a representante do International Trade and Investment da Holanda.

— É a sua fada-madrinha? — perguntei, olhando discretamente seu vestido.

Ele balançou os ombros numa risadinha silenciosa. Sorrindo, pegou um folheto brilhante e acetinado do centro da mesa e o entregou para mim.

— Dê uma olhada, veja se tem alguma coisa para a qual você queira fazer um lance no leilão. Me dê mais alguns minutos e serei todo seu — ele disse, dando um beijo perto da minha tiara, antes de se voltar para a representante do International Trade and Investment da Holanda.

Me escondi atrás do panfleto. Podia pelo menos demonstrar interesse.

Quando cheguei à página cinco, parei para olhar duas vezes. Não conseguia acreditar no que meus olhos estavam vendo. O lote doze era uma bolsa de lona Prada Saffiano nas cores azul-bebê, cinza e branco.

Eu tinha que ter essa bolsa. Tinha!

Meus olhos circularam a página. Não havia preço! Não há preços num leilão? Não sabia. Nunca tinha participado de um. Se eu comprasse aquela bolsa, nunca mais iria precisar comprar outra bolsa na minha vida, jamais; aquela bolsa combinava com tudo! Pense no dinheiro que eu economizaria ao longo do tempo. Dei uma cutucada na costela de John. Ele me enrolou, olhando de relance para trás. Dei outro enorme cutucão. Ele colocou sua mão sobre a minha e me deu um apertozinho de advertência. Desesperada, virei-me para o banqueiro austríaco, talvez ele soubesse se os itens leiloados tinham preços. A cadeira dele estava vazia! Maravilha! Passei a noite toda querendo que ele desaparecesse, mas, no minuto em que realmente preciso da ajuda dele, ele desaparece, e não está em nenhum lugar aqui por perto. Belisquei a mão de John. Ele se virou rapidamente.

— O que foi?

Mostrei o folheto. — Onde estão os preços? — perguntei, uma palavra atropelando a outra.

— O leiloeiro determina o lance inicial. Não tem preço — ele disse, girando a cadeira novamente para o lado da sua amiga.

Sem preço! Tudo bem, ótimo! Isso não importa, não é? Geralmente compro coisas da Topshop sem verificar quanto custam. Virei o relógio de John e chequei a hora. Dez minutos para o leilão começar. Iria dar uma escapada rapidinho, fazer xixi e voltar para a mesa. Não queria perder nada... afinal de contas, é para a caridade. Empurrei minha cadeira para trás, segurei a cauda do vestido e saí rapidamente da sala de jantar.

De repente a noite havia ficado muito melhor.

O salão ficou silencioso, a não ser pelo tilintar dos cubos de gelo nos copos. Os lances iriam começar. Pensei que iria desmaiar de emoção.

Eu devo ter sido um anjo na minha vida passada — a fundadora da Cruz Vermelha, ou a assistente da Florence Nightingale, ou alguém igualmente bondoso —, porque, assim que comecei a fazer lances para a caridade, não conseguia parar. Essa obra de caridade iria se dar bem. Eu mesma cuidaria disso pessoalmente. Meu coração estava disparado, minhas mãos suadas e os músculos da minha perna doíam. Eu me sentava e me levantava como um ioiô. Pulei, levantei minhas mãos e gritei “aqui, aqui”, só pra fazer o leiloeiro notar a seriedade do meu interesse. Estava ensandecida de desejo ao ver aquela bolsa de lona Prada Saffiano em exibição no palco, debaixo de um holofote. Eu não tinha ideia do que o leiloeiro estava dizendo. Não tinha ideia de quanto estavam os lances agora. Tudo o que eu sabia era que eu precisava ter aquela bolsa! John segurou meu pulso. Eu me desvencilhei dele. Era a terceira vez que ele me interrompia. O que ele estava querendo?

— Aqui, aqui! — berrei em pé, agitando meu braço loucamente. Afundei na cadeira e me virei para olhar para John. — Eu mesma vou pagar pelo meu lance — retruquei —, se é por isso que está tão bravo.

— Não é essa a questão — ele disse.

O leiloeiro chamou.

Dei um pulo. John também. Ele agarrou meu cotovelo com força e me puxou para baixo.

— Aqui, aqui! — gritei, com o queixo erguido.

John me forçou a ficar sentada. Estiquei o pescoço por trás do pescoço dele. Meu lance foi aceito. Graças a Deus.

O leiloeiro chamou novamente.

Tentei levantar novamente.

John prendeu meus pulsos por trás das minhas costas e com a outra mão segurou o coque do meu cabelo, forçando meu rosto de encontro ao pescoço dele. Lutei como uma fera para me livrar dele. Não conseguia me levantar, erguer meus braços ou gritar.

— Evie, fique quieta!

Eu tinha que conseguir aquela bolsa! O leiloeiro gritou. Tentei dizer “aqui, aqui”, mas com meus lábios grudados na nuca de John, só consegui emitir um som abafado que mais parecia “iiii, iiii”.

O leiloeiro bateu o martelo.

— Vendido!

Senti uma onda de pânico. Com um gemido, John me soltou. Olhei para ele com os olhos desvairados. Quem comprou a bolsa? Quem?

— A bolsa é sua — John disse secamente. — A bolsa é sua desde o começo. Você era a única pessoa dando lances por ela. Ninguém mais da sala queria a bolsa. Você mesma elevou o preço dela. Tentei te avisar durante todo o tempo, mas você se recusou a escutar. A única opção que tive foi fazer uma intervenção física — ele disse, balançando os ombros para ajeitar as dobras do seu casaco.

Arrumei minha tiara, que na luta havia despencado para o lado. — Mas... ele ficava aumentando o preço — argumentei, apontando para o leiloeiro.

— Essa é a função dele, e, todas as vezes que ele elevava o lance, você fazia a oferta, tornando o trabalho dele bem mais fácil.

Um estalo de entendimento transpareceu no meu rosto. — Então eu poderia ter comprado a bolsa mais barato?

— Provavelmente você poderia ter conseguido essa droga de bolsa pelo preço do lance de abertura — ele disse, puxando a dobra do punho sobre a manga da sua camisa.

— Você quer dizer que fui ludibriada por uma obra de caridade? — perguntei, me sentindo afrontada. — Então, ahn, quanto foi a bolsa... afinal?

— Dois mil euros — ele disse, me olhando de soslaio.

Senti enjoo. Mas, pensei — racionalmente —, já que não tenho mais cartão de crédito, posso me permitir entrar um pouco mais no cheque especial.

Um homem com cabeça de furão tocou o ombro de John, entregou um disco plástico numerado e pediu seu cartão de crédito.

— Eu mesma vou pagar — insisti, vasculhando minha bolsinha.

— Não seja ridícula — John disse, entregando seu cartão para o Cabeça de Furão.

— Obrigada, mas eu realmente posso pagar pela bolsa.

— Tenho certeza que pode, mas você não vai me envergonhar pegando seu cartão de crédito quando está na minha companhia. — John colocou o disco numerado sobre a mesa.

— Onde está a bolsa? — perguntei.

— Mandei levarem para o hotel.

— Levar para o hotel? Eu quero a bolsa agora. Não consigo esperar até voltar para o hotel. É uma bolsa de lona Prada Saffiano — lembrei a ele, embora pensar que ele pudesse ter esquecido era francamente incompreensível.

— Por que precisa dela agora?

— Para pegá-la, segurá-la, admirá-la — disse a ele.

Ele deu um suspiro indulgente e ergueu um braço. Um garçom bajulador apareceu. John colocou o disco numerado e algumas notas na mão dele, e murmurou algumas instruções.

— Conhaque? — ele perguntou.

— Não aqui — curvei o pescoço dele e o puxei para perto de mim. — Vamos para algum lugar mais agitado — sugeri discretamente.

Ele me lançou um olhar zombeteiro. — Será que devo pedir ajuda para a minha fada-madrinha? — ele brincou.

Sorri encostada no pescoço dele. — Deixe comigo. Tenho um lugar em mente — falei. — E obrigada pela bolsa e por tudo...

— O que foi que eu disse? Um agradecimento a mais e pego tudo de volta. Não faço ameaças em vão.

Ao descermos do carro, ele me deu um olhar fulminante. Senti um alvoroço, uma animação ao ver aquelas construções altas, esguias e com telhado duplo obscurecido pelo brilho fluorescente vermelho e lilás das luzes de boas-vindas do bairro de entretenimento erótico de Amsterdã.

A expressão de John era severa.

— Evie, o Bairro da Luz Vermelha? Porque não vamos tomar um drinque no bar do hotel?

Bati a porta do carro. — Pare de resmungar. É um ponto turístico importante.

Era lindo e movimentado e barulhento, com garotas maravilhosas de todas as nacionalidades usando roupas íntimas de encher os olhos, sentadas convidativamente nas vitrines das lojas. Arrastei um relutante John pela manga, ao longo do canal pavimentado de paralelepípedos, passando por um bar gay, uma cafeteria e um museu do sexo.

— Vamos olhar uma dessas lojas — sugeri.

Ele respondeu com um grunhido.

Vesti um moletom alaranjado sobre meu vestido de festa. *Dê um presente a Você Mesmo, Leve-me para Casa* estava estampado na frente do blusão. John olhou de perto o logotipo e entorpecidamente entregou vinte euros para a vendedora.

— Estou congelando — eu disse a ele.

— Você não estaria com frio se tivéssemos voltado para o hotel — ele comentou, taciturno.

Ignorei seu tom e enfiei a estola de pele artificial e minha bolsinha de festa dentro da minha nova bolsa Prada, e orgulhosamente pendurei a sacola de lona no ombro.

— Adoro minha bolsa nova — disse a John, alisando-a carinhosamente.

— É mesmo?

Pessoas alegres cambaleavam dos clubes para a rua, música escapava dos bares, e homens em ternos de trabalho desviavam da multidão para voltar ao anonimato dos bairros residenciais. Passei meu braço pelo de John e sorri para ele.

— A prostituição é uma das profissões mais antigas do mundo — disse a ele, quando diminuímos o passo para acompanhar a multidão que caminhava pela rua de paralelepípedos.

— Não duvido disso.

Abanei minha mão em direção a uma vitrine iluminada por luzes de néon de uma sex shop. — Você nunca visitou esta parte da cidade antes?

— Claro que não — ele respondeu com força.

— Acho que se quisesse uma prostituta teria mandado alguém levá-la ao seu hotel, em vez de escolher você mesmo. Você manda enviar tudo para o hotel — disse alegremente.

John parou subitamente, agarrou meu pulso, me virou e me deu um tapa no traseiro. Ele me olhou duramente. Esfreguei a mão levemente no bumbum.

— Você mereceu isso — ele disse, pegando meu braço e o prendendo no dele.

— Só estava brincando.

— Não achei nada engraçado.

— Claro que você escolheria suas próprias prostitutas. Do contrário, poderia acabar com uma baranga — falei, esquivando-me para debaixo de uma marquise para escapar do alcance dele.

Paramos num bar. Sentei-me agradecida numa cadeira. O efeito do salto agulha naquelas pedras estava começando a se fazer sentir nos meus pés. John estava com a expressão azeda. Seu olhar examinava a pintura azul descascada das paredes, que eram decoradas com uma coleção de placas de carro, o piso de madeira e uma jukebox raquítica. Ele se sentou à minha frente. Dois senhores mais velhos usando cardigãs eram os únicos outros fregueses. Eles ergueram seus copos, fazendo um brinde, e sorriram para a gente. John, grande e imponente, acenou levemente em agradecimento.

— O que posso lhes servir? — a garçonete perguntou, balançando os quadris.

Ela se curvou sobre John, exibindo seu decote generoso e seus muitos dentes ao sorrir. John tossiu perto do punho.

— Duas cervejas — respondi por ele, antes que ele fizesse algum pedido ridículo, como conhaque destilado manualmente e uma porção de caviar.

Ela enfiou a caneta esferográfica dentro do coque do seu cabelo loiro cheio de fixador. — Num minuto, bonitão — ela disse a John diretamente, ignorando-me.

Joguei alguns amendoins na boca e ergui meus olhos ao ouvir o som de uma porta batendo e passos na escada. John se afastou, cruzou os braços e me olhou confuso.

— Evie, você está usando uma tiara e um blusão de moletom — ele disse, balançando a cabeça em desaprovação. — Não sei se gosto disso.

— Estou aquecida e confortável.

— O bar do hotel seria aquecido e confortável — ele disse.

A garçonete bateu duas cervejas sobre a nossa mesa. Lá do alto uma descarga de toalete foi acionada e um rangido barulhento se seguiu, acompanhado pelo fluxo de água escorrendo pelos canos. Os olhos de John seguiram o som. Seus lábios se curvaram num sorriso divertido. A descarga foi acionada novamente.

— Está rindo do quê? — perguntei a ele.

— Nada. Só que já faz muito tempo que não vou a um lugar assim — ele disse, olhando sua garrafa de cerveja duvidosamente.

— Qual é o problema? — perguntei.

— Nada, nada mesmo — ele disse, com os olhos suaves e carinhosos. — Você gostou do baile? — ele perguntou.

— Sim, gostei... mais ou menos... mas fiquei feliz de ir embora.

— Eu também!

— Gostaria de fazer um passeio à luz de velas pelo canal? — perguntei.

— Se você quiser — ele disse.

— Eu gostaria — confessei a ele.

— Então, beba — ele disse, brindando com sua cerveja.

— Pode apostar — eu disse, levando a garrafa aos meus lábios.

Levantei a cauda de chiffon do meu vestido para poder descer com mais tranquilidade os degraus de madeira que iam do cais do canal para o barco com teto de vidro. Enquanto caminhávamos pelo estreito corredor, uma senhora japonesa apontou o dedo discretamente para John. — James Bond — ela sussurrou para uma amiga. Olhei para trás, para John. Nada mal a comparação, pensei, me aproximando de um banco de madeira e procurando ficar perto da janela. John se sentou ao meu lado, cruzou uma perna sobre a outra e ficou olhando a distância, sem perceber os olhares admirados.

As luzes tremulantes das ruas emprestavam um brilho amarelo aconchegante para a balsa estreita, enquanto ela deslizava pelo canal, cercada pelas imponentes casas de telhado duplo de Amsterdã.

— Por que você nunca fez este passeio de barco antes? Você vem aqui uma vez por mês — perguntei a John.

— Não sei — ele disse num tom de voz tão baixo que mal escutei.

Coloquei minha bolsa nova no colo, para poder admirá-la mais.

Olhamos pelo teto de vidro da balsa para o céu azul-escuro pontilhado de estrelas.

— Obrigada, John.

Ele se virou para mim. — Por quê?

— Por tudo. Por me trazer aqui e passar esse tempo comigo. Por me comprar tantas coisas bonitas, e por tudo. Eu...

Ele pressionou um dedo sobre meus lábios. — Você me deu muito mais — ele disse.

— Eu não te dei nada.

Ele franziu a testa ao ouvir isso e me puxou para perto dele. — Deu sim.

— O quê? O que eu dei a você?

Os alto-falantes do barco de repente começaram a troar.

— Fique quietinha — ele sussurrou ao meu ouvido. — O guia vai começar o passeio.

De volta ao cais, John respirou fundo e estremeceu. Ele tirou a estola da minha bolsa e a colocou sobre o meu moletom.

— Agora, espertinha, como você dispensou o motorista, vamos ter que caminhar de volta até o hotel — ele disse, colocando uma mão nas minhas costas para me conduzir no caminho de volta.

— Não me importo de caminhar — eu disse, com sinceridade. — Você gostou do passeio? — perguntei, olhando para ele.

— Para dizer a verdade, gostei sim — ele admitiu, conduzindo-me habilidosamente para longe de um cara que cambaleava de um lado a outro da calçada, obviamente embriagado.

— Sabe, John, você trabalha demais. Ano passado, em Nice, você dividiu seu tempo entre o Centro de Convenções Acrópole e o hotel. Além disso, quase não aproveitou o ar fresco. Em Marrakesh não foi ao mercado por causa de uma reunião. Você nunca faz passeios ou aproveita esses lugares incríveis que visita. Por quê?

Ele deu de ombros. — Tenho negócios para resolver. Muitos assuntos só podem ser resolvidos por mim — ele disse, sua voz firme.

— É só por isso?

— Sim, é.

— Então você não pode ter folga?

— Não, não posso.

— Os cemitérios estão cheios de pessoas indispensáveis, sabia? — falei num tom casual. — Você tem mais dinheiro do que vai poder gastar na vida. Por que se esforçar tanto para fazer ainda mais? Por acaso está interessado em ser o defunto mais rico do necrotério? — perguntei.

Ele parou repentinamente, interrompendo nossos passos. Segura pelo seu braço apoiado preguiçosamente no meu ombro, perdi o equilíbrio e tropecei para trás. Ele segurou meus cotovelos e me girou para ficar de frente para ele.

— O que disse? — ele perguntou.

— Disse que os cemitérios estão cheios de pessoas indispensáveis e que... — comecei a falar, mas fiquei em silêncio ao perceber sua expressão perturbada.

Ele ficou parado bem quieto.

Os olhos escuros ficaram presos aos meus, mas seu olhar parecia voltado para dentro. Ele estava pensando, não olhando para mim. A luz fluorescente da janela de um bordel lançava um brilho lavanda à sua figura gigante. Esfreguei o braço na testa para afastar uns fios de cabelo que haviam escapado da minha tiara.

— Você está bem? — perguntei.

Seu foco mudou. A sombra de um sorriso surgiu no seu rosto. — Você está certa, Evie. Você está certa — ele disse. — Os cemitérios estão cheios de gente indispensável, vou me lembrar disso. — Ele acenou em direção ao canal escuro à nossa frente, e passou seu braço pelo meu. — Vamos voltar para o hotel e vestir alguma coisa mais quente que esse vestido fino como papel e esse moletom barato.

Caminhamos de volta em silêncio.

De volta à suíte, John colocou meu telefone na mesinha de centro. Soltei meus cabelos e tirei o moletom pela cabeça.

— Vá para o seu quarto e ligue para o Rob — John disse com a voz tensa. — Voltamos para Londres amanhã na hora do almoço.

— Amanhã? Mas eu achei, bem, não sei o que achei... não pensei que fôssemos voltar tão rápido assim.

Ele enfiou as mãos nos bolsos e se balançou sem sair do lugar.

Eu estava uma pilha de nervos. Estive a ponto de fazer essa ligação durante dois dias, relembrando e ensaiando essa conversa na minha cabeça várias e várias vezes, agora chegou o momento de fazê-la, e eu não conseguia pensar no que iria dizer.

Senti o olhar observador de John.

— Não sei o que dizer a ele — admiti, olhando meu telefone como se ele fosse um objeto radioativo.

Ele me deu um sorriso preguiçoso.

— Deixe que ele conduza a conversa, é ele quem tem explicações a dar — John disse, seu tom baixo e sereno.

— Mas já passa da meia-noite — argumentei.

— Duvido que esse cara esteja dormindo muito; aposto que vai estar acordado esperando uma ligação sua, não importa a que horas que isso aconteça — ele disse sensatamente. — Do que você tem medo? — ele perguntou.

Fiquei arrepiada.

— Medo? Não estou com medo! Vou ligar para ele.

Houve um silêncio hesitante. John levantou o queixo e soltou sua gravata-borboleta.

— Bom, então, vá em frente com isso — ele disse.

— Certo, eu vou — falei, aparentando coragem.

— E Evie, controle-se, não conte a ele o quanto isso te perturbou.

Meus olhos se arregalaram.

— O que pensa de mim? Eu sou controlada.

Me lancei pra cima da mesa, agarrei o telefone e saí apressada da sala, numa nuvem de chiffon preta. Me controlar, realmente.

Sentei na beirada da cama, esperando que o pulsar do sangue nos meus ouvidos diminuísse. Não adiantava ligar para Rob sem poder ouvi-lo direito. Estava enjoada, e descobri que segurava a respiração. Meu coração congelou. Fechei os olhos com força. Minha mente devia estar me pregando uma peça, pois podia sentir o perfume de Rob — na verdade, o perfume da sua colônia pós-barba Dolce & Gabanna — e sentir seus braços me abraçando forte. Podia ver claramente seus olhos azuis sorrindo para mim, imaginar seu rosto forte e másculo. Uma chama quente se espalhou dentro de mim ao me lembrar dele. Talvez, apenas talvez, houvesse uma saída para toda essa confusão. Mas, então, a visão daquela casinha aconchegante em Birmingham surgiu na minha mente, criando uma explosão de fúria capaz de extinguir todas as minhas esperanças. Engoli em seco e liguei para o número dele.

Liguei uma vez. Meus nervos formaram um nó no meu estômago.

— Meu bem! Onde você está? Deixei tantos recados no correio de voz, e devo ter te mandado umas vinte mensagens de texto e... — ele deixou escapar.

Interrompi a conversa.

— ... estou em Amsterdã, ouvi alguns dos seus recados, mas não todos eles, e não me preocupei em ler suas mensagens de texto.

— Amsterdã? O que está fazendo aí?

— Ninguém te disse nada?

— Tipo quem? Quem iria me dizer alguma coisa?

Ele tinha razão, meus amigos e minha família são mestres em mantê-lo a distância.

— Estou com o John — contei a ele.

Estava me saindo muito bem. Parecia quase impertinente, como se não estivesse me preocupando com nada. Joguei o cabelo para trás dos ombros; estava sendo mais fácil do que pensei.

— Ah! Certo! — ele disse surpreso.

— Rob...

— ... Evie, volte pra casa, meu bem, deixe eu te explicar tudo. Sei que deveria ter te contado, mas nunca conseguia encontrar o momento certo. Fui um covarde; quando tive você de volta, me decidi a fazer de tudo para te segurar, tudo! Meu plano era comprar uma casa; montar um lar com você, te mostrar como podemos ser felizes juntos, e então... então iria explicar tudo — ele confessou, as palavras escapando atabalhoadamente da sua boca.

— Você não achou que preferisse saber que você tinha uma esposa e um filho antes de a gente ir morar juntos? — perguntei friamente.

Que cara de pau!

Ele percebeu meu tom.

— Sim, eu sei, sinto muito, mas, à medida que o tempo foi passando, foi ficando cada vez mais difícil te contar. Evie, podemos superar tudo isso, tenho certeza. Estou arrasado. Preciso de você. Penso em você a cada minuto.

— Mas não sou a única em quem tem que pensar, não é? E a Cassie?

— Cassie vai encontrar outra pessoa, não precisamos nos preocupar com isso — ele respondeu em uma voz inexpressiva e supercoerente. — Ela é uma garota bem bonita — falou.

— E o Marcus? — perguntei, minha voz subindo uma oitava.

— Ele é uma criança maravilhosa, você vai adorar conhecê-lo — ele disse orgulhosamente. — Vocês dois vão se dar incrivelmente bem.

Meu coração se apertou, com um sentimento que me era desconhecido. Não era ressentimento, nem ciúme, exatamente... Não esperava que um homem não demonstrasse orgulho por seu filho. Eu só não tinha certeza se queria me dar "incrivelmente" bem com Marcus.

Apertei o telefone na orelha.

— Rob, você é casado; tem uma esposa e um filho. Meu primeiro filho não será seu primeiro filho. O dia do meu casamento será a sua segunda tentativa em um relacionamento. Você também é um mentiroso... — falei bruscamente.

— ... nunca menti para você.

Senti uma punhalada de fúria.

— Isso é mentira, pra começo de conversa. Você me contou que seus pais moravam na Espanha.

— Tudo bem, mas eu entrei em pânico; não estava pronto para passar uns dias com a família em Birmingham, e...

— ... Você me disse que estava fazendo plantões de vendas no Norte.

— Eu realmente fiz plantões de vendas, juro, todas as viagens tiveram múltiplos propósitos.

— Você disse que seríamos honestos um com o outro. Não acha que esconder algo tão monumental, como uma família secreta, constitui uma mentira, por definição?

— Evie, eu sei, sei que está certa, e sinto muito, sinto tanto, mas, meu bem, agora que está tudo às claras podemos lidar com isso. De certo modo me sinto... aliviado. Carreguei o peso da culpa por tanto tempo, mas, Evie, cuidei bem de você, não cuidei? Fui um homem bom. Isso estava acabando comigo...

— ... e era assim que deveria ser — eu disse, com a voz tremendo.

Rob domina a arte da autoabsolvição como ninguém. Ele nunca está completamente errado, ele justifica seus erros ressaltando suas virtudes. Apesar de saber disso, eu estava me curvando.

— Evie, não chore... vai dar tudo certo, quero você em casa, precisamos conversar sobre isso frente a frente. Quando vai voltar? — ele perguntou. — Quer que eu vá te buscar? Posso pegar o primeiro voo.

— Não — retruquei.

Esfreguei os nós dos dedos nos meus lábios.

— Tudo bem, tudo bem, meu amor, foi só uma sugestão, não fique chateada... então, quando vai voltar?

Merda.

— Sexta-feira — me ouvi dizer, apesar de amanhã ainda ser terça-feira.

— Estou dormindo na garagem em Feltham.

Ele está dormindo numa garagem. Quase senti pena.

— Vou te ver na sexta-feira à noite.

— Ainda é cedo demais, preciso de mais tempo — falei. Droga. Sexta-feira não, ainda não estava pronta.

— Estarei lá na sexta. Preciso te ver; não consigo trabalhar, comer nem dormir. Temos que resolver isso, e vamos conseguir.

— Rob, não acho que isso vai dar certo, acho...

— ... Sexta-feira — ele repetiu. — Por favor, Evie, vamos nos encontrar. Eu te amo. Isso tudo foi um choque, mas quando passar vai perceber que pode aceitar. As pessoas aceitam.

— Você dormiu com a Cassie no ano passado quando a gente se separou? — perguntei bruscamente.

De onde tirei isso? Não tinha pensado nisso até agora.

— NÃO! Não, Evie! Eu não... não podemos discutir isso por telefone. Te vejo na sexta — ele disse, e desligou.

Fiquei olhando o aparelho mudo na minha mão. Não deveria ser eu a desligar? Mas, então, Rob sempre termina rapidamente uma conversa quando acha que as coisas não estão indo bem para o lado dele.

Soltei a respiração ruidosamente, estava exausta. Nunca tinha experimentado uma gama tão variada de emoções em tão pouco tempo. Estava melhor depois de ter conversado com ele? Acho que não. Olhei entorpecida para as minhas mãos, crispadas no meu colo. Meu coração batia forte como um tambor. Ele acha que tudo vai ficar bem, que vamos seguir em frente como antes, que essa situação é só uma nuvem escura num horizonte de eterna felicidade. *Uma criança maravilhosa*! Tenho certeza de que Marcus é uma criança maravilhosa, mas me senti traída, queria que os filhos de Rob fossem os *meus* filhos, quando chegasse a hora. E ok, talvez eu não tivesse ficado muito entusiasmada em Barbados quando Rob mencionou a casa, o bebê e o cachorro. Mas com certeza eu preferia ser a figura central daquela imagem, em vez de ter de dividir o palco com um elenco de personagens, como estava fazendo neste momento. Eu não tinha gritado nem xingado, o que era estranho, porque achava que era isso que iria fazer. Igualmente estranho era o fato de eu não estar chorando agora. Estava sentada na beirada da cama, olhando para as minhas mãos, pensando em como a minha tiara estava começando a me incomodar.

Houve uma batida na porta.

— Entre — disse, jogando a tiara na mesinha de cabeceira.

— Ligou para ele? — John perguntou, entrando lentamente no quarto.

— Liguei — respondi, com ar martirizado.

Ele se sentou, fazendo a pequena poltrona de veludo ao lado da cama ficar ainda menor. Sua gravata estava desamarrada e os botões do seu colete estavam abertos. Ele se inclinou, os cotovelos apoiados nos joelhos, dedos entrelaçados.

— E? — ele perguntou, seus olhos cinza-chumbo fitando os meus.

— Ele disse que podemos resolver isso, e que de certo modo está aliviado agora que já sei de tudo... e que... ele me ama.

— É mesmo?

O queixo dele enrijeceu. John estava fazendo um tremendo esforço para não expressar sua opinião, então facilitei as coisas e perguntei.

— O que você acha?

— Acho que você devia terminar tudo! Sem mais oportunidades! — ele disse bruscamente. — Não acredito que não tenha havido uma única oportunidade, desde julho passado, para que ele lhe contasse que tinha um filho e uma esposa.

Ele colocou suas mãos gentilmente nos meus cotovelos. Deixei que ele me ajudasse a levantar.

— Um drinque, e depois cama — ele disse.

CAPÍTULO 13

Como chegueI a Amsterdã com nada além de uma bolsa de mão e estava partindo com um guarda-roupa novo completo, John ligou para a De Bijenkorf, uma loja de departamentos no centro da cidade, e pediu para entregarem no hotel uma mala Louis Vuitton (mencionando casualmente que era minha). Então ele saiu para uma reunião e disse que eu deveria estar arrumada e com as malas prontas quando ele voltasse. Portanto, estava agora fazendo as malas — tudo bem, não pessoalmente. As camareiras estavam fazendo isso, e eu estava sentada preguiçosamente observando as duas funcionárias envolverem cada peça de roupa em papel de seda e colocarem tudo cuidadosamente na mala. Devia ter quilômetros de papel de seda. Não estava nem um pouco ansiosa para amassar todo aquele papel e jogar fora na lata de lixo quando chegasse em casa.

Mandei uma mensagem de texto para Lulu dizendo que estava voltando para casa, e pedi a ela para não contar a ninguém; não estava pronta para enfrentar os melodramas de Lexy, nem os olhares de pena do Nikki.

Minha aceitação inicial da postura de Rob perante aquela situação tinha sido subitamente apagada por um ataque de histeria, no momento que John dissera “você deveria terminar tudo”, me dando um copo de gim-tônica.

Hoje de manhã tive uma crise de terror ao pensar em chegar ao apartamento, abrir meus armários e descobrir um vazio no lugar onde as roupas de Rob costumavam ficar — porque, se eu conheço Lulu, não deve ter nem um fio de cabelo dele por ali, para provar que ele um dia existiu.

Fiquei olhando o espelho, prendendo meu cabelo num rabo de cavalo.

Uma porta bateu, anunciando a chegada de John.

— Evie, está pronta? — ele gritou, marchando pela sala e entrando de supetão no meu quarto.

— Quase — disse a ele.

— Ótimo, vamos tomar o brunch lá embaixo, antes de ir para o aeroporto... Você está linda — ele disse, admirando meu novo minivestido índigo e casaco combinando.

Não estava muito certa sobre essa roupa ao comprá-la. Mas, olhando para ela agora, acompanhada de belos saltos, sombra lilás e um anel roxo que comprei na lojinha do hotel para substituir meu anel de noivado, eu adorei.

— Vamos — ele disse, conduzindo-me para fora.

Estávamos voando fazia cerca de quinze minutos. Lancei disfarçadamente um olhar admirado pela cabine, avaliando a opulência e a riqueza com as quais John estava tão acostumado que nem dava importância. De repente me ocorreu que desde que decolamos não havia visto nenhum membro da tripulação. Nem Sadie, nem o barman, nem a cafeteira chiando. Coloquei minha revista *OK!* na mesinha, tirei o casaco, chutei os sapatos e olhei para John. Cabeça inclinada, ele folheava atentamente uma pasta de documentos de aparência oficial.

— Onde está todo mundo? — perguntei.

— Pedi que nos deixassem sozinhos — ele explicou, juntando seus papéis numa pilha apertada.

— Por quê?

— Porque eu quero conversar com você.

Ele examinou meu rosto.

— Sobre o quê? — perguntei.

Ele jogou a pasta sobre a mesinha.

— O que vai fazer em relação a esse rapaz? — ele perguntou, inclinando-se para a frente.

Engoli em seco, olhando para todos os lados, menos para ele.

Ele ergueu meu queixo.

— Não sei — disse. — Preciso de tempo para... pensar.

Ele disparou um olhar fulminante.

— Você teve bastante tempo para isso.

— Sei que pensa assim, mas não é fácil simplesmente parar de amar alguém — respondi, minha voz se elevando em justificativas — do nada — estalei os dedos para ilustrar meu ponto de vista.

Ele deu um suspiro desanimado e relaxou, encostando-se de volta no sofá.

— Venha se sentar aqui do meu lado — ele disse, apalpando a almofada.

Saí da poltrona na ponta da mesinha para sentar no sofá ao lado dele.

— Rob me fazia sentir... linda — contei a ele. — Sempre.

John colocou o braço em volta dos meus ombros.

— Você é linda.

Me acomodei nos braços dele.

— Sinto falta dele. Num minuto estou furiosa, logo a seguir o estou perdoando.

— Você sente falta do que acreditava ter, mas as coisas mudaram agora. Se aceitá-lo, vai receber uma família já pronta. E, apesar de indiretamente, terá que sustentar uma esposa.

— Você sustenta quatro ex-mulheres — ressaltei.

— Eu não tenho filhos. Portanto, não tenho nenhum motivo para manter contato com elas. Um filho faz uma grande diferença. E estamos falando do Rob, não de mim. Rob não tem uma ex-mulher. Se me lembro bem, a esposa dele não quer o divórcio. Você vai forçá-la? Não vai ser um trabalho nada agradável, de modo algum.

— Você está certo, eu sei.

Ele me apertou mais.

— Não importa a decisão que você tome, estarei ao seu lado.

Levantei meu olhar ao encontro do dele.

— E quanto a você, vai seguir o meu conselho? Relaxar mais e trabalhar menos?

— Vou — ele disse, franzindo os olhos com um sorriso. — Estou feliz que você me procurou; nós fazemos bem um para o outro.

— Também estou feliz.

Houve um silêncio confortável. Estava feliz de ter ligado para ele. Realmente feliz.

— Só não me ponha na frente desse garoto e espere que eu seja educado com ele. Porque tenho uma coisinha ou duas para dizer que não vou conseguir segurar — John disse, secamente.

Vinte minutos mais tarde, aterrissamos em Londres.

John insistiu em me acompanhar até em casa no carro dele. Imediatamente mandei uma mensagem de texto para Lulu, para ter certeza que a sala estaria limpa de todos os vestígios de produtos de depilação, todos os sutiãs, calcinhas, pratos de curry congelado — e, se tivesse um homem na casa, que ela por favor verificasse se estava vestido. Ela escreveu de volta para dizer que estava exausta, mas resolvendo todos os itens da minha lista. Por fora eu estava controlada, observando o trânsito de Londres. Por dentro eu estava apavorada. *John no nosso apartamento*! Talvez ele simplesmente me deixe na porta e vá embora logo, e eu estou surtando por uma bobagem, mas por educação suponho que vou ter que convidá-lo a entrar para tomar um café. E sempre existe a chance de ele aceitar.

A enorme limusine preta parou silenciosamente.

Saí com dificuldade do carro e pendurei minha nova bolsa Prada nos ombros. Era estranho estar em casa novamente, e aquele vazio horrível que eu havia sentido em Amsterdã se abriu dentro de mim. O tumulto da Broadway estava no seu pico vespertino. As crianças da escola desciam ruidosamente de um comboio de ônibus de dois andares enfileirados em frente à parada de ônibus, na calçada diante do nosso apartamento, e as pessoas indo às compras se acotovelavam por um espaço na calçada. Uma mulher na ponta da fila do ônibus acendeu um cigarro e olhou avaliadora para John quando ele saiu do carro, antes de voltar o olhar para o motorista uniformizado da limusine, que ficou parado como uma estátua segurando a minha mala.

— Quer entrar para um café? — perguntei a John.

Ele olhou em dúvida para a lata de lixo que transbordava e tocou meu braço distraído.

— Não, estou com pressa.

Quase desmaiei de alívio. Ele pegou minha mala, que o motorista segurava, pôs a mão nas minhas costas e me conduziu.

— Mas vou te levar até lá dentro.

Eu podia passar sem essa, mas John seguiu em frente, abriu o portão estridente do jardim e se afastou para me deixar passar.

— Sei que é burrice, mas estou com medo de voltar para casa — contei a ele.

Ele apertou meus ombros tranquilizadoramente.

— Você vai ficar bem.

— Minha companheira de apartamento, a Lulu, é uma boa ouvinte, e hoje à noite vamos estar apenas nós duas, então posso me preparar para enfrentar todo mundo — disse a ele com uma fungada altiva. — Vamos beber um pouco e dormir cedo.

Coloquei minha chave na fechadura.

— Parece uma ótima ideia — ele disse.

A porta se escancarou, puxando meu braço junto com ela. Os olhos de Lulu estavam arregalados e úmidos; ela me olhou com cuidado, e então jogou seus braços à minha volta.

— Aquele cretino — ela disse, alisando meus cabelos.

Nos abraçamos com força.

— Concordo plenamente — John acrescentou.

Tinha sentido falta dela. Lulu sempre foi minha fortaleza, e eu a dela. Fiquei tão feliz em vê-la. O corredor atrás dela se turvou quando meus olhos ficaram cheios de água. Desvencilhei meus braços do seu pescoço e enxuguei uma lágrima que havia escorrido pelo meu rosto. Lulu espiou por trás do meu ombro, seu rosto em formato de coração se abriu num sorriso.

— Você deve ser o... *amigo* da Evie — Lulu disse com ênfase e hesitação. — Entre, entre, eu não esperava que Evie fosse trazer alguém com ela — mentiu. — A casa está uma bagunça — ela disse com uma risadinha falsa.

Ela agarrou meu pulso e me levou para dentro. John seguiu, obediente.

— Evie, fiquei maluca com a sua falta, todos nós ficamos; parece que não te vejo há anos — ela disse. Girando o corpo, Lulu fechou a porta com um pontapé. — Apesar de tudo, você está em casa agora, e isso é o mais importante, porque nós...

Ela ficou paralisada, os olhos arregalados e os lábios entreabertos. O sorriso alegre do seu rosto desapareceu. Ela quase perdeu o fôlego, e passou a mão suavemente pelo meu braço. Seus olhos estavam enormes, como duas bolas de futebol.

— Esse casaco é novo? — ela perguntou, com reverência.

Pisquei um sim.

Ela deslizou a mão por baixo do meu casaco e sentiu a roupa por baixo, do busto ao quadril.

— Com, com... um vestido combinando?

Olhei de relance para o relógio, quatro horas. Rob estaria vindo do trabalho para casa em duas horas. Engoli as lágrimas.

Tentei me mover, Lulu bloqueou meus passos.

— Sapatos novos? — ela desafiou, sua voz se elevando.

John ficou ao meu lado, e ela percebeu seu olhar educado.

— Só estou perguntando porque nós duas usamos o mesmo tamanho, 35 — ela disse a ele. — Compartilhamos os sapatos.

Se tudo estivesse normal, eu estaria abraçadinha com Rob em menos de duas horas.

Lulu pegou meu pingente de safira.

— Evie, *isto é de verdade*? — ela salientou as palavras, de queixo caído.

— Sim — falei, dando um passo para o lado e a ultrapassando. Que inferno, ela queria que eu passasse o dia todo no corredor?

Senti um forte puxão na alça da minha bolsa, que se prendeu na gola do meu vestido, quase me sufocando. Tropecei e quase caí. John estendeu o braço e segurou meu cotovelo para me equilibrar.

— Evie! Essa é uma bolsa Prada Saffiano? — ela perguntou, com um tom histérico na voz. — Porque é isso que está parecendo!

— Sim, é.

Ela apertou as mãos no peito.

Passei ao lado dela.

— Que alegria! — ela exclamou, olhando para o teto. — Que alegria! — ela repetiu, e bateu palmas. — Nós temos uma bolsa Prada Saffiano.

Empurrei a porta do apartamento e entrei na sala.

Fiquei de boca aberta.

Lexy e Tina, seus rostos crispados de tristeza, estavam ao lado da lareira. Nikki, com a cabeça abaixada e seus enormes braços cruzados, estava encostado na mesa de jantar. Alice e Duncan, sombriamente sentados lado a lado no sofá. Todo mundo se jogou na minha direção.

Lulu passou ao meu lado e os afastou, levantando a mão como um policial controlando uma multidão.

— Pessoal, esse é o John Jackson, amigo da Evie — Lulu anunciou alegremente, apontando o braço na direção de John.

Todo mundo ficou paralisado.

John ocupava a soleira da porta, dominante e arrojado num terno azul-marinho, camisa branca e gravata cor de malva. Ele deu um passo à frente e colocou minha mala ao lado do sofá.

— Evie e John passaram um tempo maravilhoso em Amsterdã. Não foi, Evie? — Lulu disse, numa voz estridente e apressada. — Eles acabaram de chegar *no avião do John* — ela se viu forçada a contar para todos.

Gemi. Lexy, lábios curvados num sorriso de boas-vindas, deu um passo à frente e estendeu a mão para John. Ele beijou levemente seu rosto. Ela ficou radiante. E então, como uma luz se apagando, ela me olhou fixamente com um olhar austero e solene, pressionou a palma da mão no meu queixo.

— Seja forte — Lexy disse.

— Sou a Alice — Alice disse a John, oferecendo o rosto para um beijo.

Ela deu um passo atrás, ajustando a saia do seu vestido preto reto, estilo Miss Moneypenny, e me deu um sorriso fraco.

— Alô, querida — ela falou, enfiando as pontas do seu cabelo preto, curto e brilhante, nervosamente atrás da orelha.

Duncan, um gigante de cabelos vermelhos, deu um aperto de mão breve e forte em John.

— Encantado — Duncan disse, na sua voz grave e com sotaque escocês.

— Garota — ele disse, me dando um beijo sem fazer contato visual.

Um passo decidido em direção um ao outro, e Nikki e John se deram as mãos.

— Já conversamos — Nikki disse a John, antes de voltar ao seu lugar na mesa de jantar.

Tina ficou parada como uma estátua; ela levantou a mão rigidamente e fez um aceno para John, seu rosto paralisado pelo terror. Parecia que eu havia trazido Lúcifer para dentro de casa. Ela me deu um sorriso triste e mordeu o lábio inferior.

Dei uma examinada à minha volta, a sala estava limpa e arrumada. Lulu me deu uma piscadinha esperta.

— Gostaria de beber alguma coisa? — Lulu perguntou a John.

— Nada, obrigado — John disse educadamente, tossindo na mão. — Eu realmente preciso ir embora, só queria ter certeza de que Evie chegaria bem em casa.

Seis rostos austeros me encararam.

Fiquei parada, retorcendo os dedos.

— Vou te acompanhar até lá fora — disse a John.

Na porta da frente, John colocou os braços nos meus ombros e me segurou a certa distância.

Dei um suspiro. — Não acredito que a Lulu está com a casa cheia. Você viu a cara deles? Parecia até que eu morri.

Ele sorriu pensativo — Talvez isso não seja má ideia; te fez enfrentá-los de uma vez só.

Houve um silêncio tranquilo.

— Obrigada novamente — falei.

Ele balançou a cabeça, ignorando o agradecimento, pegou um lenço e secou debaixo dos meus olhos.

— Eu te ligo daqui a alguns dias. Enquanto isso, se precisar de alguma coisa, você tem meu número.

Apontei o queixo em direção à janela da sala. — Suponho que seja melhor entrar, e enfrentar meus enlutados.

Ele acenou com a cabeça. — Então vá — ele disse, virando-me em direção ao corredor.

Quando voltei para a sala, minha mala estava aberta, o conteúdo todo espalhado. Havia um mar de tecidos por todos os lados, com uma nuvem de papel de seda batendo nas bordas da lareira.

Alice estava segurando meu vestido de chiffon preto de encontro ao seu corpo.

— Duncan, o que você acha? — ela perguntou. — Talvez eu precise soltar um pouco nas costuras!

Duncan rosnou em resposta.

Lexy estava na poltrona com a minha bolsa Prada nos braços, alisando-a carinhosamente como Goldfinger fazia com seu gatinho branco peludo. Um sorriso de adoração estava estampado no rosto dela.

Os olhos de Lulu se arregalaram empolgados, ela pegou um jeans Versace e o colocou sob sua saia.

— Você é uma safada! — Lulu disse, me dando um sorriso. — A gente aqui, morrendo de preocupação por sua causa, e todo o tempo você estava se dando bem.

O sorriso de Tina era radiante; ela enfiou seu braço dentro do meu casaco branco novo.

— Onde estou com a cabeça? — Tina perguntou a ninguém em particular. — Não posso pegar isso emprestado, não posso usar branco num casamento. — Ela me deu um olhar duro. — Deixe eu tentar o casaco lilás. Vou pegar esse emprestado em vez do outro. Aquele casaco que você está usando é o mesmo não é? — Tina perguntou, puxando as mangas do casaco pelo meu braço. — Minha prima vai se casar daqui a três semanas e não tenho nada para usar.

Lulu tirou seu blusão pela cabeça, e seus seios tamanho grande, confinados num sutiã de rendas pretas, balançaram. Duncan e Nikki taticamente desviaram os rostos e olharam para os pés. Respirando com dificuldade, o cabelo bagunçado, ela se jogou ao chão. — Eu vi um vestido vermelho em algum lugar — ela falou decidida, com o cenho franzido. Jogou alguns itens para longe — Ah! Aqui está.

Alice, agachada, se arrastou até Lulu, passou a mão pelos cabelos. Com os olhos brilhando, lançou um olhar de apreciação para Tina.

— Lilás fica bem em você — Alice elogiou. — Por que não mistura e combina o vestido branco com o casaco lilás? — Alice sugeriu, esvoaçando o vestido na cara de Tina. — Seria um conjunto perfeito para um casamento.

— Nossa. É mesmo — Tina disse, dando um olhar agradecido para Alice.

— Uau! — Lulu berrou. — Louboutins.

Lexy aplaudiu, encantada.

— Não sei por que ficou tão entusiasmada — Lulu disse para Lexy, franzindo a testa. — Você usa 37; você precisa é de um barco, não de um Louboutin; eles são tamanho 35.

— Cala a boca. É na bolsa do conjunto que estou interessada — Lexy retrucou.

— Uso 35! — Alice anunciou, batendo palmas.

Lulu me olhou animadamente.

— Estou tão orgulhosa de você — ela disse, enfiando o vestido vermelho pela cabeça. — Incrível... laçando um milionário.

— Eu não *lacei* ninguém — eu disse a ela, minha voz brusca, cheia de princípios.

Ela colocou uma bolsinha vermelha estilo *clutch* debaixo do braço, para combinar com o vestido.

— Você quer dizer... que não dormiu com ele? — ela ressaltou com os olhos arregalados.

Duncan interrompeu a conversa.

— Não confirme se a resposta for sim. Aquele homem é da minha idade, com pouca diferença. Não quero saber. Você é uma criança.

Houve um silêncio carregado.

— Não! — falei. — Não dormi.

— *Ela não transou com ele* — Lulu murmurou, da sua posição agachada, e olhou para ver se mais alguém estava tão incrédulo quanto ela. Todos estavam.

Alice se levantou e foi até o sofá. Lexy e Tina largaram suas pilhagens e se afundaram nas almofadas ao lado de Alice. Ninguém disse nada.

Lulu fez um gesto para a explosão de roupas espalhadas no chão.

— Vamos entender isso direitinho! Você está me dizendo que... aquele homem te comprou todas essas coisas, e você... *nem dormiu com ele*?

Alice, Tina e Lexy me fitaram com os lábios entreabertos, ansiosas.

— Eu teria ido para a cama com ele só pela bolsa Prada — Lulu disse, incrédula. — Você está louca?

Alice abriu a boca para dizer alguma coisa.

— Alice, se eu fosse você pensaria bem antes de dizer alguma coisa — Duncan advertiu.

Alice pressionou os lábios.

Duncan me olhou com simpatia.

— Garota, qualquer homem lhe daria o mundo de presente, se ele pudesse, incondicionalmente.

Olhei para Nikki. Ele estava parado ao lado da mesa de jantar, silencioso e cuidadoso. Meus lábios tremeram. Ele abriu seus braços, — *Venha aqui* — ele murmurou. Abri caminho entre as roupas espalhadas pelo chão. Cambaleei na direção dele, abracei sua cintura, apertei meu rosto em seu peito e caí no choro.

Houve confusão e movimentação atrás de mim. Minha visão periférica viu Alice apressada dobrando roupas e as colocando de volta na mala, enquanto gesticulava insanamente para Tina juntar os papéis de seda e colocá-los atrás do sofá. Lexy e Lulu discutiam baixinho e se culpavam por terem me perturbado. Duncan apontava com movimentos espasmódicos da cabeça para Alice tirar meus sapatos do pé.

— Vamos sair para jantar? — Nikki sussurrou, com a boca encostada no meu cabelo.

Senti sua boca se mover de encontro a minha testa enquanto falava.

— Vou fechar o bar, vamos ser apenas nós sete.

— Não estou com vontade de sair para jantar — disse a ele, com um fungado grandioso.

— Estou oferecendo fechar o bar esta noite, apenas gostaria de um pouco de consideração — ele disse, esfregando minhas costas. — Não faria isso nem pelo rei, nem pelo país. Mas faria por você.

Apesar de tudo, sorri encostada no pescoço dele.

— É um sorriso que estou sentindo? — ele disse, pegando meu cabelo.

Endireitei-me e tentei acalmar minha voz.

— Eu realmente vou gostar, sim, vamos jantar — respondi, com um nó na garganta.

Nikki, Deus o abençoe, arrumou uma mesa no meio do restaurante, pendurou uma placa de Festa Particular na porta e mandou Pepi e Costas para casa. Nós nos servimos das travessas de moussaka e da salada que o tio Spiros tinha preparado para a gente. O brilho rosado das arandelas vermelhas da parede lançava luz em nosso rosto animado em volta da mesa, e a música grega suave escapava dos alto-falantes do teto, criando um ambiente caloroso e íntimo. Lembrei-me de Rob e minha mente foi para longe. Não conseguia acreditar que ele era casado. Por diversas vezes, uma série de perguntas não respondidas passava pela minha cabeça, mas não queria estragar a noite, então fiz um esforço hercúleo para focar no aqui e agora.

Quando voltei para o presente, Lulu, Lexy, Tina e Alice estavam distintamente alegres. Sem surpresas aqui! Duncan e Nikki estavam discutindo a próxima Copa do Mundo e tomando uma garrafa de conhaque. Nikki mal havia tomado um gole — e o conhaque devia ser excelente, tenho certeza. — Duncan já tinha enfiado o nariz na taça e inalado profundamente, e depois, em um único movimento fluido, jogado sua cabeleira vermelha para trás e engolido a bebida, fazendo um sinal para Nikki encher novamente seu copo.

Alice se inclinou para perto de mim, com as pulseiras tilintando nos braços.

— Querida, você está a quilômetros de distância daqui — ela disse, apoiando os cotovelos na mesa.

— Sinto muito.

— Não precisa — Lulu se intrometeu.

— Você vai superar — Lulu disse seriamente.

— Claro que vai — Lexy acrescentou, usando meu novo casaco índigo.

Dei um sorriso gelado.

— Então me conte, quantos anos tem o John Jackson? — Alice perguntou, com indiferença forçada.

— Cinquenta e nove ou sessenta — contei a ela.

— Pensei que ele tivesse no máximo cinquenta e quatro — Alice disse, num tom estranho. — Ele é bem atraente — ela acrescentou com seus olhos brilhando.

— Cinquenta e pouco... então ele não é velho demais pra você — Lulu raciocinou. — Porque, se ele parece ter cinquenta e quatro e você faz vinte e sete no mês que vem, é uma diferença de apenas vinte e sete anos. E, quando está de ressaca, parece ter pelo menos quarenta. E, se ele usasse peruca, ele realmente poderia passar por cinquenta. Então não tem quase diferença nenhuma... dez anos no máximo — ela calculou, esvaziando seu copo. — Na verdade, se você parasse de usar hidratante e tirasse o alongamento dos cabelos, vocês dois poderiam parecer gêmeos! — ela concluiu.

Tina, com o olhar vitrificado, assentiu em concordância. Ela prendeu seu longo cabelo platinado num rabo de cavalo. — A idade não importa. Olhe só o Hugh Hefner — ela disse, elevando seu copo para o alto para fazer um brinde.

— E eu não iria me importar nem um pouquinho de ter um cunhado que tem um avião particular. Francamente, eu nem ligo se ele tiver oitenta e quatro — Lexy anunciou. — Se você o ama, o ama, e pronto! E isso é tudo o que interessa. Nada na vida deveria obstruir o caminho do amor verdadeiro — ela disse sabiamente. — E, deixe acrescentar mais uma coisa, eu concordo com a Alice, ele é muito... *carismático*.

Amá-lo? Espera um minuto, pensei, e levantei a mão.

— Você falou em "amor"? Está maluca? Acabei de descobrir que meu noivo tem uma esposa, e você já está me vendo apaixonada e feliz para sempre com outro homem?

Lexy endireitou os ombros.

— Tudo bem, talvez eu tenha sido um pouco precipitada, mas o que quero dizer é que ele tem o meu voto.

— E o meu — concordou Lulu.

— E o meu — Alice acrescentou.

— E o meu — Tina concordou —, embora ele ainda me assuste.

— Bem, o meu voto ele não vai receber — Duncan replicou, batendo o copo na mesa para reforçar sua intenção. — Você precisa de um rapaz da sua idade — ele acrescentou, despejando uma ou duas, talvez três doses de conhaque no copo.

Alice o fitou com um olhar cínico.

— Não precisa levar para o lado pessoal, Duncan. Se eu não te conhecesse, diria que está com ciúme do milionário da Evie — Alice disse.

— Eu? — Duncan vociferou, afrontado. — Com ciúme?

— Você é muito bonito — Lulu disse a Duncan. — Não há necessidade de ficar com ciúme do John.

— Sim, você é um cara bonito — Lexy concordou. — Você é bem másculo. É do tipo que devia estar montado num cavalo, brandindo uma espada e lutando junto com o Mel Gibson em *Coração Valente*.

Alice deu uma risadinha na beirada do copo.

— Na verdade, ele tem mesmo uma espada — Alice confessou, com um sorriso tímido. — Nós brincamos desse jogo, ele tem uma roupa...

— ... QUIETA, ALICE! — Duncan advertiu-a, e seu rosto estava vermelho como um pimentão.

O copo de Lulu parou no ar, ela apontou um dedo inquiridor na minha cara.

— Se não gosta dele e não tem nada entre vocês dois, por que ligou para ele quando estava a caminho de Birmingham? E por que ele te mima tanto?

Coloquei vinho no meu copo e olhei de relance em volta da mesa. A música tinha parado, um silêncio de expectativa havia se formado, o único som que se ouvia eram as grossas gotas da chuva batendo na janela antes da tempestade.

— Não sei por que liguei para o John, simplesmente liguei — falei, dando de ombros. — Somos amigos, gosto dele, mas de um modo estranho, diferente... Com ele posso conversar, contar tudo.

Nikki segurou seu copo de conhaque entre as mãos, pensando no que eu havia dito. Ele ergueu seu olhar para encontrar o meu, seus olhos eram tão escuros quanto o carvão. Ele colocou a palma da mão gentilmente no meu pulso.

— Não é sobre o John que eu quero ouvir — ele disse. — É sobre o outro. O que vai fazer em relação a ele?

De repente o salão do restaurante ficou abafado demais. Meu coração começou a acelerar.

Lulu bufou, dando uma risadinha. — Ela vai mandar ele cair fora, é claro — ela disse com certeza. — Não é, Evie?

Nikki ignorou Lulu, e com um gesto do seu copo me incentivou a falar.

— Tenho que pensar — falei.

— O que você tem que pensar?! — Lulu explodiu. — Você pode ser avó antes dos quarenta, já pensou nisso? Ahn? Já pensou? E se precisar de algo como, não sei... algo realmente importante como, como... uma roupa Ascot. Qual a prioridade financeira número um? Ah! Você ou a esposa? — ela falou, irritada.

Estremeci ao ouvir a palavra *esposa*. Minha voz travou. Duncan deu um tapa de leve no braço de Lulu, para fazê-la se calar.

Meus olhos focaram Nikki. As rugas em torno dos seus olhos se aprofundaram em concentração. Ele ergueu seu copo de conhaque, tomou todo o líquido, colocou o copo de volta na mesa e se serviu de mais uma dose. Ele balançou a cabeça com impaciência controlada e soltou a respiração. Senti meus nervos se retorcerem. Nik sabia ser brusco, e eu não estava a fim de ouvir sua opinião franca. O segundo conhaque deve ter tido algum efeito calmante, porque Nikki se virou para Lulu com um sorriso forçado e disse a ela para abrir algumas garrafas de champanhe. Lulu deu um salto da sua cadeira, e Tina e Lexy correram para ajudá-la. Duncan saiu para fumar um charuto e Alice foi ao banheiro feminino. Nik e eu ficamos sozinhos.

Uma sombra cobria o rosto dele, as íris dos seus olhos, sob a luz, passaram do chocolate para o âmbar. Ele se aproximou de mim e massageou minha coluna com os nós dos seus dedos. Num impulso, eu me aproximei para sentir o seu toque.

Ele ergueu meu queixo em sua direção com o dedo indicador.

— Você não consegue esquecer esse cara? — ele disse, menos uma pergunta, mais um pedido.

Afastei meu olhar do dele. Um raio rasgou uma nuvem lá fora. As placas das lojas e as luzes da rua se refletiam na calçada escura como a lua sobre a superfície de um lago. Ficamos sentados ouvindo o roncar dos trovões e da chuva castigando as janelas.

— Estou tentando — contei a ele.

— Tente com mais força — ele disse.

CAPÍTULO 14

Tina voltou para casa, no norte de Londres, de metrô, e Lexy entrou num táxi de volta para Hampton. Duncan e Alice tinham vindo de carro de Epping, e os dois beberam bastante, então passaram a noite aqui em casa, coisa que eu dispensaria. Tive que ceder minha cama, e estava ansiosa para ficar sozinha no meu canto e chorar.

Lulu e eu sentamos de pernas cruzadas na cama dela, bebericando o champanhe que Nikki havia nos dado para trazer para casa. Alice estava sentada na penteadeira, remexendo na bolsinha de maquiagem de Lulu. Duncan tinha ido dormir.

Meu telefone vibrou; era uma mensagem de texto de Lulu. Franzi as sobrancelhas olhando para ela, espantada por ela estar me mandando uma mensagem, quando estava bem ali do meu lado. Ela pressionou o dedo nos lábios, fazendo sinal de discrição. Li a mensagem.

Podemos confiar na alice, vc sabe com o quê?

Olhei para Alice.

Sim, murmurei para Lulu, com a mão cobrindo minha boca.

Tem certeza? – Lulu fez mímica, revirando os olhos.

Fiz que sim e enfiei a cara no champanhe. Lulu afastou a massa de cabelos loiros para longe do rosto e mordeu o lábio inferior, indecisa. Ela rapidamente digitou outro texto.

Meu telefone tocou.

Dei um salto.

É um segredo tão grande, tem certeza q dá pra confiar nela?

Alice estava sorrindo para o espelho, distraída.

— Sim — sibilei, abalada.

— O que disse, querida? — Alice perguntou ao ouvir a minha voz.

— Nada, Alice. Nada.

Dei um sorriso encorajador para Lulu. Simultaneamente Lulu e eu pulamos da cama e, com facilidade e prática, afastamos a cama da parede. Lulu se arrastou pelo edredom, e, curvando-se, desapareceu debaixo da cabeceira. Ela levantou a aba do carpete, afastou-o do chão e reapareceu com um pacote de Marlboro Light. Ela segurou a pequena caixa com reverência.

Abri a janela, fechei bem as cortinas e fiquei de pé, encostada no parapeito da janela, cautelosamente. Tomei um gole do meu champanhe, com os olhos se revezando entre o sorriso culpado de Lulu e a boca aberta de Alice.

Alice apertou o peito e quase engasgou.

— Você ainda *fuma*? — Alice perguntou a Lulu.

Lulu enfiou um cigarro na boca, acendeu o isqueiro e se acomodou na cama, com as costas apoiadas na parede, os tornozelos cruzados.

— Não. Na verdade, não — Lulu disse, dando um trago profundo no seu cigarro.

— Mas! Mas você está com um cigarro entre os lábios... e está fumando! — Alice salientou. A mulher era um gênio. Não dá pra negar a sua lógica.

Lulu deu uma segunda tragada. Suas pálpebras abaixaram, a fumaça ondulou ao sair da sua boca e um sorriso celestial se espalhou pelo seu rosto.

Alice se inclinou para a frente e retirou um cigarro do maço de Lulu.

— Você é a não fumante queridinha da nação! Você tem um programa de rádio! Você ganhou... *o Desafio*! Seu rosto está espalhado nos cartazes! Você tem um jingle! — Alice raciocinou, apressada.

Lulu inalou profundamente seu cigarro. Sua cabeça balançava, e então girava para trás, batendo na parede. Ela piscou para o teto. Cinco preguiçosos anéis de fumaça se elevaram em direção aos céus.

Ela deixou o queixo tocar o peito.

— Eu... sou uma inspiração! — Lulu disse com um suspiro. — Preciso... de uma folga de vez em quando para me livrar da pressão de... *inspirar* as pessoas.

Alice lutava para acender seu cigarro.

— Sim, sim, entendo — Alice comentou, de forma brilhante.

— Não sabia que você fumava — eu disse a Alice.

— Eu... não fumo... não normalmente, mas, ao ver a Lulu fumar e gostar tanto, pensei em experimentar.

— Entendo — falei, um sorriso fixo no meu rosto. Alice tinha obviamente bebido bem mais do que eu imaginava.

— Então, há quanto tempo você realmente parou de fumar? — Alice perguntou, olhando para o seu agora aceso cigarro com reverência.

Ela não sabe o que fazer com o cigarro, pensei.

— Duzentas e três horas — Lulu se vangloriou orgulhosamente, seus olhos se virando em minha direção em busca de confirmação.

Fiz um aceno vigoroso.

— Sim, tranquilamente deve ser esse tempo todo — falei — talvez... até um pouco mais.

Esfreguei minhas mãos nos braços quando uma brisa leve, e fresca depois da tempestade, levantou as cortinas.

Lulu se mexeu, o roupão de seda se abriu, revelando sua marca registrada, a perna alaranjada. Ela tomou um gole do champanhe e segurou seu cigarro no alto.

Alice deu uma tragada apreensiva.

— Isso é incrível. Me sinto como uma estrela de um filme em preto e branco — Alice disse com um sorrisinho atrevido. — Eu pareço algo saído da tela prateada? Champanhe, cigarros e roupões? — ela perguntou.

Do que ela estava falando?

Lulu curvou a cabeça e sorriu em resposta.

Os olhos de Alice estavam reluzindo de interesse.

— Você não se sente... *culpada*? — Alice perguntou.

— Sobre o quê? — Lulu disse.

— Mentir para, bem, para toda Londres, na verdade?

— Não! — Lulu disse com um gesto despreocupado. — Tem certa gama de aceitação em relação a mentiras. Numa ponta do leque temos inverdades — Lulu explicou, endossando essa declaração com uma batida do seu cigarro. — Por exemplo, se a Evie estivesse saindo de casa, apressada, e usando seu jeans preto, e me perguntasse se fica gorda nele, eu diria “não seja boba, é claro que não”, porque eu sei que: a) ela não teria tempo de trocar, e b) ela realmente queria usar o jeans preto. Então eu mentiria, para evitar chateá-la. Ou se a minha mãe me perguntasse se eu paguei o seguro do carro, quando não paguei, eu diria “sim, é claro que paguei meu seguro”, porque do contrário ela iria ficar preocupada. Essas mentiras são aceitáveis. Não são realmente mentiras, porque não vou ter nenhum lucro com elas, a não ser a bondade do meu coração. É um benefício para as outras pessoas. Então elas não contam.

— Sim, sim, posso entender — Alice concordou com um aceno compreensivo. Encorajou Lulu a prosseguir.

— Ajudei milhares de pessoas a parar de fumar. Elas não vão se beneficiar ao saber que, na verdade, eu mesma não parei de fumar. Vão? — Lulu perguntou a Alice.

— Não, não, é claro que não — Alice concordou. — Você está tão certa.

Lulu soltou um suspiro martirizado.

— Eu carrego uma enorme responsabilidade.

— É mesmo. Sim, posso perceber isso — Alice disse, no seu tom mais compreensivo.

— Eu fico gorda no meu jeans preto? — perguntei, incomodada.

— Às vezes você fica, sim — Lulu disse, indiferente, dando uma tragada em seu cigarro.

Desconcertada, examinei minhas coxas.

Lulu se arrastou pela cama, apertou a palma da mão no joelho de Alice e lhe deu um olhar lento e penetrante.

— Esse é o nosso segredinho — ela disse com seu rosto brilhante.

Passos pesados caminharam pelo corredor, vindo em nossa direção. Alice e Lulu deram um salto e empurraram seus cigarros para que eu os segurasse. Assustadas e de olhos arregalados, elas ficaram paradas como dois suricatos. Eu girei o corpo, abri a cortina com um safanão e joguei as duas bitucas de cigarro pela janela.

Duncan entrou furioso no quarto, usando cueca e uma camiseta de dormir branca.

— Não consigo dormir, as paredes neste apartamento são finas como papel. Vocês três fiquem quietas. Alice, você vem pro quarto comigo. E, vocês — apontando um dedo nas nossas direções —, se eu ouvir outra palavra, vou levar vocês duas para fora. Vocês não vão gostar de dormir no capacho.

Alice mostrou um ombro desnudo.

— Você quer fazer sacanagem comigo, não é? — ela perguntou.

— Não, não quero, só quero poder dormir — Duncan disse, pegando Alice pela mão. — Boa noite, meninas — ele disse, batendo a porta do quarto atrás dele.

Lulu e eu deitamos na cama, olhando para o teto.

— O que vai fazer com o Rob? — Lulu murmurou na escuridão.

— Não sei. Pensei como teria sido legal se o Rob estivesse aqui hoje à noite. E se as coisas fossem como eram antes de eu descobrir sobre...

Ela me interrompeu.

— Se o Rob estivesse aqui, esta noite não teria acontecido.

— O que quer dizer com isso?

— Você e Rob nunca socializavam com ninguém mais. Vocês só saíam juntos como um casal. Por algum motivo que desconheço, o Rob não gostava do Nikki, e, bem, eu e ele não éramos exatamente os melhores amigos. Admito que tenho uma parcela de culpa, tanto quanto ele, mas mesmo assim. E agora, é claro, nós sabemos por que ele nunca te apresentou para os amigos ou a família dele. É óbvio.

Eu me senti incomodada. Ela estava certa. Além de Alice e Duncan, Rob e eu não tínhamos amigos em comum. Como eu não tinha percebido isso?

— Ainda não olhei na parte dele do armário. As coisas... as coisas dele já foram embora?

Ela deu uma risadinha.

— Parte? Ele tinha um décimo do espaço do seu armário, mas sim, já foi tudo embora. Você não vai encontrar nenhuma fibra para combinar com o DNA dele, nem que fosse imprescindível e sua vida dependesse disso.

Puxei o edredom até o queixo.

— Estou cansada — falei.

— Aposto que sim.

Lulu saiu cedo para ir trabalhar. O som da chuva batendo na janela do quarto e o cheiro da torrada queimada me acordaram. A figura gigante de Duncan praticamente ocupava todo o espaço da minúscula cozinha. Ele estava lidando com o fogão como um goleiro enfrenta uma cobrança de pênalti. Com a testa franzida em concentração, ligou a chama do forno com uma espátula numa mão e, com a outra, alcançou a torradeira, que tinha uma fumaça preta se elevando sobre ela.

— Garota! Você acordou. Pensei que estivesse hibernando. Alice está arrumando a mesa, então pode se sentar.

Ele deu um passo atrás quando uma chuva de fagulhas e gotas de óleo voaram da frigideira.

— Estou com tudo sob controle aqui! — ele disse.

Não tinha comido muito no jantar, nem comido muito nesses últimos dias, com medo de não conseguir segurar a comida no estômago. Apertei o cordão do meu roupão.

— Vamos! — ele disse, usando a tábua de carne para afastar uma fumaça nuclear vinda da grelha.

— Tudo bem — falei, deixando ele fazer seu trabalho.

Alice despencou na cadeira, com a cabeça entre as mãos.

— Evie, estou enjoada. — Ela abaixou a voz para um sussurro. — Foi o cigarro — ela admitiu com um suspiro. — Duncan saiu e comprou ovos e bacon suficientes para um batalhão, não tenho certeza se vou dar conta de tudo.

Fui para a beirada da cadeira, para ficar mais perto dela.

— Nem eu.

— Ele não vai ficar nada feliz — ela disse, engolindo com dificuldade.

Ao que parece, ele ficou encantado, porque o guloso gigante conseguiu comer tudo sozinho. Quando tiramos a mesa e Alice tomou banho, já era quase meio-dia. Eles finalmente foram embora. Voltei para a cama. O telefone tocou, derrubei o despertador ao tentar alcançá-lo.

— Evie, é quarta-feira — Nikki anunciou.

— Eu sei que é quarta-feira, e daí?

— Você está uma hora atrasada.

— Não estou.

— Está sim.

— Nik, não estou aqui à sua disposição, nós realmente precisamos discutir isso!

— Discutir o quê? — Você trabalha às quartas feiras. No que me diz respeito, nada mudou.

Senti uma ponta de desespero. Tudo tinha mudado. O fato de que Nikki estava certo me fez sentir pior; eu realmente trabalhava às quartas-feiras, a não ser que estivesse num tour.

Podia ouvi-lo impacientemente clicando a ponta de uma caneta.

— Você me diz quando vai estar fazendo um tour, e nós acertaremos essas datas, além disso, você trabalha de segunda a sexta, então do que está falando?

— Não me sinto muito bem.

Ele raspou a garganta.

— Não tem nada de errado com você. *Venha para cá,* estamos lotados. Você não tem senso de responsabilidade?

— Claro que tenho, eu só não estou a fim hoje.

— EVIE!

— NÃO GRITE!

Houve um longo silêncio. Segurei meu telefone encostado à orelha, com a mão crispada, e dei uma série de suspiros, mordendo meu trêmulo lábio inferior.

A caneta parou de clicar.

O silêncio se estendeu.

— Evie, venha trabalhar — Nikki disse suavemente, por fim. — Dei o dia de folga para a minha mãe, se não vier vou ter de dizer a ela para cancelar sei lá que planos ela fez para hoje.

Ele me pegou. Fiquei pensando que Maria teria que cancelar sua folga. Minha consciência conseguiu penetrar na minha depressão.

Dei um suspiro desolado e sentei recostada nos travesseiros.

— Tudo bem — concordei. — Estarei aí às duas horas.

— Obrigado — ele disse e desligou.

O telefone tocou novamente. Atendi mecanicamente.

— Evie, oi, é a Tina. Precisamos agendar sua programação para os próximos meses — ela disse séria.

Meses?

Senti uma onda de ansiedade ao pensar em planejar qualquer coisa além do dia de hoje. Enfiei o telefone entre meu ombro e o meu rosto, e entrelacei nervosamente os dedos.

— Podemos... podemos... fazer isso na semana que vem? — perguntei.

— Não, é melhor para você se a gente resolver isso agora. Falei com a Lydia, dos Transportes, que me disse que a frota do Rob foi contratada até o fim de julho para a Suíça e a Alemanha: se ele estiver dirigindo, é pra esses lugares que ele irá.

— Acho que você não quer correr o risco de se ver trabalhando com ele — ela disse, racionalmente. — Então você tem duas opções: ou trabalha no nosso passeio pelos campos de tulipa na Holanda nos fins de semana, que são de ônibus com saída de Londres; ou acompanha nosso tour aéreo para Paris. Pensando bem, sugiro o passeio aéreo. Se você pega a viagem para a Holanda, não ficaria surpresa se o Rob tentasse trocar de lugar com algum dos nossos motoristas do tour pelos campos de tulipa... Você sabe como esses caras se ajudam uns aos outros; ele poderá aparecer uma sexta-feira pela manhã, e você vai ter de ficar presa com ele por pelo menos quatro dias. No entanto, é muito improvável que ele vá te seguir de avião, não é? Desse modo, você voa até Paris e trabalha com um motorista de ônibus parisiense.

— Tudo bem — concordei.

— Tudo bem o quê?

— Tudo bem, vou para Paris.

— Bom, seu primeiro grupo é na sexta-feira.

Fiquei surpresa.

— Mas hoje é quarta-feira.

— Eu sei.

— Quer dizer que não tem ninguém agendado ainda? — perguntei.

— Eu tinha, mas ela cancelou. Vou colocar a documentação no malote de hoje à noite. Você vai receber tudo amanhã até a hora do almoço. Tem que ficar ocupada, Evie.

Ao jogar longe o edredom e sair da cama, não pude deixar de pensar que havia uma conspiração acontecendo para me fazer seguir em frente.

Uma hora mais tarde, eu me arrastava pela porta da frente do bar. Fiz apenas o que tinha que fazer: peguei os pedidos, servi as bebidas, limpei as mesas e fiquei no bar quando Nikki teve que ir ao banco. Não cheguei ao ponto de conversar, nem sorrir para os clientes. Costas e Pepi já tinham me visto desse jeito antes, com cara de domingo de chuva. Na maior parte do tempo eles me ignoraram e aceitaram meu comportamento moroso, coisa de que eu gostei, embora, para ser justa, eles não estão fazendo mais que a sua obrigação: são dois psicopatas preguiçosos ninfomaníacos, e na maior parte das vezes sou eu quem tem que aturar o comportamento *deles*. Ao final do meu turno, sentei num banquinho do bar, rolando um copo gelado na minha testa. Uma dor de cabeça que havia começado como uma pontada sobre o olho esquerdo estava agora martelando no centro do meu crânio.

— Você está bonita, Evie — Nikki disse.

Estava usando a calça preta do uniforme, uma camisa branca e um avental comprido de bistrô. Não tinha nada de bonito ali, mas foi legal ouvir Nikki dizer isso.

— Está tudo bem? — Nikki perguntou, mencionando minha depressão.

Senti um frio no peito: culpa. Eu sabia que ele estava sendo paciente comigo, fazendo um esforço para que eu me abrisse; e Nik não era famoso pela paciência. Apesar disso, ele ficou delicadamente à minha volta durante toda a tarde. E cá estava eu, desejando que ele me deixasse sozinha para curtir minha fossa.

Olhei de relance para ele. Estava parado atrás da caixa registradora, alto e moreno, deslizando a ponta de uma caneta entre seus dedos.

— Estou bem.

— Bom! — ele disse com um aceno assertivo, aumentando a velocidade na rolagem da caneta.

Meu telefone tocou. Levantei o traseiro e tirei o aparelho do bolso de trás da minha calça. Meu coração deu um salto ao ver o nome de Rob no identificador de chamadas.

Estou ansioso por sexta-feira à noite. R xxx

Senti um alvoroço de ansiedade, que se apagou imediatamente quando percebi que não poderia vê-lo na sexta-feira. Eu estava indo para Paris.

— Está com fome? Vamos comer? Parece que o movimento diminuiu — Nikki disse.

— Tudo bem — retruquei, indiferente.

Cabeça curvada, rapidamente digitei uma resposta.

Sinto muito mas não posso, vou trabalhar. E (não mandei nenhum beijo)

Sua resposta chegou imediatamente.

Onde vai trabalhar? R xxx

— O que quer comer? — Nikki perguntou.

— Qualquer coisa! — respondi de volta.

Vou trabalhar em Paris. E

Isso vai mostrar a ele que não estou sentada em casa, chorando com um copo de vinho Pinot.

— Filé ou salmão? — Nikki perguntou.

— Ótima ideia! — concordei rapidamente.

Te encontro em Paris. R xxx

Senti uma comichão de desejo. Cruzei minhas pernas, desafiando-o, que cara de pau, se convidando para ir a Paris.

— Filé *ou* salmão quer dizer um *ou* outro! — Nikki disse bruscamente.

Roí a unha do polegar. Não tinha certeza se realmente queria me encontrar com Rob, muito menos encontrá-lo em Paris. O que deveria responder? Teria que pensar.

Girei um cacho do meu cabelo, pensativa. Bem que eu gostaria de perguntar se ele vai levar a família, pensei.

Nikki bateu a palma da mão com força na superfície do bar. Dei um pulo. Que inferno, ele quase me matou de susto.

— Desligue esse telefone! — ele berrou. — Estou tentando pedir nosso jantar.

Ele apoiou as duas mãos no bar e curvou sua cabeça em direção à minha; endireitei os ombros e enfrentei seu olhar.

— Posso mandar uma mensagem de texto *e* conversar ao mesmo tempo. É chamado de multitarefa. As mulheres fazem isso o tempo todo, mas os homens parecem não dominar muito bem essa arte! — gritei de volta. — *Você* certamente não consegue.

Seus lábios se contorceram, ameaçando um sorriso.

Enfiei meu telefone no bolso traseiro, sentei sobre ele para não ouvir os bipes, levantei o queixo e olhei firmemente para ele.

— Tudo bem, o que você quer, ogro? — perguntei.

— Assim está melhor — ele disse. — Agora, quer filé ou salmão?

Cruzei meus braços no peito.

— Salmão, por favor.

Meu telefone bipou novamente. Nikki me olhou furioso. Queria tirar o aparelho do meu bolso, mas não ousei.

— Prefiro o filé — ele disse. Ele apontou em direção à cozinha. — Vá dizer ao Spiros o que queremos comer, enquanto abro uma garrafa de vinho.

Lutei para descer do banquinho e fui caminhando para a cozinha do restaurante, sentindo Nikki curvar o pescoço em minha direção. Depois de fazer rapidamente o nosso pedido, esgueirei-me para fora, pela saída de incêndio, com as costas voltadas para a parede — bem distante da unidade de ar-condicionado que lançava os vapores e cheiros da cozinha para o pátio —, e então peguei o telefone do bolso para ler uma fileira de quatro mensagens:

MEU BEM, QUERO MUITO TE VER, NÃO DESMARQUE R XXX

TE ENCONTRO EM QQ LUGAR. R XXX
VC PODE FALAR. R XXX

Meu coração deixou escapar uma batida de ansiedade.

ONDE VC ESTÁ? R XXX

ESTOU NO TRABALHO. E (ainda sem bjs, ele vai notar, sei que vai).

A porta da saída de emergência foi escancarada com força e ricocheteou na parede. Jesus! Parecia uma metralhadora. Assustada, dei um pulo.

— QUE DIABOS VOCÊ ESTÁ FAZENDO AQUI FORA? — Nikki gritou.

Respirei fundo. Nikki pode ser bem chato às vezes. Respondi no mesmo tom para ele.

— NÃO É PROBLEMA SEU.

— É PROBLEMA MEU. NÓS DEVERÍAMOS ESTAR JANTANDO. ENTRE AQUI.

— ESTOU INDO.

Nikki arqueou seu braço na porta para me deixar passar. Enfiei o telefone no bolso da calça; ele bipou.

— Se essa coisa tocar enquanto eu estiver comendo, não vou ficar nem um pouco feliz — Nikki advertiu.

— Você? Não vai ficar feliz? Por que não fico surpresa? — retruquei, passando ao lado dele.

Nikki e eu dividimos uma mesa no canto ao lado da janela. Olhei para o relógio acima do bar com um olhar melancólico; eram seis horas. A essa hora, geralmente eu voltava correndo para casa para encontrar Rob. Observei meu copo, dividida entre saborear o delicioso Chablis e me afundar na autopiedade, pensativa.

Nikki serviu mais vinho.

— Quando vai fazer o próximo tour? — ele perguntou.

— Sexta-feira.

Seu garfo ficou parado no ar.

— Bom!

— Bom?

Ele me olhou por debaixo dos cílios escuros.

— Vai te manter ocupada — ele disse, com a sombra de um sorriso.

— Você se importa se eu tirar o dia de folga amanhã? — perguntei.

— Sim, eu me importo, obrigado por perguntar — ele declarou, com um olhar frio e empedernido.

Dei um suspiro impaciente.

— Vou para Paris na sexta-feira, gostaria de ter pelo menos *um dia* para mim mesma.

Ele descansou o talher no prato e se inclinou para a frente, as pontas dos dedos unidas. No começo da noite, o bar adquiria tons escuros, os faróis lá de fora lançavam suas luzes intermitentes no rosto dele.

— Quando você volta de Paris?

— Segunda-feira.

— Você pode tirar a terça-feira de folga. E, já que estamos falando dos seus turnos, não há motivo pra você não trabalhar uma noite ou outra aqui, há?

— Além do fato de eu não querer trabalhar.

— Nem sempre as coisas acontecem *do seu jeito*; eu gostaria de dar algumas noites de folga para o Costas e o Pepi. Não posso pedir para a minha mãe cobrir o turno deles, porque ela é muito devagar. Não é justo para ela, e você poderia ajudar. Isso já deu certo no passado.

— Na verdade, se pelo menos eu trabalhar à noite, posso ter uns dois dias para dormir até mais tarde — disse, pesando as possibilidades. — Então, sim, tudo bem.

Seu tom severo não se abrandou, mas percebi uma nota de alívio e satisfação na voz dele.

— Bom, então está acertado — ele disse.

CAPÍTULO 15

Acordei num emaranhado de cobertas, observando as cores do céu passarem do preto para o cinza, e finalmente para um tom azul-claro. Em algum momento entre o cinza e o azul, ouvi Lulu sair para o trabalho. Alisei o travesseiro vazio ao meu lado e olhei para fora da janela; um nesga de luz penetrava pelas nuvens e caía na cama. Pela primeira vez não estava chovendo. Sentia falta de Rob durante cada momento que estava acordada, em maior ou menor grau, dependendo se estava concentrada pensando em Cassie e Marcus, ou fingindo que eles não existiam. Às vezes, como agora, sentia que estava me afogando. Mal tinha pregado o olho, pensando nele. A verdade é que Rob e eu não tínhamos nenhum tipo de inibição sexual, nenhuma mesmo.

Na cama, Rob nunca tinha me perguntado o que eu queria, simplesmente fazia o que *ele* queria fazer, e, se eu demonstrasse algum tipo de hesitação, ou certa relutância decorosa, ele redobrava seus esforços, me dominava, e fazia assim mesmo. Não de um modo agressivo ou forçado, acrescento rapidamente, mas muito mais como resultado de uma persuasão carinhosa. Seus olhos penetravam nos meus com tanta intensidade que eu frequentemente sentia que ele podia ler a minha mente. Ele me dizia com uma voz rouca e sexy para ficar parada. Falava para confiar nele, e que eu iria gostar daquilo. E eu gostava, sempre. Essa atitude inteligente, porém egoísta, se tornou parte da sua irresistível atração, porque me permitia experimentar coisas que de outro modo não admitiria ter vontade de tentar, ou nem mesmo saber do que se tratava. Rob foi o primeiro homem a fazer tantas coisas comigo. Houve vezes em que eu fiquei ao mesmo tempo enojada e excitada comigo mesma, porque, tendo aprendido que não fazia sentido ser recatada, me tornei descaradamente sensual. Resumindo, Robert Harrisson revelou a safada dentro de mim. E, para falar a verdade, eu estava sentindo muita falta dela. Infelizmente suspeito que não a verei por um bom tempo, porque não tenho certeza se conseguiria apresentá-la a mais alguém. Essa era a razão de eu não conseguir tirar Rob da cabeça. Eu sentia falta da Evie, a safadinha, tanto quanto sentia falta de Rob como homem.

Levantei o corpo e me apoiei no travesseiro, estendi o braço para pegar a bolsa na mesinha de cabeceira e tirei o telefone.

Tinha que conversar com Rob. Precisava fazer isso.

— Meu bem, obrigado por ligar — ele disse rapidamente.

O desejo me rasgou por dentro ao ouvir a voz dele.

— Tudo bem, compreendo por que não quer que eu vá a Paris. Claro que entendo, você tem que tomar conta de um grupo. Então deixe eu ir até o seu apartamento quando você voltar — ele disse. — Ou hoje à noite. Poderia te ver hoje à noite.

Eu me encolhi só de pensar em Rob e Lulu se esbarrando ao entrarem no portão do jardim ao mesmo tempo.

— Evie, sei que isso é difícil — ele continuou. — Sei que estraguei tudo, mas, quanto antes a gente se encontrar, mais cedo resolveremos tudo isso.

Ele soltou a respiração presa. Podia visualizá-lo, olhos cheios de cobiça, suplicantes, carinhosos e repletos de desculpas.

— Você sente a minha falta, Evie? Não consigo nem começar a te dizer o quanto sinto sua falta.

Ele devia estar com cara de garoto do coral da igreja.

— Evie...

— Claro que sinto saudade — eu disse; minha voz estava tensa.

Escutei um suspiro de alívio do outro lado da linha.

— É um começo! — ele disse com um sorriso, que eu juro que podia ouvir.

— Mas eu sinto falta do relacionamento bem definido que a gente tinha...

— Evie, *nós ainda temos* o que tínhamos antes. Podemos superar tudo isso. Deixe eu ir até o seu apartamento esta noite.

— Não, não acho que vir aqui é uma boa ideia — eu disse forçosamente. — Mas eu... quero te encontrar — confessei.

Pronto, eu disse, admiti que queria encontrá-lo, e quero. Você não pode parar de amar alguém, pode?

— Certo, eu te pego às sete e te levo para jantar; não vou entrar. Não estou particularmente entusiasmado com a perspectiva de bater papo com a Cruella.

— Não chame a Lulu assim — retruquei lealmente.

— Tudo bem, tudo bem! Me desculpe!

— Não! Só termino meu trabalho no bar depois das seis horas hoje à noite, e vou para Paris amanhã cedo. Quero dormir cedo. Vamos jantar na terça feira — eu disse, de forma autoritária.

Afinal de contas, quem é que está dando as ordens por aqui?

Houve um momento de silêncio.

— Mas Evie... — ele suplicou.

— Mas o quê? — desafiei-o.

— Nada, nada — ele gaguejou, retrocedendo. — Terça-feira está ótimo, é perfeito. Divirta-se bastante em Paris. Eu te pego às sete na terça-feira; se é isso que você quer, vou passar o fim de semana ansioso. Vou te levar a um lugar bem agradável.

— Tudo bem, te vejo na terça — disse, e desliguei o telefone.

Tinha conseguido. Eu tinha ligado para ele. Estava feliz. Mas a ligação havia me deixado exausta. Estava me sentindo alegre e animada, mas ao mesmo tempo nervosa, agitada e terrivelmente cansada. Meu coração batia descompassado. Me joguei nos travesseiros. Tudo bem, disse a mim mesma assertivamente. Não tem como, depois de tudo que Rob e eu passamos juntos, deixar nosso relacionamento terminar sem a gente se encontrar para discutir as coisas. Precisamos pelo menos de um desfecho, de nada mais. Um encontro é a melhor coisa a fazer. Claro que é. É a coisa adulta a ser feita, eu disse para o teto. Senti meu rosto queimar ao lembrar dele. Pensar nele deitado ao meu lado, curvando sua cabeça lentamente e prendendo a pontinha da minha orelha entre seus dentes, eu estremeci. Sim, eu queria vê-lo, com certeza. As batidas do meu coração se normalizaram enquanto eu sonhava, queria resolver tudo isso de um jeito ou de outro. Tinha que resolver. Fechei meus olhos, segurei com força uma parte do edredom e me aconcheguei no travesseiro.

O toque do telefone me acordou.

— Evie, se eu não te vir entrando pela porta deste bar nos próximos vinte minutos eu vou...

Meus olhos voaram para o relógio, onze e quinze.

— Nik, estou indo; daqui a pouco estarei aí — falei, saindo aos trambolhões da cama.

Nikki estava na soleira da porta do bar. As pernas entreabertas, os braços cruzados. Passei direto ao lado dele.

Ele caminhou atrás de mim. Ergui uma mão, pedindo silêncio.

— Tudo bem, não comece. Estou atrasada, mas só trinta minutos, e eu *sinto muito*, mas perdi a hora. E sim, como sempre, você está certo! Isso não é desculpa! No entanto, é a *minha* desculpa, porque foi isso que aconteceu. E você deve estar pensando como é que alguém que começa a trabalhar às onze da manhã perde a hora. Porque você acorda às seis da manhã, junto com os ladrões e os carteiros, salta da cama e faz triátlon, corre uma maratona na academia, joga uma partida de futebol beneficente, tudo isso antes do café da manhã. E, sorte sua, porque...

Dois braços fortes envolveram minha cintura e me giraram.

— Fique quieta! Estou de bom humor, terminei a compra do prédio em Wimbledon. É meu, o arquiteto começa amanhã — ele disse, dando um beijo na minha orelha que fez eco.

Ele me deixou em pé e me virou para encará-lo.

Um sorriso se espalhou no seu rosto bonito. Senti uma onda forte de felicidade. Estava absolutamente exultante e orgulhosa. Sim. Essa é a palavra, *orgulhosa*. E confusa, porque por qual razão eu deveria sentir orgulho de Nikki? Ele é o meu patrão, me deixa totalmente maluca e brigamos constantemente. Olhos ansiosos fitaram os meus. Ele estava esperando que eu dissesse alguma coisa, mas tudo o que consegui emitir foram alguns breves suspiros. Ele segurou com força meus ombros e me sacudiu encorajadoramente quando, de repente, e para minha assustadora surpresa, explodi em lágrimas.

Ele me abraçou.

— Qual o problema? — ele perguntou, seu queixo apoiado na minha cabeça. — Evie, querida, o que foi?

— Estou feliz por você — dei um soluço, com uma lógica impecável.

— Você está feliz por mim?

Assenti, encostada no ombro dele.

— Eu, eu estou, realmente estou, isso é, isso é maravilhoso — gemi. — É uma ótima notícia, e eu, eu não poderia estar mais feliz.

Apertei-o com força.

— Nesse caso, por que as lágrimas? — ele perguntou.

— Eu, eu não sei... não faço a menor ideia.

Ele massageou minhas costas.

— Você está se preocupando à toa.

— Não estou preocupada, estou bem.

Ele prendeu meus cotovelos e me segurou a certa distância. Seus olhos divertidos examinaram meu rosto.

— Vou precisar da sua ajuda, Evie. Vou ter que passar muito tempo longe do bar. Você sabe fechar o caixa e fazer o serviço bancário, sabe as mercadorias de que precisamos e quem são nossos fornecedores. E, se houver necessidade, você está bem ali do outro lado da rua, então pode abrir o bar de manhã. Você sabe lidar com o chef melhor do que ninguém, ele nunca fica bravo com você — ele disse, não inteiramente de brincadeira. — Minha mãe te adora, e o Costas e o Pepi sabem que não podem tirar vantagem se você estiver no comando. Eu estarei aqui nos fins de semana, vou me esforçar para estar no meio da semana. Obviamente sei que você precisa de tempo para si mesma, e sua prioridade é o trabalho como guia de turismo, mas...

— Eu vou ajudar, é claro que sim. Não posso trabalhar às sextas-feiras porque estarei em Paris, mas de segunda a quinta eu te cubro.

O que eu estava dizendo? Estava maluca? Nikki iria me explorar até o último fio de cabelo.

Ele ergueu uma longa mecha do meu cabelo e a colocou atrás da minha orelha.

— E, Evie, sei que está com muita coisa na cabeça, e talvez eu não tenha sido tão compreensivo como deveria, mas vou tentar te ouvir mais, e estou ao seu lado, e...

Coloquei um dedo sobre seus lábios.

— Eu sei que está.

— Então — ele disse com um suspiro aliviado. — Vai me ajudar?

— Com certeza, claro que vou ajudar!

— Maravilha! Mal posso esperar para colocar aquele prédio abaixo — ele disse animado.

Uma súbita lembrança do prédio infestado por ratos em Wimbledon me fez estremecer e recuperar a razão. Ele havia acabado de comprar a Casa dos Condenados. Por que motivo eu o estava cumprimentando? Lá no fundo, eu duvidava da sua sanidade, mas por fora eu sorri docemente; eu realmente estava encantada com a empolgação dele.

Só espero que ele saiba onde está se metendo.

CAPÍTULO 16

Paris estava banhada em luz do sol, gloriosos raios de sol. Sentei-me sozinha numa mureta, mordiscando uma baguete de queijo, olhando para o pilar oeste da Torre Eiffel.

Esse é o segundo dia da excursão, e tenho vergonha de admitir, mas não fiz nenhum amigo no meu grupo, nem me preocupei em aprender o nome de ninguém. Apesar disso, provei estar à disposição deles, bater papos desinteressantes e tirar fotografias, esperando pacientemente enquanto turistas sorridentes e felizes posavam na frente de qualquer droga de monumento histórico da cidade, a maior parte dos quais está representada nos cartões-postais. Se eles quisessem uma foto decente da Notre-Dame ou da Opera House, poderiam simplesmente comprar uma, são fotos de si mesmos que eles querem. Qual a vantagem de ter uma foto com o seu namorado? Provavelmente ele está dormindo com outra, ou então é casado secretamente.

Olhei de relance para o esplendor da Torre Eiffel, que eu pessoalmente acho que deveria ser considerada uma das Maravilhas do Mundo. Na verdade, toda Paris, não apenas a torre. Eu amo tudo por aqui; no entanto, não estou sentindo as costumeiras centelhas de alegria. Tudo bem, o tempo está maravilhoso — incomum nesta época do ano —, mas tudo o que fico pensando é por que as pessoas estão tomando banho de sol na grama. Para quê ficar bronzeado, se todos ficamos cinzas quando morremos? Observei uma garota de vestido cor de limão, com os braços abertos, rodopiando nos seus saltos altos, o cabelo loiro flutuando enquanto seu namorado a filmava. Ela se abraçou e fez biquinho para a câmera. Não é irritante? Detesto quem gosta de aparecer!

Meus olhos vaguearam para um guarda de trânsito de camisa branca. Quando um grupo de freiras se aproximou dele, ele sorriu agradavelmente e rasgou a multa que estava prestes a colocar no para-brisa do carro delas. Ele se derreteu com seus elogios e agradecimentos, e então prontamente emitiu um bilhete de multa para um barrigudo raivoso. Atrás do guarda de trânsito, meu motorista francês gesticulou com os braços gorduchos e apontou seu relógio. *Vingt minutes*, ele pronunciou. Bem, eu sabia disso. Fui eu quem disse para todo mundo o horário de voltar ao ônibus. Levantei, joguei o que sobrou da minha baguete numa lata de lixo, coloquei a prancheta debaixo do braço e abri caminho entre um grupo de crianças sentadas na grama, destruindo um piquenique.

De volta ao meu quarto de hotel, joguei a bolsa no chão e sentei em frente à janela, apoiando os cotovelos na mesa, com o queixo na palma das mãos. Tamborilei meus dedos no rosto. Sentia desesperadamente a falta de Rob. Paris era a *nossa* cidade, tínhamos passado um verão inteiro aqui no ano passado. O fantasma dele estava em todos os lugares, me assombrando.

Meu telefone tocou. Enfiei a mão na bolsa e respondi com um suspiro.

— Evie, onde você está? — John perguntou.

— Paris — disse, balançando preguiçosamente as persianas da janela, empurrando-as contra a parede.

— Fantástico, então não está sentada em casa, sofrendo?

— Não, estou sentada em Paris, sofrendo.

— Pare com isso! Quanto tempo vai ficar em Paris?

— Mais uma noite, estou voando para casa amanhã — respondi.

— Vamos jantar na terça-feira.

— Vou jantar com o Rob na terça-feira — disse automaticamente, e então cobri minha boca com a mão. — Isso é... talvez...

— Você não vai fazer isso — ele disse, cortante.

— Preciso conversar com ele — acrescentei rapidamente.

— Use o telefone se sentir que precisa conversar com ele.

— Algumas coisas não podem ser discutidas pelo telefone — falei, afetada.

— Nesse caso uma ligação telefônica será o suficiente.

— Quero vê-lo, bem, para conversar direito — engoli em seco.

— Então faça isso daqui a algumas semanas — ele retrucou num tom áspero. — Evie, o garoto vai dizer tudo o que acha que você quer escutar, confie em mim. Aceite isso de alguém que sabe do que está falando. É cedo demais. A história dele não vai melhorar com a pressa, isso pode esperar. Dê um tempo para si mesma.

— Tempo para quê? — perguntei, abalada.

— Tempo para pensar direito nas coisas.

— Não tenho feito nada a não ser pensar, e...

— Evie! Você não pensou, não pensou em tudo o que aconteceu, absolutamente. Sugiro que ligue para seu namorado distante, diga a ele que se lembrou de um compromisso anterior, e que infelizmente terá que cancelar o encontro. Vou mandar o Alistair te pegar. Esteja pronta às seis horas.

— Quem é Alistair?

— Meu chofer. Evie, deixe o rapaz esperar, crie um suspense. Vou te dar informações secretas sobre o funcionamento da mente masculina. Aproveite a minha experiência. Existem algumas vantagens de envelhecer, e a sabedoria é uma das mais importantes.

— Ah, sim, e ir para cama cedo é uma das outras.

Ele deu uma risada gutural.

— Garotinha atrevida.

Houve um silêncio hesitante.

Seu tom mudou para um bate-papo eloquente.

— Evie, confie em mim, espere um pouco mais. Não quero que cometa um erro porque foi apressada demais. Você deveria ignorar as ligações dele, deletar as mensagens e mandar de volta todas as flores e presentes. Não deve se precipitar e aceitar convites para jantar.

Flores e presentes? Que flores e presentes?

Dei um suspiro. John estava certo, eu estava ansiosa, impaciente demais. Deveria estar estabelecendo limites. O limite seria: esposas não serão toleradas. Nesse momento estava mais chateada do que com raiva. Deveria esperar até estar com a cabeça no lugar certo — absolutamente furiosa e não vulnerável. Desse modo seria capaz de defender meu caso vigorosamente, claramente. Venenosamente.

— Tudo bem, ok, vou esperar — determinei resoluta, me sentindo muito madura. — Você está certo, é claro, eu estaria demonstrando fraqueza, não é?

— Com certeza.

— Então está combinado — falei firmemente, dando-me os parabéns pela minha tenacidade.

— Boa garota — John exclamou com um toque de triunfo. — Te encontro na terça-feira. Tente não se atrasar.

— Atrasar? Eu nunca me atraso!

Talvez pudesse me encontrar com Rob na quarta-feira; isso vai deixá-lo em suspense por mais um dia.

Fiquei com o olhar perdido na distância depois da ligação de John. Tudo bem, se não der na quarta, talvez na quinta-feira. O problema fundamental é que não é fácil tirar alguém dos seus pensamentos. O rosto de Rob se materializa constantemente, quando eu menos espero. Talvez se encontrasse com ele, minha raiva pelas mentiras que ele contou pudesse superar esse enervante desejo que sinto. Essa é uma forte possibilidade. Obviamente uma boa razão do por quê a gente *deve* se encontrar. Tirei os sapatos e estendi a mão para pegar o cardápio do serviço de quarto. Não queria encontrar os clientes no bar. Não seria justo com eles; ninguém quer alguém tão infeliz como companhia.

Passei a noite sozinha sentada na varanda, extasiada com o aroma das ervas da cozinha francesa e do dedilhar de um violão vindo de um restaurante lá embaixo, e consolada por todas as garrafinhas em miniatura de gim, conhaque e Bacardi que estavam no frigobar.

Domingo de manhã estava ensolarado mas fresco. Sentei no assento do guia, olhando morosamente as paisagens, enquanto nosso ônibus deslizava pelas ruas de paralelepípedos do Champs-Élyseés. Árvores frondosas se curvavam sobre as marquises de restaurantes ao ar livre, e prédios altos com janelas avarandadas banhadas pelo sol se esticavam para o alto em direção ao céu azul sem nuvens. Sorri ao ouvir os suspiros de admiração do meu grupo, enquanto nos arrastávamos pesadamente em volta do Arco do Triunfo, o monumento de cinquenta metros de altura que celebra as batalhas e vitórias do imperador Napoleão. Cada uma das doze avenidas que irradiam do arco leva o nome de um dos líderes militares franceses. Em cada viagem do ano passado, fiz Rob circular o arco até eu completar minha exibição da narrativa a que eu me referia como "o símbolo do espírito nacional francês". Minha mente divagou para o fim de semana em que Rob e eu subimos o Arco. Eu o tinha convencido de que havia um elevador até o topo. Honestamente, eu pensei que houvesse um! Não havia. Em vez disso, você tem que subir 284 degraus; pensei que fosse morrer de exaustão. Mantive o passo e aguentei o melhor que pude, mas ele teve que me arrastar pelos últimos 234 degraus. Eu o odiei naquele momento, mas me senti incrível quando chegamos ao topo. Estava extasiada, contente por ter sobrevivido... A lembrança fez meus olhos arderem.

Inclinei o pescoço e espiei o corredor de ônibus. Quarenta e dois rostos me olharam de volta, ansiosos. Essas pessoas merecem um belo passeio, decidi, sentindo uma ponta de remorso. Com ou sem Rob! Impulsionada a fazer as coisas acontecerem, disse ao motorista para circular lentamente a praça Étoile.

— Bien sur — ele respondeu, com um sorriso.

Fiquei em pé, e com um floreio teatral segurei o microfone perto do queixo, e fiz um gesto amplo abrangendo desde a *Avenue Foch* até a *Grecian.*

— À sua esquerda está a *Avenue Foch,* que tem esse nome por... — assim que comecei a exibir meus conhecimentos, não conseguia parar. Não parei de falar até estacionarmos em frente aos portões do *Château Malmaison,* a antiga residência campestre da linda imperatriz Josefina, a esposa de Napoleão, uns trinta minutos depois.

Essa foi minha primeira visita ao *Malmaison.* Tinha lido um pouco sobre Josefina no ano passado, mas não muito. Depois de um áudio tour de duas horas do Château, que eu adorei, decidi que Josefina e eu teríamos que nos conhecer melhor, e então me sentei com as pernas cruzadas nos jardins, a cabeça voltada para o meu livro de guia de turismo, com uma leve brisa soprando nos meus cabelos.

Josefina e eu éramos almas gêmeas. Seu primeiro marido teve um filho com sua amante. Meu noivo tem um filho com sua esposa. É um exemplo claro de que a história se repete. Ergui as sobrancelhas e balancei a cabeça, pensativa. Sim, com certeza éramos almas gêmeas. Josefina tinha ficado furiosa, e eu também! O marido dela levou a amante numa viagem para o Caribe, e teve a cara de pau de pedir a Josefina que aparecesse lá eventualmente, quando eles estivessem fora, para dar uma olhada no filho dele. Sinais de alarme soaram na minha cabeça. Larguei o livro. E se Cassie fosse para Malliorca ou algum outro lugar com seus amigos, será que ela iria largar o filho legítimo de Rob para eu cuidar? Peguei o livro e folheei algumas páginas adiante. Como Josefina tinha lidado com isso? Meus olhos percorreram a página. Posso ler bem rápido quando é necessário. Ah! Ela disse para ele sumir, e o tratou com *frieza.* Fez muito bem! Certo, vou mandar uma mensagem de texto para Rob e tratá-lo *friamente.*

Não posso sair para jantar terça, compromisso anterior, sinto muito! E

Cancelei o encontro com frieza; isso iria ensinar algo a ele.

Meu bem, estava ansioso pelo jantar. Qdo podemos sair? R x

Decidi ler mais alguns capítulos sobre Josefina antes de responder.

Josefina acabou tendo dois filhos com seu marido — obviamente, isso era porque já estava casada com ele, o que não é o meu caso. O marido de Josefina contestou a paternidade da segunda criança. Estava começando a não gostar desse cara. Josefina se mudou para um convento por algum tempo, por insistência do marido. Eu o odiava agora. Mudar para um convento não tinha sido ideia de Josefina, e eu não iria fazer a mesma coisa. Durante a Revolução Francesa, Josefina e o marido ficaram juntos na prisão, onde se tornaram amigos. Eu me sentei e soltei um suspiro. Talvez Josefina achasse que a vida fosse curta demais para guardar rancor. Talvez ela desejasse que eles tivessem resolvido seus problemas mais cedo, e tivesse se arrependido pelo modo como ficaram juntos novamente, sob tão terríveis circunstâncias, antes de reacenderem sua amizade.

Mandei uma mensagem para Rob.

Te aviso qdo voltar. E

Te amo, meu bem, tente quarta-feira. Rob x

Assim como Josefina, estendi uma mão amiga. Peguei o livro e continuei a leitura. O marido de Josefina teve a cabeça decepada — bem, não fiquei muita surpresa com isso, nem muito triste ao saber disso também. Apesar de tudo, era meio drástico desejar um destino igual para Rob, mesmo estando tão brava quanto eu. Agora que estava viúva, Josefina arrumou amantes. Isso era mais a cara dela!

Guardei o livro na bolsa e me levantei. Estava na hora de reunir meu grupo e voltar para a cidade. Leria mais sobre Josefina, minha amiga e alma gêmea, mais tarde. Ergui o rosto para o sol e decidi que Josefina seria minha mentora.

Na terça-feira, Alistair, o motorista de John, chegou às seis horas em ponto; não ficaria surpresa se ele tivesse esperado em algum canto da rua o momento exato para fazer sua chegada com precisão. Para espanto de Alistair, e eu suspeito, para seu desconforto, perguntei se podia me sentar no banco da frente ao seu lado.

Ele abriu a porta do carro, inclinando-se ligeiramente na cintura, em posição de esquiador. Ele não parecia à vontade, então me enfiei rapidamente dentro do carro.

— Não quero ficar tentada pelas bebidas no barzinho lá atrás — expliquei, afundando no assento.

— Entendo, madame — ele disse, tirando seu quepe marinho.

— Me chame de Evie.

— Sim, madame — ele repetiu, fechando a porta gentilmente.

Olhei fascinada para ele. Com o corpo ereto, ele deu a volta para o lado do motorista.

Será que esse cara nunca relaxa?

Olhei para a frente.

Escutei um barulho feio na janela lateral.

Endireitei-me assustada e me virei; era Lulu.

Meu rosto se enrugou. Que diabos ela queria agora?

Ela escancarou a porta.

— Me dá uma carona? — ela suplicou.

— Pra onde? — perguntei.

— Pra qualquer lugar, me leve para onde você quiser. Eu não me importo, simplesmente não me deixe para trás! — ela disse, se jogando em direção à porta traseira.

Dei um sorriso sem graça para Alistair, me sentindo corar.

— Acho que vou sentar atrás com a minha amiga — disse a ele, afetadamente, um dos pés já tocando a calçada.

— Sim, madame.

Lulu tocou o couro macio do interior do carro, impressionada. Ela encontrou o barzinho e ligou a televisão.

— Champanhe, Evie? — ela perguntou, agachada de quatro em frente à geladeira.

O enorme carro preto lentamente dividiu a multidão boquiaberta parada no ponto de ônibus em frente ao nosso apartamento.

— Se você for beber um. Mas só um... Não quero ficar bêbada antes de chegar lá.

Ela me deu um olhar solene.

— Evie, você acha que chegar sóbria é uma boa decisão? Talvez você precise encher um pouco a cara, quero dizer, essa é a sua chance para, bem, para corrigir seus erros — ela disse, com a garrafa de champanhe pendurada na sua mão.

— Que erro?

— Não transar com John em Amsterdã, é claro.

— Cala a boca; não vou transar com ele em nenhum lugar.

Ela parecia cinicamente não convencida.

— Onde quer ficar? — perguntei a ela.

— Lá em casa, se você não se importar — ela disse, despejando borbulhas no copo.

— Você quer que a gente dê a volta, dois minutos depois de ter saído de casa? E...

— Não, me leve para o centro de Londres, você desce na casa do John, e eu posso voltar com o Jarbas aqui! — ela disse, erguendo a garrafa para brindar o motorista.

— Não posso deixar você tratar o carro e o motorista do John como se fossem seu bar móvel pessoal — falei a ela, ultrajada.

— Por que não?

Gaguejei em busca de palavras, que cara de pau!

— John vai me levar para jantar, portanto vamos precisar do carro.

— Peguem um táxi — ela sugeriu, secamente.

— Você quer que *a gente* pegue um táxi para você ficar com o chofer? — perguntei, minha voz inflada de indignação.

— Provavelmente vocês vão tomar alguns coquetéis na sala antes de sair, enquanto isso a limusine já estará de volta.

— O carro não é meu, para eu poder te emprestar.

Ela me entregou uma taça de champanhe e tocou a sua com a minha. Uma inspiração maléfica iluminava seus olhos; ela cambaleou para a frente e bateu — toc toc toc — na divisória de vidro que separava o banco do motorista.

A janelinha deslizou suavemente.

— Desculpe — ela disse, enfiando o nariz na abertura. — Evie e eu temos alguns assuntos para discutir. Imagino se seria possível me levar para casa depois da nossa reuniãozinha.

Meu rosto ficou vermelho. Me coloquei na frente dela.

— Não, Alistair, tenho certeza de que John vai precisar de você — comecei a falar, abanando a mão com desdém. — Ela não...

— Tudo bem, madame. O senhor Jackson tem três motoristas — Alistair disse, interrompendo-me agradavelmente.

— Obrigada, muito obrigada — Lulu disse, numa voz educada e altiva que nunca tinha ouvido antes.

A janela se fechou, deslizando suavemente.

Nos jogamos ao mesmo tempo nos nossos assentos, o olhar dela encarou o meu.

— Você não tem nada melhor a fazer a não ser ficar andando sem rumo por Londres? — perguntei.

— Não, não tenho — ela disse, rodopiando seu copo. — Evie, você não está nem um pouco impressionada? Este carro é *fantástico*. Deve custar uma nota.

— Claro que estou impressionada; quem não estaria?

— Você não é muito rápida para perceber as coisas, não é? — ela disse, colocando cuidadosamente sua taça no apoio de mogno para os braços.

— O que quer dizer com isso?

Ela cruzou os braços de um jeito profissional.

— Olhe para você. Está usando jeans, uma blusa lilás da River Island e saltos roxos. E seu cabelo está preso num rabo de cavalo. Você deveria estar usando meias finas, minivestido, os cabelos soltos e escovados, as pernas cobertas por um bronzeado falso e um decote apertando e elevando os seios. — Ela se recostou, os olhos reluzindo com seus pensamentos. — Sei o que você está aprontando — ela disse, endireitando-se no assento. — Você está bancando a tímida, não está? Ótimo. Está bancando a difícil.

— Não estou bancando a tímida, e, por favor, não fique insinuando que eu estou prestes a dormir com o John. Não sabe como é estar apaixonada por alguém? Não dá pra desligar esse amor, não quero ninguém a não ser o Rob. Ainda não.

O sorriso desapareceu do rosto dela, e seu peito arfava de indignação.

— Claro que eu sei o que é estar apaixonada por alguém, eu amei todos os homens com quem fui pra cama — ela disse, e falava sério. — Tudo bem, talvez não todos eles — ela admitiu com relutância —, mas quase todos.

Ela revirou um olho estrábico debaixo de uma cascata de cabelos.

— Falando sério, Evie, da última vez que brigou com o Rob, você ficou tão deprimida, e eu fiquei tão furiosa, que não posso nem pensar em passar por tudo isso de novo...

— Não vai ser assim — insisti, sem muita convicção. — Posso resolver isso.

— Ótimo! — ela disse, não parecendo convencida.

— Eu posso! — insisti, com um olhar gelado.

Ela começou a dar risadas.

— Evie, imagine o tipo de vida que você poderia ter com um cara como o John.

— Não vou, ele é apenas um amigo.

— Um amigo? Deixe-me te mostrar as vantagens de ele ser mais que um amigo — ela disse, exibindo uma fileira brilhante de dentes perfeitos e tomando um gole sedento da sua taça. — Você teria seu próprio avião, três motoristas e uma mansão em Park Lane, e... — ela se girou para me encarar. — Onde mais ele tem casas?

— Não sei.

— Obviamente deve ter um apartamento em Nova York, e um lugar ao sol.

Ela deu um suspiro ambicioso, e começou a enumerar as vantagens com os dedos.

— Fazer mega-hair a cada dois meses, obviamente, para nós duas, você não vai querer ficar sentada cinco horas num salão sozinha. Uma conta na Jimmy Choo... que sorte que nós duas calçamos 35! Uma academia em casa... eu te acompanho para te deixar motivada. Um personal trainer, é claro... muitos personal trainers treinam duas pessoas pelo preço de uma atualmente. Não que John precise se preocupar com isso.

Os seios dela balançavam enquanto ela se sacudia animadamente no assento.

— Uma polpuda mesada para você e, obviamente, para sua melhor amiga, porque qual o sentido de estar montada na grana se não tem ninguém pra brincar junto enquanto ele está trabalhando?

Eu me recostei no couro macio e sorri olhando o trânsito. Adoraria ter uma academia em casa, porque então eu não teria nenhuma desculpa para não usá-la. Eu teria o bíceps e o tríceps bem trabalhados no meu corpo todo.

Lulu continuou, ofegante.

— Uma máquina de eliminar celulite, aquela que todas as artistas estão usando e que custa mais de trinta mil? Acho que teríamos de usá-la uma de cada vez, mesmo assim, não importa. Não me incomodo de esperar a minha vez. Um camarote particular na arena O2, para a gente poder assistir a todos os shows que quiser. Um iate? Sei que não sou boa marinheira, mas poderia ser hipnotizada novamente, porque eu quase parei de fumar, não foi? Uma secretária particular, um closet, sapatos, brilhantes, muitas bolsas... Ah! Ah! Ele poderia conseguir que a Topshop abrisse exclusivamente para nós duas... aposto que ele consegue! Aposto que ele conhece o Phillip Green, aposto que são *grandes amigos...*

Ela já não tinha mais dedos para enumerar, mas continuou assim mesmo.

— Uma empregada para pegar suas roupas espalhadas pelo chão, uma passadeira, uma arrumadeira...

A lista era incrivelmente infindável.

Sua testa estava vincada pelos pensamentos, suas bochechas coradas e seus olhos irrequietos, procurando ideias. A certa altura ela quase ficou sem fôlego.

Ergui a palma da mão, pedindo silêncio.

— Eu não o amo — disse.

Ela rangeu os dentes em frustração.

— Mas você *vai*, você vai amá-lo, Evie, é só *tentar*. Eu te ajudo. Ele é grande e bonito e tem um cheiro gostoso, e te olha de um jeito embevecido e...

— Ele *não* me olha embevecido.

— Olha sim, Evie — ela disse, com certeza. — Ele olha — ela me assegurou.

— Cala a boca e me serve outra bebida.

— Evie, você poderia ir ao Relate — ela sugeriu, ansiosamente.

— Relate? Os conselheiros matrimoniais?

— Isso é o que você vai precisar — ela disse, acenando vigorosamente a cabeça —, conselhos para saber fazer um multimilionário casar com você. Agora, preste atenção; tenho um plano...

Desliguei meus pensamentos. Era o único modo de sobreviver àquele passeio de carro. Afundei no banco e deixei minha mente se deslocar de volta para aquelas férias em Barbados. Foi tão bom. Rob poderia ter me contado sobre Cassie e Marcus enquanto estávamos lá, porque estávamos sozinhos e relaxados, e certamente faria sentido. Onde ele estava com a cabeça?

Lulu, ainda tagarelando, cutucou meu braço. Enquanto o carro circundava o Hyde Park Corner, ela apontou para a Queen Elizabeth Gate, com seu imponente unicórnio branco e o leão vermelho forjados a ferro.

— Você poderia ter seu próprio portal se se casasse com o John, enfeitado com uma mistura de batons e bolsas esculpidos em ferro — ela disse alegremente. — Ou talvez apenas bolsas, ou suponho que possa ter uma de cada tipo — ela acrescentou, mordendo o lábio pensativa. — E uma máquina de vodca Slush Puppy! E uma fonte de vinho!

— Não tomo vodca — lembrei-lhe.

— Ah, foda-se, você sabe o que quero dizer.

Diminuindo a velocidade, ele fez a curva por trás do Dorchester Hotel, e dirigiu o carro em meio a um elegante conjunto de pilares de pedras, para dentro de um pátio recluso.

O nariz de Lulu estava grudado na janela.

— Palmeiras em Londres — ela quase engasgou, erguendo seu copo vazio em um brinde para o jardim imaculadamente projetado e com um caminho de seixos.

O carro parou. Lulu e eu olhamos uma para a outra, boquiabertas.

— É enorme — Lulu disse, olhando a casa alta e branca, com uma enorme porta vermelha reluzente, decorada com itens antigos de bronze. Ficamos admirando a fachada, encantadas. Contei quinze janelas, cada uma delas enfeitada com uma jardineira transbordando com uma variedade de flores da primavera.

— Quer entrar comigo? — perguntei, tensa.

— Não! Não, preciso ir embora — ela disse mecanicamente, apertando no peito o seu cardigã da Benetton bordado de contas. — Você vai — ela disse, examinando o pátio.

Alistair assumiu novamente sua posição de esquiador e abriu a porta.

— Vai, vai, vai! — Lulu disse. — O que está esperando?

— Nada, não estou esperando nada.

— Então sai do carro — ela disse, me cutucando as costas.

— Estou saindo! Estou com um pé no cascalho.

— Boa sorte — ela declarou.

Me virei para olhá-la.

— Boa sorte com o quê?

— Transar com ele, é claro — ela disse, inclinando-se para fechar a porta atrás de mim. — E Evie, lembre-se que ele tem o coração fraco, nada de exageros.

Ela é nojenta.

Fiquei parada aos pés de uma larga escadaria de mármore raiado, me sentindo como a Alice no País das Maravilhas. Quando Alistair virou o carro na entrada em formato de ferradura, um carro idêntico entrou no pátio, estacionando atrás dele.

John saiu, perfeito num terno preto, camisa branca e gravata vermelha.

— Evie! Chegou na hora exata! — John disse, caminhando vigorosamente em minha direção.

Ele segurou meus ombros de leve, olhos cinzentos sorridentes procurando os meus.

— Você está bem? — ele perguntou.

— Estou — disse, sentindo uma onda de carinho.

Percebi, para minha surpresa, que estava com saudade dele. Ele colocou um braço cuidadoso em volta dos meus ombros e lentamente me levou a subir os degraus até a porta.

A casa era incrível. Impressionante do lado de fora, absolutamente maravilhosa por dentro. O saguão com piso de mármore, dominado por uma fonte de pedra oval com uma cascata de quatro camadas, era do tamanho de uma quadra de tênis; bem, quase. Me apoiei no corrimão, curvei o pescoço e fiquei olhando encantada para a arrebatadora escada em espiral que desaparecia num teto de vidro abobadado. Contei seis andares. Seis!

— Por aqui, Evie — John disse.

Apressei o passo e o segui até a cozinha. Um cômodo enorme e claro com piso de lajota, teto alto e o beiral decorado, janelas salientes, e portas venezianas que se abriam para um quadrado iluminado, envolto numa explosão de glicínias.

John parou à frente de uma ilha no meio da cozinha, com tampo de granito.

— Já faz certo tempo que não venho aqui. Marion, minha governanta, está de folga hoje, mas acho que posso preparar alguns drinques — ele disse, me dando um sorriso caloroso. — Então, você ouviu meu conselho e cancelou seu encontro. Muito bem, garota, muito bem.

Joguei minha bolsa com força no balcão de granito.

— Você foi bem insistente quanto ao seu conselho — disse a ele, ajeitando-me em um dos bancos altos que circundavam a ilha.

Ele concordou com a cabeça.

— Bem, sim, concordo, é verdade, não estou acostumado a ser desafiado. Sinto muito.

Ele caminhou até um armário embutido do teto ao chão, com as portas de vidro.

— O que gostaria de beber?

— Vinho, por favor.

— Então, vinho — ele disse, aproximando-se do armário para pegar as taças.

Inclinei-me perigosamente no banquinho para poder dar mais uma olhada na fonte do hall de entrada.

— Quantos quartos você tem? — perguntei, endireitando o corpo quando ele se virou.

Ele curvou a cabeça, pensando.

— Nove, eu acho — ele disse, taças de vinho numa mão, garrafa na outra.

Ouça isso! Nós temos dois e temos certeza disso.

Debrucei sobre o balcão, admirada... nove, balbuciei.

— Me leva para conhecer sua casa? — pedi.

— Não.

— Não? — repeti, decepcionada.

— Não, não vou te levar para conhecer a casa, mas você pode andar por aí e olhar tudo o que quiser enquanto faço algumas ligações — ele disse, tirando o telefone de um bolso interno do seu blazer.

Dei um pulo do banquinho como se a casa estivesse pegando fogo, e discretamente subi os degraus, dois de cada vez.

A casa olhada de relance:

Sala de Estar — Janela de frente para Park Lane, lareira gigantesca com parapeito de mármore entalhado, portas duplas se abrindo para uma sacada toda ornamentada. (Não ia admitir isso, mas pisei na sacada e cantei uma música do filme "A Noviça Rebelde".)

Sala de Jantar — Ninguém precisa de uma mesa de jantar daquele tamanho, nem mesmo no Natal.

Biblioteca — Piso de madeira, sete mesas espalhadas e três paredes repletas de livros caros encadernados em couro.

Estúdio — Parecia o centro de operações da NASA. Sei que tenho tendência a exagerar, mas juro que estou dizendo a verdade.

Cinema — Honestamente!

Academia — Quem se importa?

Banheiros — Oito no total, todos espaçosos, três deles tinham um aquário. Todos tinham bidês. (Não tenho certeza da minha opinião a respeito disso, mas você precisa de um bidê em qualquer lugar da casa?)

Quartos — Armários de matar, a maioria deles estava vazia (eu chequei). Nunca tinha visto nada parecido na minha vida.

Terraço da Cobertura — Piscina coberta num átrio com teto de vidro, com portas do teto ao chão, levando a um deque com um terraço para tomar sol. Uma área aberta e uma área de jantar com teto alto de vigas, piso de mármore e enormes vasos com palmeiras, um bar totalmente abastecido com uma adega refrigerada Eurocave cheio de champanhe e guloseimas deliciosas. Enfiei uma uva na boca, só para descobrir que era uma azeitona... e eu detesto azeitonas, a não ser quando estou bêbada e feliz em comer qualquer coisa. Cuspi fora a azeitona, meio comida, e a escondi debaixo da jacuzzi. (Só pra manter a governanta na linha, vou verificar se a azeitona está no mesmo lugar da próxima vez que vier aqui.)

Um apartamento totalmente independente — Provavelmente o dormitório da governanta, mas não tinha cem por cento de certeza se estava trancado. Dei um chute na porta e uma sacudida na maçaneta. (Por que ela iria trancá-lo? O que tem a esconder?)

Um andar no subsolo para estacionar os carros — Cinco carros, não faço a mínima ideia de quais sejam as marcas, mas sei que não são Peugeots nem Renaults. (Posso reconhecer um Renault porque eu tenho um, e um Peugeot porque eu quero um.)

Adorei a casa. Quem não adoraria?

John estava em pé, com as mãos espalmadas apoiadas separadamente no balcão da cozinha, cabeça curvada, lendo o *Financial Times*.

— Satisfez sua curiosidade? — ele perguntou, erguendo o queixo.

Fiz cara de paisagem.

— Você tem muito espaço para uma pessoa só — falei.

— Não discordo de você quanto a isso — ele disse, alisando sua gravata de seda.

Subi num banquinho da cozinha, segurei minha taça e tomei um gole do vinho.

— O que gostaria de comer? Tem algum lugar em particular onde gostaria de ir jantar? — ele perguntou, amável.

Meus olhos rodaram em um círculo.

— Gostaria de ficar aqui.

Ele ergueu as sobrancelhas.

— Ficar aqui? Jantar em casa? Com certeza não! Não tem ninguém para cozinhar, e estou morrendo de fome. Vamos aqui perto, no Dorchester, é o mais próximo de casa que você vai conseguir que eu concorde.

— Então vamos ao Dorchester, acredito que um dos melhores hotéis de Londres deve dar conta do recado — eu disse, girando no meu banquinho.

Quando John me conduziu pelas portas de vidro do Dorchester, senti certa empolgação. *O Dorchester! Num dia de semana! E nem é uma ocasião especial!* Quando o porteiro chamou John pelo nome, assim como a recepcionista, não fiquei surpresa. Passei o braço em volta do dele e acompanhei seus passos pelo lobby dourado, em meio a uma série de vitrines repletas de pedras preciosas e relógios caríssimos.

No restaurante, enquanto John estudava a carta de vinhos, examinei o salão com um olhar observador. Com certeza não devia haver ninguém famoso por quem eu devesse me interessar, então peguei o cardápio e mordisquei uma torradinha pensativamente. As escolhas eram de dar água na boca. Como você decide o que comer num dos restaurantes mais incríveis de Londres? Estava sorrindo com tanta força que meu maxilar doía. Eu me sentia *tão* em casa. Nada poderia perfurar essa bolha de felicidade. Meu telefone tocou — parecia inusitadamente alto —, olhei com um ar de culpa para a bolsa no meu colo. Era uma mensagem de Lulu.

Uma embalagem de camisinha está emperrando a impressora. É sua?

Minha boca se contorceu com um grunhido; Lulu realmente me irrita às vezes. Estou na droga do Dorchester, pelo amor de Deus, *não posso* me preocupar com impressoras emperradas por causa de embalagens de camisinha.

— Está tudo bem? — John perguntou amavelmente.

Desliguei o aparelho e joguei a bolsa debaixo da mesa.

— Tudo ótimo — afirmei, colocando o saleiro e a pimenta atrás de um candelabro de cristal.

Enquanto um garçom de olhar aguçado retirava os últimos pratos da nossa mesa, John me olhou com a testa franzida. Tomei um grande gole de vinho. Senti que estava sendo examinada debaixo de um microscópio. Sabia o que estava por vir.

— Esse rapaz — John começou, de um jeito sério. — Por que você sente tanta necessidade de se encontrar com ele? Que loucura é essa de saírem para jantar juntos?

Imediatamente fiquei tensa.

— Eu preciso — comecei —, preciso resolver as coisas. Com certeza você concorda comigo.

— Não! Não concordo. Não concordo nem um pouco. — Ele balançou os ombros relaxado. — Tudo o que precisa fazer é dizer que o relacionamento de vocês acabou — ele mexeu uma das mãos despreocupadamente. — Mande uma mensagem. Não há necessidade de se encontrar com ele, muito menos de jantarem juntos.

Desviei meus olhos.

— Não consigo fazer isso — falei, removendo uma manchinha do meu vinho com a ponta do dedo.

— Por que não? Está tudo terminado... *não está*?

Dei um suspiro.

— Bem... — comecei.

Ele me interrompeu.

— Bem o quê? Evie, você é jovem demais para entrar numa família já constituída. E por que deveria? Além do mais, esse rapaz não é conhecido pela fidelidade — ele disse, sua voz tinha uma ponta de aspereza. — Para falar a verdade, não consigo entender o que vocês dois ainda têm para conversar. Ele pisou na bola, e é isso que importa.

Seus ombros se ergueram por baixo do casaco enquanto ajeitava os cotovelos na mesa.

— Francamente, não consigo entender o motivo de tantas lágrimas! Pelo que posso perceber, você está com a vantagem aqui.

Tentei explicar o básico.

— Ele tem... poder sobre mim, existe um tipo de química entre nós que eu nunca tinha experimentado com ninguém antes. Eu penso nele o tempo todo.

John afastou os olhos dos meus e resmungou em desaprovação.

— Nunca senti por ninguém o que sinto por ele. Tenho certeza disso. Sinto demais a falta dele. E à noite, bem... — minha voz desapareceu.

Um rubor subiu pelo meu pescoço.

— Não consigo, não consigo tirá-lo da cabeça.

John me olhou, desafiador.

— Bem que poderia tentar, porque esse rapaz nem de perto serve para você!

— Acho que preciso dele, preciso dele na minha vida — admiti.

— Não seja ridícula! Você não precisa dele em absoluto! — ele disse bruscamente.

Nossos olhares se encontraram. Houve um silêncio desajeitado.

— Não dá para escolher por quem a gente se apaixona, você sabe — disse a ele, na defensiva.

— Não, mas o seu coração poderia dar um passo atrás e deixar sua cabeça tomar algumas decisões, o que não parece ser o caso neste momento.

Tudo bem, agora sentia que teria que ganhar terreno novamente.

— Não estou completamente enlouquecida — retruquei. — Por mais que sinta a falta dele, uma parte de mim quer um confronto furioso, quando vou poder dizer que ele é um grande merda, e dizer que nunca mais quero vê-lo, nem ter nada com ele.

Ele se curvou para a frente.

— Assim é que se fala, minha querida, assim é que se fala. Era isso que eu queria ouvir você dizer, exatamente isso.

Ele baforou um sorriso, causando um calor na lateral do meu rosto. Ele estava perto, bem pertinho de mim, e sua loção pós-barba era elegante e refrescante. Senti um agito no peito. Me inclinei um pouco na minha cadeira, o rosto dele raspou no meu. Senti o impulso de beijá-lo. *Beijá-lo? Beijar John?* Inclinei a cabeça para o lado e fechei os olhos para apagar a imagem que passava pela minha mente, mas essa atração parece ter ficado gravada nas minhas pálpebras. O que está acontecendo comigo? *Onde é que eu estou com a cabeça?*

— Era exatamente *isso* que eu queria escutar — ele repetiu, naquele seu tom autoritário.

A razão penetrou no meu cérebro ensopado de álcool. Afastei-me e me sentei ereta. O rosto dele estava inexpressivo. Ele apertou sua mão sobre a minha, aquecendo minha pele com seu toque.

— Então, você dirá a esse garoto, da próxima vez que ele lhe contatar, que você não tem nada mais para dizer a ele.

Olhei para sua mão forte, pousada firmemente sobre a minha. Quanto eu já tinha bebido? Era só vinho mesmo?

— Evie! Está ouvindo?

Me senti estranhamente vazia e... curiosamente frustrada, mas...

— Evie!

Tentei me concentrar.

— Sim, estou prestando atenção, sei que o que está dizendo está certo. Não sou burra — disse, deslizando minha mão para longe da dele. Ela ainda estava quente.

— Nunca quis dizer que você era burra — ele disse, friamente.

Decidi mudar de assunto.

— Chega de falar sobre mim; e quanto a você? — perguntei, séria.

Ele me olhou aturdido.

— Eu? O que tem eu?

— Por exemplo, por que está aqui comigo quando provavelmente tem um caderninho preto cheio de nomes e endereços de mulheres glamourosas?

Ele deu uma risada rouca.

— Estou aqui com você porque, ao contrário da maioria das pessoas que eu conheço, você não quer nada de mim.

Rolei a taça entre as minhas mãos e murchei ao pensar na lista de coisas que Lulu queria dele, acho que ela não se esqueceu de nada, de portais comemorativos a uma máquina de vodca Slush Puppy.

Ele afastou sua cadeira e se levantou.

— Vamos ao bar para um conhaque.

Em meio ao esplendor do bar do Dorchester, decidi que meu momentâneo devaneio sensual tinha sido efeito colateral de uma amnésia temporária. Eu simplesmente tinha me esquecido de com quem estava, e o que estava fazendo. Não havia outra explicação. Nenhuma!

Alistair me deixou em casa um pouco antes da meia-noite. John tinha se oferecido para me acompanhar, mas achei que não era preciso, seria uma perda de tempo para ele sair do centro da cidade só para retornar em seguida. Entrei pé ante pé no apartamento e deslizei para baixo de um edredom gelado, e, pela primeira vez em duas semanas, com exceção da noite que saímos para jantar com Alice e Duncan, caí no sono sem chorar.

Uma batida pesada na porta da frente no meio da noite me acordou. Lulu também ouviu. Ela acendeu a luz e, com o roupão balançando, entrou atabalhoadamente no meu quarto com uma expressão ansiosa estampada no rosto.

— Quem será!? — ela perguntou, os olhos arregalados e inquietos. — Você tem vendido maconha ou alguma coisa do tipo? Só pode ser a polícia a esta hora da noite, com uma batida dessas.

Afastei a coberta.

— Claro que não! — eu disse, secamente.

— Bem, o que você aprontou? — ela perguntou.

— Nada! Você aprontou alguma coisa?

— Não.

Ela jogou meu roupão em minha direção. Eu o joguei sobre o ombro.

— Você acha que é aquele maluco do seu namorado? — ela perguntou.

— Não! Não! Rob não iria aparecer aqui no meio da noite — disse com segurança. — E essa é a porta do apartamento. Não é da entrada do prédio. Quem quer que seja está...

— ... já está dentro do prédio — ela interrompeu, soando como uma investigadora de polícia.

As batidas se intensificaram. Corremos para o saguão e ficamos olhando boquiabertas para a porta fechada.

— Quem está aí? — gritei com a voz nervosa e assustada.

Lulu me deu um olhar sarcástico. — *Quem está aí?* — ela sussurrou com as sobrancelhas franzidas. — Idiota! Você parece como o Sherlock Holmes.

Apertei o cinto do roupão.

— Miranda! — veio a resposta abafada.

Lulu e eu trocamos olhares perplexos.

— Quem? — gritamos.

— Miranda!

— Quem é essa droga de Miranda? — Lulu me perguntou num sussurro dramático, escancarando a porta.

Uma garota magra, com o rosto oval, emoldurado por longos cabelos castanhos e enormes olhos escuros, estava parada sorridente à nossa porta.

— Estava pensando se vocês poderiam me emprestar uma câmera. Estou saindo de férias por uma semana e não tenho tempo de desfazer a mala, e eu... — sua voz foi desaparecendo ao perceber nosso espanto e nossas expressões boquiabertas. — Ah! Eu sou a Miranda, mudei para o andar de cima — ela explicou alegremente.

Sorridente, ela estendeu a mão.

Eu a apertei mecanicamente.

— Você... tem... ideia... de... que... horas... são? — Lulu perguntou, sua voz escorrendo veneno.

— São *quatro* horas da manhã — eu disse a Miranda, rigidamente.

Miranda levou a mão à boca.

— É mesmo? Tenho que estar em Gatwick às cinco e meia! Vou ter que me apressar, não é mesmo? — ela disse, tagarelante.

Os olhos de Lulu estavam cheios de fúria. Ela deu meia-volta e entrou na sala, retornando com sua velha câmera digital.

Espiei Miranda por baixo da franja. Que cara de pau!

Lulu colocou a câmera com força na palma da mão de Miranda.

— Muito obrigada — a vizinha disse.

— Divirta-se — Lulu replicou, batendo a porta na cara dela.

Lulu e eu nos olhamos, estupefatas.

— Que cara de pau a dela! Que sonsa! — Lulu disse.

— Bom, você não deve ter achado que ela era cara de pau, já que emprestou sua câmera para ela.

— Aquela câmera é mais velha do que tudo, não me importo se não a vir nunca mais.

Houve uma súbita sucessão de batidas na porta. Lulu me olhou incrédula e abriu a porta.

— Por acaso podem me emprestar o carregador? — Miranda perguntou, tranquila como só ela.

Lulu não sabia muito bem como responder a isso. Seu rosto ficou sombrio. Ela se virou e entrou na sala. Voltou com o carregador.

— Algo mais? — Lulu perguntou, sua voz carregada de veneno.

— Não, obrigada — Miranda respondeu. — Nós devíamos sair um dia quando eu estiver de volta.

— Sem pressa — Lulu disse, dando-lhe um olhar gelado.

Um lampejo de reconhecimento cintilou nos olhos de Miranda. Ela estalou os dedos e curvou a cabeça pensativa.

— Ei, essa voz, eu conheço. Você não é a Lulu do *Good Morning, this is the Capital*? — Miranda perguntou, com um sorriso radiante de adoração.

A mão de Lulu, agarrada no batente da porta, se elevou um pouco, ela se endireitou com orgulho e seus olhos brilharam em gratidão.

— Sim, sim, na verdade sou eu mesma — Lulu disse.

Revirei os olhos.

— Adoro seu programa, ouço você *todos os dias*. Sou sua maior fã. Eu não fumo há três semanas — Miranda se vangloriou.

— Muito bem! Adoro ouvir uma história de sucesso como a sua. Vamos sair para tomar alguma coisa quando voltar das suas férias... — E bem-vinda ao prédio — Lulu disse, animada.

Miranda ficou extasiada.

— Para onde você vai? Algum lugar interessante? — Lulu perguntou, amigavelmente.

— Lanzarote — Miranda nos contou, seus olhos se revezando entre mim e Lulu.

— Já estive lá, você vai adorar — Lulu disse com um sorriso caloroso.

Miranda olhou seu relógio intencionalmente.

— Tenho certeza que sim — ela disse, afastando-se.

— Quando quiser alguma coisa, é só aparecer — Lulu disse.

— Obrigada — Miranda respondeu, indo em direção às escadas.

— Então tchau! — Lulu cantarolou, virando-se para o saguão.

Ela fechou a porta com um toque delicado, e se virou para mim.

— Faz tanta diferença ter um rosto amigo por perto. Os médicos que moravam no andar de cima eram uns cretinos miseráveis... Estou completamente acordada agora. Vamos tomar um chocolate quente enquanto você me conta se o John Jackson é bom de transa?

CAPÍTULO 17

Liguei o rádio. A voz de Lulu soou por todo o bar. Enchi a lavadora com os copos de vinho, distraidamente. Quem quer que tenha trabalhado no bar na noite passada, não os havia lavado muito bem.

— E agora, Suzie de Bracknell na linha três — Lulu anunciou. — Alô, Suzie!

Suzie de Bracknell soltou um suspiro.

— Não fumo há onze dias — Suzie disse em voz alta, como se gritar isso para o mundo fizesse alguma diferença.

Houve uma rodada de aplausos no estúdio e tocaram o jingle de “parabéns”.

— Muito bem, Suzie! — Lulu trovejou.

— Estou achando bem difícil. Não sou mais eu mesma. Outro dia parei o carro para deixar uma pinha atravessar a rua; achei que fosse um ouriço — Suzie confessou.

— Suzie... é perfeitamente compreensível. Você teve uma alucinação por causa da abstinência da nicotina — Lulu explicou.

— Estou bebendo demais — Suzie disse bruscamente. — A noite passada, a caminho de casa depois do pub, tirei a calça e a doei para um morador de rua bêbado. Minha calça, em público! Nunca tinha feito uma coisa dessas antes.

— Bem, beber demais parece ser o caminho natural — Lulu disse sabiamente —, porque, se você apagar, não ficará tentada a fumar. E Suzie, obviamente você tem um coração generoso, por ter dado a sua própria calça a um desconhecido. Essa natureza generosa se manifesta quando se toma um drinque. Não me preocuparia com isso. Sou exatamente assim — Lulu disse numa voz enigmática.

Parei de encher a lavadora para refletir sobre a alegação de Lulu de possuir uma natureza generosa. Eu nunca tinha notado isso.

— Minhas mudanças de humor são terríveis — Suzi disse apressada. — Terminei com meu namorado porque ele não quis me dar seu pedaço de pizza, e, tudo bem, ele tinha me perguntado se eu queria um pedaço quando ele comprou o dele, eu não quis, mas mudei de ideia.

— Uma prerrogativa feminina — Lulu interrompeu. — Me diga, Suzie, esse namorado com quem você terminou... a proporção de sexo que você tinha com ele compensava a irritação de precisar aturá-lo?

Houve um instante de silêncio carregado. Olhei para o rádio, ansiosa.

— Não, na verdade não — Suzie admitiu finalmente. — Não compensava.

— Então, em resumo, você não fuma há onze dias. E, como consequência, se tornou uma motorista mais cuidadosa e precavida, uma pessoa mais benevolente e caridosa e se livrou de um homem que não te valorizava.

Suzie emitiu um som interessado de "humm", enquanto refletia sobre essa revelação.

— Muito bem, Suzie! Você é uma inspiração! — Lulu trovejou.

— Ah! Você acha mesmo? — Suzie de Bracknell perguntou.

— Sim! Sim! E agora é hora das notícias e do tempo.

Fechei a lavadora ao mesmo tempo em que o primeiro cliente do dia escancarou a porta com tanta força que ela ricocheteou na parede.

Estava exausta. Nunca tinha trabalhado um turno inteiro sem a ajuda de Nikki antes. Ele transforma o serviço de bar em algo fácil. E esse trabalho é tudo menos fácil. Estava a ponto de desabar.

Ir para Paris na sexta-feira seria um paraíso refrescante em contraste com o purgatório que era gerenciar este lugar. Não via a hora.

Felizmente, a correria do almoço e da parte da tarde havia terminado, e eu ainda tinha uma hora de folga antes do movimento da happy hour começar. Fiquei sentada num banquinho, encostada no balcão, com o cabelo grudado no rosto por causa do suor, e o queixo repousando na curva do meu cotovelo. Estava cansada demais para comer e nem tinha forças para me servir uma bebida.

A porta da frente fez barulho, e eu me virei para ver Nikki, as mãos espalmadas de encontro à porta de vidro, abrindo caminho para o bar. Suas feições finamente esculpidas e as maçãs do rosto salientes se iluminaram com seu largo sorriso, e seus olhos castanhos brilhavam de animação. Ele parecia tonto de felicidade, e elegante e sofisticado num terno marinho, com camisa branca e gravata marrom.

Dei um pulo do banquinho e corri em direção a ele, como se ele estivesse servindo no Afeganistão há dezoito meses, e este fosse o momento pelo qual eu estava esperando, nosso encontro! Seu passo pesado colidiu com meu passo apressado. Bati a testa na linha da sua clavícula. Ele pegou meus cotovelos e me segurou a certa distância. Enquanto eu jogava minha cabeça para trás, nossos olhos se encontraram.

— Não consigo fazer isso — gemi. — Como você consegue abrir uma garrafa de vinho enquanto a torneira da Guinness está aberta? Quando tentei fazer isso, a espuma da cerveja caiu nos meus pés. E como você despeja duas garrafas da cerveja ao mesmo tempo? Não consigo, minhas mãos são pequenas demais. E eu tenho que ficar constantemente olhando o livro de receitas dos coquetéis. Você não precisa fazer isso, porque sabe tudo de cor. Demoro um tempão! Eu fico irritada, e os clientes ficam irritados! — Ele assentiu lentamente, enquanto ouvia minha explicação. — E precisamos de um novo saca-rolhas — eu disse, agarrando seus braços sacudindo essa informação para dentro dele. — E essa droga de telefone não para nunca de tocar, e com certeza existe algum truque para fazer a máquina do cappuccino funcionar, e...

Ele colocou um dedo sobre os meus lábios, para me silenciar, e respirou fundo.

— Uma coisa de cada vez — ele disse, lentamente.

Ele pôs um braço sobre os meus ombros e me conduziu para a mesinha do canto.

— Você fechou o caixa? — ele perguntou.

— Sim — respondi —, mas...

— Ligou para fazer os pedidos do vinho e dos destilados?

— Sim.

— Foi ao banco?

— Sim.

— Todo mundo fez o que você mandou?

— Sim, mas não é essa a questão! Eu sou uma droga, estou exausta e detesto esse trabalho, e sinto vontade de chorar só de pensar em fazer isso novamente.

Ele se sentou e me puxou para o seu colo, passando a palma da mão nos seus cabelos grossos.

— Não consigo, Nikki. Posso trabalhar mais tempo aqui, se você quiser, posso servir mais mesas, se isso te ajudar, mas não me peça para trabalhar atrás do balcão. Sou uma garçonete, não uma bartender.

Suas sobrancelhas se arquearam, ele deu um suspiro paciente e passou os braços em minha volta.

Senti um calor envolver meu rosto.

— NÃO vou fazer isso — afirmei, resoluta.

Ele deu algumas piscadelas preguiçosas.

— Evie, amanhã é um grande dia para mim. Vou me encontrar com o funcionário da fiscalização de obras e com o gerente do banco. Preciso levantar um novo financiamento para reformar — ele disse, lenta e seriamente.

Sentei-me ereta.

— Qual o horário das suas reuniões? Quanto tempo vai ficar fora? Isso não parece muito complicado. Duas reuniões; você pode ir num pé e voltar em outro?

Posso ficar cerca de uma hora servindo o bar, se for obrigada, não mais que isso. Com certeza, não!

Nikki esfregou o queixo pensativamente, depois a nuca.

— Vou ficar fora a maior parte do dia — ele disse, em tom de desculpas.

Engoli distraída.

— Nik, eu não sirvo para isso! — Segurei a respiração.

O que eu estava fazendo sentada no colo dele?

As linhas em volta dos olhos dele se crisparam quando ele sorriu.

— Evie, você vai ficar bem — ele disse, suavemente.

As mãos de Nikki deslizaram por baixo do meu cabelo, e uma comichão quente subiu pela minha espinha. Ele abaixou a cabeça e pressionou os lábios na minha testa, minhas costas se esticaram ao sentir seu toque. Ele segurou meus braços e gentilmente os colocou em volta do seu próprio pescoço, e então abraçou minha cintura e me puxou para perto dele. Senti sua boca se curvar num sorriso, em contato com meus cabelos. Ficamos sentados quietos. Fechei meus olhos; era uma sensação boa... e... Eu me sentia segura e transbordante, porque estava tão cansada, e tãoooooo confortável, e...

— Evie — ele murmurou.

— Humm.

— Vou encontrar uma equipe de construtores na sexta-feira. Será que existe alguma possibilidade de você pedir à Tina para te substituir em Paris, pelo menos desta vez, porque eu realmente preciso de você?

Dei um suspiro de indignação. Tirei meus braços do pescoço dele, perdi o equilíbrio escorregando do seu colo e caí no chão com um baque surdo.

— Não! De jeito nenhum! — insisti, balançando a cabeça.

Ele se curvou e me levantou.

Dei um tapa na mão dele quando tentou segurar meus cotovelos. Ele pairava sobre mim.

— Não vou cancelar Paris.

Ele estendeu os braços.

— Vou pagar o que você iria receber no fim de semana.

Uma carranca se formou no meu rosto.

— O dinheiro não tem nada a ver com isso.

— Preciso de você, Evie.

— Curiosamente, eu não preciso de você — retruquei, afastando-me dele.

Ele caminhou ameaçadoramente para a frente.

— O que foi que eu já pedi a você? — ele disse em voz alta.

Ensaiei minha expressão mais corajosa.

— Pra dizer a verdade, nos últimos dois minutos você pediu bastante coisa — eu disse, desafiadoramente.

— Evie, é pra isso que existem os amigos.

— Você não quer uma amiga, quer uma escrava. E eu não te peço nada — retruquei.

Girei o corpo com uma pirueta determinada e marchei em direção ao bar para pegar meu casaco. Nikki se moveu com mais rapidez, me virou e segurou minha cintura. Me vi pendurada a vinte centímetros do chão. Ele me depositou no balcão com um baque, ao lado da caixa registradora.

Suas sobrancelhas franziram bruscamente, ele segurou meus pulsos e pressionou minhas mãos nas minhas pernas. Meu coração disparou. Ele curvou sua cabeça para ficar perto da minha, então estávamos quase nariz a nariz.

— Uma, arrombei seu apartamento quando você se trancou para fora. Eram quatro horas da manhã quando você me ligou. Eu queria te matar, mas não... E passei a noite no seu sofá, estava gelado, mas eu não quis te deixar sozinha com uma janela quebrada. E eu substituí a janela quebrada no dia seguinte.

Tossi, envergonhada.

— Tudo bem, então você fez algo por mim; grande coisa.

— Duas, fui de carro até Wimbledon te buscar quando você desmaiou depois de fazer um piercing no umbigo. Você vomitou em si mesma, no meu carro novo, a caminho de casa. Nojento, você estava uma vergonha, e eu não reclamei.

Na verdade ele reclamou, sim. Bem alto.

— Certo, duas coisas — admiti.

— Três, fui te buscar quando seu carro ficou trancado no estacionamento de Bentall em Kingston, porque você não teve a ideia de retirá-lo antes da hora do fechamento. E te levei de volta no dia seguinte para buscá-lo. E consegui te livrar da taxa de adicional noturno, porque o atendente era grego.

Verdade seja dita, qualquer um poderia ter cometido esse erro. Pensei que todos os estacionamentos ficassem abertos vinte e quatro horas. Deveriam ficar.

— Tudo bem, três coisas. E daí?

— Quatro, a última vez que foi pega acima do limite de velocidade, fiquei com seus pontos. O que significa que agora tenho três pontos na carteira, e você tem nove na sua. Ao contrário dos doze pontos que você merece, além de uma suspensão imediata.

Justo.

A respiração dele ficou ofegante, e seus olhos brilhavam como chamas acesas.

— E cinco... cinco... Eu preciso de você... e... — a voz dele sumiu.

Ele encostou o queixo no peito.

— E o quê? — retruquei. Embora, para ser justa, eu soubesse que a essa altura não iria mais a Paris.

Seu olhar aguçou.

— E eu refinanciei o bar, então este estabelecimento tem que funcionar — ele disse, como se falasse consigo mesmo. — Eu refinanciei o bar, muito mais que deveria fazer — ele admitiu.

Senti uma onda de pânico. A família inteira dele dependia dos seus empregos aqui.

Ele deu um passo para trás e cruzou os braços em frente ao peito. Por trás do seu olhar de aço, sua mente trabalhava sem descanso.

— Então, como vai ser, Evie? Vai me ajudar? — ele perguntou, erguendo a sobrancelha, curioso.

Estava presa.

— Dito assim, acho que não tenho escolha, não é?

Ele segurou meus cotovelos enquanto eu descia do balcão.

— Evie?

— O quê?

— Eu faria qualquer coisa por você.

Ele tirou o paletó e o jogou num cabide. Caiu com precisão.

— Eu sei — admiti relutante. — Mas ainda assim, Nik, você está pedindo demais.

Ele ergueu o queixo para soltar o nó da gravata.

— Sei que estou pedindo muito. Agora ligue para a Tina. Diga a ela que não pode ir a Paris — ele disse, balançando a cabeça em direção ao telefone. — E vou repassar o que vai precisar fazer nos próximos dias — falou seriamente.

Peguei o telefone com uma aceitação sombria. Nikki tinha ensaiado aquele discurso, me lembrando das coisas inconsequentes que qualquer amigo faz por outro. Tenho certeza disso!

Tina foi um anjo. Agora eu estava agendada para ir a Paris todo segundo fim de semana do mês, o que significava que iria poder ajudar Nikki no bar, continuar atuando no circuito de viagens e ainda assim ter as noites livres. Olhando pelo lado bom, é um tanto melhor sofrer de exaustão física e mental do que sofrer de depressão. Trabalhar atrás do bar me deixou tão ocupada que não tive tempo de pensar em Rob o dia todo.

Saí quando o pai de Nikki chegou para o turno da noite.

Uma lâmpada derramava luz na calçada molhada do lado de fora do bar. Levantei o guarda-chuva e corri para atravessar a rua até o meu apartamento, o ar fresco batendo no meu rosto. Enquanto me aproximava da porta da frente, ouvi o telefone tocar. Me apressei pela sala e me joguei em cima do aparelho.

— Quando vou te encontrar, Evie? Não aguento mais esperar — Rob implorou.

Imediatamente senti os pelos da minha nuca se eriçarem.

— Estou ocupada.

— Não acredito.

— O que você espera?

— Espero mais que isso. Espero que você retorne minhas ligações, leia as mensagens e mantenha os compromissos se a gente marcar algum. Vou te encontrar amanhã à noite, quer você goste ou não. Se estiver trabalhando naquela droga de bar, eu te encontro lá.

— Rob!

— O quê?

— Não venha ao apartamento nem ao bar. Vamos jantar em algum lugar na segunda-feira — falei, com urgência.

— Segunda?... Evie, hoje ainda é quarta-feira. Não vou esperar quase uma semana. Obviamente você não está sofrendo tanto quanto eu. Penso em você a cada minuto do meu dia. Preciso te ver, precisamos conversar.

Senti um aperto nos nervos e o sangue correr quente para a minha cabeça.

— EVIE!

— Sim, tudo bem. Sábado à tarde? — concedi.

— Onde?

— O pub no rio em Putney, o Kings Arms.

Sem Lulu, Lexy, Nikki, Tina ou John ali.

— Perfeito, me encontre à uma hora — ele disse.

— Até lá, então.

— Sem cancelamento?

— Sem cancelamento.

— Eu te amo, Evie.

Eu não tinha resposta para isso.

CAPÍTULO 18

Passei os dois dias seguintes entrando e saindo de um estado de consciência, embora, para quem olhasse de relance, pudesse parecer que eu simplesmente estava cansada demais por estar atuando como bartender e gerente de restaurante. Nikki não deu as caras nem uma vez. Nem uma vez! Mas, embora não o visse, eu certamente tinha notícias dele... ele ligava várias vezes ao dia. Ele me tocava para a frente por meio de um equilíbrio delicado de ameaças e conversas conciliatórias. Ambas eram mentiras. O sábado estava demorando a chegar.

Me arrumei para o almoço com Rob num estado de ansiedade entusiasmada. Experimentei o conjunto lilás que John havia me comprado, embora eu ficasse parecida demais com "a mulher do primeiro-ministro" para um almoço num pub, então vesti meu casaco branco com a calça branca e um top preto. Decidi que era um pouco "Sex and the City" demais para Putney. Logo decidi dispensar o casaco branco e, em vez disso, juntei o casaco lilás com uma calça jeans, e amei! Despenteei o cabelo, agarrei minha bolsa Prada, enfiei o anel roxo no dedo e dei uma última olhada no espelho.

Lulu apareceu na soleira da porta do meu quarto, com uma xícara de café na mão.

— Nossa! Você parece ótima; esse casaco fica lindo no seu corpo — ela disse, beliscando um biscoito Hobnob. — Aonde você vai?

Droga. Queria sair sem ser notada.

— Putney — respondi rapidamente.

O queixo dela desapareceu no pescoço.

— Putney? Está brincando? Ninguém com menos de oitenta anos faz compras em Putney. O que vai comprar? Um hamster e uma correia de bicicleta?

Não consegui olhar nos olhos dela.

— Acho que vou olhar algumas bicicletas — disse, o que não era totalmente mentira. Eu poderia, a gente nunca sabe.

Ela pegou outro biscoito do bolso do roupão e o sacudiu, pensativa.

— Certo, bem, eu tenho uma mountain bike no armário debaixo da escada. Se você comprar uma, podemos pedalar juntas. Não podemos? — ela disse.

Não havia necessidade de contar a ela que eu iria me encontrar com Rob. Isto é, não é realmente necessário que ela saiba tudo sobre os meus assuntos.

— Transei com o Vic a noite passada — ela disse, sem rodeios, olhando firmemente para as unhas da sua mão.

— Que legal — eu disse, tentando passar por ela.

Ela levantou o tronco e nós duas trombamos — peito tamanho grande *versus* peito tamanho médio — no corredor.

— Você poderia demonstrar um pouco mais de interesse — ela reclamou.

Olhei furiosa para ela.

— Estou feliz por você, estou mesmo. Uma transa é sensacional!

Apaziguada, ela expirou, me soltando, e sorriu. Passei ao lado dela.

— Vou encontrá-lo novamente hoje à noite. Ele gravou todos os meus programas. Dá pra acreditar nisso? — ela exclamou, seguindo-me pelo corredor do prédio.

Olhei para o meu relógio. Quinze para a uma; eu tinha quinze minutos. Melhor me apressar.

— Agora que estou mais estável mentalmente, me sinto mais capaz de lidar com as pressões de um relacionamento e de uma carreira em ascensão — ela disse.

— Agora que está fumando de novo, você quer dizer — falei, com a mão na maçaneta da porta da frente.

Ela levou um susto, segurou meu cotovelo e me virou. Seus olhos giravam para a esquerda e a direita.

— Não mencione isso em público. A gente não sabe quem pode estar escutando! — ela sibilou.

Soltei um suspiro impaciente.

— Não estamos em público; estamos na porta do nosso prédio — lembrei a ela, dando um passo em direção a um dia de primavera ensolarado e de céu azul.

— Isso é bem público — ela disse, dando um passo atrás e batendo a porta na minha cara.

Tive que parar para abastecer, coisa que gostaria de não precisar fazer, já estava bastante atrasada. Saí do carro, lutei com a tampa do tanque. Enfiei a mangueira no buraco e esperei uma eternidade até a bomba registrar dez paus. Não me vejo gastando mais de dez paus em combustível; Lulu sente a mesma coisa. Fechei a tampa do tanque e corri para dentro do posto, coloquei uma nota de dez na frente do rapaz do quiosque e chequei o relógio na parede: faltavam cinco minutos para uma. Com a cabeça curvada, me apressei, diminuindo o passo ao desviar de uma mulher usando uma jaqueta macia, observando a banca de jornais.

— Você está ótima, Evie!

Gelei. Um arrepio de frio me percorreu dos pés à cabeça. Olhei para o alto com um sobressalto.

Era Rob.

Dei meio passo para trás. Tive o impulso ridículo de me desculpar, do jeito que a gente faz quando tropeça ou pisa no pé de alguém.

Minha boca ficou seca.

Um sorriso surgiu nos lábios dele quando seus olhos percorreram o meu rosto. Ele estava em pé, alto, loiro e lindo, usando camisa branca, jeans e uma jaqueta de couro preta. Ele abaixou a cabeça para ficar no nível da minha e plantou um beijo suave no canto da minha boca. Senti o rosto corar e uma ansiedade na boca do estômago.

Ele estava maravilhoso.

Como uma idiota, fiquei olhando para ele com os olhos arregalados, sentindo a marca do seu beijo nos meus lábios.

Ele me olhou ansiosamente.

— Você está bem? Está um pouco pálida.

Pisquei rapidamente algumas vezes, deslizei a alça da bolsa pelo braço e a coloquei no ombro.

— Estou bem, obrigada — disse, tentando um tom mais leve.

Ele me olhou firme e longamente.

— Nem dá para dizer o quanto senti sua falta — ele disse.

Deixei suas palavras pairarem no ar, afastei meu olhar do dele e remexi minha bolsa com os dedos moles à procura da minha chave do carro.

— Você não deveria estar esperando por mim em Putney? — perguntei, ciente de que o tom mais leve não estava funcionando.

Levantei o queixo, analisando seu rosto corado. Sua respiração estava mais rápida do que de costume, e uma veia pulsava no seu pescoço. Percebi que, por mais calmo que ele estivesse tentando parecer, por dentro estava tão nervoso e agitado quanto eu.

— Vi você sair do apartamento. Não tinha certeza se viria. Não estava disposto a deixar você me dar o bolo novamente. Se não tivesse saído de casa naquele momento, eu teria batido na porta — ele disse, casualmente.

E Lulu teria atendido a porta com uma caneca de café na mão. O míssil perfeito, minhas entranhas se retorceram ao pensar nisso.

— Como você deve ter percebido, já que está me espionando, estou me esforçando para cumprir o horário do nosso encontro — disse a ele.

Com as mãos enfiadas nos bolsos, ele se balançou sem sair do lugar.

— Sim, fiquei feliz por isso — ele disse, concordando prudentemente. — Tire seu carro de perto da bomba, estacione e vamos almoçar com o meu carro.

Ele se aproximou para pegar meu braço.

— Não, obrigada, prefiro ir com o meu — respondi, afastando-me do alcance dele.

Ele estendeu os braços.

— Evie, por que ir com dois carros ao pub?

Ao me virar para longe dele, minha mão raspou seu quadril, acendendo uma chama conhecida no meu peito. Apertei os braços e rapidamente me afastei, os saltos ecoando no pátio. Não queria ceder.

Ele me alcançou em poucos passos.

— Não acha que seria melhor irmos juntos? Por que não pegamos meu carro?

— Prefiro dirigir, porque... porque não sei quanto tempo vou poder ficar — falei, o braço estendido, o polegar apertando o botão para abrir o carro.

A porta do carro não abriu.

Típico!

Respirei pelo nariz e dei uma série de golpes na chave. Não adiantou nada. Meus cabelos caíram sobre o meu rosto ao tentar chacoalhar a maçaneta do carro. A porta estava travada.

— Evie!

Joguei a cabeça para trás, pedindo paciência aos céus. Era apenas questão de apertar a chave direito, e a porta se abriria. Por que não estava funcionando? Com uma mão no capô e um pé na beirada da roda, me encostei, colocando um pouco do peso do corpo nas sacudidelas da chave. Era um trabalho duro.

— Evie, eu acho...

— Não me importo com o que você acha. Eu vou de carro! — eu disse, cortando as palavras dele. — E ponto-final!

Uma gota de suor escorreu pelo meu decote.

— Evie, a questão é...

Que inferno, meu braço estava doendo.

— A QUESTAO É A SEGUINTE, ESTOU MUITO OCUPADA HOJE, PORTANTO...

— EVIE!

Me virei e afastei o cabelo úmido do rosto.

— O que é? — esbravejei.

Ele colocou uma mão tranquilizadora no meu ombro e falou bem lentamente.

— Seu carro é um Clio branco que está parado na bomba 4. Estamos parados na bomba 9, e você está tentando abrir este Honda branco com a sua chave, coisa que dificilmente vai acontecer — ele explicou razoavelmente —, porque este não é o seu carro.

Soltei com força a mão da maçaneta do carro e examinei o pátio. Meu Clio branco estava parado duas fileiras à esquerda.

Com os punhos nos quadris, fuzilei-o com o olhar; qualquer um poderia ter cometido o mesmo erro.

Um leve sorriso levantou o canto da boca de Rob.

— Do que está rindo? — perguntei secamente, limpando uma gota de suor da minha testa.

— Não é nada, meu bem, nada mesmo. Vá com o seu carro, se é isso que você quer, e me encontre lá — ele disse. — Vou seguir você.

— Ótimo! — respondi.

Observei Rob do santuário do meu Clio. Ele estava rindo, sim. Para falar a verdade, a certa altura ele se dobrou de tanto rir, apoiando a cabeça na direção. Ele logo se recompôs quando percebeu meu olhar fulminante através do retrovisor.

Quando estacionei do lado de fora do pub, um nervosismo avassalador explodiu dentro de mim. Que diabos estava fazendo? Parecia estar sofrendo de algum tipo de problema respiratório. Dei uma batidinha no peito para fazer o ar entrar e saí do carro. Estava aqui agora, posso muito bem ouvir o que o senhor Harrisson tem a me dizer.

O carro dele parou atrás do meu.

Minha respiração ficou presa quando Rob, com a mão apoiada nas minhas costas, me conduziu para o pub. Ele puxou a cadeira com um gesto galante, numa mesa perto da janela com vista para a Putney Bridge, e se sentou na cadeira em frente, inclinando-se tão perto de mim que eu podia ver meu reflexo nos olhos dele. Irritada, ocupei-me dobrando o guardanapo, enquanto o garçom colocava na mesa uma cesta de pães, talheres e os cardápios. Rob pediu uma garrafa de vinho tinto e nós dois escolhemos filé apimentado.

— Casaco novo, meu bem? — ele perguntou, admirado.

— Sim, John comprou para mim na Holanda.

Suas sobrancelhas se ergueram.

— Gentileza da parte dele — ele disse.

— Sim, muito gentil.

Houve uma pausa. Com o queixo apoiado nos dedos, ele soltou um suspiro cansado.

— Eu te devo uma explicação — ele disse, finalmente.

— Sim, deve — concordei, tirando o casaco.

Eu estava nervosa. Parecia que uma espuma de bolhas de Coca--Cola estava irrompendo na minha traqueia. Me detestei por isso. Tinha desejado ser agressiva, estar no controle da situação, e, de certo modo, tudo isso estava dando errado.

Controle-se, Evie, pensei, engolindo a sensação de pânico crescente.

Fixei uma expressão atenta no rosto e relaxei encostada na cadeira, uma das mãos espalmada sobre a mesa.

— Evie, você e eu, bem, aconteceu tão depressa. Nós nos conhecemos e nove horas depois estávamos na cama — ele disse, a voz neutra.

Ergui uma das sobrancelhas, concordando. Não poderia discordar do que ele estava dizendo.

— O primeiro fim de semana prolongado que passamos em Paris foram os melhores quatro dias da minha vida. Para mim foi amor à primeira vista, por mais clichê que isso pareça. — Ele abriu os braços, num gesto de rendição. — Não queria que as coisas tivessem acontecido desse jeito entre nós, e tenho certeza que te pegou de surpresa. Como eu poderia me sentar ao seu lado e dizer "Ah, por falar nisso, eu sou casado" — ele perguntou, balançando a cabeça. — Eu sabia que a Cassie e eu estávamos no fim da linha, era simplesmente questão de sair de casa. E eu saí! Duas semanas depois de ter conhecido você. — Ele soltou um enorme suspiro. — E então, todas as vezes que tentei te contar, de algum modo, não conseguia achar as palavras certas.

Uma garrafa de vinho e dois copos foram colocados na mesa. Rob agradeceu distraidamente o garçom e levantou a garrafa para servir.

— Então, meu bem, houve aquela sua briga com uma motocicleta em Paris — ele fechou os olhos ao lembrar o que havia acontecido.

Estremeci com a lembrança. Um motociclista havia tentado roubar minha bolsa. Com espírito de mártir, agarrei-me à bolsa, e como consequência colidi em alta velocidade com uma coluna de concreto.

— Desde aquele dia sinto um aperto no peito quando me lembro do estado em que você ficou. De *jeito nenhum* eu iria querer te magoar; preferiria levar um tiro... deixei minha vida em compasso de espera para cuidar de você. Você sabe disso — ele disse.

Houve uma pausa. Acho que isso foi para me dar a oportunidade de sofrer um ataque de nostalgia e gratidão: não sofri. Embora isso fosse verdade, ele tinha cuidado de mim. Olhei sedenta para a garrafa de vinho pendurada no ar. Será que ele nunca iria servi-la?

Decidi apressar a história.

— E então, é claro, enquanto eu estava me recuperando você conheceu a Helen, e tiveram um caso quando ela descobriu que tinha uma vaga na sua cama — eu disse.

O rosto dele se crispou. E corou.

— Cafajeste! — surtei.

— Uma vez! — ele protestou. — Só aconteceu uma vez — ele disse.

Pelo menos ele começou a servir o vinho. Peguei minha taça e tomei um grande gole, rapidamente seguido por outro. O líquido ardente e forte, no estômago vazio, acelerou minha corrente sanguínea, causando uma tontura bem-vinda.

— Uma vez foi o suficiente — retruquei, tomando mais alguns goles rápidos.

— Tudo bem, eu errei, e me desculpei, e você me fez sofrer me excluindo da sua vida por meses. E concordamos em seguir em frente e deixar isso pra trás — ele disse.

Dei uma fungada indignada.

— Sua única noite com a Helen perdeu importância agora, não é? Devido às recentes revelações do Robert Harrisson. Qual era a sua jogada? Quando iria me contar que tem uma esposa? — perguntei. — Este ano? Ano que vem? — pressionei, virando a palma da mão de um lado para o outro.

Ele abriu a boca para dizer algo, pensou melhor e apertou bem os lábios. Tomei três goles sedentos do vinho, apreciando seu mal-estar.

Cotovelos na mesa, mãos crispadas, ele me olhou desafiador.

Não tinha certeza se gostava da sua expressão. Peguei a garrafa e despejei uma quantidade generosa de vinho na minha taça.

Ele abaixou a cabeça.

— Queria que estivéssemos estabelecidos na nossa casa, queria provar meu compromisso com você, dar tudo o que você queria. Eu fiz o que achei melhor para nós dois. Tinha tanta coisa acontecendo. Estava expandindo o negócio, não tínhamos um lugar só nosso, e...

Ele ergueu a cabeça lentamente.

— E tendo que ir e vir pela M40 para visitar sua família — acrescentei, prestativa.

Os olhos dele se estreitaram com pensamentos obscuros.

— Estava pensando em cometer bigamia, Rob? Porque não vamos esquecer que você me pediu em casamento.

— Vou estar divorciado em setembro — ele disse com um sorriso na voz, como se essa fosse uma notícia maravilhosa e eu devesse ficar encantada ao ouvi-la.

Entornei o restante da bebida goela abaixo e me servi de um pouco mais — minha terceira taça, que me dava a sensação de raciocínio melhorado (o álcool aumenta nossa percepção, antes de nos levar cegamente de encontro a um muro).

— Então, vai mandar matar Cassie no final de agosto? Porque, a menos que eu não tenha entendido bem, ela não tem nenhuma intenção de se divorciar.

Houve um silêncio massacrante. O rosto dele, já pálido, ficou ainda mais branco. Eu tinha jurado lidar calmamente com isso, e pude sentir que estava fazendo um grande trabalho.

Um pensamento me ocorreu. Olhei argutamente para ele.

— Você realmente ficava em hotéis quando ia para Birmingham? Ou ficava... *na sua casa*?

Ele sentou-se ereto, segurando sua taça com força, os nós dos dedos esbranquiçados.

— Evie, eu *nunca* menti para você.

— Falso.

Virei a boca da garrafa na minha taça. Eu tinha bebido tudo? Devo ter bebido! Balancei a garrafa vazia como se fosse um pêndulo. O garçom entendeu a dica. Rob ergueu a sobrancelha em desaprovação, mas não fez nenhum comentário. Os pensamentos dançavam como loucos no rosto dele. Ele estava abalado, muito abalado. Eu estava ganhando a batalha, era óbvio. Olhei em volta do bar para ver se alguém mais parecia tão triunfante quanto eu. Ninguém chegava nem perto.

Meu cotovelo deslizou pela beirada da mesa. Como isso foi acontecer?

Num impulso, Rob estendeu a mão para me segurar.

— Tudo bem, não te contei tudo, e eu claramente deveria ter feito isso — ele cedeu.

Olhei a comida à nossa frente com pouco entusiasmo. Rob, ao contrário, mergulhou com gosto nela.

— Evie, coma alguma coisa — ele disse, cortando seu filé.

— Não estou com fome — disse a ele, tomando um gole do vinho.

Ele me fitou com os olhos estreitos.

— Parece que você perdeu peso, meu bem. Na verdade, talvez tenha emagrecido demais.

Estava me preparando para mencionar Marcus; pensar nele fazia meu coração disparar. Tomei um gole generoso. O vinho estava começando a me deixar um pouco enjoada, então pensei em pedir um gim-tônica para assentar o estômago.

Rob abaixou seus talheres e me observou atentamente, os olhos azuis pensativos.

— O quê? — retruquei, enchendo a taça.

— Evie, você está bêbada.

— Não estou — contra-ataquei, com um olhar feroz, penetrante como um maçarico.

— Está sim.

— Ok, talvez um pouquinho.

— Pegue leve — ele disse.

— Pegue leve! Você tem uma esposa e... *um filho*, e fica me dizendo para pegar leve. Estamos quase em abril, Rob. Você teve desde o último mês de julho pra me contar. Não dá pra acreditar que nunca teve uma oportunidade de...

— Eu tentei, Evie. Tentei quando estávamos em Barbados. Isso não me saiu da cabeça nem por um minuto, todos os dias.

— Não, não tentou. *Transar comigo* não saía da sua cabeça nem por um minuto, todos os dias — lembrei-lhe. — Essa situação com um homem casado não é o que eu esperava. Eu achava que estava namorando um cara solteiro, sem outras preocupações. Alguém com quem eu pudesse compartilhar novas experiências, não alguém que já havia vivido muitas e muitas outras. Não alguém com mais bagagem que a British Airways.

Ufa! Eu estava indo bem, parecia severa e sóbria.

Ele soltou um suspiro cheio de desespero.

— Eu te amo, Evie. Vou fazer o que for preciso para a gente reatar.

— Se tivesse sido honesto desde o começo, poderíamos ter lidado com isso! — respondi, numa voz distraída.

— Então vamos lidar com isso agora! Evie, quero cuidar de você pelo resto da minha vida. Deixe eu fazer isso.

Ele se inclinou para a frente e segurou meu queixo entre seus dedos, forçando-me a olhar para ele.

Houve um silêncio tenso.

— Diga que não me ama — ele desafiou.

Não consegui.

Meu coração batia como um tambor. Sentia a respiração dele no meu rosto, e seus olhos, de um azul profundo, estavam a poucos centímetros dos meus. A comichão familiar na base da minha medula me pegou de surpresa; meu corpo, se não a minha mente, o desejava profundamente.

Seu olhar ficou mais aguçado.

— Se não quiser que eu mantenha contato com eles, não terei. Se isso for preciso para eu ter você de volta, então tudo bem. Não irei vê-los novamente! — ele disse seriamente, sua voz sem inflexão.

O impacto do que ele disse me deixou arrasada. O sangue pulsava nas minhas têmporas, e uma espiral de repugnância cresceu dentro de mim. Afastei-me do seu toque e o fitei com um olhar de nojo, horrorizada. Porque, com uma clareza doentia, eu sabia que ele estava dizendo a verdade. Também sabia que havia todas as possibilidades de que essa flecha cruel que ele lançava nesse momento fosse dirigida a mim um dia.

Levantei rapidamente, peguei o casaco e a bolsa, e fiz um tremendo esforço para ir direto até a porta.

— Evie, aonde você vai?

Vindo em minha direção, ele foi bloqueado por três senhoras idosas, o que me deu aquele segundo de que eu precisava para passar pelas portas giratórias, chegar à rua e pegar um táxi.

Desabei no banco de couro estofado e apertei minha bolsa de encontro ao peito. Eu ainda o amava? A verdade era, sim, eu o amava. Ele era como uma droga, uma droga de que eu necessitava. Que coisa horrível ele sugeriu, que eu iria preferir que ele não visse mais seu garotinho. Senti um lampejo de asco quando um pensamento me ocorreu: se eu tivesse um filho, ele poderia virar as costas para nós um dia, do mesmo modo como estava fazendo com Cassie e Marcus. Engoli em seco. O que havia de errado comigo? Eu tinha que esquecê-lo. Tinha. Uma noite de amor, uma esposa e um filho, e eu só o conheço há dezoito meses! Quem sabe o que viria a seguir?

CAPÍTULO 19

Em casa, Nikki e Lulu caminhavam pela sala como um casal de protagonistas de novela de época da BBC. Sentei amontoada no sofá, bêbada e exausta. Curvei-me para a frente e abracei meus joelhos.

Houve um silêncio penetrante.

Eles trocaram olhares tensos. Lulu parecia uma esposa dos anos cinquenta: roupão, meias e enormes bobes na cabeça. Com a testa franzida demonstrando irritação, ela gesticulava com os braços em direção ao teto.

— Onde você estava com a cabeça? Encontrar o Rob? Para quê? — ela perguntou, com dolorosa paciência.

— Eu tinha que vê-lo — respondi, pegando um lenço de papel da minha bolsa.

— Com que propósito? — ela perguntou, perplexa.

Sentei direito e assoei o nariz rapidamente.

— Para pôr um ponto-final!

Seus olhos estavam arregalados.

— E conseguiu? Hein? Conseguiu?

Dei um suspiro, acabada.

Minha hesitação de três segundos foi o suficiente para fazer seu termômetro interno disparar.

— Você deve estar brincando! — ela explodiu, os bobes balançando. — Tudo bem, ele é um cretino bom de cama, entendo isso, mas tem uma centena de outros iguais a ele lá fora — ela berrou, apontando um dedo para a janela.

Olhei para a fila no ponto de ônibus. Definitivamente não havia nenhum cretino delicioso bom de cama esperando o 220 para Shepherd's Bush.

— Eu não controlo sua vida amorosa — contra-ataquei.

— Não, não controla, porque minha vida amorosa é simples e direta, e eu não saio com um idiota mentiroso e infiel que não vale nada.

Nikki estava encostado na lareira, o rosto impassível, braços cruzados, vigilante.

Minha expressão desmoronou.

Nikki percebeu meu rosto assombrado, e deu um olhar de advertência para Lulu.

— Você já disse o bastante — ele a advertiu.

Lulu enfiou as mãos nos bolsos do roupão e apertou os lábios com força.

— Por que não coloca a chaleira no fogo? — Nikki pediu a ela.

Ela se virou para encará-lo.

— Chaleira?

— Sim, a chaleira.

Ela soltou a respiração pesadamente e se arrastou pela sala, descendo o corredor.

Nikki atravessou a sala. Ele se deixou cair no sofá ao meu lado.

Acenei meu lencinho.

— Eu sei... acho que você pensa que sou maluca e vai me dizer que sou patética, e, e... — Minhas palavras despencaram dos meus lábios numa avalanche desajeitada. — Senti que, depois de todo o tempo que Rob e eu tínhamos passado juntos, não poderíamos terminar nosso relacionamento com uma mensagem de texto — falei, com uma fungada violenta.

Olhos escuros e rasgados se voltaram em minha direção. Eu o encarei de volta.

— Poderíamos? — perguntei, honestamente.

— Por que não? É exatamente o que ele merece — Nikki disse, em tom afiado. — E não, não acho que você é maluca, mas acho que a Lulu está certa no que diz. Não acredito que estou dizendo isso, mas acho que você deveria ouvir o que ela diz.

Ele me estudou por um minuto ou mais. A sala estava silenciosa. Percebi que ele tinha algo a dizer, algo que eu não queria escutar. Não estava gostando do rumo da conversa, então decidi mudar de assunto.

— Estou feliz em te ver, Nik, mas, se não se importa com a minha pergunta, o que está fazendo aqui? — perguntei. — Você geralmente não vem nos visitar à tarde.

— Vim deixar o seu dinheiro. Achei que, como não está indo a Paris, talvez fosse precisar dele.

Apertei seu braço em agradecimento.

— Evie.

— O quê? — perguntei.

— Ouça a Lulu — ele disse, como se pensasse em voz alta.

— Vou ouvir.

Um movimento no canto do olho me chamou a atenção.

— Bebidinhas — Lulu anunciou, passando de lado pela porta, equilibrando uma bandeja oscilante de gim e martíni.

Sentei-me lentamente.

— Evie, pensei que, como você já está bêbada, podemos muito bem tomar um drinque — ela disse, entregando uma taça para mim e outra para Nikki. — Você vai cair no sono na próxima hora, e eu estarei agitada e energizada, pronta para arrasar, com muito tesão e esperando ansiosa o meu encontro com o Vic.

Concordei com a cabeça e tomei um gole do meu drinque; cair no sono me pareceu uma boa ideia.

Atenta ao seu copo cheio até a borda, ela afundou lentamente na poltrona.

— Olhe só pra você. É tudo o que um homem poderia sonhar — ela disse, me dando um olhar de admiração. — Você precisa tirar o Rob da sua cabeça.

— Concordo — Nikki opinou. — Escute o que ela está dizendo — ele me disse.

— Apenas se lembre que ele pode se tornar avô em breve.

Balancei os ombros, distante.

Ela engoliu seu gim pensativamente.

— Ou, melhor ainda, pergunte a si mesma por que a esposa dele pode ter cartões de crédito, enquanto ele confiscou os seus.

Tinha me esquecido disso. Embora ache que eu mesma descobri a resposta. Cassie gastou 8,50 libras na River Island. O que ela comprou? Uma barra de chocolate? Mesmo num dia ruim, quando a gente está de ressaca, ou gorda demais, sempre pode gastar uns cinquenta paus na River Island. Sempre.

— O que você está precisando é de uma noite só de garotas — Lulu anunciou alegremente.

— Ouça o que ela diz — Nikki repetiu.

Dei um suspiro. Era a terceira vez que ele repetia isso.

— Você precisa pegar um cara, levá-lo para a cama e ter uma boa transa. Porque o único jeito de superar um homem é transando com outro — ela acrescentou, franzindo a testa, sabiamente.

Nikki depositou sua taça com força na mesa.

— Não ouça o que ela está dizendo! Vá dormir cedo — ele disse —, parece que você está precisando disso — acrescentou, tirando a bebida da minha mão.

Eu estava trabalhando no bar. Passei um pano pelo balcão, fazendo sonhadores números oito. Já se passaram duas semanas inteiras desde aquele meu almoço com Rob, e, sem falhar, ele me mandava três mensagens de texto por dia. Estava me seguindo pelo ciberespaço. Pensei em trocar o número do meu celular, porque ignorá-lo estava ficando cada vez mais difícil. Mandei uma mensagem dizendo para ele me deixar em paz, e estava falando sério. Fiz isso com dor no coração, mas fiz — ou, pelo menos, pensei que estivesse falando sério, mas era muito difícil. Eu ainda o queria, mas não podia confessar isso a ninguém, nem na hora da morte. Levante as mãos quem tem a coragem de admitir que o desejo sexual, puro e simples, ganhou do bom senso em algum momento da vida.

Pensar em Rob é o suficiente para acender uma chama de desejo tão forte que parece que levei um soco, ficando sem fôlego, cheia de desejo e meio zonza às vezes. Sou viciada nele, não havia outra explicação. Eu, Evie Dexter, sou viciada em Robert Harrisson. Do mesmo modo que Lulu é viciada em cigarros.

Meus olhos se voltaram para a porta; um vento feroz apressou o passo de duas mulheres corpulentas, nossas primeiras clientes do dia. Dei um sorriso para elas quando entravam agitadas no bar, com uma confusão de sacolas e sombrinhas.

— Estarei de volta às três horas — Nikki disse, indo embora de um jeito formal, imaculado num terno marinho e camisa limão.

Senti uma ponta de pânico, joguei o pano de prato dentro da pia.

— Só um minuto — gritei, esquivando-me do bar.

Me apressei para alcançar seus passos, me joguei à frente e agarrei o braço dele.

Ele se virou.

— Você me disse que estaria aqui o dia todo. Onde está indo?

— Surgiu um imprevisto, vou ter que sair — ele disse, casualmente apertando a tira do relógio.

— O quê? O que foi que surgiu? — perguntei, encarando-o desesperada.

Ele soltou um suspiro de paciência forçada, deu um passo à frente e colocou as mãos nos meus ombros.

— Evie, estou pagando uma equipe de onze sujeitos para reformar meu prédio — ele disse lentamente. — Tenho que ter certeza que eles não vão atrasar o serviço. Não preciso passar o dia todo lá, mas preciso aparecer de vez em quando. – Ele deu um beliscãozinho carinhoso na minha bochecha. – E, querida, posso te garantir que todas as vezes que chego lá, eles estão fazendo uma pausa para o chá.

– Você não pode simplesmente ligar? E perguntar o que estão fazendo? Talvez pudesse...

Ele me interrompeu.

– Você cuida de tudo aqui com perfeição. Olhe só para este lugar – ele disse, estendendo a mão num gesto galante. – Você colocou a lista de vinhos na lousa, e as jarras dos coquetéis mais populares já estão preparadas e geladas. – Os olhos dele se arregalaram de admiração. – Essa ideia foi fantástica – ele exclamou, com um entusiasmo exagerado. – Você comprou novas jarras de vinho de 50 mililitros, outra tacada de gênio, porque quase ninguém mais pede vinho em taça. Eu deveria ter te colocado como responsável pelo bar há muitos meses. Honestamente, querida, se continuar do jeito como está, não vai ter lugar para mim.

– Mas Nik, é, é...

A mão dele se moveu para a minha nuca.

– É o quê? – ele perguntou, os olhos cor de chocolate me avaliando. – Não sou eu quem você quer, é? – ele perguntou com um sorriso na voz.

– Sim, é. É você que eu quero. Quero você atrás deste balcão, fazendo os pedidos, enchendo as geladeiras, fechando o caixa e indo ao banco.

Ele passou as mãos em volta da minha cintura e me levantou.

– E você vai me ter de volta; espere mais alguns meses – ele disse, me colocando em pé.

– Meses! Você deve estar brincando! – dei um gritinho, a voz trêmula.

Ele agarrou meus pulsos e torceu meu braço por trás das minhas costas. Tropecei em sua direção.

— Você sabe gerenciar este lugar melhor do que eu, e sabe disso. E eu te adoro por isso também. Vou te compensar, prometo; só me dê cobertura neste verão, e nunca mais peço outro favor — ele deu um sorriso duro. — Você sabe o que está em jogo.

Era chantagem. Não havia outra palavra para isso.

Ele me deu um beijo na testa.

— Não coma até eu voltar. Vou te levar para jantar fora.

E, dizendo isso, foi embora.

CAPÍTULO 20

Estava de volta a Paris. Estendi os meus braços com um sorriso feliz e deitei no gramado de Malmaison, com a luz quente do sol no meu rosto. Meu grupo tinha entrado no castelo, então eu tinha duas horas para aproveitar os perfumes e a tranquilidade dos jardins e ler minha biografia da imperatriz Josefina.

Tive sentimentos contraditórios em relação a acompanhar essas viagens aéreas para Paris. Os clientes estão na faixa dos quarenta anos, cinquenta no máximo, e são bem independentes. Eles saem sozinhos e pegam transporte público à procura de restaurantes e monumentos, seguindo roteiros de viagens da internet. Eu mal os vejo, enquanto os passageiros das viagens de ônibus, que são idosos, ouvem o que eu tenho a dizer como se eu fosse a líder carismática de algum culto turístico. Eles realmente se matam para me seguir por aí. Esse grupo mais jovem é perfeito neste momento. Eles realmente não precisam de mim para ajudá-los a fazer nada. Claro que eu estava sentindo falta das minhas vovós das viagens de ônibus, mas tinha que admitir que elas não estariam aproveitando muito; minha mente estava longe do trabalho. Minha cabeça estava perdida em pensamentos sensuais, transbordando com lembranças de Rob.

Duas senhoras elevaram suas vozes ao me cumprimentar por sobre o ruído de um cortador de grama. Retribuí o cumprimento, dei ao jardineiro um olhar melancólico e abri meu livro. Josefina Bonaparte era uma inspiração, era sim! Folheei alguns capítulos anteriores para refrescar minha memória. Josefina tinha se mudado para um convento por insistência do seu primeiro marido, Alexandre. Felizmente ela teve a presença de espírito de ir para um convento tipo spa, mais parecido com um hotel, onde ela passava seus dias sentada, fazendo fofocas num salão confortável, em vez de ir para um lugar cavernoso e cheio de correntes de ar onde todo mundo rezava a Ave-Maria de manhã, de tarde e de noite. Ela não permitiu que a vida no convento a deprimisse, manteve a cabeça erguida e o humor elevado. Ela era apaixonada por Alexandre, e realmente o desejava, mas era mestre em separar a cabeça do coração, sempre colocando seus próprios interesses em primeiro lugar. Dei um suspiro. Obviamente eu teria que tentar separar minha cabeça das minhas zonas erógenas. Estava escrito aqui em preto e branco — se funcionou para Josefina, deveria funcionar para mim.

A guilhotina deu cabo da vida de Alexandre, então nunca saberemos se Josefina teria realmente o aceitado de volta ou tentado viver feliz para sempre depois... mas, conhecendo-a como sei que a conheço, acho que ela teria dado um fora nele.

Verdade seja dita, Josefina enfeitiçou e se casou com Napoleão, muito embora Napoleão estivesse decidido a encontrar uma herdeira rica. Josefina fez Napoleão acreditar que ela tinha muito dinheiro, o que na verdade é uma mentira compreensível, porque naquele tempo era moda ter dote. Hoje em dia é moda ser magra, então não é diferente de dizer a um cara que sou tamanho trinta e oito quando na verdade sou tamanho quarenta.

E ela mentiu a idade; disse a Napoleão que tinha vinte e nove anos, quando na verdade tinha trinta e dois. Pense nos cálculos que ela teve que fazer para manter essa mentira ano após ano. Será que ela deu uma festa ao completar quarenta anos? — imaginei, admirada.

Depois que se casou com Napoleão, ela teve amantes. Aprendeu no convento que a infidelidade era aceitável, e até mesmo esperada. (Pelo menos seu tempo ali não foi desperdiçado!)

E ela era fanática por compras, o que é uma verdadeira inspiração. Tive que ficar impressionada com a sua inteligência, isto é, como você finge ter uma coroa nova, embora já a tenha há anos, ou que a comprou numa liquidação? Deve ter sido difícil! Eu achei difícil convencer Rob de que a loja de departamentos Primark tinha um estande da grife Karen Millen... Grande parte dos dias de Josefina foi passada se esgueirando pelos corredores de Versalhes para se esconder dos mercadores a quem ela devia dinheiro. Imagine só, funcionários da empresa de cartão de crédito te perseguindo pela rua. Balancei a cabeça com admiração e empatia. Não havia dúvidas quanto a isso: diante da adversidade, Josefina lutou. Ela superou tudo que a vida pôs à sua frente, e eu pretendia fazer o mesmo. Fechei o livro de um jeito pensativo e me levantei dali. Me sentia feliz e despreocupada. Assim que voltasse para casa, iria marcar aquela noitada com as garotas. Arranquei o telefone da bolsa. Iria mandar uma mensagem para todas agora. Nunca deixe nada para depois.

Três noites depois, Lexy, Lulu, Tina, Miranda e eu fomos ao Pitcher & Flag em Clapham para celebrar meu vigésimo sétimo aniversário.

Entramos balançando em nossos saltos altos, enquanto um garçom com o rosto cheio de espinhas circulava à nossa volta para colocar duas garrafas de champanhe gelado, pré-encomendado por Nikki. Poderíamos ter sentado, porque havia muitos lugares vazios, mas Lulu preferiu ficar em pé no bar, para ser empurrada e esmagada. Então foi lá que ficamos, com bebidas derramadas sobre nossos pés e cotovelos cutucando nossas costelas. Apesar disso, eu me sentia mais feliz do que nunca. Estava relaxada.

— Você trabalha em quê? — Tina perguntou a Miranda.

— Sou coordenadora de lances para uma casa de leilões.

— O que exatamente você faz? — Lexy perguntou educadamente a Miranda.

— Ah! É muito simples e tranquilo. Eu garanto a precisão de todos os procedimentos, regulamentos e leis de conformidade que são aplicados em processos de licitação, e garanto que os softwares certos sejam instalados corretamente antes de cada venda, então nossos licitantes do mundo todo podem participar pela internet. Eu gerencio as programações de vendas e os catálogos on-line, e coleciono e comparo todos os valores pós-venda e relatórios estatísticos nos diferentes aspectos do programa que sustenta a operação diária de cada leilão. Você sabe, não é, aquelas coisas tediosas?

Os lábios de Lulu se abriram e seus olhos ficaram vidrados de incerteza. Ela não esperava ter que se concentrar, afinal de contas estava se divertindo com as garotas.

— Ah, deve ser incrível — Lexy disse a Miranda, sorrindo e segurando sua taça no alto.

Miranda continuou.

— Relatar incidentes, estatísticas quantitativas de pré e pós-venda, exibindo níveis de interesse baseados nos requerentes *versus* licitantes bem-sucedidos, blá-blá-blá. E eu apresento esses valores para a imprensa e a mídia em geral, chatos intrometidos e flagelo da minha vida — ela comentou, retirando o morango da borda da sua taça de champanhe e o colocando na boca.

— É mesmo? — Lexy disse, tomando um gole de sua bebida.

— E tenho que controlar e aprovar todos os clientes, fazendo a ligação com os departamentos de controle de crédito, legal e de riscos. Não queremos que alguém faça um lance de um milhão de libras por uma pintura se não tem grana para pagar, não é?

— Não, não, claro que não — Lexy respondeu, arrotando baixinho.

Tina e eu trocamos olhares espantados. Eu tinha conseguido entender tudo aquilo, fiquei feliz por ainda estar sóbria. A expressão de

Lulu era vazia; ela não estava interessada em perfis profissionais, nem em histórias de família.

— Você tem namorado? — Lulu perguntou a Miranda casualmente, embora não tivesse dúvida alguma sobre qual seria a resposta. Miranda tem olhos castanhos grandes, emoldurados por cílios longos e pontudos e sobrancelhas escuras perfeitamente arqueadas, que lhe davam uma expressão de permanente surpresa.

Miranda tomou um gole do seu copo e deu um puxão numa mecha do seu cabelo castanho.

— Mais ou menos — Miranda disse.

Tina ergueu uma sobrancelha curiosa, assim como a Lexy.

— Comecei a sair com o meu chefe, mas o relacionamento ainda não é exclusivo — Miranda explicou.

— O que quer dizer com exclusivo? — Lexy perguntou.

— Ainda não assinamos um acordo não escrito de exclusividade sexual.

Lexy parecia aturdida. Ela não tinha ideia do que Miranda estava falando.

— Eles ainda saem com outras pessoas — Tina explicou delicadamente para Lexy.

— Isso é... *diferente* — Lexy comentou com o cenho franzido.

Miranda sacudiu os dedos, apontando para mim e para Lexy.

— Então, vocês são irmãs?

Lexy se alegrou, deu uma risadinha de intimidade e pegou a minha mão. Ela me puxou para perto dela.

— Quem você acha que é a mais velha? — Lexy perguntou a Miranda, radiante, encostando seu rosto no meu.

— Você! — Veio a resposta, simples e correta.

Lexy soltou minha mão, sorriu artificialmente e se concentrou na sua bebida.

Ela é a mais velha.

— Você tem irmã? — Tina perguntou a Miranda.

Miranda fez que sim.

— Sim, Bella; ela tem trinta, é cinco anos mais velha que eu.

— É uma grande diferença de idade. Vocês são chegadas? — Lexy quis saber.

Lulu jogou seu peso de uma perna para a outra e checou seu reflexo no espelho atrás do bar.

— Sim, acho que somos bem próximas — Miranda disse com vivacidade.

— O que a sua irmã faz? — Lexy perguntou.

— Ela é garota de programa — Miranda disse alegremente.

Os olhos de Lulu, que rondavam o bar, se fixaram em Miranda, e sua sobrancelha se ergueu, quase chegando à linha do cabelo.

— Ela ganha bem? — Lulu perguntou, num tom interessado.

Tina se inclinou para a frente, sua antena de fofocas agora em alerta vermelho, e Lexy olhou em volta preocupada, para ver se não havia alguém bisbilhotando.

Miranda deu um grunhido orgulhoso.

— Ela ganha uma fortuna, e bem que merece. Minha irmã Bella pode levantar até defunto — ela disse, seu peito se estufando de orgulho.

Lulu suspirou e cobriu a boca com a mão, maravilhada.

— Pode mesmo? — Lulu perguntou com reverência. — Será que ela me ensina?

Lexy e Tina trocaram um olhar de surpresa envergonhada. Pessoalmente, eu duvidava da história de levantar defunto.

A noite progrediu com a história cativante da experiência de Bella como prostituta. E Miranda nos contando que a expressão "você está dormindo com a minha irmã" garantia a ela um monte de descontos quando ainda era adolescente — pizza pela metade do preço, bebidas grátis em pubs e todos os outros tipos de guloseimas. Fiquei com inveja. Cheguei à conclusão de que Lexy era uma enorme decepção como irmã, se fosse comparar.

— Você está bem!? — Lexy me perguntou, elevando a voz para ser ouvida por cima da multidão.

— Claro que estou bem, por quê?

Ela se afastou de lado, parecendo estar em dúvida.

— Porque você parece completamente bêbada — ela confidenciou no meu ouvido.

Eu estava completamente bêbada, veja bem, ela teve coragem de dizer isso para mim; ela não era melhor que eu. Nós *todas* estávamos bêbadas, especialmente Tina, que tinha acabado de assoprar seu apito contra estupros no ouvido do barman, pedindo outra rodada de bebidas.

— É a única oportunidade que eu tenho de usá-lo — Tina disse, jogando o apito de volta na bolsa.

Eu estava murchando. De repente a música parecia alta demais, e a luz muito brilhante, e ficar em pé era um esforço.

Não via Lulu ou Miranda fazia algum tempo.

Me endireitei apoiada no bar, fiquei na ponta dos pés e olhei em volta. Elas estavam dentro da cabine do DJ, junto com alguns seguranças. Lulu, claramente irritada, estava girando os braços. Miranda estava de olhos arregalados, espantada e tentando acalmar Lulu. A porta da cabine do DJ foi escancarada, e Miranda e Lulu estouraram para fora, levadas pelos dois seguranças. Insultadas e lutando intensamente, elas estavam sendo carregadas para fora do pub! Tina e Lexy seguiram meu olhar. Num impulso, abandonei nossas bebidas, me joguei para a frente, afastando a multidão, derrubando algumas cadeiras enquanto disparávamos atrás delas.

Uma luz amarela se esvaía da marquise do bar, fazendo um círculo sobre a calçada onde estávamos paradas. Esfreguei os braços para me aquecer.

— Não acredito que fomos jogadas pra fora dessa espelunca — Lulu retrucou, indignada. — É insultante. E sem motivo! — ela acrescentou com um soluço. — Tenho motivos para querer ser aceita lá dentro, nem que seja para ir embora imediatamente!

— Você deve ter sido posta para fora por algum motivo — Lexy insinuou, irritada.

— Quisemos fazer um piquete na cabine do DJ porque a música estava uma droga. Tudo bem, talvez a Miranda cantando "I whip my hair back and forth, I whip my hair back and forth", e fazendo passinhos tenha sido um pouco irritante... mas dificilmente ofensivo — Lulu disse. — Por falar nisso, onde ela está... Onde está a Miranda?

Nós trocamos olhares vazios.

Tina olhou para a direita e para a esquerda pela rua.

— Lá está ela! — Lexy disse triunfante, apontando.

Segurei a respiração, assim como Lulu e Tina.

Miranda, bêbada e andando perigosamente nos seus saltos, estava lutando para arrancar a coleira de um cão da polícia da mão do seu treinador.

— Vou levá-lo para dar um passeio! — Miranda insistiu, puxando a coleira. — Adoro labradoodles! Este é um labradoodle, não é? Adoro passear com cachorros. Passe o cachorro para mim!

Ela estava completamente bêbada.

O policial, igualmente determinado, mas crucialmente distraído pela vista aérea do decote de Miranda, estava perdendo a batalha.

O rosto de Miranda estava rubro com o esforço. Ela estava exausta.

— Não... é... justo... querer... que... um... cachorro... fique... parado... do lado de fora... de... uma... boate... a... noite... toda!

Ela perdeu o controle da coleira, girou em círculos e correu até o ponto de ônibus para se apoiar.

Os olhos dela encontraram os meus.

— Evie! É um labradoodle — Miranda gritou, encantada.

— Acho que na verdade é um pastor-alemão — falei, sem emoção.

Ela franziu o cenho, pensativa.

— Alguém alisou o pelo dele? — ela perguntou.

Um carro de polícia com as luzes piscando brecou cantando o pneu, e dois policiais saíram rapidamente do carro. Reforço, obviamente.

Miranda parecia espantada. Lexy parecia preocupada. Tina olhava sensualmente para um dos policiais. E Lulu parecia furiosa.

— Ah, meu Deus, eu fantasio tanto com fardas e algemas — Tina admitiu.

— Ela é uma chata quando bebe. Ou vamos todas presas ou vamos conseguir uma carona para casa — Lulu disse, de má vontade, marchando para verificar qual seria o caso.

Conseguimos uma carona pra casa. Miranda ofereceu uma gorjeta ao policial. Ele recusou educadamente.

No apartamento, tocamos Abba e bebemos vinho até as três da manhã. Tivemos uma noite incrível. Esse era o energizante de que eu estava precisando, uma noite bem animada. Fui para a cama me sentindo fantástica, absolutamente fan-tás-ti-ca.

CAPÍTULO 21

Tive todos os tipos de problema na manhã seguinte. Como tentar levantar a cabeça do travesseiro, abrir os dois olhos ao mesmo tempo e engolir. Consegui sentar me virando de barriga e usando a cabeceira como apoio. Levei quase uma hora para sair da cama e entrar no chuveiro.

Tinha que ir trabalhar. Tinha. Consegui, mas foi por pouco.

Ao entrar no bar, ostentei uma expressão de profissional séria e confiável, o que era uma mentira, pois estava quatro horas atrasada. Mas Nikki não é muito bom em linguagem corporal, nem em expressões faciais. Se eu mostrasse fraqueza, ele daria um pulo. Bem, se ele desse um pulo, eu sairia correndo. Minha cabeça estava martelando; não tinha uma ressaca dessas fazia anos. Nik estava parado perto da caixa registradora, as pernas abertas, o queixo para o alto, braços cruzados, como se fosse um imperador romano no Coliseu prestes a apontar o polegar para baixo e me condenar à morte.

Ele respirou fundo e veio firme em minha direção.

Num impulso, virei de costas.

— Por onde você andou? — ele berrou. — Você sabia que eu tinha compromissos o dia todo!

Meu rosto ficou vermelho, o bar estava lotado. Garfos e facas ficaram suspensos no ar e a conversa parou quando todo mundo nos encarou.

— Passei no seu apartamento. As cortinas estavam fechadas e ninguém atendeu a porta!

Honestamente, eu não o tinha escutado. Também não atenderia à porta se tivesse ouvido.

Embora ele estivesse perto demais para o meu gosto, deu um passo à frente e pairou sombriamente acima de mim. Eu não precisava disso.

Que droga, Nik é muito alto ou fui eu que encolhi?

— Eu disse que teria uma reunião na hora do almoço com o funcionário do planejamento!

Inclinei meu queixo para a batalha.

— Não ouse me cobrar! — Apoiei os punhos fechados nos meus quadris. — Trabalhei todas essas horas pra você. Se estou atrasada, ou não apareço uma vez ou outra, não é grande coisa!

Podia sentir o sangue correndo pelas veias do meu pescoço. Estávamos quase cara a cara.

Ele enfiou, desnecessariamente, a camisa dentro da calça e soltou a respiração ruidosamente.

— Evie, estou louco da vida!

Cientes da nossa atenta audiência, baixei o tom e usei um sussurro dramático.

— Você sabia que eu ia sair a noite passada, e que eu queria o dia de folga. Você deveria ter se oferecido para cancelar seus compromissos hoje e trabalhar aqui, em vez de ficar andando de um lado a outro enquanto me esperava, e gritar quando eu chego aqui.

Um campo minado de pensamentos se escondia atrás dos seus penetrantes olhos escuros. Ele estava calculando sua resposta. Era bom mesmo. A probabilidade de eu virar as costas e deixá-lo plantado ali era de cinquenta por cento, dependendo da próxima palavra que saísse da sua boca.

Ele me deu um sorriso gelado.

— Estarei de volta às seis — ele disse.

Para alguém que não o conheça, "estarei de volta às seis" significava "estarei de volta não depois das seis horas". Mas eu o conhecia; nesse caso ele queria dizer uma destas cinco coisas:

1. Se eu tivesse tempo, eu te estrangularia.

2. Sinto muito, você está absolutamente certa. Eu deveria ficar para trabalhar hoje, porque você já fez o bastante.

3. O mais importante é que você está aqui agora.

4. Se algum dia você me deixar nessa enrascada de novo, eu te estrangulo; vou planejar hora e lugar.

5. Feliz aniversário. Gostou do champanhe que mandei para você?

Ele saiu do bar e bateu a porta sem olhar para trás, com tanta força que o vidro balançou na moldura. Fechei os olhos para o ruído, assim como fez a maioria dos clientes.

Lulu e Miranda estavam na sala, pintando cuidadosamente as unhas dos pés quando entrei no apartamento, depois que meu turno no bar terminou. Suas cabeças se voltaram para me olhar. Peguei o controle remoto, liguei a televisão e caí na poltrona.

O único barulho era da televisão. Lulu e Miranda ficaram em silêncio: eu olhava para a televisão, elas olhavam para mim.

— O que foi? — perguntei.

Elas trocaram olhares confusos.

— Por que você está aqui? — Miranda perguntou, segurando seu esmalte pro alto.

— Por que eu não deveria estar aqui?

Lulu me deu um olhar longo e sagaz.

— Por que não deveria estar aqui? — ela perguntou, como se a resposta fosse óbvia. — Por que você não deveria estar aqui?

Miranda colocou os pés cuidadosamente na ponta do sofá, abraçou seus joelhos e me encarou seriamente.

— Este é um apartamento de dois quartos numa rua movimentada de Tooting, com uma vista interessante, mas melancólica, de um ponto de ônibus — Miranda mencionou, com veracidade. — E você tem um convite para passar a noite em uma das maiores mansões de Park Lane.

— Mais confuso ainda — Lulu meteu a colher. — Por que trabalhar num bar quando tem um milionário te perseguindo?

— Me perseguindo?

— Sim, te perseguindo! Aquela ligação do John, que você atendeu antes de a gente sair para o pub na noite passada, era um convite para jantar hoje. Lembra? Você se lembra de conversar com ele, não lembra?

— Claro que me lembro de conversar com ele, não estou senil. Liguei para ele esta tarde cancelando; disse que não poderia ir. Estou exausta.

Elas trocaram um olhar horrorizado.

— Você disse que não poderia ir? — Lulu perguntou, e olhou para Miranda para checar se estava tão incrédula quanto ela. E estava. — Você ficou louca?

— Eu não o conheço, mas já ouvi falar muito dele — Miranda disse. — Se eu fosse você, não o deixava escapar.

— John e eu somos apenas bons amigos — falei, com aspereza.

Miranda balançou a cabeça sabiamente.

— Nós somos suas amigas — ela disse de forma significativa, como se estivesse estabelecendo um fato científico. — Ele *não é* seu amigo. Ele é um milionário solteiro.

Lulu acenou animada para Miranda.

— Ele é bonito, e quero dizer realmente bonito — Lulu disse. — Ele é absolutamente cheio da grana e tem um corpo em forma para um coroa. Ele não é um sapo velho de óculos, que é o caso da média dos residentes de Park Lane, e é perfumado.

Encontrei um pente ao lado da cadeira, passei-o distraidamente pelos cabelos e fiquei olhando para o teto, pensativa. Não podia dizer que os argumentos de Lulu estivessem errados. Miranda me deu um sorriso e voltou a pintar as unhas do pé.

— Evie, me diga a verdade, para eu poder ficar tranquila. Você acha que vai voltar com o Rob? — Lulu perguntou.

Esta era a primeira vez que ela mencionava o assunto R depois de muito tempo. Senti o sangue bombeando na minha cabeça. Miranda rosqueou a tampa do esmalte, sorrindo reservadamente. Lulu sentou quieta, seus olhos piscando esperançosos, como um par de luzes reluzentes. Levei um minuto para responder. Dei um sorriso inseguro.

— Acho que não — disse.

— Isso não é um não!

— Acho que não consigo perdoá-lo.

— Isso não é o mesmo que dizer que não vai perdoá-lo — Lulu me desafiou.

Prossegui.

— Seria difícil...

— Difícil não é impossível — ela interrompeu.

— O que quer que eu diga? — retruquei, abalada.

— Quero que me diga que está tudo acabado, porque, lembre-se das minhas palavras, você não sabe tudo a respeito dele... E nunca saberá.

Miranda ergueu as mãos.

— Por que não fica com aquele cara, o John? Ele tem carros melhores que os juízes do *X Factor*. Você não tem muito que pensar.

Lulu concordou com a cabeça.

— A questão é a seguinte, Evie... John poderia nos fazer felizes — Lulu disse. — Você poderia ter um casamento no Claridge's, um vestido de seda marfim da Vera Wang com uma cauda de três metros e um bolo de dois metros de altura!

— Casamento? Do que você está falando? — interrompi, franzindo tanto a testa que minha cabeça doeu.

Ela não parava de falar, seus olhos brilhando em ideias.

— Celine Dion no microfone, dez damas de honra, também com vestidos da Vera Wang.

— Uma lista de presentes na Harrods, lua de mel na Necker Island. Quinhentos convidados. *Hello!* e *OK!* brigando pelos direitos da festa.

— Alicia Keys no teclado, William e Kate na primeira fila da igreja.

— Uma tiara emprestada da Garrard. Que diabos, não, emprestada não, que avarento! — Ela bateu com força o punho fechado no sofá. — Ele iria te comprar uma, porque você vai usá-la novamente.

Miranda se remexia animada, acompanhando o fervor da Lulu.

— E imagine só qual seria o presente de casamento dele para você — Lulu acrescentou.

As duas adoraram tanto a ideia que ficaram sentadas sonhando por um minuto, com os braços entrelaçados e as cabeças lado a lado, saboreando sabe-se lá quais fantasias passavam por suas cabeças.

— Seu próprio jato particular — Miranda sugeriu.

— Um iate Sunseeker chamado *Minha Esposa Evie* — Lulu adivinhou.

Dei um suspiro.

— Pense nisso — Lulu disse —, pelo nosso bem.

— Pensar no quê? Considerar casar com um homem que não me pediu em casamento, que ainda está casado e é da mesma idade que o meu pai?

— Sim! — elas responderam em coro.

— Vamos sair hoje à noite, quer vir junto? — Miranda perguntou.

Ela estava brincando? Depois da noite passada? O cachorro da polícia quase me mordeu quando me curvei para entrar na viatura.

— Não, obrigada, vão vocês duas. Fico feliz em poder ir cedo para a cama — disse a ela.

Logo depois que Miranda e Lulu saíram, Rob ligou. Normalmente, quando vejo o nome dele no visor do telefone, não atendo, mas um alarme interno me alertou de que eu devia falar com ele. Bem que eu queria que isso não tivesse acontecido.

Sua ligação mudou tudo.

Estava me sentindo oca, magoada e zonza. Acho que estava em choque. Fiquei sentada encurvada no meu roupão, como uma tartaruga na sua casca, os joelhos apoiados no peito, me balançando na poltrona. O fogo na sala estava ardendo, mas parece que o calor não me aquecia. Me sentia exaurida e entorpecida, e ao mesmo tempo cada nervo do meu corpo estava formigando. De certo modo, nunca tinha me sentido tão viva quanto agora, e, por outro lado, nunca senti tão pouca vontade de viver. Um zumbido rítmico soava nos meus ouvidos.

Cassie estava grávida de seis semanas.

Sim, era de Rob.

Houve, é claro, uma explicação lógica. Rob estava bêbado e solitário, e sentindo a minha falta como um louco... Mas a boa notícia é que eu não precisava me preocupar, porque ele continuou a dizer que isso não mudaria nada.

— Isso não muda nada — ele disse. Assim, simplesmente, enquanto eu estava aqui sentada, me sentindo mal ao pensar nele dormindo com outra mulher, mesmo ela sendo sua esposa.

Rob mencionou que tecnicamente nós não estávamos "juntos" quando aconteceu — algo que ele achou pertinente para a sua defesa. Sempre o otimista charmoso, ele tinha começado a salientar o "lado positivo das coisas", assegurando-me de que essa situação não mudava em nada seus sentimentos por mim. O que eu achei muito cavalheiresco da parte dele.

Enquanto eu olhava o fogo estalando na lareira, um tronco mudou de posição diante dos meus olhos, e uma sensação de pânico apertou meu peito. Senti fraqueza. Curvei-me para a frente, apoiei os pés no chão, coloquei a cabeça entre os joelhos e fechei os olhos ao som das batidas do meu coração a se despedaçar.

A decisão que havia me torturado tinha sido tomada por mim. Rob e eu tínhamos terminado.

Eu disse isso a ele, e ao final da nossa conversa, não havia mais dúvidas que eu nunca mais queria ter notícias suas.

CAPÍTULO 22

Já faz três meses que Rob jogou aquela bomba. Estou enfrentando bem as coisas. Ajuda bastante o fato de ninguém mencionar o nome dele perto de mim. Jamais! Na verdade, se eu me refiro a ele acidentalmente numa conversa, olhares ficam confusos, cabeças se viram e vozes diminuem de volume até ficar bem difícil ouvir o que estão dizendo. Posso entender. Por causa desse homem, eu me transformei, durante certo tempo, numa maluca completa. Entrava intempestivamente na sala e acusava Miranda e Lulu de crimes terríveis, como dar risada. Elas estavam rindo assistindo a *Friends* ou *Celebrity Juice*, ou outro programa, mas negavam tudo assim que eu entrava na sala, rapidamente mudando o canal para algo mais apropriado, como um programa sobre serial killers, ou obesidade, ou doenças terminais. Elas se sentavam lado a lado, eretas, com o rosto austero e em silêncio total. Satisfeita, eu me juntava a elas no sofá, e minha ira escaldante resfriava um pouco.

No bar, eu caminhava entre as mesas com as mãos presas nas costas, como um general inspecionando suas tropas, para cima e para baixo, várias e várias vezes. Meu olhar penetrante desafiava os clientes a me pedir alguma coisa... ninguém nunca ousava! E eu comprava coisas nas lojas, só pelo prazer de devolvê-las depois, propositalmente sem os recibos. Eu tinha prazer em causar uma confusão absoluta, a ponto de as regras da loja serem descumpridas para que eu recebesse o dinheiro de volta pelas coisas que havia comprado a crédito.

Pior de tudo, e para meu eterno arrependimento, eu disse a Lexy que ela ficava gorda no meu vestido lilás. Em minha defesa, devo dizer que ela engordou um pouco, e realmente o vestido ficava marcando em alguns lugares, mas eu poderia ter sido mais diplomática. Vi o sorriso dela desaparecer, ouvi seu suspiro triste, e tentei ao máximo voltar atrás, mas era tarde demais, é claro. O estrago estava feito. Ela arrancou o vestido pela cabeça, agarrou a embalagem de sabão líquido, mirou no resto do almoço das crianças como uma policial armada e começou o ataque. — É o palito de peixe — ela gritou. — E o hambúrguer com molho.

Somente duas pessoas me enfrentaram. Nikki, que me arrastou para fora do bar para dizer que, se eu não começasse a me comportar bem e ser educada com o pessoal, ele iria me tratar como a criança malcriada que eu estava me tornando. E John, que tinha me levado para fora do Ritz, dizendo que ficar emburrada não combinava comigo, nem ser grossa, e, até que parasse de me comportar como uma menina mimada, ele não iria me levar mais a lugar nenhum.

Finalmente, consegui ligar para a minha mãe e o meu pai, para lhes dizer que o casamento havia sido cancelado. Por estranho que pareça, eles parecem ter ficado felizes por mim. — Você é jovem demais para se casar — eles disseram, acrescentando: — experimente coisas novas, conheça o mundo.

Cancelei minhas viagens para Paris, porque, além de um carro ou uma casa, as férias são frequentemente a coisa mais cara que as pessoas compram durante um ano inteiro. No meu estado de espírito, eu sabia que não poderia dar aos clientes aquilo pelo qual eles haviam pago, e isso não era justo. Algumas pessoas economizam o ano todo para as férias, e elas merecem um guia de turismo que se importe com elas.

Tina ficou desapontada, mas compreendeu e mudou minha escala para algo mais adequado.

Basicamente, fiquei mal-humorada o verão inteiro, e agora estava na hora de botar minha vida nos trilhos de novo.

Tina me programou uma viagem para Veneza. Aceitei porque vou estar *sozinha*, sem um grupo atrás de mim. Um departamento da Insignia Tours opera um serviço de Hóspede Misterioso, no qual um hotel paga para alguém avaliar suas áreas mais importantes. O hotel em Veneza quer um hóspede misterioso que esteja familiarizado tanto com o mercado corporativo quanto com o viajante internacional. Resumindo, vou ser uma espiã, para saber, entre outras coisas, se o barman oferece um tipo de serviço quando começa a trabalhar e se o atendimento é o mesmo quando ele está exausto, cinco horas depois. É crucial que a minha identidade permaneça secreta. Tina me advertiu mais de dez vezes quanto a isso; o que ela acha que eu sou? Nenhum hóspede misterioso que se preze deixaria a guarda baixar. Estarei incógnita, elegante e profissional. Não vejo a hora. Vou passar quatro noites em uma das cidades mais magníficas da Europa, e não aguento esperar. Vou viajar na semana que vem e, daqui até lá, tenho uma série de desculpas a pedir.

Encurralei Miranda e Lulu quando elas voltaram da padaria. Fiz um gesto em direção à mesa de jantar, para elas se sentarem. Elas trocaram olhares cautelosos. Sentamos à mesa, uma diante da outra, num confronto triangular.

— Me desculpem — disse.

— Por quê? — perguntaram em coro.

— Por ser tão mal-humorada e impossível de conviver nos últimos dois meses.

Lulu deu um bocejo de mentirinha.

— Esqueça — ela disse.

Miranda sacudiu a mão, com desdém.

— É compreensível.

— Estou bem agora — contei a elas.

Elas trocaram um olhar precavido.

Estava determinada a fazer as pazes.

— Eu realmente quero me redimir com vocês. Que tal uma noite fora? — sugeri alegremente. — Por minha conta! Superei o Rob, segui em frente.

— Ahn, não precisa — Lulu insistiu.

— Exatamente o que penso; não precisa — Miranda acrescentou.

Percebi que elas queriam acreditar em mim, mas ao mesmo tempo estavam avaliando a possibilidade de que, com uma bebida, eu poderia ter uma recaída e virar o Anticristo novamente. Pra falar a verdade, era uma preocupação razoável.

— Achei que uma noite de garotas seria sensacional — pedi, dando um sorriso encorajador.

— Tenho que acordar cedo, você sabe — Lulu falou.

— E eu estarei muito ocupada pela próxima semana — Miranda explicou.

Soltei um suspiro paciente.

— Existe alguma outra coisa que eu possa fazer? — perguntei.

Lulu balançou a cabeça com naturalidade.

Elas não confiam em mim.

— Qualquer coisa? — Miranda perguntou, os olhos faiscantes.

Pisquei que sim. Não havia acabado de dizer isso?

— Posso pegar emprestada sua bolsa Prada Saffiano por uma semana? — Miranda perguntou audaciosamente.

Era claro que, com *qualquer coisa* eu queria dizer *tudo menos minha bolsa Prada Saffiano.*

Senti que estava afundando num buraco. Senti falta de ar, minha respiração ficou ofegante. Meus olhos ficaram arregalados. O que deveria dizer?

— Claro — consegui balbuciar, meus lábios apertados com força. — Se é isso que você quer.

Miranda ficou radiante.

O rosto de Lulu enrijeceu; seus olhos estavam afiados como um raio laser.

— Posso pegar a bolsa emprestada por duas semanas depois da Miranda?

Eu certamente estava espumando por dentro. Minha boca estava seca e minhas narinas tremiam de raiva. Torci meu cabelo por sobre os ombros e o prendi num coque apertado; puxei com tanta força que doía na raiz. Uma semana para Miranda, mais duas para Lulu. Praticamente um mês inteiro!

— É claro — eu disse, levantando e batendo as palmas da mão na mesa, encerrando o assunto. — Então está combinado, é melhor eu ir para o trabalho — completei, saindo intempestivamente da sala.

Pensando bem, melhor, decidi que não iria perguntar a Nikki se havia alguma coisa que pudesse fazer para compensá-lo pelo meu comportamento. Ele provavelmente me mandaria varrer o chão, passar suas camisas ou limpar os banheiros. De qualquer modo, ele não teve que aguentar o meu mau humor, teve? Eu não devia nada a ele. Estava trabalhando aqui num sábado, ele é quem deveria me compensar. Quanto a Lexy, ela é minha irmã, então não importa o que eu faça, ela tem que me aguentar. Decidi que não precisava fazer as pazes com ela também. Apesar disso, iria deixar que ela ficasse com o jeans Armani que ela havia pegado emprestado.

Passei pela porta do bar com o passo pesado, sofrendo pela minha bolsa Prada Saffiano. Me sentia mal ao pensar nela longe de mim. Iria ficar acordada à noite, para saber se ela chegaria em casa sã e salva.

Nikki ergueu as sobrancelhas me dando boas-vindas.

— Como está, meu anjo, minha querida, o amor da minha vida, meu docinho?

Virei para ele respirando fundo e o olhei desconfiada.

— Por que está tão feliz? Fumou alguma coisa? — perguntei.

— É claro que não. Não tire sua jaqueta, vamos sair. Tem uma coisa que quero te mostrar. Minha mãe vai tomar conta de tudo por uma hora mais ou menos — ele disse, esquivando-se do bar e vindo em minha direção.

— Você está me levando para sair durante o horário de trabalho? — perguntei, incrédula.

Ele segurou meu cotovelo.

— Isso mesmo — ele disse, me levando para a porta. — Na realidade, é que eu preciso que você faça uma coisa por mim. Um pequeno favor — ele confessou, colocando o braço em volta do meu ombro.

Sem surpresas, então.

O Saab de Nikki, como sempre, estava estacionado na linha amarela dupla do lado de fora do bar. Ele é a única pessoa que conheço que tem um acordo de imunidade incondicional com todos os guardas de trânsito no sudoeste de Londres.

Ele abriu a porta do carro com um gesto educado.

— Aonde vamos? — perguntei, entrando do lado do passageiro.

— Wimbledon, para ver meu prédio, que está quase pronto — ele disse, fechando a porta com um forte clique.

A pista rolava como cetim por baixo dos nobres pneus suecos, enquanto Nik entrava na pista de tráfego lento.

O QUE HAVIA SIDO uma ruína desmoronada era agora uma construção elegante de estilo vitoriano, contendo quatro apartamentos independentes, cada um deles com cômodos espaçosos de teto alto, com chão revestido de carvalho e enormes janelas com venezianas.

Num súbito impulso, entrelacei meu braço no dele e o puxei para perto de mim enquanto caminhávamos lentamente de um cômodo recém-pintado a outro.

— Nikki, é simplesmente, é simplesmente. É... — eu gaguejei — fantástico! — Respirei, ofegante de admiração. Ele me deu um sorriso tímido e, ao me olhar nos olhos, uma sombra de orgulho se espalhou pelo seu rosto bonito. Meu coração se derreteu com a sua modéstia, ele parecia um garotinho — apertei o braço dele com mais força.

— Me mostre tudo — falei, ansiosa.

Ele apontou para o sistema de som integrado.

— Você vai quebrá-lo — Nikki advertiu, afastando-me de uma parede no corredor, revestida elegantemente com lambris, alojando uma *docking station* e o painel de controle do ar-condicionado.

— Nik, adorei. Adorei.

— O quê, a *docking station*? — ele disse, brincando gentilmente comigo enquanto descíamos pelo corredor. Ele me levou a uma cozinha banhada pela luz do sol, no andar térreo. Parecia enorme. Ao contrário dos outros apartamentos, que estavam equipados com uma série de armários de carvalho lixado, tampos de granito brilhantes e piso de lajota, esta cozinha estava vazia e sem decoração.

— Eu amo tudo, é maravilhoso. Estes apartamentos são enormes, maiores que a maioria das casas, e claros, e elegantes, e...

Eu não tinha palavras. Coloquei a mão na boca.

— E o quê? — ele perguntou.

Havia um conjunto de portas duplas que davam para o pátio. Do lado de fora, uma arcada de treliça coberta de flores abria-se para um lindo jardim murado com um pátio pavimentado de pedras e um gramado bem verdinho com uma peça central de motivo aquático. Virei para ele.

— Nik, que lindo.

Ele sorriu com orgulho silencioso, estendeu a mão e pegou na minha.

— Gostaria de ver o jardim? — ele perguntou, com um brilho de puro prazer nos olhos.

Assenti.

— Estava pensando em ficar com este apartamento, alugar o de cima e vender os outros dois — ele disse, casualmente. — Propositadamente, atrasei um pouco a finalização deste, porque o arquiteto acha que eu deveria construir uma adega. O que acha? — ele perguntou, virando a chave na fechadura da porta do pátio recém-pintado.

— Definitivamente... Nik, é fabuloso, é aconchegante, lindo e... e perfeito, e uma adega... por que não?

Ele estendeu a mão para me segurar.

— Cuidado, os pisos e as pedras ainda estão soltos — ele advertiu.

Uma brisa perfumada assoprou meus cabelos enquanto deslizava minha mão na dele e dava um passo para fora. Caminhamos até o fim do jardim, nos viramos e olhamos para a construção alta que se erguia para o céu azul. Nikki, atrás de mim, segurou meus cotovelos e me puxou para perto de si, encostando seu queixo no alto da minha cabeça. Uma enorme trepadeira cobria praticamente um terço da casa, e as janelas de caixilho reluziam como folhas de metal no sol da manhã. Era impressionante. Senti uma onda inesperada de satisfação.

Virei-me para ele, piscando ao contato dos flocos de uma laranjeira em flor.

— Você fez um trabalho brilhante. É muito inteligente, tão bonito por fora como é por dentro.

Ele parecia deliciosamente presunçoso.

— Estou tão feliz por você, e... e orgulhosa, e... — eu disse, minha voz sumindo.

— Orgulhosa?

Fiz que sim.

— Sim, orgulhosa. É uma conquista incrível, Nik. Pense, isto tudo é seu — eu disse, examinando o jardim.

— Não teria conseguido sem você — ele disse.

— Sem mim?

Ele fez um gesto em direção à casa.

— Se não tivesse feito o bar continuar funcionando, eu não teria tido o tempo de que precisava para realizar tudo isso — ele contou.

Concordei com a cabeça; ele tinha razão.

— Verdade — falei. — Bem verdade.

A boca de Nikki se curvou num sorriso.

— Vou te recompensar — ele disse, com a voz baixa e séria.

Fiquei entusiasmada com a ideia.

— Em dinheiro ou espécie? — perguntei.

Os ombros dele se levantaram ao soltar uma risada.

— Em espécie, de preferência, se estiver disposta.

Ele agarrou as lapelas da minha jaqueta, ergueu-me na ponta dos pés e me deu um beijo ruidoso na testa.

— Prefiro em dinheiro — disse a ele.

— Vocês, mulheres, são todas iguais — ele falou, colocando-me lentamente de volta no chão.

— Qual era o favor que queria me pedir? — perguntei.

Ele fechou os olhos, pensando.

— O favor? Ah, sim! Quero que você decore o apartamento da cobertura. Tenho a lista de um corretos de imóveis, detalhando tudo o que eu preciso providenciar antes de alugá-lo. Não tenho nem ideia de por onde começar; as mulheres têm um olho melhor para esse tipo de coisa. Você faria isso? Deus me ajude, mas vou te dar meu cartão de crédito e a senha.

— Fazer compras com o seu cartão de crédito? É claro que vou.

Ele apontou um dedo em advertência.

— Comporte-se com o cartão — ele disse severamente.

Bufei, indignada, como se eu não fosse me comportar com o cartão dele.

— Você vai me cobrir no bar? — perguntei. — Enquanto faço as compras?

— Na verdade, esperava que fizesse as compras à noite, assim jeito você ainda consegue trabalhar no turno do almoço.

Ele é insuportável.

— O quê?

Ele se lançou rapidamente um degrau abaixo e segurou minha mão enquanto a erguia em direção ao seu ouvido. Soltei meu pulso da sua garra e me afastei dele.

— O negócio é o seguinte, Nik, eu sei que não está brincando! — retruquei por sobre o ombro, cambaleando perigosamente pelo caminho não cimentado.

— Evie! — ele abriu os braços. — Qual o problema em fazer compras à noite? — ele perguntou, alcançando-me.

CAPÍTULO 23

Liguei para John e perguntei se ele estaria livre para almoçar. Disse-lhe que o restaurante era por minha conta. Por algum motivo ele achou isso hilário. Deu uma gargalhada tão longa que eu fiquei com vontade de mandá-lo cair fora e dizer que havia mudado de ideia. Ainda não entendi qual foi a piada. Iria encontrá-lo no Inamo, um descolado restaurante asiático no Soho. A comida lá era fantástica, mas John nunca tinha ouvido falar do lugar, o que francamente não me surpreendeu – afinal de contas, o lugar está na moda, é badalado, estiloso e ultramoderno. O contrário dele. Você seleciona seu cardápio através de um *touchpad* no tampo da mesa – o pedido vai direto para a cozinha, então não há necessidade de acenar para os garçons, que ficam fofocando, virem te atender.

Era cedo, então tomei um coquetel no bar e folheei a *Heat*. John, como sempre, foi pontual. Ele me pareceu diferente. Havia uma sombra de barba por fazer no seu rosto, o colarinho aberto sem gravata, e o terno da Saville Road tinha sido substituído por uma calça cáqui e um blazer. Os olhos dele examinaram o bar, parando ao me encontrar. Ele sorriu. Inexplicavelmente, senti meus nervos se agitarem. Enquanto sua figura alta e larga vinha em minha direção, me ocorreu que, de certo modo, ele parecia mais à vontade vestido assim, mais relaxado, menos austero do que o usual. Engoli uma risada, porque, por causa dele, eu havia me arrumado. Estava usando uma saia vermelha de cintura alta com jaqueta combinando, e uma blusa branca de babados que encontrei no guarda-roupa de Lulu. Tinha escovado meu cabelo e o prendido num rabo de cavalo na nuca, e completei o visual com uma discreta sombra preta e um batom vermelho.

Deslizei do banquinho e o abracei.

— Madame, esta é uma surpresa muito agradável, muito agradável mesmo. Mas, antes que eu me ajeite, espero que não se importe de eu perguntar se o seu humor melhorou.

Ele segurou os meus braços e me olhou especulativamente.

— Sim, melhorou — falei, enfatizando a palavra “sim”.

Ele ergueu uma sobrancelha, claramente não convencido.

— Melhorou — repeti.

Senti um rubor envergonhado cobrir meu rosto.

— Na verdade, foi por isso que te convidei para o almoço; eu queria... me desculpar — disse a ele, indo em direção ao banquinho do bar.

Os olhos dele se suavizaram.

— Desculpas aceitas, sua atrevida.

— Você está diferente — falei, olhando-o com aprovação de alto a baixo.

— Estava trabalhando em casa hoje, então não me vesti a caráter, como dizem. — Ele levantou a mão e tocou meu cabelo. — E você, minha adorável garota, está tão linda como sempre.

Ele examinou o bar.

— Vamos lá para cima? Estou morrendo de fome. É meio moderninho aqui, não é?

Soltei um suspiro por dentro. Não era nem um pouco moderninho! Fomos até o restaurante. Tudo bem, é muito simples. Você escolhe o que quer comer e beber usando um teclado interativo na mesa. Não é o painel de controle de um Boeing 747. É simples. Dois garotos numa mesa adjacente estavam lidando brilhantemente com isso. John, ao contrário, não estava se saindo muito bem. Eu tinha pedido minha refeição e uma taça de vinho branco. Tudo o que John havia conseguido até então foi mudar a cor da nossa toalha de mesa eletrônica de rosa para limão, para um desenho floral, e para uma estampa roxa em círculos. Ele estava ficando cada vez mais frustrado; eu podia sentir pelo modo como estava apertando as teclas, com muito mais força que o necessário.

Tentei ser diplomática.

— Tome cuidado para não pedir um táxi de volta para casa — eu disse, tentando ajudar.

Sua cabeça estava abaixada e ocupada, os olhos viajando pela tela.

— Por que eu iria querer fazer isso se tenho o Alistair me esperando lá fora?

Meu dedo pairou instrutivamente sobre seu teclado.

— Você não está na página do cardápio com as ilustrações das comidas e bebidas; você acabou de pressionar o ícone do carro, e esse carrinho significa...

— Eu sei o que estou fazendo — ele retrucou.

Eu tinha as minhas dúvidas.

Minha taça de vinho chegou.

— Posso te ajudar? — perguntei, séria, inclinando-me para a frente.

— Não, não pode, obrigado.

Recostei-me novamente na cadeira, tomei um gole do meu vinho e o observei sobre a borda da minha taça. A toalha da mesa mudou de cor novamente, para vermelho e então de volta para os círculos roxos.

Ele pigarreou.

— Qual é a maldita utilidade de a toalha mudar de cor? — ele perguntou, sem levantar a cabeça do teclado.

— O conceito é você escolher o clima. É uma boa ideia, não acha?

Ele pigarreou novamente.

Meus Alaskan King Crab e Vietnamese Spring Rolls chegaram.

Olhei cautelosamente para John. O mapa do bairro apareceu na superfície da mesa. Ele ainda não tinha encontrado o ícone do cardápio.

— Gostaria de dividir comigo? — perguntei, colocando os pratos entre nós dois.

— Não, obrigado. Vou pedir o meu — ele retrucou sem me olhar.

Espetei meu caranguejo com o garfo, mordisquei pensativa, e fiquei olhando o alto da cabeça de John. Um garçom colocou uma garrafa de vinho tinto e uma Heineken na mesa com precisão minuciosa.

— Vai beber vinho tinto e cerveja? — perguntei a John.

— Não, claro que não.

— É que parece que você pediu os dois.

Os olhos dele se movimentaram brevemente entre seu teclado, o vinho e a cerveja.

— Pedi? Bom, então nesse caso posso beber os dois, já que estão aqui — ele disse bruscamente.

— John, tenho certeza de que você preferiria ir direto ao ponto e pedir o almoço. Você agora está fazendo um passeio pelo Soho, na seção de informações, eu ficaria feliz em ajudar e...

Ele bateu as palmas da mão na mesa.

— Dê a volta aqui e me mostre como funciona essa droga antes que eu morra de fome!

Mordi os lábios para não cair na risada, fiquei em pé e dei a volta na mesa. Inclinei-me sobre ele e abri a página ilustrada do cardápio.

Ele passou o braço pela minha cintura.

— Tudo bem, agora é só olhar as figuras e decidir o que tem vontade — disse a ele. — Quando decidir, basta apertar o botão SELECIONAR. Vou fazer isso para você, posso? Você vai fazer sozinho da próxima vez que vier aqui.

De onde eu estava, o sorriso dele estava meio torto.

— Você está sendo condescendente comigo?

Apertei meu braço em volta dele.

— Sim, acho que estou, mas geralmente é o contrário que acontece, então deixe eu saborear este momento enquanto posso.

Ele virou a cabeça e beijou meu rosto.

— Certo, bem, se você tem que ser condescendente comigo, seja rápida. Estou com muita fome para deixar você me humilhar por muito mais tempo — ele disse, fingindo estar bravo.

Ele quis Shangai Snapper, Thai Red Curry e Cinnamon Chicken. Bastante coisa, eu acho.

— Você tem um escritório de ponta na sua casa. Como pode ter dificuldade para operar um cardápio interativo? — perguntei, meu dedo dançando sobre o teclado.

— Só uso o telefone naquele escritório — ele confessou. — E o monitor de teleconferência.

— Não acredito! Todos aqueles brinquedos maravilhosos e você não brinca com eles!

Sentei-me de novo.

— Você usa a academia e a piscina?

— Sim, todos os dias.

— E a jacuzzi?

— Que jacuzzi?

— Aquela do lado da piscina.

— Ah, aquilo é a jacuzzi?

Tomei um gole sedento do meu vinho, esvaziando a taça.

— Você está brincando comigo.

Ele tomou um gole igualmente sedento de cerveja.

— Não estou.

Olhei a garrafa de vinho tinto.

— Vamos beber? — perguntei. — Já que está aqui.

— Por que não? — ele disse, levantando a garrafa.

Uma gargalhada veio da mesa de homens de negócios atrás da gente.

— Eles estão se divertindo.

— Eu também — John disse.

— Eu também.

— O que vai fazer neste fim de semana? — ele perguntou.

— Vou para Veneza.

Ele me deu um sorriso curioso, despejou um pouco de vinho tinto na sua taça e completou com um ritual cerimonioso de cheirar e saborear.

— A trabalho? — ele perguntou, deslizando a taça em minha direção.

Enfiei meu nariz na taça e inspirei, imitando a atitude dele. Não surpreendentemente, tinha cheiro de vinho tinto.

Inclinei-me para a frente. Num impulso, John fez o mesmo. Tina insistiu muito para que eu não deixasse ninguém descobrir minha identidade secreta. Não tinha mencionado isso para Nikki ou Lulu, mas podia confiar em John.

Ele me olhou ansioso.

Baixei minha voz para um sussurro.

— Vou ser uma hóspede misteriosa, então vou sozinha — contei, orgulhosa. — Você sabe o que é um hóspede misterioso? — perguntei, educadamente, só por perguntar, porque tinha quase certeza que ele não fazia ideia do que era.

— Claro que eu sei o que é um hóspede misterioso — ele disse.

— Sabe?

— Sim, sei.

Ele é um sabichão; na verdade ele é bem exibido às vezes, se me lembro bem.

Ele se sentou direito e virou uma torrente de vinho em nossas taças.

— Por quanto tempo vai ficar em Veneza? — ele perguntou casualmente.

— Vou ficar lá por quatro noites, a partir de sexta-feira.

Senti uma infusão de temperos picantes e canela que me deixaram com água na boca quando o Thai Red Curry e o Cinnamon Chicken foram colocados cerimoniosamente à nossa frente. Espetei um pedaço de frango na travessa e o coloquei na minha boca.

John olhou para a comida, seu rosto a princípio inexpressivo, passando depois a pensativo.

— Qual o problema? Foi isso que você pediu, não foi? — perguntei, enrolando um punhado de macarrão no garfo.

Ignorando a comida, ele fitou sua taça com um olhar concentrado, como se estivesse enxergando mais do que o vinho lá dentro.

Ele ergueu seus olhos ao encontro dos meus.

— Vou te encontrar lá — ele disse, decididamente. — Vou viajar para Veneza no domingo de manhã, e te trago de volta comigo na terça-feira. — Havia um sorriso na sua voz, mas uma pergunta também. — Se você concordar — ele acrescentou.

Ainda bem que a minha boca estava vazia, porque, quando ele disse isso, meu queixo caiu.

John indo a Veneza para me encontrar?

Ele me olhou interrogativamente.

Por que não?

— Claro que concordo — eu disse.

— Então, está combinado. Te encontro em Veneza — ele disse, sorrindo. — Agora me conte... O que anda fazendo desde a última vez em que nos encontramos? — ele perguntou, abrindo um guardanapo no colo.

Não surpreendentemente, John pagou a conta.

Quando cheguei em casa, li todo o material com as instruções sobre as tarefas do hóspede misterioso. A ideia principal era que eu apontasse e avaliasse áreas potenciais de desenvolvimento, com base na inteligência de negócios, começando do ponto de contato inicial — que, obviamente, era fazer a reserva no hotel. Entrei no site para fazer a reserva. Os procedimentos para a reserva eram simples e fáceis de utilizar. O processo todo demorou apenas seis minutos — cronometrei! Então não havia necessidade de melhorias aqui. Depois, liguei para o hotel para cancelar minha reserva, esperando que eles fossem reclamar e enlouquecer, recusar-se a devolver o depósito, ou pelo menos não conseguir achar minha reserva. A charmosa recepcionista levou três minutos para processar o cancelamento; na verdade ela parecia encantada com o fato de eu estar cancelando, o que me irritou um pouquinho, porque se você cancela é por algum motivo — eu poderia estar doente ou alguma coisa. Liguei de volta e reservei de novo, e a mesma recepcionista ficou bem alegre por eu ter mudado de ideia. Até agora eu não tinha achado nenhuma área que precisasse ser melhorada. Tentei não parecer desapontada, porque esperava encontrar uma tonelada de coisas das quais reclamar quando chegasse lá.

Rapidamente liguei para Tina para explicar que eu estava devendo o equivalente à dívida do terceiro mundo no meu cartão de débito, e pedi a ela que transferisse o dinheiro que eu havia pago adiantado para a reserva do hotel, antes de eu apresentar minha planilha de gastos. Não foi a primeira vez que xinguei Rob por ter confiscado meus cartões de crédito. Iria substituí-los assim que tivesse tempo; seria uma parte fundamental do meu processo de cura. Se eu não podia ter um noivo e um casamento, podia pelo menos ter um cartão de crédito Goldfish.

CAPÍTULO 24

Saí pelos corredores do aeroporto de Veneza à luz do dia. Havia uma brisa morna vindo do Adriático, e o céu estava azul-claro.

Arrastei minha mala e passei por uma placa que dizia que eu estava a cinco minutos do Vaporetto — o serviço de ônibus aquático de Veneza. A questão é a seguinte: eu poderia jurar que já havia passado a marca dos dez minutos cerca de quinze minutos atrás. Qual o comprimento desta passarela? É num momento destes que sinto a falta de Rob — não tenho os bíceps e tríceps necessários para empurrar a bagagem; ele tem.

Eu estava realmente ansiosa para abraçar o sistema de transporte público, afinal de contas ele representa o espírito da cidade. A história e a cultura de Veneza estão baseadas no eco da laguna e dos canais. Séculos atrás, os mercadores vieram para a cidade e deixaram atrás de si um legado de suas próprias tradições, resultando na beleza diversificada e na alegre hospitalidade — tudo isso podendo ser visto e mais bem apreciado da água. No que me dizia respeito, eu estava disposta a experimentar o que houvesse de melhor da vida sobre a água, e viajar como os locais faziam. Além do mais, o ônibus aquático custa treze euros e um táxi custa noventa e cinco, o que francamente é um roubo!

Me recuso a pagar noventa e cinco euros. Por esse preço eu podia voltar de avião para casa.

Rolei a mala, ansiosamente.

Ao final da passarela coberta, fiz a curva, deixando para trás a proteção e a sombra do terminal do aeroporto. Parei, deixei cair a alça da mala, me abracei e sorri para a vista. Uma fileira de elegantes e reluzentes lanchas com placas amarelas brilhantes onde estava escrito TÁXI subia e se acotovelava nas águas azul-turquesa, ao longo de um largo calçadão de madeira. Elas pareciam tão convidativas. Antes mesmo que eu percebesse o que estava fazendo, segurava a mão de um lindo capitão, seus óculos Ray Ban refletindo o sol, descendo cautelosamente os degraus e entrando na cabine estofada em couro da minha lancha particular. Estou aqui por quatro dias, posso tomar o ônibus aquático a qualquer hora. Ele circula pelas casas. Eu poderia facilmente me confundir e descer na parada errada, não poderia? Claro, é melhor me familiarizar com os arredores primeiro antes de me aventurar e fazer algo precipitado, como usar o transporte público.

Casualmente apoiei o cotovelo na lateral do barco e me reclinei na poltrona. Um suave borrifo de água do lago umedeceu o meu rosto. Respirei o ar fresco do Adriático e de repente senti um grande entusiasmo. Era o céu na Terra, pensei, levantando meu rosto para o sol. Não pude deixar de pensar como me adequava bem à vida à beira-mar. Me sentia em casa na água, mas ao mesmo tempo me sentia intrépida, no bom sentido — pois estava finalmente sozinha.

Eu iria aproveitar bastante isso aqui.

O capitão levou o barco à frente. Enquanto a lancha saltava sobre as ondas e seguia em frente, meu pescoço foi puxado para trás. A gravidade empurrava as maçãs do meu rosto de encontro às orelhas, enquanto disparávamos na esteira de uma lancha da polícia.

Não tinha muita certeza quanto a *isso*.

Agarrei meu chapéu de sol e cobri a boca com a mão, tomada por uma onda de náusea. Qual o problema comigo e com os enjoos? Eu levo a vida viajando, isso não é justo!

O capitão deu um soco no ar ao ultrapassar o barco da polícia. (Que inferno. Estava pagando noventa e cinco euros por esta corrida maluca!) Ele fez uma curva da vitória, inclinando nosso barco para a esquerda. Quase caí para fora. Esse motorista é um lunático, pensei, enquanto me jogava sobre o assento, meus óculos e chapéu caindo no chão. Fechei os olhos, respirei fundo para controlar o mal-estar e me segurei com força para enfrentar isso.

— Meu irmão — o capitão explicou, acenando para a lancha da polícia. — Nós gostamos de competir.

Agarrei meu chapéu e meus óculos do chão, sentei e dei um sorriso sem graça. Fucei minha bolsa em busca de uma bala de menta, para assentar o estômago. Abri o espelhinho de mão. Estava desarrumada. O capitão afundou na sua cadeira, jogou o corpo para trás, levantou a perna para cima da direção e começou a dirigir com o pé. Minha vida estava à mercê de alguém dirigindo um barco em alta velocidade com o dedão do pé! Não consegui olhar. Coloquei um punhado de balinhas de menta na boca e enfiei o chapéu na cabeça para não ver a água batendo nos cascos. Foi horroroso. Essa é a única palavra capaz de descrever.

Veneza é a cidade mais linda do mundo inteiro. Tudo bem, eu sei que sempre digo isso, mas foi antes de eu vir aqui. De agora em diante, todos os lugares virão em segundo lugar. A arquitetura da cidade é de tirar o fôlego. Fileiras de prédios abobadados de cor creme e terracota, de várias alturas, se erguiam para um céu sem nuvens, tudo conectado por pitorescas pontes nas cores rosa e caramelo. Canais de variadas larguras, brilhando como prata líquida, eram inundados por gôndolas ricamente enfeitadas, todas mobiliadas com almofadas de veludo, tapetes e ornamentos. Tudo é tão brilhante, multicolorido e suntuoso, e a cidade é cheia de gente, parecia que a população inteira da Europa estava por aqui passando o dia.

Sem carros, caminhões ou ônibus. Adorei isso. O capitão se virou para o leme, sorriu para mim e brincou com seus óculos de sol quando cruzamos o Grande Canal. Em resposta, dei um sorriso radiante. Me sentia muito melhor agora que tinha a cidade à minha volta, a água bem menos turbulenta. É maravilhoso!

Meu sorriso desabou quando vi um caixão deitado num barco que balançava ao nosso lado. Um caixão! Esperava que estivesse vazio. Suponho que isso faça sentido, já que a cidade é um conjunto de ilhas unidas por um labirinto de canais, sem nenhuma estrada, pelo que eu saiba. Você provavelmente vai flutuar ao lado de um estranho funeral. As pessoas morrem aqui, eu disse a mim mesma, e não havia nada de errado com isso; foi só o choque de ver a morte tão de perto entre tanta vida. Eu nunca tinha visto um barco carregando um caixão lado a lado com um barco carregado de laranjas.

Finalmente saí do táxi aquático, no cais coberto de treliça do Grande Hotel. Respirei fundo e dei um suspiro de satisfação. Por um minuto fiquei sem fala. O hotel era um palácio, com enormes janelas panorâmicas guarnecidas por jardineiras transbordantes de cachos de gerânios vermelhos e brancos, que brilhavam à luz do sol do meio-dia. Um velho criado uniformizado quase quebrou as costas retirando as minhas malas da lancha e as colocando num carrinho revestido de dourado, enquanto outro criado idoso fez um gesto para que eu o acompanhasse para dentro do hotel.

Fiquei pensando se havia idade para aposentadoria em Veneza.

Empurrei meus óculos para o alto da cabeça e me lembrei de que estava aqui por um motivo. Não poderia ficar emocionada diante de tudo o que encontrava. Tinha um trabalho a fazer. Enquanto meus saltos batiam no piso de mármore do saguão, mudei de papel — não era mais uma turista bobinha. Estava na hora de montar minha ofensiva supereficiente de hóspede misteriosa. Primeira coisa a fazer: o check-in!

Encostei no balcão da recepção admirando o teto abobadado e pintado, cortinas de veludo rico e reluzentes lustres de cristal de Murano. Era deslumbrante. Para minha decepção, dar entrada no hotel demorou apenas quatro minutos. Três minutos depois, eu estava sendo conduzida através de um saguão repleto de mobílias antigas e vitrines exibindo joias e bolsas lindas de morrer. Não havia nada a melhorar com os procedimentos de chegada e do check-in. Ainda estava no começo.

Meu quarto era in-crí-vel. Tinha uma vista para a lagoa, nenhuma lata de lixo ou ônibus de dois andares à vista. Contemplei admirada a água, que se mexia incessantemente. Era mágico, perfeito e romântico. Abri a janela e sorri ao ver um jovem casal namorando numa gôndola, e dei risada ao ver dois homens discutindo dentro do barco que entregava lençóis limpos para o hotel. Afastei-me da janela e, com um passo lento e admirado, me maravilhei com os ricos tecidos vermelhos e dourados do interior do quarto.

Era perfeito.

Me joguei na cama, braços e pernas abertos como uma estrela-do-mar. Desejei que John chegasse esta noite, porque de repente senti que não queria ficar sozinha, queria alguém com quem pudesse compartilhar Veneza. E talvez John me ajudasse a encontrar algo construtivo para colocar no meu relatório de avaliação. Ele pode ser muito bom para reclamar.

Me sentei.

O dever me chamava. Iria checar o serviço de bar — alguém tinha que fazer isto. Troquei de roupa e coloquei um minivestido preto com cinto, saltos altos, ajeitei o cabelo, retoquei os olhos e guardei um bloco de notas dentro da bolsa.

O barman no opulento bar do Grand Canal, Ronaldo, de acordo com o seu crachá, ficou absolutamente encantado por me conhecer. Ele estendeu o braço com o punho do casaco pespontado de dourado e sacudiu minha mão ansiosamente. Parecia muito jovem e de pele macia, magro e quase feminino, com longos cílios escuros e um sorriso ansioso.

Avancei lentamente para o banquinho do bar, e quarenta e cinco segundos depois tinha um gim-tônica na mão. Joguei algumas castanhas-de-caju na boca, tomei um belo gole da minha bebida e fiquei folheando preguiçosamente uma revista que Ronaldo cuidadosamente empurrou à minha frente. Chequei meu celular; sem mensagens. Nada. Pensei em jogar *World Mole*, mas não me dei ao trabalho. O que você faz quando está sentada sozinha num bar? Olhei discretamente à minha volta. Quatros senhores obviamente cheios da grana me cumprimentaram educadamente. Dei um aceno polido em retorno e esvaziei minha taça. Um simples erguer das sobrancelhas mais tarde, e a taça foi rapidamente reabastecida. Nem me importei em contar quantos segundos isso demorou. Tenho que admitir que estava ficando ligeiramente desapontada. Ser hóspede misteriosa não era tão fácil quanto eu havia imaginado, além do fato de eu não conseguir encontrar nada objetivo para avaliar. Estava a ponto de estragar o meu disfarce e contar a Ronaldo que eu era uma hóspede misteriosa! Assim que botei isso na cabeça, fiquei obcecada. O desejo de dividir meu segredo com alguém era tão intenso... pus a culpa na solidão. Me sentia isolada e sem amigos. Por falar nisso, nunca tinha ficado sozinha num hotel, ou saído sozinha para beber. Por que faria isso? Respirei fundo, desci do banquinho do bar e caminhei em direção a uma das poltronas arredondadas num canto, pensando que, se conseguisse ficar longe de Ronaldo, manteria o meu segredo. Sentei graciosamente num dos assentos e chequei o relógio: cinquenta e duas horas para John chegar. Minha expressão desmoronou. Cinquenta e duas horas sozinha. Sorri para Ronaldo, e, trinta e seis segundos depois, um gim-tônica foi colocado à minha frente. Talvez pudesse relaxar e esquecer essa história de hóspede misterioso. Iria me concentrar nisso amanhã. Talvez então as coisas melhorassem um pouquinho — por exemplo, talvez amanhã o barman seja bem ruim, e me dê bastante material para escrever no meu bloquinho.

Pensando melhor no assunto, eu não estava muito entusiasmada com a perspectiva de comer sozinha no restaurante, mas eu teria que avaliar a experiência de jantar no restaurante do hotel, pois ele representava uma página inteira do meu relatório de avaliação. Peguei minha taça, revirando a bebida como se isso me ajudasse a pensar melhor, e me ocorreu ligar para John pedindo para ele vir antes. Gosto de ir a restaurantes e passear com ele; nunca há silêncios embaraçosos. Na verdade, também gostava de fazer compras com ele. Ela anda devagar, esforçando-se para manter o mesmo passo que eu. Nas lojas ele sempre encontra um canto agradável, sacode seu jornal e espera satisfeito, erguendo a cabeça vez ou outra para expressar sua opinião ou dar um breve aceno de aprovação. John viria mais cedo se pudesse, e se eu pedisse a ele... Não! Rapidamente tirei esse pensamento da cabeça. Não iria ligar para ele. Vou fazer compras amanhã, prefiro ir sozinha. Não quero que John pense que eu espero que ele gaste dinheiro comigo — e ele o faria.

Algo distraiu minha atenção.

Duas senhoras, altas e elegantes, segurando echarpes de seda em volta de seus ombros magros, se sentaram nas poltronas ao lado da minha. Elas cruzaram suas pernas esbeltas e fizeram um sinal para Ronaldo, que apareceu como o gênio da lâmpada, com duas taças de champanhe rosa. Para elas está tudo bem, pensei. Elas podem conversar uma com a outra. Eu não tenho ninguém.

Pedi a conta, e, como de costume, não precisei esperar muito.

Examinei a conta. Senti o sangue pulsando nos meus ouvidos. Fiquei boquiaberta. Segurei a beirada da mesa, fechei os olhos e tentei calcular para saber como eu conseguira gastar o equivalente a sessenta paus em gim-tônicas em menos de uma hora. *Não posso gastar isso*, pensei, e agarrei meu bloquinho.

Sugiro uma boa revisão da lista de preços! Escrevi.

Eu tinha tomado três ou quatro drinques, não tinha certeza. Então, deduzi, eles custam mais de dez libras cada um, na verdade custam quase quinze. Levei a mão à boca, espantada. Teria que ficar abstêmia! Não havia outro jeito. Mas e se eu ficasse desidratada? Evitei olhar para Ronaldo, para que ele não confundisse meu olhar de espanto com sede, e servisse outro drinque que fizesse minha conta disparar para o alto da escala Richter. Puxei a alça da bolsa para cima do ombro, levantei-me e alisei o vestido sobre os quadris. Rapidamente assinei a nota e dei a volta pela mesa. Sessenta paus! Segui meu caminho cruzando o bar.

Iria tomar um banho, isso era de graça, e levaria uma hora ou mais. E então faria um longo passeio pelo canal, que também era de graça. Talvez eu devesse comprar uma refeição pronta numa deli, porque o jantar aqui deve custar o mesmo que um par de Louboutins. Prefiro morrer de fome e ter os sapatos. Tive uma visão repentina de mim pedindo esmolas com uma caneca na mão, esfarrapada e esquálida. Tremi com a imagem, e decidi ligar com urgência para Tina e perguntar quanto eu poderia debitar como despesa de trabalho. Sim, era isso que iria fazer, vou simplesmente explicar a ela que não posso bancar as coisas neste lugar, decidi.

Sessenta libras...

Eu tinha acabado de beber sessenta libras! Mesmo o alcoólatra mais resistente teria dificuldade em gastar isso em menos de uma hora na Inglaterra, com certeza.

Caminhando pelo saguão, colidi com um peito largo.

— Desculpe, desculpe — disse distraidamente para o dono da sólida parede de músculos.

— Oi, Evie!

Olhei para o alto, em direção da voz. Minha boca se abriu para responder, mas não consegui emitir nenhum som.

— Feche a boca, Evie. Não está parecendo uma dama desse jeito.

Estava atordoada! Duas mãos fortes prenderam meus cotovelos e me seguraram a certa distância, examinando meu rosto.

— Que diabos está fazendo aqui? — perguntei, espantada.

— Que tipo de boas-vindas é esse?

— É uma pergunta bem razoável. De todos os lugares do mundo, você justamente aqui? Isso é...

— Tive vontade de escapar por alguns dias, não tem nada de surpreendente nisso.

— Não, mas trombar um no outro em Veneza é um pouco demais, você não acha? — perguntei, gesticulando dramaticamente em volta do saguão.

— Não, na verdade não. Por que não visitaria Veneza? É um bom lugar para a gente fugir de todo o resto.

— Não estou dizendo que não deveria visitar Veneza; estou simplesmente dizendo que é uma surpresa você estar visitando Veneza ao mesmo tempo que eu. Onde está hospedado? Não é aqui? — perguntei.

— Sim, estou hospedado aqui. É bem legal, não é? Você está aqui?

— Sim! Estou aqui! — falei, meus olhos se estreitando, desconfiados.

— Que coincidência, não é? Posso te pagar uma bebida?

Olhei o recibo do bar amarrotado na minha mão fechada.

— Sim, sim pode — disse, decidida. — Pode me comprar uma bebida; por acaso trouxe seu gerente de banco com você? Porque vai precisar.

Nikki entrelaçou meu braço no dele.

— É mesmo?

— É.

— Onde é o bar? — ele perguntou, com um sorriso preguiçoso.

— Atrás de mim — disse a ele.

— Vamos? — ele perguntou, conduzindo-me de volta para o saguão.

Estava sentada novamente na confortável poltrona arredondada. Tentei ligar para Tina enquanto Nikki pedia as bebidas, mas sua linha estava ocupada — típico. Queria achá-la antes de ela sair do escritório. Tinha que conversar com ela antes que eu comesse ou bebesse outra coisa. Meus olhos examinaram a coluna de preços da carta de vinhos; parecia um boletim da bolsa de valores, com gráficos e colunas. O tilintar dos cubos de gelo e o agitar da bebida dentro das taças eram recorrentes, o bar e o terraço estavam agora bem movimentados. Isso devia ser a calma antes da tempestade. A qualquer minuto as pessoas vão perceber o que está se passando e vão dar o fora aqui. Com certeza! Isto é roubo qualificado.

— Um gim-tônica! — Nikki anunciou, colocando nossas bebidas na mesa.

Concordei com a cabeça, distraída, e senti uma onda de pavor ao ver o preço do champanhe. Imaginei quanto me custaria ficar bêbada, ou, pra dizer a verdade, para qualquer um ficar bêbado aqui. As doses nem eram grandes. Quase não sentia o gim no meu drinque; estava borbulhante demais para ser uma dose dupla. Fechei a lista de preços. Era o relato deprimente de uma extorsão legal.

Uma sombra caiu sobre o meu rosto quando Nikki se sentou.

Ele relaxou o corpo e ergueu o tornozelo direito para descansá-lo sobre o joelho esquerdo.

— Então... O que está fazendo aqui? — ele perguntou, despreocupadamente.

Meu coração deu um salto; não podia contar a ele.

— *Eu*? — perguntei, tamborilando os dedos no meu peito. — O que quer dizer com o que está fazendo aqui? O que você acha que eu estou fazendo aqui?

— Não sei. Foi por isso que eu perguntei. Este hotel não parece ser a acomodação padrão para o tipo de excursão que você geralmente acompanha — ele disse, olhando de um lado para o outro.

Tentei parecer indiferente.

— Tudo bem. Para ser honesta, prefiro não dizer.

— Prefere não dizer! Prefere não dizer o que está fazendo aqui? Você é algum tipo de agente secreto? Ou está trabalhando para os russos? — ele perguntou, com o cenho franzido.

Senti uma onda de indignação.

— Não se preocupe comigo. E quanto a você? O que está fazendo neste hotel? E com quem está aqui? — perguntei.

Ele abriu bem os braços e procurou em volta do bar.

— Não estou com ninguém — ele disse, com a expressão indiferente.

Tudo bem, com certeza eu não estava entendendo as coisas direito.

— Então, deixa eu entender bem. Você veio para Veneza, sozinho, por alguns dias, por capricho? E, além do mais, nessa mesma hora, ontem, quando estávamos trabalhando juntos no bar, não se lembrou de mencionar? Você nem pensou em dizer "A propósito, Evie, vou para Veneza neste fim de semana?" — eu o desafiei em tom cínico.

— Isso mesmo. Mas você também não mencionou nada, mencionou? — ele salientou.

— Eu falei que iria viajar no fim de semana — repliquei, fitando-o com os olhos enormes.

Fui distraída por um casal no bar pedindo uma garrafa de champanhe... Então as pessoas realmente compravam garrafas.

— Mas não disse para onde ia — Nik respondeu, invadindo meus pensamentos.

Olhei firme para ele.

— Você não me perguntou para onde eu ia — falei, sinceramente.

— Igualmente. Você também não me perguntou o que eu iria fazer este fim de semana. Se tivesse perguntado, teria respondido — ele afirmou.

Tomei um gole da minha bebida. Para dizer a verdade, estava cansada dessa conversa; que importância tinha? Pelo menos eu teria companhia até John chegar. Mas quem ele estava tentando enganar?

Ele está escondendo alguma coisa. Nikki se inclinou para a frente, sua mão deslizou por baixo dos meus cabelos, ele me puxou em sua direção e me deu um beijo no rosto.

— Sem mais perguntas. Estou aqui, e você está aqui, e certamente é só isso que importa.

— Ah, cala a boca, Nik. O que está fazendo em Veneza?

— Já disse, estou aproveitando meu tempo livre.

Uma garota marchou para o bar com uma nota na mão; ela balançava a bolsa violentamente. Não a culpei.

— Termine seu drinque, troque de sapatos, vamos sair para uma caminhada e vou te levar pra jantar — Nikki disse com sua voz baixa e controlada. — Você está livre para jantar? Acredito que não esteja ocupada com alguma atividade do trabalho. Sinta-se à vontade para me dizer se estiver.

Que inferno. A garota assinou a nota com um sorriso. Fiquei chocada.

— Evie!

— O quê?

Ele segurou meu queixo com seus dedos e fitou meus olhos.

— Evie, eu disse...

— Eu sei, eu sei o que você disse. Tudo bem, sim, jantar.

— Preste atenção quando eu estiver conversando com você.

— Nem tudo o que você diz merece minha completa e irrestrita atenção. E solte o meu rosto, você está me apertando! — falei, dando um tapinha no seu pulso.

Tomei um gole da minha bebida. Ele se levantou.

— Ainda não fiz o check-in. Preciso de meia hora para tomar um banho e me trocar. — Ele olhou de relance para o relógio. — Te encontro no saguão às cinco horas.

Ele se inclinou para a frente, colocou as mãos no braço da minha poltrona e curvou a cabeça. Seus olhos escuros estavam a alguns centímetros dos meus. Num impulso, afundei ainda mais na cadeira.

— Nik, está me deixando claustrofóbica. Você está me sufocando.

Ele se afastou. — Não se atrase — ele disse. E saiu do bar sem olhar para trás. Me ajeitei na poltrona. Estava exausta. Na verdade, estava esgotada. Será que estava bebendo demais? Estava sofrendo de algum tipo de síndrome na qual minhas entranhas estão derretendo? Terminei meu drinque e peguei a bolsa, talvez eu precisasse descansar um pouco.

Sentei na beirada da cama, com o telefone pressionado na orelha esperando, que Tina atendesse, me empanturrando de água com gás. Provavelmente a água custava mais ou menos o mesmo que uma blusa Joseph.

Duas noites em Veneza com Nikki... É estranho ou não é? Estava supondo que ele ficaria duas noites, um fim de semana, sexta e sábado. John chega no domingo pela manhã, então acho que vou ficar bem, pelo mesmo vou ter alguém com quem beber e comer e...

— Tina, oi, é a Evie! Ah, meu Deus, estou tão feliz que você tenha atendido — disse ofegante.

— Não me diga que voltou com o Rob?

— Não!

— Grávida?

— Não!

— O que foi, então?

— Ahn, nada na verdade, bem, suponho que sim, tem um probleminha, mas não é uma questão de vida ou morte. Como sabe, não estou com um grupo aqui em Veneza, e então...

— Vá logo ao ponto. Não quero ser grosseira, mas é sexta-feira. Não quero ficar neste escritório um segundo a mais do que é necessário. Diga logo.

Rangi os dentes enquanto ela mastigava um chiclete.

— Certo, estava pensando...

— Pensando no quê?

Ela estava me deixando nervosa agora. É isso que acontece quando a gente trabalha para uma amiga. Já a vi conversar com os outros guias, sempre com o que chamaria de calma serenidade. A ponto de não parecer ela mesma, a vadia!

— Dá para me escutar, droga? — surtei. — Quero saber qual é o valor da minha diária.

— A mesma de sempre, quarenta euros.

Soltei um suspiro, horrorizada.

— Não pode ser! Tina, sabe quanto custa respirar neste hotel? — perguntei, minha voz tremendo.

Ela clicou o teclado do seu computador, sem prestar muita atenção.

— O mesmo que custa respirar aqui, eu suponho — ela disse, dando uma risadinha com sua própria piada.

Meu peito inflou de indignação.

— Tina, acho que vou gastar cerca de um milhão de dólares em quatro dias.

Ela bufou uma risada.

— Não trabalho no programa hóspede misterioso. A Ellen, que costuma cuidar dessa parte, está de férias. Você vai ter que usar o seu instinto e se lembrar de que pode gastar quarenta euros até a Ellen voltar na segunda-feira e dizer o contrário.

— Segunda-feira? Você está brincando? Vou falir até lá.

Ela estalou a língua.

— Evie, como você gosta de fazer drama.

— Tudo bem, talvez esteja exagerando um pouco, porque quando o John chegar aqui...

— John? Quer dizer o *John Jackson*?

Escutei à cuspir fora o chiclete.

— *John Jackson* vai passar dois dias com *você* no Grand? Evie, o que está aprontando? — ela perguntou, com sua voz se elevando.

Senti uma ponta de frustração.

A voz dela baixou para um sussurro confidencial.

— Esse cara é Deus por aqui. Você está brincando com fogo. Isso tudo vai acabar em lágrimas, posso até ver. Onde está com a cabeça?

Pode confiar em mim, você sabe que pode. O que está acontecendo entre vocês dois?

— Não está acontecendo nada; ele mesmo se convidou — respondi, firmemente.

— Ele se *convidou*? John Jackson *se* convidou? Evie, espere na linha um minuto — ela me pediu em tom abafado.

— Tina, espera...

Ela colocou a ligação em espera, fiquei furiosa e ouvi Barbra Streisand pelo que pareceu uma eternidade.

— Evie, o diretor, Griffo, o Ranzinza, quer conversar com você. Isso vai *aléééém* da minha capacidade, tive que contar a ele.

— Contar o quê a ele?

— Vou te pôr na linha — ela disse, e cortou a ligação.

Pude sentir meus nervos enrijecerem. Tina estava fazendo uma tempestade em copo d´água por nada.

Uma voz autoritária irrompeu na linha.

— Olá, Evie, aqui é Grenville Griffiths. Acredito que ainda não nos conhecemos.

Grenville? Que nome é esse? Provavelmente ele prefere Ranzinza.

Dei um sorriso cauteloso para o telefone.

— Acredito que o senhor Jackson estará se juntando a você em Veneza. Estou surpreso, apesar de satisfeito, porque, apesar dos nossos insistentes convites, não conseguimos persuadir o senhor Jackson a aceitar nossa hospitalidade. Gostaríamos de ter a oportunidade de agradecer-lhe pelos seus negócios continuados, mas ele parece relutante em permitir que façamos isso, ou em aceitar qualquer um dos nossos convites.

— É mesmo?

— Parece que surgiu uma oportunidade, certo? — ele perguntou, enigmaticamente.

— Ahn, bem, não tenho certeza se é esse o caso. Eu não o convidei para...

— Mas você vai... *entretê-lo.*

Que tipo de eufemismo era esse? Minhas narinas tremeram irritadas. Entreter?! Que cara de pau...

— Evie, se o senhor Jackson é seu convidado, então não precisa poupar despesas. O que ele quiser ele tem, ficou claro? E, Evie, isso serve para você também. Eu te agradeço por fazer isso por mim, algo que eu mesmo não consegui realizar.

Não poupar despesas! Gostei desse cara. Meu rosto se abriu num sorriso. Enrolei uma longa mecha de cabelo em volta do meu dedo, pensativamente.

— Posso te garantir, vou fazer de tudo para cuidar do senhor Jackson, embora ele não seja um homem fácil de agradar — falei, modestamente.

— Posso imaginar. Meus agradecimentos adiantados — Griffo, o Grandioso, disse.

— O prazer é meu!

— Gostaria que eu transferisse a ligação de volta para Tina? — ele perguntou.

— Não, obrigada. Tina estava ansiosa para ir embora — disse a ele. — Ela fica assim às sextas-feiras.

— É mesmo? — ele disse com um suspiro. — Aproveite *Venezia.*

Ele terminou a ligação dizendo algo em italiano, que eu não ouvi direito, não que eu fosse entender, a menos que ele tivesse dito pizza, pizza, pizza!

O principal é que a pressão acabou, eu posso viver. Despesas ou não, John nunca permitiria que eu assinasse uma nota no bar; ele iria achar embaraçoso. Mas vou dizer a ele o que o Ranzinza disse. Foi muito gentil da parte dele.

CAPÍTULO 25

Nikki e eu voltamos para o hotel depois de um jantar à luz de velas muito agradável. A lua estava cheia e brilhante, e me seduzia a olhar para ela. Caminhamos lentamente, nossos passos sincronizados no calçamento chanfrado que beirava o Grande Canal. Nikki me conduziu para os degraus de uma ponte de paralelepípedos, cauteloso com um grupo de senhoras idosas.

— É uma bela cidade — ele disse, com a voz rouca e relaxada.

— É, sim.

— A mais bonita do mundo, tirando Londres — ele acrescentou, apontando a cabeça em direção à lagoa vítrea em movimento.

Ele esfregou o nariz com o dedo indicador, depois passou o braço pelos meus ombros e me apertou. Um sorriso preguiçoso curvou seus lábios.

— Eu adoro isto, simplesmente adoro — falei, estendendo uma mão admirada para as fachadas renascentistas elegantes e iluminadas à nossa direita. — Estou feliz que você esteja aqui; não estava feliz sozinha, mas não consigo acreditar que deixou o Pepi e o Costas tomando conta do bar por um fim de semana inteiro — exclamei.

— Eles precisam aprender. Não posso estar lá o tempo todo, nem quero, e não posso esperar que você esteja sempre à minha disposição.

— Acha que eles vão brigar?

Ele me olhou de lado.

— É provável que eles se matem — ele disse, indiferente.

Dei uma risadinha.

— Acho que você está certo.

Ele deu de ombros, displicente. O luar lançou uma faixa de luz sobre sua cabeça, salientando seus cabelos negros, dando-lhe um tom azulado.

— Não sei se me importo. Acho que me economizaria um salário se um acabasse com o outro — ele acrescentou, com uma risada sem graça.

— Você não está falando sério — brinquei, curvando o pescoço para olhá-lo.

Ele beijou minha testa sem diminuir o passo.

— Não, você está certa, não estou, é que às vezes o peso da responsabilidade é grande demais. Eu sei que o bar é meu, mas eles ajudariam se brigassem menos.

Olhei para os meus pés, secretamente tentando me lembrar da última briga ou discussão no bar em que Nikki não estivesse envolvido. Não consegui me lembrar de nenhuma.

— Eu sei exatamente como eles são — comentei diplomaticamente.

Ele passou a mão pelos meus cabelos.

— Sei que não preciso te dizer isso, mas eu te devo muito. Não teria conseguido sobreviver a esses dois últimos meses sem a sua ajuda — ele declarou, sério.

— Se quer dizer correr e tocar o seu negócio por você, e trabalhar todas as horas do dia, então, por favor, não diga mais nada — repliquei, com um aceno gracioso.

Ele deu um suspiro e murmurou algo baixinho e ininteligível.

— Tem planos para amanhã?

— Pensei em fazer umas compras.

— Tudo bem, vamos fazer compras.

Parei. Nik fazendo compras comigo?

— O quê?

Ele me deu um aceno lento e firme.

— Estava planejando ir às compras sozinha. Os homens geralmente...

Ele ergueu a palma da mão.

— Não me compare com os outros homens! Leve-me para as compras antes de se decidir se vou ser um estorvo ou não — ele disse com seu tom firme e razoável.

Olhei para ele por olhar.

— Tudo bem, pode vir, mas é melhor se comportar, ou então eu o mando de volta para casa — falei, apontando um dedo em advertência.

As mangas da camisa dele tremularam na brisa morna da noite.

— Você vai mesmo?

Ele pegou minha mão e me fez dar a volta num declive da calçada.

— Sim, vou.

— Então quer dizer que terei que me comportar, não é? — ele disse com um toque de risada na voz.

— Vai ter que se comportar, sim.

Parei por um minuto do lado de fora do hotel para admirar os reflexos de luz prateados tremulando na água da lagoa, iluminando a ocasional gôndola flutuando por ali. Era tão sereno e tranquilo, com o barulho da água gentilmente batendo na passarela de madeira.

Nikki me deu um olhar carinhoso.

— Linda — ele disse pela segunda vez.

— É mesmo — concordei.

— Quer tomar alguma coisa no bar antes de ir dormir? — ele perguntou.

— Não tenho certeza — disse a ele, desajeitadamente. — Mas se quiser um...

Ele balançou a cabeça e me levou em direção às portas giratórias do hotel.

— Não, não quero mais um drinque. Para a cama, então!

Senti uma pontada de culpa.

— Nik, se quiser beber alguma coisa, fico feliz em te acompanhar até o bar.

— Não, não! Honestamente, não me importo — ele disse, enquanto atravessava o saguão com lustres opulentamente iluminados.

— Se tem certeza disso.

— Tenho — ele falou, avançando em direção à porta do elevador, que estava prestes a se fechar.

— Te acompanho até o seu quarto — ele ofereceu, galantemente.

— Não precisa fazer isso.

— Claro que preciso.

Entramos no elevador atrás de uma senhora octogenária de cabelos rosa, acompanhada de um atencioso jovem de cerca de quatorze anos. Observei enquanto o garoto pegava a bolsa da velha senhora e colocava sua mão cheia de veias no seu braço.

— Tenho uma vista para a lagoa — confidenciei baixinho a Nikki, no elevador. — É maravilhosa.

— Sorte sua — ele disse, desinteressado.

Ele fechou os olhos, cruzou os braços e relaxou encostado na parede do elevador.

A porta se fechou num sussurro.

Sorri para a velha senhora, que me sorriu de volta. Houve um silêncio agradável. Abaixei os olhos para a minha bolsa para procurar a chave do quarto. Não consegui encontrá-la. O jovem enfiou a mão no bolso e imediatamente pegou sua chave. Escavei uma bala de menta no fundo da bolsa, coloquei-a na boca e continuei a procurar minha chave.

Nikki, ao meu lado, se endireitou subitamente.

— Cuidado, Nik — disse brava. — Você me cutucou com seu cotovelo.

— Sinto muito, querida. Desculpe! — ele disse rapidamente. — Posso ver? — ele perguntou, ansioso.

— Pode ver o quê?

— A sua vista da lagoa.

Olhei direto nos olhos dele.

— Quer ver minha vista da lagoa?

— Sim! — ele respondeu com a sobrancelha erguida. — Eu realmente gostaria.

Fiquei surpresa.

— Não pode esperar até amanhã? Está tarde agora, não dá para ver muito no escuro. E, Nik, acabamos de fazer a maratona em volta da droga dessa lagoa. Você já deve ter visto o bastante por uma noite. Eu sei que para mim basta.

Ele deu um passo à frente, seu rosto estava impassível.

— Não, quero vê-la agora, de uma perspectiva diferente — ele disse, aproximando sua cabeça morena da minha.

— Uma perspectiva diferente? — desafiei-o. — Nik, uma lagoa é uma lagoa, não importa de qual ângulo esteja olhando.

— Gostaria de ter... uma vista aérea — ele afirmou com um aceno ratificador.

— Uma vista aérea?

— Sim!

— Estou apenas no terceiro andar, Nik, não dá pra ter uma vista aérea três andares para cima — disse a ele. — Mas, se você quer...

— Quero!

No quarto, joguei minha bolsa na mesinha de cabeceira, arranquei um sapato de cada vez, caminhei para a janela e, num gesto teatral, abri as cortinas.

— Tchan tchan tchan tchan — entoei, então anunciei: — A vista da lagoa — antes de me virar e olhar para ele.

Um Nik surpreendentemente sorridente, as mãos enfiadas fundo nos bolsos, atravessou o quarto. Ele segurou meu braço e me virou para a janela, passou seus braços à minha volta e, com as costas arqueadas, pressionou seus lábios nos meus cabelos. Senti a vibração de um suspiro pesado quando ele apertou minhas costas ao encontro do seu peito.

Lá fora as águas escuras se moviam, cortadas apenas por um solitário Vaporetto da madrugada.

Ficamos olhando num silêncio admirado.

— Aquela é a Basílica de Santa Maria della Salute — contei. — Incrível, não é?

— É sim — ele concordou.

— Você está do outro lado do hotel. Que vista você tem? — perguntei.

— Humm, tenho a mesma vista que você — Nikki disse simplesmente, sua voz quente no meu rosto.

Levei alguns microssegundos para absorver.

— O que você acabou de dizer? — perguntei.

Ele deu um beijo barulhento no meu ouvido.

— Eu disse... que é a mesma vista da sua janela.

Levantei o queixo e virei o pescoço para encará-lo.

Ele respirou, fundo satisfeito, e apertou seus braços com mais força à minha volta.

— Se a *minha* vista é exatamente igual à *sua*, então, se não se importa com a minha pergunta, por que insistir em olhar a lagoa daqui?

Ele deu uma gargalhada. Tentei me livrar dele, mas não consegui fazer com que se mexesse nem um centímetro sequer. Ele me segurava apertado, aparentemente sem esforço algum.

— Não, não *exatamente* igual — ele respondeu, pensativo, enquanto eu me remexia e me revirava como uma louca. — Meu quarto fica quatro portas abaixo, então eu suponho que tenha uma vista melhor da igreja. Ainda assim, sua vista é tão bonita quanto a minha — ele concordou, graciosamente.

Ele apertou meus braços, que se contorciam.

— Se você tem sua própria vista da lagoa, por que fazer tamanho cavalo de batalha para ver a minha? — Estava tremendamente exausta, os braços dele me prendiam como garras. — E VOCÊ PODE POR FAVOR ME SOLTAR?

— Cheguei à conclusão que vou querer aquele último drinque, afinal de contas — ele disse, casualmente. — E o seu quarto é tão bom quanto o bar, e bem...

— ME SOLTE!

Rindo, ele abriu os braços. Cambaleei para a frente e me virei para encará-lo, tirei o cabelo do rosto e dei um passo atrás.

— O que estava pretendendo, me sufocando daquele jeito?

Um sorriso preguiçoso curvou seus lábios.

— Nada!

Ele pegou meu braço e me puxou para perto dele. Agarrou meus pulsos e os prendeu dos meus lados, deu alguns passos à frente, me forçando a encostar na parede. Ele pairou ameaçador sobre mim, seus olhos escuros penetrando nos meus.

— Embora prender você me pareça uma boa ideia — ele disse, seu sorriso largo se alargando ainda mais. — Na verdade, quanto mais penso nisso, mais gosto dessa ideia.

Ele parecia diferente. Ele parecia... felino. O sorriso ainda estava presente, mas o humor tinha desaparecido, ele parecia sério e... louco.

Olhei de relance para os meus pulsos presos.

— Nik, você enlouqueceu? — Um pensamento surgiu na minha mente. — Você... tomou alguma coisa?

— Não, Evie, não enlouqueci, e você sabe melhor que ninguém que eu não tomei nada.

Houve um silêncio carregado quando nossos olhares se cruzaram.

Tive vontade de dar um passo atrás, mas não consegui por dois motivos. Primeiro, não havia para onde ir; eu já estava com as costas presas na parede. Em segundo lugar, porque os dedos fortes e carinhosos dele estavam massageando os ossos dos meus quadris, fazendo um calor se espalhar pela minha virilha, e minhas pernas ficarem moles como gelatina.

Senti a respiração presa na garganta quando ele abaixou a cabeça e colocou seus lábios contra os meus.

Os lábios dele nos meus lábios?

Seu beijo era suave e carinhoso e estranhamente familiar. Fechei os olhos e abri minha boca para a dele, e soube sem precisar ver que seus olhos estavam fechados também. Os lábios dele se moveram da minha boca para o meu rosto, orelhas, e viajaram pelo meu pescoço até a curva da minha nuca.

Minhas costas se arquearam, pressionando meu peito contra o dele.

Ele pressionou seus polegares com força na minha pele, traçando a linha da minha calcinha e me fitando com os olhos semicerrados.

— Gosta disso, Evie? — ele perguntou, olhando de esguelha para suas mãos ocupadas.

Gostei. Eu realmente gostei. Mas não consegui dar uma resposta. Estava tomada pelo mesmo tipo de euforia nervosa que a gente sente do alto de uma montanha-russa segundos antes do grande mergulho. Medo misturado a uma expectativa empolgante. Falar estava fora de questão.

Ele me fitou longamente, me avaliando, e então esfregou seus lábios nos meus pela segunda vez. Senti uma pontada de desejo tão forte que tive que engolir para poder respirar.

— Olhe, Nik... — consegui dizer, e então parei quando seu beijo se aprofundou.

Tentei pensar racionalmente. Esse era o Nikki! Mas, com minha coragem desmoronando e meu desejo em alerta total, tudo o que consegui fazer foi beijá-lo novamente, como se eu estivesse no piloto automático.

Ele segurou meus pulsos em sua mão e levantou meus braços acima da minha cabeça.

— Se me pedisse para parar, acha que eu obedeceria? — ele perguntou, brincando com o fecho da frente do meu vestido.

O sangue queimava no meu rosto enquanto eu o observava abrir lentamente o zíper.

— Nik, isso vai mudar tudo.

Ele assentiu lentamente.

— Aposto que sim — ele disse, suas sobrancelhas se crispando bruscamente.

O ritmo das batidas no seu pescoço pareciam combinar com as batidas aceleradas do meu coração. E eu sabia que, por mais controlado que ele parecesse estar por fora, estava nervoso por dentro.

O ar estava carregado de tensão.

Esse era o Nikki, pelo amor de Deus, eu e Nikki. E eu estava sendo despida, e meu sutiã e minha calcinha estavam expostos.

— O que acha, Evie? Você acha que, se me pedisse para parar, eu pararia? — ele repetiu, as pontas dos dedos percorrendo meu decote.

— Sim, você pararia — respondi, num sussurro. — Se eu te pedisse.

Ele fez um aceno cavalheiresco. Abaixou a cabeça, deu uma mordidinha na curva do meu pescoço e deslizou a boca pela minha nuca. E então mordeu meu ombro com força. Afastei-me, assustada.

— Quer que eu pare? — ele perguntou, traçando círculos ao acaso em volta do meu umbigo.

Encontrei seu olhar.

— Quer, Evie? — ele perguntou, seus quadris roçando nos meus. — Quer que eu pare?

— Não — disse ofegante.

Seu polegar estava se insinuando dentro da minha calcinha.

— Não, Evie? Não o quê? Me diga que não quer que eu pare.

— Não quero que você pare — eu disse, apressada.

Ele sorriu.

— Ótimo.

Ele soltou minhas mãos do alto da minha cabeça, entrelaçou seus dedos nos meus e me levou para a cama. Tirou meu vestido por sobre os meus ombros e sorriu quando ele caiu no chão, numa poça de linho preto.

Quando acordei, na manhã seguinte, tive a sensação confusa de achar que o peso e o volume atrás de mim eram de Rob. Mas eu estava nua na cama com Nikki, que também estava nu. Estava envergonhada, esse era Nikki, meu vizinho, amigo e patrão. Fechei os olhos com força e engoli em seco minha vergonha, aceitando com clareza doentia que esse negócio de estar na cama e nua era algo real e permanente, a menos que eu tomasse alguma atitude para mudar isso, mas fazer o quê? Este era o meu quarto, então não poderia simplesmente me esgueirar da cama, me vestir e sair pé ante pé para o esquecimento, que é a saída para uma situação embaraçosa como esta.

Nikki estava deitado de lado, seu peito encostado fortemente nas minhas costas, e com o braço forte e musculoso curvado sobre a minha barriga. Eu estava fingindo dormir, principalmente porque não podia suportar a ideia de ele saber que eu estava acordada. Na verdade, eu realmente não havia planejado o que tinha acontecido na noite passada; uma parte de mim estava tentando se convencer que não havia acontecido nada. Mas aconteceu... Duas vezes! E, se isso já não fosse bem embaraçoso, a segunda vez... fui eu quem pediu! Eu o acordei e pedi. E agora, se eu pudesse escolher, preferia sair de um transe e me ver nua e agachada numa vitrine da Selfridge's num sábado à tarde a estar deitada ao lado de Nik. Ele estava acordado, eu tinha certeza disso, porque sentia seu brinquedinho cutucando minhas costas. Eu sei que esses brinquedinhos podem despertar durante o sono, mas esse aqui estava ocupado demais para estar dormindo.

Não estou dizendo que não gostei da noite passada, porque eu gostei, e muito. Mas isso pode ter sido a consequência do fato de as minhas virilhas estarem em alerta total, devido ao longo tempo que se passou desde que viram algum tipo de ação. Dei um gemido sonolento, de quem ainda está dormindo. Fechei os olhos. Quanto mais ele pensasse que eu estava dormindo, melhor. Eu tinha que organizar meus pensamentos. Não poderia encará-lo; ainda não.

— Evie? — era uma pergunta.

Senti uma onda de pânico. Meus olhos se abriram e deslizaram pelo comprimento do meu peito. Uma corda de tendões nos braços dele se flexionou quando ele me puxou para junto de si. Eu tinha que soltar a respiração ou explodiria, mas obviamente teria que soltá-la lentamente, de modo a manter essa posição inerte. Parecia que eu estava debaixo d'água. Ele não podia perceber que eu estava acordada!

— Eu sei que você está acordada.

Fechei os punhos em volta do lençol.

— Evie, escutei a sua respiração a noite inteira, sei perceber a diferença. Sei que está acordada há mais de meia hora.

Revirei os olhos; meu coração martelava como um tambor. Com um pouco de sorte talvez ele se cansasse e parasse completamente. Isso era *tão* constrangedor. Podia ouvir um barulho parecido com o mar rugindo nos meus ouvidos. Ele esfregou o queixo no meu cabelo, e então virou a cabeça para colocar os lábios na minha testa.

— Evie, o que aconteceu a noite passada foi inevitável.

Meus olhos se arregalaram e eu fiquei de queixo caído. Ele estava brincando? Inevitável? O que aconteceu a noite passada foi *inacreditável*, não uma droga de *inevitável*!

Ele colocou a mão no meu ombro e pressionou ligeiramente as minhas costas. Seus olhos me fitaram com tanta firmeza que senti minha barriga dançar samba. Um sorriso iluminou o rosto dele.

— Isso tinha que acontecer — ele disse, esfregando os nós dos dedos na minha boca.

Isso era novidade para mim. Tentei fazer meus lábios sorrirem, e quase fui bem-sucedida quando ele rapidamente arrancou o lençol que me cobria e o jogou para trás de si.

— Me devolve isso — dei um gritinho, avançando nele.

Ele jogou o lençol no chão, rolou em minha direção, me apertou de encontro ao colchão e se moveu para cima de mim, apoiado nos cotovelos. Uma mão alisava lentamente meus cabelos.

— Evie, nós gostamos da noite passada — ele disse com um sorriso malicioso na voz. — Desafio você a negar.

Tentei formular uma resposta, mas não consegui pensar em nenhuma. Um rubor de vergonha na minha bochecha se espalhou pelo rosto todo. Tomando meu silêncio como resposta, ele se abaixou levemente, a ponto de que cada centímetro dos nossos corpos se tocassem, provocando uma chama que incendiou meu peito. Ele curvou a cabeça e deslizou a língua pelo meu mamilo, e então deu uma leve mordidinha. Inspirei o ar com um gritinho. Não conseguia acreditar que estava vendo Nikki com *sua* boca em volta do *meu* mamilo.

— Na verdade, me lembro muito bem de você me acordando para o segundo round — ele murmurou para o *meu* mamilo. — Garota gulosa!

Consegui encontrar minha voz.

— Não fiz nada disso! — menti, na defensiva.

Ele ergueu a cabeça e se levantou um pouco.

— Fez sim.

— Eu... não... fiz!

Ainda apoiado nos cotovelos, ele balançou uma das mãos despreocupadamente.

— Não se preocupe com isso; eu não estava dormindo de verdade. E não tinha nada melhor a fazer.

— Nada melhor a fazer? — repeti, ofendida.

— Isso mesmo — ele disse, com naturalidade.

— Bem, eu tenho coisa melhor a fazer — disse a ele. — Então, se não se importar em se levantar de cima de mim, eu tenho que... sair.

— Sair? E onde exatamente pretende ir, já que este é o *seu quarto*?

Meus olhos se desviaram rapidamente para a esquerda e para a direita, à procura de alguma inspiração, mas não encontrei nenhuma.

— Eu vou... passear! — respondi.

— Passear?

Acenei com a cabeça, sem confiar no meu rosto ou no tom de voz. Ele sorriu, olhos semicerrados, e lentamente pressionou seus lábios nos meus.

— Você não vai sair. Ainda não. Você não vai a lugar algum — ele murmurou no meio de um beijo.

Seus dedos acariciaram os lóbulos das minhas orelhas. Minha mente estava tentando se engajar na realidade: eu estava aqui com Nikki, nua, pele na pele. Ele estava fazendo cócegas nas minhas orelhas, e encostando seu excitado brinquedinho na minha virilha. Minhas mãos estavam agarradas no colchão, minha coluna vertebral estava pegando fogo e eu estava de boca aberta. Rapidamente a fechei. Ele me olhou intensamente, o bastante para me fazer desviar meus olhos dos dele.

— Vamos brincar de médico — ele sugeriu.

— O quê?

— Você não sabe brincar disso? — ele perguntou, com falsa impaciência.

Respirei fundo, o que arqueou minha espinha e levantou meu peito, me empurrando para perto dele. Ele abaixou a cabeça e me beijou. Senti seu enorme sorriso encostado no meu rosto.

— Vamos começar com um exame interno, certo? — ele disse, sua voz rouca soando através das mechas dos meus cabelos. — Agora, se puder esticar as pernas um pouquinho, você pode deitar e deixar que eu faço o resto.

Isso me deu vontade de rir, porque soava tão engraçado e tolo, e dar risada é um grande afrodisíaco. E, agora que ele mencionou isso, eu sabia brincar de médico. Cedi graciosamente, porque percebi... que era o que eu queria. Queria isso mais que tudo, porque ter Nikki mordendo minhas orelhas me derretia por dentro.

Mas depois, quando me sentei na cama com o lençol enrolado como uma toga à minha volta, a vergonha que sentira antes voltou com tudo.

— Posso pedir o café da manhã? — Nikki perguntou, caminhando confortavelmente na sua nudez de volta do banheiro.

— Sim — respondi, evitando olhar para o seu saltitante brinquedinho. Seu saltitante e *muito bem formado* brinquedinho.

— O que quer comer?

— Ahn... torrada — eu disse.

— E o que mais?

— Só torrada... e café.

Geralmente eu não costumava ter vergonha da minha nudez, então por que minhas mãos estavam agarrando os lençóis com tanta força que os nós dos meus dedos estavam esbranquiçados?

Ele ficou em pé ao lado da cama. Ergui o olhar para ele. Seus olhos examinaram os meus, lendo meus pensamentos. Houve um momento de silêncio, ele deu um suspiro exasperado e subiu lentamente na cama. Colocou seus braços à minha volta e me deu um abraço apertado. E a coisa mais estranha aconteceu: soltei o lençol, abracei o pescoço dele e encostei minha cabeça no seu ombro. Não era o fato de eu estar fazendo carinho nele com tanta intensidade que era estranho; era que eu percebi que, apesar de a minha mente não estar totalmente confortável com este novo nível de intimidade com ele, o meu corpo estava. Sem intromissão da consciência, parecia a coisa mais natural do mundo estar aqui, numa cama, com ele.

Seus braços me abraçaram forte.

— Sei o que está pensando — ele disse.

— O que estou pensando, seu sapo inteligente?

— Você está pensando no que está acontecendo aqui. Como isso foi acontecer? E o que vai acontecer agora? — ele disse.

Ele enrolou o pulso nos meus cabelos e deu um leve puxão, com delicadeza.

— Mais ou menos no alvo — admiti. — E você? Está pensando a mesma coisa?

Ele raspou a garganta.

— Não!

— O que está pensando? — perguntei.

— Estou pensando no café da manhã, porque estou morrendo de fome. Vamos comer, tomar um banho e passar o resto do dia na cama, nos conhecendo um pouco mais.

— Nós já nos conhecemos bem demais.

— Ah, não, nada disso. Tem muita coisa sobre mim que você ainda não sabe — ele disse.

Dei uma mordidinha no seu ombro.

— É mesmo? Agora que mencionou, tem algumas coisas sobre *mim* que eu queria *te* contar.

Ele me olhou de relance.

— Insisto que não me conte tudo ainda. Prefiro que me dê a oportunidade de descobrir por mim mesmo — ele respondeu.

Achei isso bom.

— Está valendo — disse a ele, esquecendo tudo sobre a nossa programada ida às compras.

CAPÍTULO 26

SENTEI-ME NA CAMA e abracei meus joelhos.

— Vou sair por umas duas horas — Nikki disse, apertando a fivela do cinto.

— Aonde você vai por duas horas?

Ele afastou o colarinho do pescoço, para deixar entrar um pouco de ar.

— Primeiro de tudo, preciso fazer o check-out do meu quarto — ele me disse.

— Por que precisa fazer isso?

— Por que você acha? Não faz sentido termos quartos separados, não é? Não pretendo dormir sozinho nas próximas três noites... Não depois da noite passada.

Um rubor rosado, leve mas óbvio, inundou meu rosto. Raspei a garganta.

— Três noites? Achei que fosse voltar para casa amanhã — eu disse.

Ele me olhou com a testa franzida.

— Por que eu viria até aqui para ficar apenas duas noites?

— Afinal de contas, por que você veio até aqui? — disparei de volta. — Você ainda não me contou.

Sua resposta foi uma piscadela esperta.

— Está com calor, meu amor? Está abafado aqui, quer que eu abra a janela?

Assenti distraidamente, enquanto ele dava a volta na cama.

Uma brisa suave e o som animado da lagoa se esparramaram pelo quarto.

— Fazer o check-out vai levar quinze minutos, não duas horas — disse a ele, erguendo minha voz sobre o barulho de um barco a motor rangendo ao parar.

Ele pegou seu casaco das costas de uma cadeira.

— Depois vou para a academia; preciso malhar — ele disse com firmeza.

Academia? Transamos o equivalente a um triátlon. Qual o problema com ele?

Ele foi até a cama e se sentou ao meu lado, pegou minha mão e apertou minha palma no rosto dele.

Ele sorriu.

— Qual o problema, minha querida? Não consegue aceitar a ideia de ficar longe de mim? — ele perguntou com uma risadinha.

— Dificilmente.

Ele se endireitou.

— Esteja pronta para sair para jantar quando eu voltar. Estarei morrendo de fome até lá — ele disse, caminhando até a porta.

Revirei os olhos. O corpo do Nikki tinha um detonador interno, acionado por um botão de apetite que é apertado a cada quatro horas. Seus pedidos de serviço de quarto eram entregues num carrinho. Ele comia um banquete no café da manhã e um bufê na hora do almoço.

Ele checou o relógio.

— Evie! Sete horas, sem atraso! — ele disse e foi embora.

O quarto estava calmo e silencioso. Abracei a mim mesma e relembrei os eventos da noite passada.

— Estou dormindo com Nikki — falei em voz alta, minha voz soando estranha até mesmo para os meus próprios ouvidos. — Será que ligo para Lulu e conto tudo para ela? — perguntei ao teto, e imediatamente apaguei esse pensamento da minha cabeça; Lulu iria pensar que eu estava maluca. Apoiei a testa nos joelhos e deixei meus ombros caírem. — O que estou fazendo? Ele é mal-humorado, mandão, um enorme, enorme... gostoso — admiti, acenando pensativa.

Nikki sabia que eu estava em Veneza, tenho certeza disso. A única explicação era que ele deve ter ouvido uma das minhas ligações para Tina. Porque eu tinha ligado algumas vezes para ela do bar. Mas a maioria das minhas ligações particulares eu costumava fazer do banheiro feminino, porque Nikki surta se eu paro de trabalhar ou de andar de um lado a outro por mais de trinta segundos.

O fato é que, apesar de eu estar absolutamente espantada pela virada dos acontecimentos aqui, Nikki não parecia nem um pouco surpreso. Puxei o lençol de volta e fui para o banheiro em um passo pensativo. Iria confrontar Nik assim que ele voltasse. Liguei as duas torneiras da banheira. Na verdade, iria confrontá-lo no minuto em que ele entrasse por aquela porta, decidi.

Estava sentada diante da penteadeira escovando meu cabelo, quando ouvi o barulho do cartão-chave na porta. *O cartão de Nikki para o meu quarto.*

Nikki parecia perfeito num terno marinho e em uma camisa rosa abotoada na frente. Irradiando felicidade, ele soltou uma maleta de rodinhas e uma sacola ao lado da porta e atravessou o quarto propositalmente. Estava muito parecido com um filme dos anos cinquenta. Tudo muito naquele estilo "Querida, cheguei!". Minha barriga deu um pulo quando ele apoiou as mãos nos meus ombros e abaixou a cabeça para beijar meu rosto.

Nossos olhos se encontraram no espelho.

— Corta essa, Nik! O que está fazendo em Veneza e como sabia que eu estava aqui neste hotel? — perguntei bruscamente. — Você *realmente* sabia que eu estava hospedada aqui, não sabia?

— Reservei um passeio de barco para amanhã. Vamos para Murano, Torcella e Burano. Temos que estar na Ponte della Paglia o mais tardar ao meio-dia.

Ele se agachou ao meu lado, pôs um braço em volta do meu ombro e me deu um abraço.

— Vai ser agradável, não vai? — ele disse.

Olhei de relance para ele e revirei os olhos à procura de paciência.

— Nik — comecei, mas minha linha de pensamentos se perdeu. Algo estava perturbando a minha mente.

Amanhã... levantei uma parte dos meus cabelos com a escova. *O que vai acontecer amanhã*?

Nikki afundou na poltrona ao lado da penteadeira com um suspiro satisfeito.

Minha memória deu um clique. Senti uma ponta de pânico. John iria chegar amanhã. Larguei a escova na penteadeira com um ruído, e me virei abruptamente para Nikki.

— Não podemos fazer a viagem de barco amanhã. John vai chegar — disse a ele, apressada. — Tenho que estar aqui para encontrá-lo.

Ele relaxou ainda mais na poltrona, dando um tapinha nos apoios dos braços.

— Não podemos ir — insisti.

— Deixe uma mensagem para o John dizendo quando vai estar de volta — Nik sugeriu casualmente. — Não há necessidade de ficar aqui esperando por ele, há?

— Não posso fazer isso — respondi, minha voz se elevando. — John está vindo a Veneza para passar alguns dias comigo. Não posso estar fora quando ele chegar. Não seja ridículo; isso seria o máximo da falta de educação.

Algo se movimentou atrás dos seus olhos.

— Sim, pode.

— Não, não posso — retruquei, brava, pegando meu rímel.

— Por que não?

— Bem, eu... Você não sabe como ele é.

— Como ele é?

— Na verdade, ele é muito parecido com você quando as coisas não saem do jeito que ele quer.

Ele se inclinou para a frente e levantou meu queixo com um dedo.

— E o que exatamente você quer dizer com isso?

— Você fica hostil — disse a ele.

Ele me deu um sorriso sinistro.

— Não fico!

— Nik, eu combinei de encontrar o John, e...

Ele me interrompeu.

— Tudo bem, vou ligar para a empresa de barcos e acrescentar uma pessoa a mais no nosso passeio. Se o John chegar a tempo, ele pode nos acompanhar. Ele aceitaria o convite, certo?

— Vir com a gente? — repeti, em dúvida.

Nik se levantou e foi em direção à janela, com as mãos cruzadas nas costas. Ele se virou e me olhou firme, uma sobrancelha erguida.

— Está tentando me contar alguma coisa? Você preferiria ficar sozinha com ele? — ele perguntou. — É isso?

Como?

Me virei para o espelho e balbuciei um tsc enquanto espalhava rímel nos cílios.

— Não seja ridículo! É claro que não. É só que...

— Só que o quê?

Todo o meu fôlego se exauriu num longo suspiro.

— Não sei, não posso explicar, de certo modo não consigo ver John saindo a três.

— Isso é ótimo, porque ninguém o convidou — ele disse rigidamente.

— Ah, cale a boca, Nik, você sabe o que estou querendo dizer; você tem amigos que guarda em compartimentos separados, e é difícil encontrar uma razão que justifique isso. John é um cara fechado. Ele é mais velho, e bem sério, não é o que você chamaria de pessoa divertida, mas eu gosto de estar perto dele, e...

— Descubra a que horas ele chega, se quiser estar aqui esperando por ele, então nós esperaremos — ele respondeu, sensatamente. — Não vale a pena discutir por causa disso, é apenas uma droga de viagem de barco. Se não pudermos ir, tudo bem.

Fechei a tampa do rímel e joguei o batom na bolsa. Nik ergueu minha jaqueta das costas da cadeira e a colocou sobre meus ombros.

Ficamos nos encarando.

— O que está fazendo em Veneza? — perguntei, secamente.

Ele me deu um abraço apertado.

— Vim resolver alguns assuntos que deveria ter resolvido há muito, muito tempo — ele disse, com a voz pensativa.

— É mesmo?

— É.

Ele pressionou seus lábios de encontro aos meus.

— Estou com um problema — ele murmurou enquanto me beijava.

— O que foi?

— Estou faminto.

Passei meus braços pela cintura dele.

— Vamos comer e seu problema será resolvido.

— Não é de comida que estou faminto... bem, é, mas não... apenas de comida.

Dei uma mordidinha no seu pescoço.

— Estou usando meu lindo vestido vermelho justo, arrumei o cabelo e minha maquiagem está perfeita. Se me seduzir, terei que me aprontar novamente.

— Não vai, não.

— Vou sim.

Ele me levantou sem esforço e me colocou sobre a penteadeira.

— Se ficar sentada, seu cabelo vai continuar ótimo. O que estraga o cabelo é o travesseiro, quando você balança a cabeça numa entrega apaixonada e embaraça os fios — ele disse, me empurrando de encontro ao espelho.

— Eu não balanço a cabeça numa entrega apaixonada — respondi, secamente.

— Balança, sim!

— Não balanço!

O sopro da sua risada roçou meu pescoço quando ele levantou meu vestido sobre meus quadris.

— E se você se segurar, e não morder nem chupar o meu ombro como se eu fosse um picolé derretendo, seu batom deve continuar no lugar — ele me disse, prestativo.

— Eu não te mordo nem te chupo como se fosse um picolé derretendo.

— Você faz isso, sim! E, se não esfregar seu rosto no meu...

— Ok, Nik, já entendi tudo, vamos acabar logo com isso — falei, tentando abrir os botões da sua camisa.

Quando ele esmagou seus lábios nos meus dentes e arrancou meu vestido, balancei a cabeça numa entrega apaixonada. Não pude evitar. Ele é delicioso.

Lancei um olhar casual em volta do terraço do Grand Canal Bar. Gerânios caíam como heras emaranhadas sobre o deque de treliças que avançava pela lagoa, onde uma fila de reluzentes e coloridas gôndolas balançava no ar perfumado.

Nikki colocou uma taça de vinho e uma cerveja na mesa, e pegou o assento ao meu lado.

— Nik, você viu o preço das bebidas? — perguntei, segurando o menu de coquetéis.

— Sim.

Inclinei-me para a frente, conspiratoriamente.

— É uma extorsão, não é?

— Não, na verdade não — ele disse, segurando sua cerveja no alto. — Você acha que é caro porque não está acostumada a pagar seus próprios drinques. Pensando assim, qualquer bebida que você pedir vai parecer ter um custo exorbitante.

Franzi o cenho, incomodada.

— Claro que eu pago meus próprios drinques — ressaltei, insistente.

— Não, não paga.

— Pago, sim!

Ele lambeu a espuma que se formara no seu lábio superior.

— Bem, eu te conheço há dois anos, e nunca te vi comprando uma bebida — ele disse alegremente, como se isso fosse algo que eu devesse ficar encantada em descobrir, ou ficar orgulhosa.

— Eu devo ter comprado — disse a ele com força. — Muitas vezes — me senti compelida a acrescentar.

— Não, não comprou — ele disse, sorrindo para a paisagem. — Nunca.

— Comprei!

— Não, não comprou. Eu teria me lembrado, teria sido uma daquelas ocasiões que eu guardaria na memória, pela raridade.

Levantei abruptamente.

— Está me chamando de mesquinha, pão-dura e sovina? — surtei. — Quer uma bebida? — perguntei, os olhos bem abertos e desafiadores. — Quer? Porque...

— Não, não quero um drinque! Sente-se! Eu não permitiria que me comprasse um drinque. Tenho mais dinheiro que você, por que iria querer que você pagasse minhas bebidas?

Caí sentada na minha cadeira.

Um garçom de casaca colocou uma tigela de castanhas-de-caju na mesa. Nikki lhe agradeceu, colocou um quarto das castanhas da tigela na boca e endireitou o punho da camisa, sem necessidade.

— Minhas despesas são por conta da agência, então posso tirar vantagem disso. Se algum dia for te comprar uma bebida, será aqui — declarei.

— Por que está com as despesas pagas? Achei que não estivesse com um grupo. Você certamente não trabalhou hoje, pelo menos não que eu percebesse — ele disse, levantando os ombros com indiferença.

Senti um aperto nervoso, uma sensação de culpa. Ele estava certo: eu não tinha feito trabalho algum.

Seu olhar ficou mais aguçado.

— Bem? — ele me desafiou.

Tomei um gole do meu vinho e decidi que podia confiar nele. Examinei o terraço com o olhar, com medo de que alguém mais ouvisse.

— Está procurando alguém? — ele perguntou.

Satisfeita em perceber que não estávamos sendo ouvidos por ninguém, eu rapidamente lhe contei as minhas responsabilidades e preocupações de hóspede misteriosa.

Ele se recostou na cadeira, braços cruzados, os lábios formando um sorriso.

— Evie, no antigo Egito, quando os homens partiam para a guerra, o cara de sorte que tivesse a *artilharia maior* ficava para trás para engravidar o maior número possível de mulheres, a fim de aumentar a população da raça — ele disse num tom sábio. — Sabia disso?

Fiz que sim e sorri educadamente, embora não soubesse. Por que eu iria saber desse assunto?

— Sempre pensei que este fosse o melhor emprego do mundo, mas tenho que dizer que o seu emprego vem bem atrás, *num invejável segundo lugar*.

Olhei friamente para ele.

— Não é tão fácil quanto você pensa. Não consigo pensar numa única coisa para escrever no relatório de avaliação.

— Eu posso — ele disse.

Olhei cética para ele.

— Você pode? O quê?

— As esteiras da academia ficam de frente para uma parede de tijolos; elas deveriam ficar de frente para a lagoa. Seria bem melhor, não acha?

Assenti, num movimento de cabeça.

— Com certeza — concordei.

— Pessoalmente, não preciso de um personal trainer, mas algumas pessoas na academia precisavam. Tive que mostrar a elas como funcionavam os aparelhos. Deveria ter um membro da equipe do hotel lá o tempo todo.

Meus olhos se iluminaram.

— Claro que deveria haver — falei, vigorosamente.

— E, quando eu fiz o check-out, mais cedo, pedi para transferirem minhas contas extras para o seu quarto, e ofereci meu cartão de crédito como garantia. Pensei que seria mais fácil pagar nossa estada em uma única transação, quando partíssemos na terça-feira, mas a recepcionista não permitiu. Eu não quis brigar, mas teria sido mais conveniente pagar tudo de uma vez só.

Senti uma animação irracional. Afinal de contas, o hotel não era perfeito, longe disso.

— Bem, é claro que teria sido — disse a ele.

Ele olhou admirado em volta do terraço.

— O ambiente não poderia ser mais perfeito para um bar, não é? — ele disse.

— Verdade. Adoro a vista — concordei.

— Vamos jantar no hotel, assim modo podemos matar três pássaros com uma cajadada só. Satisfazer a minha fome, avaliar o restaurante para o seu relatório e estar mais perto da nossa cama do que estaríamos caso fôssemos jantar em algum outro lugar.

Achei uma ótima ideia. Ele se levantou e me ofereceu seu braço.

O RESTAURANTE ERA INCRÍVEL, com paredes revestidas de lambris, mobília suntuosa e a marca registrada de Veneza: os enormes lustres. Cada prato era servido com um ar de melancólica cerimônia.

— O serviço foi excelente — Nikki elogiou ao final da refeição. — É tudo uma questão de postura corporal.

Olhei para ele sobre a borda da minha taça.

— O que quer dizer com isso?

— Você trabalha com serviços, sabe como é difícil ser agradável com um cliente quando ele é uma aporrinhação — ele disse.

Ele me deu um olhar longo e intenso.

— Mudei meu pedido três vezes, você fez confusão trocando o seu duas vezes, e você derrubou um copo de água sobre a manga do garçom, e, verdade seja dita, ele não se abalou nem um pouco — Nikki disse com um sorriso de respeito. — Ele passou no nosso teste, sem sombra de dúvida.

Um casal numa mesa ao lado estava conversando em voz baixa. O olhar de Nikki se voltou para eles.

— Eles não param de reclamar. A essa altura eu já teria perdido a paciência — ele disse.

Nikki era brilhante neste negócio de hóspede misterioso, provavelmente porque no dia a dia ele sempre estava de mau humor, a ponto de poder rapidamente identificar aquela característica nos outros. E, quando ele não estava ocupado queixando-se ou lamuriando-se, saía à procura de coisas das quais se queixar e lamuriar.

— E quanto a você — ele disse, acenando com o garfo, aconselhando. — Você *certamente* teria perdido a paciência; você é bem menos tolerante do que eu com os clientes do bar — continuou, numa voz austera. Ele olhou de relance mais uma vez para o casal desagradável. — Mas nosso garçom parece não notar as picuinhas deles.

— Desculpe. Eu ouvi você dizer que *eu* sou menos tolerante? — perguntei, espantada.

Que grande descarado.

— Sim.

Inclinei-me sobre a mesa com os braços cruzados.

— Você é a pessoa menos paciente, mais mal-humorada, intolerante e o maior cretino mandão que eu já encontrei — desabafei.

Ele sorriu.

— E você é uma garotinha mimada que, sem a menor sombra de dúvida, seria muito mais mimada se eu não fosse um cretino mandão, impaciente, mal-humorado e intolerante.

Eu pigarreei.

Ele jogou seu guardanapo na mesa e se levantou.

— Não estou com vontade de sobremesa nem café. Quer sair para dar uma caminhada antes de dormir? Não saímos do hotel o dia todo — ele sugeriu.

Balancei os ombros. Ele pôs a mão sob o meu cotovelo e me ajudou a levantar.

Uma brisa gostosa que vinha da lagoa soprou no meu rosto quando pisamos lá fora. Caminhamos lentamente lado a lado, sem nos tocar. Olhei de relance para Nik, seu rosto encoberto pela sombra da lua atrás dele. Um feixe de luz caiu na calçada de pedras à nossa frente. Nik me puxou para perto dele quando um grupo alegre de foliões saiu de um bar.

— Londres parece estar a milhões de quilômetros daqui — ele disse baixinho.

Olhei fixamente a fila uniformizada de gôndolas sonolentas subindo e descendo a água escura do canal.

— É mesmo — concordei.

— Não estou com pressa de voltar para casa. Você está, Evie?

— Não, não estou.

— Por falar nisso, não estou a fim de caminhar. Vamos voltar para o hotel — ele disse.

Lá fora a chuva caía em gotas pesadas, esparramando-se ruidosamente na janela do quarto. Estava com a cabeça deitada na curva do ombro do Nik, o edredom preso à nossa volta, observando seu sorriso preguiçoso se transformar, quando a palma da minha mão percorreu a linha do seu abdômen e a curva do seu quadril. Ele roçou seus lábios nos meus e soltou um suspiro. Envolvi meus dedos nos pelos escuros do seu peito. Eu o queria, mais uma vez! Toquei nele rápida e suavemente, meus dedos leves e sedutores. De repente ele segurou meu punho com tanta força que por um instante minha mão ficou entorpecida, e me puxou para cima dele, espalhando meus cabelos sobre seus ombros e seu rosto. E então, com controlada deliberação, me virou e rolou seu corpo para cobrir o meu.

Quando Nik gritou de prazer, embora eu sentisse uma enorme ternura por ele, senti também um elemento de poder, e gostei disso, gostei demais.

Ele me aninhou nos seus braços e me segurou ao encontro do seu peito sólido como o granito.

— Nik, o que você diz quando sussurra para mim em grego? — perguntei. — Quando você, bem, quando você...

— É melhor você não saber — ele disse, acariciando meu braço levemente. — Pelo menos ainda não.

Ele me virou de lado e se enroscou à minha volta.

— Durma, meu amor — ele suspirou. — Estou exausto.

CAPÍTULO 27

Abri as cortinas e semicerrei os olhos com o brilho da lagoa. Era mais uma linda manhã

— Posso pedir o café da manhã? — Nikki perguntou.

Ele estava sentado na penteadeira, examinando o cardápio do serviço de quarto, à procura de algo que já não tivéssemos visto ou comido.

Apertei as dobras da minha toalha-toga firmemente debaixo dos braços.

— Sim, acho que sim — respondi.

— O que gostaria de comer?

— Qualquer coisa. Eu como qualquer coisa que você pedir.

— Não, não come. Você pede o seu.

Ele é realmente um gremlin guloso.

— Vou querer torrada, café e frutas — respondi, quase ferozmente.

Sei que Nik é um cara grande e que queima energia na academia, mas, mesmo assim, ele estuda o cardápio a cada refeição como se estivesse contemplando uma equação matemática. Francamente, acho isso irritante. Não acredito que nunca havia notado essa obsessão por comida antes. Mas, agora que reparei nisso, ele geralmente come um sanduíche de filé na cozinha, antes do almoço ou do jantar.

— Torrada e café. Tem certeza que não quer uma omelete? Não quero você beliscando a minha comida.

Beliscando sua comida, imagine. Eu cuido da minha própria vida.

Ele afastou a cabeça do cardápio. Um raio do sol da manhã dançou no rosto dele, dando aos seus olhos escuros um tom castanho.

— Não vou tocar na sua omelete — assegurei a ele.

Ele escancarou um sorriso.

— Vamos fazer o passeio de barco? — ele perguntou, levantando-se.

— Deixei uma mensagem para o John, perguntando a que horas ele iria chegar, mas até agora não tive resposta.

Ele parou a caminho do telefone da mesinha de cabeceira, para pegar a pontinha da minha orelha entre seus dentes. — Ligue de novo para ele enquanto peço o café — ele disse, dando um tapinha brincalhão no meu traseiro.

Fiquei imobilizada. Detestava pensar que John não iria aprovar. Teria que contar a ele sobre Nik e eu. E ele desaprovaria. Iria dizer que eu deveria ter dado um tempo depois de terminar um relacionamento, antes de me envolver num outro. E ele estaria certo. Não que eu estivesse num *relacionamento* com Nikki, mas certamente é um emaranhado romântico complicado, que eu não tinha da última vez em que estive lamentando sobre a minha vida amorosa com John. E, pra ser honesta, eu estava envergonhada. Sei que John teve quatro esposas e uma fileira de namoradas. Mas, na sua estimada opinião, o que é certo para um homem não é correto para uma mulher. Ele pode chegar à conclusão de que meu comportamento é quase o de uma devassa. Um homem da minha idade com essa perspectiva iria me irritar profundamente, mas a presença marcante de John e sua personalidade dominante me obrigam a uma aceitação respeitosa dos seus pontos de vista e opiniões, não importa quais sejam. Bem, pelo menos eu penso assim. Resumindo, eu estava apavorada com a chegada dele a Veneza.

A minha imagem balbuciando uma enxurrada de besteiras incoerentes para ele, dizendo que hoje em dia todo mundo dorme com os seus vizinhos, passou pela minha cabeça. Isso foi rapidamente substituído pela esperança irracional de que outra nuvem vulcânica iria emergir de algum lugar impronunciável na Islândia, cancelando todos os voos europeus, deixando John e seu jatinho parados em Londres.

Peguei meu telefone da bolsa. Havia uma mensagem de texto na caixa de mensagens, do próprio John. Uma mola de tensão pulava dentro de mim. Estava quase passando mal.

Me liga!

Me liga! Ele diz... um eufemismo para *você está dormindo com o seu patrão*? Se é que eu já havia visto um eufemismo.

Uma corrente de ar da janela balançou as cortinas e me fez estremecer. Relutantemente, procurei o número de John. Ele atendeu no segundo toque.

— Evie, sinto muito, mas surgiu algo, não vou poder ir para Veneza — ele disse, desculpando-se.

Assenti para o telefone. Um leve sorriso surgiu no meu rosto. Me sentia esvoaçante e meio zonza, como se tivesse ganho alguma coisa.

— Ah! Bem, obrigada por me avisar tão em cima da hora! — repliquei, secamente. — Estava te esperando a qualquer minuto.

— Vou te compensar por isso. Vou te levar a algum lugar especial como recompensa. Iremos a Viena ou a Monte Carlo, ou a qualquer outro lugar... Você escolhe.

— O que você tem que fazer que é melhor que passar dois dias em Veneza comigo?

Ele deu uma risada.

— Minha querida, não tenho nada pra fazer que seja melhor que passar dois dias em Veneza com você. Mas algo importante exige minha presença em Londres. Eu sinceramente espero que me perdoe.

— É claro — falei, amavelmente.

— Você é muito gentil. Por acaso cancelou seu tíquete de passagem de volta? Eu disse que iria te trazer comigo. Posso arrumar um voo para te trazer para casa.

— Não, eu tenho a passagem de volta.

— O que está achando de Veneza?

— Estou adorando.

— Sabia que iria gostar. Vou te mostrar Veneza direito assim que tiver alguns dias livres.

Sorri para o telefone. Ele é tão gentil e atencioso, e... adulto.

— Está me escutando? — ele perguntou.

— Sim! E eu adoraria voltar aqui com você — disse a ele.

— E é isso que vai acontecer — John declarou.

— Vou fazer o possível para me virar sem você — falei.

— Tenho certeza que vai conseguir — ele disse, com uma ponta de risada na voz.

Quando ele desligou, fiquei olhando o telefone com um silêncio confuso. Sei que estava temendo a chegada dele, mas, agora que ele não viria mais, estava estranhamente desapontada. Nikki deu um beijinho suave no meu ombro e pegou o telefone da minha mão.

— John não pôde vir — disse a ele.

— Foi o que imaginei.

— Pediu o café da manhã?

— Claro que sim; estará aqui em vinte minutos. Então, já para a cama, e deite virada para cima.

Hesitei.

— Não tenho certeza se estou com vontade — respondi, com altivez.

Os lábios dele se curvaram ao ouvir o tom da minha voz.

— É assim que me diz que vou ter que fazer todo o trabalho de novo? — ele perguntou.

— De novo? — repeti, abalada. — Eu me esforço bastante.

Ele me deu um sorriso torto e me fitou com os olhos firmes, o que fez meus lábios formigarem. Agarrou meus braços e me levou para a cama. Houve um baque e um xingamento quando a cabeça dele bateu na cabeceira.

Meia hora mais tarde, um impaciente garçom do serviço de quarto bateu à nossa porta.

Agora que não precisava mais me preocupar em ter de encarar John, estava relaxada e ansiosa para o nosso passeio de meio dia num barco. A primeira parada seria a ilha de Murano, famosa pela fabricação de vidros. E então iríamos visitar Burano, famosa pela fabricação de rendas e pelas casas dos pescadores da ilha pintadas em tons coloridos. A última parada seria Torcello, o primeiro centro de civilização no estuário. Eu estava empolgada.

Mas, ao esperar pelo ônibus aquático, fui tomada pela náusea. Cutuquei ferozmente o braço de Nikki, que olhou para baixo.

— O que foi? — ele perguntou.

— Estou enjoada — confessei tristemente.

— Enjoada? Não seja ridícula; nem estamos num barco, estamos parados num ponto de ônibus. Você não pode estar enjoada. E isto é uma lagoa, não é o Oceano Atlântico.

Olhei desesperada em volta do ponto de ônibus, que era como uma plataforma de vagão de trem flutuante.

— Tenho que sair daqui — murmurei.

Ele ficou parado, os braços cruzados, olhando furioso para mim. Cobri a boca com a mão. Um músculo do rosto dele tremeu suspeitamente.

— Nik, não ria.

— Evie, você *não pode* estar mareada. Nós não estamos num... barco! E não... estamos... no... mar!

Fechei meus olhos e lutei para segurar a náusea.

— Nik, por favor... eu não consigo...

Ele segurou meu braço e me levou em direção à oscilante multidão de pessoas que formava uma fila ondulante como uma cobra para embarcar no recém-chegado ônibus aquático.

— Como vamos chegar de um ponto a outro se você não entrar no barco? Não tem outro meio de transporte. Já te passou pela cabeça que a cidade toda é cercada pela água? — ele perguntou. — Porque essa foi a primeira coisa que eu notei quando cheguei aqui.

Fui cambaleando atrás dele, mantendo os olhos bem fechados, tentando estabilizar meu estômago revirado.

— Sente-se — ele disse, apertando meus ombros com tanta força que caí sentada com um baque surdo num assento perto da janela.

Ok, isso é ridículo, ele está certo. Não vou conhecer a cidade se não usar os barcos, simples assim. Nik se sentou ao meu lado, sorrindo ao acaso para a fileira de passageiros sentada do lado oposto. Abracei o braço dele, curvei a cabeça e apoiei o meu rosto no peito dele. Ele curvou o pescoço para me olhar.

— Evie!

Engoli com dificuldade.

— Evie!

— O quê? — gemi.

Ele ergueu meu queixo.

— Ah — ele disse, perigosamente perto. — Você realmente está pálida.

— Nik, estou com vontade de chorar — confessei.

Ele passou a mão pelos seus cabelos, deixando-os esticados para cima, flexionou os ombros largos, tirando a camisa da cintura.

— Estou tentando — falei.

— Eu pensei, bem, pensei que você estivesse... exagerando — ele completou, meio sem jeito. — Descanse a cabeça no meu colo — ele disse, me soltando dos braços dele. — Seu centro de equilíbrio está nos ouvidos. Se deitar vai se sentir melhor.

— Preciso estabilizar meu estômago.

— Isso vai ajudar — ele disse, pressionando meus ouvidos na coxa dele.

E ajudou mesmo. Pelo menos não vomitei. Mas a certa altura desejei que o barco afundasse e que um helicóptero viesse nos resgatar, o que, tudo bem, sei que era um exagero, já que estávamos numa excursão de meio dia apenas, e não estávamos a mais de quinze minutos da terra.

Foi a meia hora mais longa da minha vida.

— Não vou voltar neste barco — assegurei a Nik, enquanto seguia uma fila de pessoas esperando para desembarcar em Murano. — E, Nik, olha a altura dessas ondas batendo na amurada, não acredito que vamos ter que nos arriscar e caminhar na água para voltar para terra firme.

— Evie, não são *ondas*, são apenas ondulações batendo contra o píer.

— Pode chamar do jeito que quiser, só vou passar por isto uma vez e chega.

— Bom, meu amor, acho que vai ter que reconsiderar sua decisão, porque isto é uma ilha cercada de água. Acho que vai descobrir que não tem escolha a não ser voltar neste barco, a menos, é claro, que decida passar o resto da sua vida aqui.

Ultrapassei Nikki.

Adorei a vitrine exibindo os produtos da fábrica de vidro. Observei com a atenção de uma águia caçando um coelho, e sabe o que mais? Ainda assim não faço a mínima ideia de como o vidro é feito. É um milagre. Um glóbulo retorcido quente e grudento ao final de uma longa vara de ferro foi tirado de uma fornalha fumegante, e perante meus olhos foi transformado num lindo cavalo-marinho.

Houve uma grande rodada de aplausos da audiência encantada ao final da demonstração.

— Adoraria fazer um curso de fabricação de vidro — disse a Nikki, num rasgo de entusiasmo.

— É mesmo?

— Sim, eu adoraria — respondi, enquanto seguíamos o grupo, que se movia lentamente para fora da fábrica e para dentro da loja, que era uma incrível caverna de Aladim cheia de cristais brilhantes.

— Quero aquele lustre — falei, apontando para um lindo lustre de cristal azul tranquilo, com longas lâmpadas em formato de vela. — É maravilhoso.

Nikki balançou a cabeça na direção do lustre, pensativo.

— Custa oitocentas libras; você já tem um lustre, e não tem espaço para outro na sua sala.

— Mas este é fantástico — falei.

Ele cruzou os braços e relaxou encostado na parede.

— Você não precisa disso, e não tem dinheiro pra comprá-lo.

— Qual é o seu problema? — surtei.

— Tudo! Tem tudo a ver comigo, porque, quando está endividada, fica insuportável e é impossível trabalhar ao seu lado.

— Não fico não.

— Fica sim, você fica emburrada.

— Não fico.

Ele balançou os braços, hesitante.

Suspirei.

— Sabe o que mais, Nik? Não vou perder tempo discutindo, porque estou ocupada demais me preocupando em ter de voltar para aquele barco. Mas eu não fico emburrada.

Ele encolheu os ombros.

Na verdade ele estava certo; eu não tinha como bancar aquele lustre, e realmente fico ranzinza quando tenho dívidas, mas prefiro fazer um tratamento de canal a admitir isso a ele. Esfreguei a testa enquanto saía da loja. Eu realmente não estava ansiosa para voltar ao barco. Meu corpo todo se retesou ao pensar nisso. Tínhamos ficado em terra por quarenta minutos agora, e eu me sentia muito melhor.

Nikki me deu um sorriso rígido.

— Me sinto enjoada só de pensar em voltar para o barco.

Seu sorriso derreteu.

— Podemos deixar de ir para as duas ilhas do roteiro e pegar um ônibus aquático diretamente para Veneza — ele sugeriu.

— Você se importaria? — perguntei.

Ele colocou seu braço em volta do meu ombro.

— Claro que não. Desde que descanse seu rosto na minha virilha durante todo o caminho de volta, eu bem que vou gostar.

— Não seja grosseiro! — disse a ele.

Como era esperado, a viagem de volta para Veneza foi horrorosa.

Meu rosto esfriou e meu pulso se normalizou enquanto caminhávamos ao longo do Grande Canal a caminho do hotel.

— São apenas três horas. Gostaria de fazer compras? — Nikki perguntou.

— Quer fazer compras? — perguntei, ceticamente.

— Na verdade, não, mas você quer, não quer? E eu disse que iria com você — ele me lembrou. — Vamos para a Calle Vallaresso.

— Calle Vallaresso? O que é isso?

— O equivalente veneziano da Bond Street.

— Não estou me sentindo eu mesma, talvez não seja uma boa ideia. Para ser honesta, estou exausta. Vamos fazer algo mais relaxante — sugeri.

— Como o quê?

Meus olhos olharam por trás dele, para a fachada imponente e cor de caramelo do Danieli Hotel.

Ele seguiu minha linha de visão.

— Li no *Travel Finder* que não se pode visitar Veneza sem tomar uma taça de champanhe no Danieli — expliquei.

Ele me ofereceu seu braço.

— É mesmo? Bom, então, é exatamente isso que vamos fazer.

O Danieli é incrível. Com preciosos tapetes antigos, colunas de mármore esculpidas a mão, teto pintado de dourado e uma fortuna em antiguidades, e isso era apenas o saguão do hotel. Sentei numa cadeira revestida de seda no bar, que era tremendamente luxuoso, glamouroso e... terrivelmente silencioso.

— Nik — sussurrei. — Adoro isso, e você?

— Não precisa sussurrar, e sim, eu adoro isto aqui.

— As flores são maravilhosas, e olhe só os lustres — disse, apontando em direção ao teto. — Eles são enormes.

— Sim, são impressionantes — ele concordou, seguindo meu olhar. Ele pegou a carta de vinhos. — Bem que poderíamos pedir uma garrafa de champanhe agora que estamos confortáveis — ele disse.

— Sim, boa ideia — concordei.

Bebemos duas garrafas, que estavam deliciosas, e estávamos de volta ao hotel e na cama às sete horas.

— Estamos exaustos; não tem sentido sairmos. Vamos jantar aqui no quarto — Nikki disse, pegando o telefone na mesinha de cabeceira.

Eu estava bêbada. O quarto estava girando. Passei o braço em volta do travesseiro acima da minha cabeça. Nik pediu serviço de quarto com o que posso descrever como uma empolgação animadíssima. Ele é obcecado por comida, não há dúvida quanto a isso. Ele desligou o telefone.

Ele me olhou.

— Estou bêbada — confessei, as costas da minha mão apoiadas na testa. — Não quero comer, só quero dormir.

Fechei os olhos para não olhar para o teto, que não parava de girar.

— Sei que está bêbada, estou percebendo, mas terá que ficar acordada um pouco mais para comer alguma coisa, e amanhã vamos fazer seu relatório de avaliação seriamente... e vamos para as lojas.

A mão dele acariciou o meu cabelo.

— Tanto faz — concordei, meio dormindo.

— Evie, acorde!

Agarrei o travesseiro e o coloquei sobre a cabeça para não escutá-lo.

— Me deixa em paz, me deixa dormir.

Ele saiu da cama, afastou o lençol, jogou meu travesseiro no chão e me levantou nos braços como se eu não pesasse nada. Pisquei no pescoço dele.

— Um banho vai te acordar — ele disse, inspirado, marchando em direção ao banheiro.

— Nik, não quero tomar banho. Pense positivo: se eu desmaiar, você pode comer a comida toda sozinho. Você iria gostar disso, não iria?

Ele me colocou numa posição mais firme.

— Isso seria uma boa ideia, mas então você vai acordar com fome no meio da noite e vai ficar de ressaca amanhã o dia inteiro.

— Não vou!

— Vai!

— Não vou!

— Você fica insuportável quando está de ressaca.

— Não fico.

— Fica, sim.

— Evie, te conheço há muito tempo. Já passei por muitas ressacas suas. Você *não* vai estragar o dia de amanhã por não querer sair da cama.

— Nik... não...

Ele me pôs de pé debaixo do chuveiro, e com um sorriso sério me encostou na parede.

— Evie, isto vai resolver tudo — ele me disse com um aceno sábio, e então abriu a torneira de água fria.

— Aaaghhhhhh!

A água gelada salpicou no meu rosto. O choque congelou meus pulmões.

— É para o seu próprio bem.

Discordei.

— Você é um cretino rancoroso, Nikki! — Dei um gritinho enquanto uma poça se formava aos meus pés. — Eu te odeio!

— Não odeia.

— Odeio! — balbuciei.

— Não odeia.

— Vou pegar pneumonia!

— Não vai, não.

— Vou sim.

— Nada disso... Evie, estou fazendo isso porque me importo com você — ele disse, entrando no chuveiro comigo.

Na manhã seguinte, fomos às lojas. Nikki parou em frente à Gucci, enfiou as mãos nos bolsos e ficou se balançando, apoiado nos calcanhares.

— Gostaria de entrar? — ele perguntou, com os olhos brilhantes.

Empurrei os óculos de sol para o alto da minha testa e balancei a cabeça, bem-humorada.

— Não quero nada daqui.

Ele ergueu as sobrancelhas.

— Nada? — ele perguntou.

Ele me puxou para perto dele.

— Não quer nada da Gucci? Por acaso está de ressaca e não quer experimentar roupas? — ele perguntou, observador demais para o meu gosto.

— Não! — disparei.

— Mentirosa.

Tentei me livrar do seu abraço.

— Nik, de acordo com você, sou terrível com dinheiro, eu mordo e te chupo, sou impaciente e mimada. Fico emburrada quando tenho dívidas, um monstro quando estou de ressaca, tendo a exagerar, e agora sou mentirosa. Na sua opinião, eu tenho pelo menos *alguma* característica favorável? — perguntei, incrédula.

Ele apertou ainda mais seu abraço e me olhou, avaliando.

— Estas *são* suas características favoráveis — ele disse, simplesmente.

— É mesmo? Nem ouso perguntar sobre os meus defeitos, se essas são as minhas virtudes.

Os olhos dele se estreitaram, pensativos.

— Você não tem nenhum defeito — ele disse. — Não que eu tenha notado. Na minha opinião, você é perfeita.

Seus lábios se curvaram num sorriso.

— Perfeita? — perguntei, sorridente.

Ele curvou a cabeça e pressionou seus lábios nos meus.

— O negócio que eu deveria ter resolvido há muito tempo era te dizer isso — ele disse. — Você é perfeita.

Ele ergueu meus braços e os colocou em volta do seu pescoço.

— E aqui, entre a multidão de consumidores na Calle Vallaresso, é a hora e o lugar de me dizer isso?

— É, sim — ele disse, com um gesto decidido.

Ele levou uma mecha do meu cabelo aos lábios e a beijou.

— Certeza que sim.

Fomos a uma butique bem chique. Nikki me comprou três relógios: um lilás, um laranja e um rosa. Eram enormes e lindos, e custavam apenas dez euros cada um. Senti uma alegria exagerada por ter encontrado uma pechincha dessas em Veneza; não é uma tarefa fácil, posso afirmar.

— Como conseguiu adivinhar as cores de que eu gostava? — perguntei a ele, enquanto esperávamos para pagar.

— Porque você usa sutiã lilás, laranja e rosa debaixo da camisa branca no bar, e sempre usa um toque dessas cores, como uma tira no cabelo, no esmalte, ou um anel.

— E prestou atenção?

— Claro que prestei atenção.

A atraente vendedora, com um beicinho delicado e cabelos compridos, olhou desavergonhadamente para Nikki enquanto ele colocava o relógio rosa no meu pulso. Indiferente à admiração dela, ele segurou o meu rosto e me deu um beijo.

— Eu observo tudo — ele me disse.

Paramos num café na calçada para uma bebida na Praça de São Marcos. Um garçom elegante, num smoking branco, voou em nossa direção. Nik se recostou na cadeira, colocou seus óculos de sol na testa e pediu dois *lattes*. Ficamos sentados de frente para a praça. Girei minha cadeira. Havia tanta coisa para ver e admirar. Os arcos ricamente decorados, esculturas romanescas, belas estátuas e, claro, a impressionante torre do relógio. A *piazza* estava lotada. Devia haver mais de mil lugares ao ar livre, talvez um pouco mais. Uma fila de turistas pacientes circundava a Basílica de São Marcos, que, banhada pela luz do sol, irradiava sombras creme e pêssego. Era de tirar o fôlego.

Em estado de felicidade e êxtase, inclinei o corpo para a frente, os cotovelos apoiados na mesa forrada com uma toalha. Vi uma fila lenta de estudantes japonesas, todas com o cabelo brilhante, obedientemente seguindo a guia de turismo, que carregava uma bandeira branca.

— Fantástico, não é? — eu disse. — Sabe o que faz este lugar sobressair a qualquer outro lugar do mundo? — perguntei a Nik.

— Não, o quê?

— As vozes!

— Vozes?

— Sim, vozes em vez do som dos freios e do ruído de carros e ônibus.

Acenei a mão ao acaso.

— Ouça o zumbido da multidão, e ouça a... a música. — Fechei meus olhos e balancei com o som. — Nik, sem a intromissão do trânsito, a música de fundo parece *viva*. Posso literalmente sentir o violino dedilhando as cordas do meu coração — expliquei, com a palma da mão apertada contra o meu peito. — Sinto que estou muito emocionada, as notas estão pairando no ar, colidindo com os meus sentidos. Você *realmente* acreditaria que há uma orquestra tocando aqui neste café, não acreditaria? — disse a ele.

— Acho que sim — ele disse, imperturbável. — Tem uma orquestra atrás de você.

Abri meus olhos.

— O quê?

Dei um pulo na cadeira. E com certeza, na frente da entrada do café, numa plataforma elevada forrada de veludo preto festonado, estava um quinteto de cordas.

— Nik, adoro Veneza!

Ele se inclinou e me deu um beijo. Uma orquestra. Bem aqui no café. Minha boca estava doendo de tanto sorrir. Nik relaxou na sua cadeira com um suspiro satisfeito e folheou o menu.

— Se gosta, vamos voltar aqui. Quatro dias não é o suficiente.

Pensei no que ele acabara de dizer. — Vamos voltar. — Olhei cautelosa para ele. Ele estava absorto no cardápio, compenetrado. A qualquer minuto agora ele iria entrar em ação, chamar o garçom e pedir tudo o que conseguisse pronunciar. Meu coração deu um salto ao pensar em voltar para casa. Surpreendentemente, eu estava gostando de ter Nik só pra mim. Na verdade, adorava tê-lo só pra mim mesma.

— Devo pedir um pouquinho de tudo? — ele perguntou. — E podemos dividir.

Se ele estava propondo dividir, é porque realmente iria pedir tudo no cardápio.

— Tudo bem — concordei.

Depois do almoço voltamos ao hotel, e estudei o resumo dos critérios de avaliação do hóspede misterioso. Decidimos que Nik iria voltar à academia, e então iria ao balcão da recepção testar a paciência do gerente, fazendo uma série de pedidos absurdos, e tentar fazer uma reserva durante o carnaval de Veneza, que sabíamos que já estava lotado. Eu iria dar uma olhada nas instalações do centro de conferências e visitar a loja de presentes, e então bancaria a chata no balcão de atendimento. Pensamos que, se dividíssemos as tarefas, iria ajudar a combinar o movimento demográfico dos hóspedes com os serviços fornecidos. Nosso objetivo era oferecer uma ampla visão da nossa experiência como clientes e focar áreas onde detectamos espaço para aprimoramentos. Iríamos nos reunir depois de coletar nossos dados, e construir um relatório analítico baseado nas nossas descobertas. Estávamos numa missão. Missão Hóspede Misterioso.

Mas antes nós transamos!

À noite, Nikki me levou a um restaurante perto da ponte Rialto, na Calle della Madonna. Tochas acesas anunciavam a entrada de uma enorme e movimentada cantina, alegre e cheia de música e mesas lotadas de clientes animados. Enormes vasos de flores estavam colocados ao acaso, e garçons elegantes usando gravatas pretas e casacas compridas com caudas ziguezagueavam habilmente entre as mesas, bandejas de bebidas seguras no alto.

O chefe dos garçons nos conduziu à nossa mesa, e, com um giro do seu colarinho duro e a cauda do seu casaco cortando o ar, desapareceu.

Nik colocou sua mão sobre a minha, e me olhou com admiração.

— Você está linda. Eu já disse isso?

Revirei meus olhos.

— Umas dez vezes — falei.

— Mas você está. Adoro o seu cabelo solto; você sempre o usa preso quando está no bar.

— Nik — comecei com um suspiro. — O que vai acontecer quando a gente voltar pra casa?

— O que quer dizer com isso?

— Com a gente? O que acontece com a gente? E o que a gente vai contar pra todo mundo?

— Nada, não vamos contar nada a ninguém.

— Mas...

Ele pressionou seu dedo sobre os meus lábios.

— Sem *mas*. Vamos com calma, um dia de cada vez.

E isso pareceu perfeito para mim.

CAPÍTULO 28

Estávamos no meu apartamento. Nikki *não* estava indo devagar. Ele queria passar a noite, mas eu não estava convencida de que seria uma boa ideia. Lulu logo estaria em casa, e eu teria que contar a ela sobre Nik e eu. Eu simplesmente não poderia permitir que ela nos pegasse de surpresa.

Ele me olhou curioso.

— Não entendo. E daí se a Lulu pegar a gente juntos? — Nik perguntou, abrindo os braços.

O conteúdo das minhas malas estava espalhado sobre a cama.

— Nik, me deixe explicar minha... isto é, nossa situação para ela. Ela...

— Explicar o quê? O que você vai dizer?

— O que acha que vou dizer? Vou contar a ela sobre nós dois.

Ele bufou, incrédulo.

— Não acha que, quando entrar em casa e me encontrar na cama com você, ela vai ser inteligente o bastante para descobrir sozinha?

— Bem, sim, ela vai descobrir, e essa é a questão. Prefiro preveni-la.

— Preveni-la? Não estamos falando de um terremoto iminente, ou de algum tipo de desastre natural. Não acha que está sendo um pouco melodramática?

— Não, é simplesmente uma questão de cortesia. Obviamente você não entende isso.

Juntei um punhado de calcinhas limpas da mala, joguei-as na gaveta inferior da cômoda e chutei para fechar a gaveta.

Ele se moveu por trás de mim e começou a massagear meus ombros.

— Tenho um compromisso — ele disse, dando uma mordidinha na minha orelha.

— O que é?

— Vamos dormir na minha casa esta noite. E você conversa com a Lulu amanhã, assim não tenho que passar a noite numa cama solitária sem você.

Ele me virou para o lado dele, colocou seus braços à minha volta e abriu o zíper do meu vestido do pescoço até a cintura. Sorri ao sentir o ar frio da janela roçar minhas costas. Ele passou os nós dos dedos lentamente para cima e para baixo na minha espinha, e empurrou seus quadris de encontro aos meus.

— Certamente você não tem nada contra isso — ele provocou.

Não, longe disso.

— Tudo bem, vamos ficar na sua casa — concordei, timidamente.

Depois de tudo isso, Lulu me ligou para dizer que iria dormir na casa de Vic. O que honestamente foi um alívio. Então ficamos na minha casa. Estávamos na cama antes do noticiário das dez.

Inquieta, afastei-me dele, apoiei o corpo em um dos meus cotovelos e o observei dormir, pesada e sonhadoramente. Desenhei uma lua em seu rosto com a ponta dos meus dedos. Instintivamente, ele se virou em direção ao meu toque, me puxou para si e pressionou seu queixo nos meus cabelos. E a sensação foi maravilhosa, abençoadamente maravilhosa. Fiquei feliz por Nikki ter ficado... tão feliz. Não queria ficar numa cama solitária também.

— Durma — ele disse suavemente.

Ajeitei meu bumbum na curva do corpo dele e caí num sono profundo.

Houve um barulho estrondoso quando a porta do quarto se escancarou e a luz inundou o cômodo. Fechei os olhos com força e encostei a cabeça no peito de Nik.

A voz de Lulu explodiu.

— Evie! O Vic e eu tivemos uma briga, ele é tão egoísta. Vai pro outro lado, vou te contar tudo. Posso dormir com você?

Houve um farfalhar de edredons.

— Não! Você *não pode* dormir com ela. Que horas pensa que é? — A voz estrondosa de Nikki ressoou. — Vá para a cama.

Senti os pelos da nuca se eriçarem. Sentei encostada na cabeceira da cama, puxei o edredom à minha volta e vi o rosto de Lulu ficar pálido. Seus olhos ficaram arregalados e seus lábios se entreabriram. Ela se apoiou com força na cômoda para não cair, e ficou me encarando.

— Você... — ela conseguiu dizer, apontando um dedo acusador para mim. — E... ele.

Seus olhos castanhos estavam enormes, de um tamanho que eu nunca tinha visto, ferozes e brilhantes. Ela abriu a boca, mas não saiu nenhum som.

— Posso explicar — eu disse, levantando a mão em rendição.

— Droga, não acredito — ela surtou, finalmente encontrando a voz. — Você levou Nikki para a sua cama. Você está nua? — ela explodiu. — Ele está nu? Tem mais algum vizinho aqui?

A coberta deslizou para o colo de Nikki quando ele se sentou num impulso. Ele passou uma mão irritada pelo cabelo.

— Agora vamos transar com os vizinhos. Ficou maluca? — ela esbravejou.

— Melhor ainda — Nikki berrou. — Você está *fumando*?

Os olhos assustados de Lulu se viraram para o revelador Marlboro queimando entre seus dedos.

Ela inalou bruscamente e encarou o cigarro com espanto enojado.

— Não... não, eu não estou fumando! — ela negou rapidamente.

— Bem, parece que está, porque você está segurando um cigarro — Nik a desafiou.

— Estou segurando o cigarro... para alguém. Não é meu — ela revidou.

— Para quem? Para quem está segurando? Não estou vendo ninguém neste quarto a não ser a gente — Nik contra-atacou.

Os olhos dela estavam praticamente revirando em pânico.

— Ahn, era, era... o cigarro do motorista do táxi, ele me pediu para segurar para ele, e, e... ele esqueceu de pegar de volta — ela mentiu num toque de genialidade. — Eu não fumo. Todo mundo sabe disso — ela disse, com a sombra de um sorriso orgulhoso.

Coloquei a cabeça entre as mãos e tremi de vergonha.

Ela colocou uma mecha de cabelo para trás da orelha e examinou o quarto à procura de algum lugar para apagar seu cigarro.

— Você é uma mentirosa, apague esse cigarro e vá para a cama — Nikki disse. — São duas horas da manhã.

Ela sacudiu seu cigarrinho.

— Está tudo errado — ela disse com a voz trêmula. — Vocês dois fazendo... fazendo o que estavam fazendo... é praticamente um incesto.

Nik ergueu a cabeça em direção à porta do quarto.

— Cama!

Com os olhos arregalados, ela parecia um coelho assustado com o farol de um carro.

— Agora!

Ele fez menção de arrancar as cobertas e sair da cama. Ela cambaleou para trás, virou-se e saiu correndo do quarto, batendo a porta atrás de si.

— Como ousa falar comigo desse modo? — ela berrou corajosamente, do fim do corredor.

Nik me deu um sorrisinho e balançou a cabeça, cansado.

— Ela é uma tremenda chata, mas é difícil não amá-la. Apesar disso, ela testa a paciência de um santo.

Ele apontou um dedo em advertência.

— Você sabia, não sabia?

— Sabia o quê? — perguntei, embora não tivesse dúvida sobre o assunto.

— Você sabia que ela ainda estava fumando.

Pensei em negar.

— Não negue!

Pressionei meus lábios.

— E pensar que tínhamos que ouvi-la dia sim, dia não no rádio, gabando-se da sua vitória, aquela mentirosa safada — ele disse.

Meu telefone vibrou; era uma mensagem.

— Quem está te mandando mensagem às duas da madrugada? — Nik perguntou quando estendi o braço para pegar o telefone na mesinha de cabeceira.

— Lulu — respondi, ao ver o nome dela no visor.

Ele é doido de pedra!!!!

Nikki leu a mensagem por cima do meu ombro e deu risada. Ele empurrou o edredom e saiu da cama para apagar a luz.

— Sou doido? Não acredito que ela ainda fuma. Por isso seu rosto ficou vermelho quando te mostrei aquele outdoor no caminho do aeroporto, com o rosto dela estampado. Qual era a legenda? LULU: MENTORA DE MILHÕES, ou alguma outra bobagem qualquer.

Ele apertou gentilmente meu ombro quando voltou para a cama. Houve um flash de néon azul na escuridão quando meu telefone vibrou novamente.

Ele não vai contar, vai?

Nik puxou a coberta, pegou o telefone da minha mão e fez uma careta de falsa indecisão enquanto lia.

Ele respirou fundo.

— Vou contar! — ele berrou, alto o suficiente para ela ouvir. — Se não se comportar!

Ela não mandou mais mensagens.

Apesar de ter sido acordado às duas da madrugada, Nikki levantou às seis e meia para ir à academia. Fiz duas canecas de chocolate quente, entrei no quarto de Lulu e coloquei as duas canecas na sua mesinha de cabeceira. Ela dormia de barriga para cima, a boca ligeiramente aberta, roncando de leve, seus cabelos loiros espalhados como um leque sobre o travesseiro, com sua máscara do Zorro cobrindo os olhos. Sentei-me na cama ao lado dela.

— Lulu.

— O quê? — ela perguntou, despertada pela minha voz.

— Sobre a noite passada...

— Estive pensando nisso, sobre você estar com o Nikki. É uma ideia brilhante — ela disse.

— Você acha?

Ela empurrou a máscara para a testa e se sentou apoiada nos cotovelos.

— Sim, é! Isso vai impedir que você se torne uma maníaca-depressiva maluca. E também vai te afastar daquele outro pegajoso esquisito de quem acabou de se livrar. Porque eu duvido que ele vai desistir fácil assim. E, bem, Nik gosta de você há muito tempo, e eu gosto dele.

— Gosta de mim há muito tempo?

Ela deu um suspiro experiente.

— Evie, por favor, não me diga que não havia notado — ela disse num tom de voz controlado.

— Por que não me contou? — perguntei.

— Contar? Por que eu deveria te contar? Era óbvio. Ele te deu um emprego, apesar de que, quando começou, você era a mais inútil das garçonetes do universo. Ele cuidou de você como uma velhinha quando sofreu aquele acidente ano passado. Ele te leva para casa se você trabalhar depois das oito da noite. Ele deixa os negócios dele nas suas mãos, e não me deixa te xingar, não importa o que você tenha feito – ela disse, num sorriso orgulhoso.

Digerindo suas palavras, estendi o braço pela frente dela para pegar meu chocolate quente. Agora que ela mencionou, é verdade que Nik sempre me acompanha até o outro lado da rua quando trabalho à noite. Realmente, era algo que eu não havia notado antes.

O corpo de Lulu enrijeceu; ela apertou o peito.

– Evie! Ele me viu! – ela disse ofegante. – Nikki viu meu cigarro. Baixei a guarda. Dá pra acreditar nisso? Estou tão acostumada a ter este lugar só pra nós duas que acendi o cigarro do lado de fora do meu quarto. Qualquer um poderia estar na sua cama – ela apertou a palma da mão na testa. – Você poderia estar com um dos produtores do meu programa. Onde eu estava com a cabeça?

Ela se jogou de volta nos travesseiros e me deu um olhar assombrado.

– Nik não vai contar para ninguém que me viu fumando, vai?

– Não, não, ele não vai, não se preocupe – garanti a ela.

– Tem certeza?

– Sim. Absoluta.

– Evie, você não acha... ele poderia, bem... – sua voz sumiu.

– Ele poderia o quê?

– Me chantagear.

– Te chantagear? Por que ele faria uma coisa dessa?

– Eu faria, se estivesse no lugar dele – ela admitiu. – Ele poderia me chantagear e eu teria que pagá-lo, não teria?

– Mas você não tem dinheiro!

– Você está certa, eu não... Então, o que vou fazer?

– Lulu, não acha que a vida seria mais fácil se você... *parasse de fumar?* – comentei.

Ela mordeu a bochecha.

– Seria, mas é difícil, e eu não consigo, já tentei. Você sabe que eu tentei. Tenho alucinações e sonho com cigarros... Eu choro. E meu carro quebra. Todos os tipos de pesadelo acontecem. Minha vida fica um caco. Eu fico um caco.

— Mas tem se saído muito bem, bom, apesar... *de tudo*.

— Tenho?

— Sim, tem. Você só fuma neste quarto — eu disse, gesticulando para demonstrar. — Você não fuma no trabalho, nem quando sai. Essa é uma conquista fantástica.

Vi um brilho de orgulho nos olhos dela, quando ela ergueu a caneca de chocolate.

— Você está certa. Eu estou me saindo muito bem. Na verdade, tenho seguido praticamente todos os meus melhores conselhos.

— Isso mesmo. Então sugiro que pare de comprar cigarros e vamos ver o que acontece, porque, se não comprá-los, não vai ter como fumar, não é?

Ela me encarou com os olhos arregalados, finalmente compreendendo e assimilando tudo aquilo.

— Você está certa — ela disse, com súbita paixão. — Você está absolutamente certa.

Lambi a espuma do meu chocolate quente e lhe dei um sorriso encorajador.

— Vou fumar um cigarro agora, porque obviamente preciso terminar este pacote, mas, depois deste, não vou comprar mais nenhum — ela disse com um aceno decidido. — Ou, talvez, o que eu vou fazer é comprar pacotes de dez, em vez de pacotes de vinte, por algumas semanas.

— Ótima ideia — eu disse encorajadoramente. — Já que está acordada, vamos tomar o café da manhã?

— Por que não? — ela disse.

Entrei no bar às dez horas. Uma hora antes de abrir. O estabelecimento estava vazio, a não ser por Nikki, que estava sentado a mesa coberta por recibos de cartões de crédito.

Ele me olhou com os olhos cansados, rolando a caneta de um lado para o outro.

— Ninguém se importou em fazer as contas desde que eu viajei na sexta-feira — ele disse.

— Posso te ajudar com isso? — perguntei, tirando a jaqueta.

— Estou quase terminando.

Aproximei-me dele. Nick colocou uma mão forte nos meus ombros, se inclinou e me deu um beijo.

— Falou com a Lulu? — ele perguntou.

— Sim, está tudo bem. Na verdade, ela está encantada, ficou feliz pela gente.

— Ótimo. É assim que ela tem que se sentir. Eu sei que estou feliz — ele disse, acariciando minhas bochechas.

Ele me deu um sorriso carinhoso. Eu estava com uma coisa na cabeça a manhã toda. Não sabia como tocar no assunto sem ofendê-lo. Estiquei as mãos entrelaçadas, pensativa.

— Nik, não tenho certeza se estou pronta...

— Pronta para quê? — ele perguntou, interrompendo rapidamente minha voz.

— Para, bem, para... — isso era difícil — para receber os parabéns da sua mãe — admiti, apressada. — Porque ela sempre torceu por nós dois, para...

Ele ergueu a palma da mão.

— Evie! Exatamente o que eu estava pensando. Não vou contar nada a ela, absolutamente nada. E, se você sabe o que é melhor pra você, vai fazer a mesma coisa... pelo menos por enquanto.

Expirei um sorriso.

— Vamos contar... mais tarde — falei, meus medos dissipados.

— Combinado!

Aproximei-me de Nikki, peguei a caneta da sua mão e a coloquei na mesa, e encostei minha testa na dele. Senti um calor no peito.

— Nik, me diverti muito em Veneza.

— Eu também.

Ele levantou minha mão da mesa e apertou minha palma na sua coxa.

— Estou vendo que está usando seu relógio cor-de-rosa — ele disse, o polegar acariciando meu pulso. — E um sutiã rosa para combinar — ele acrescentou, deslizando um dedo dentro da minha blusa.

Ele afastou a mesa, pegou-me no colo e posicionou minhas pernas em torno dos seus quadris, como numa montaria. Olhei direto no rosto dele; seus olhos eram triângulos escuros e brilhantes. Ele puxou minha camisa para fora da calça e passou as mãos bruscamente nas minhas costas, fazendo uma onda de calor explodir na minha barriga. Desabotoei a camisa dele, arranhei minhas unhas no seu peito e rapidamente arranquei sua camisa por cima dos ombros.

Não sei dizer ao certo o que era mais barulhento: o pulsar do sangue nos meus ouvidos ou as batidas do coração dele martelando no peito. Ele prendeu os dedos fortes em volta dos meus punhos e forçou minha mão entre suas pernas. Respirou fundo e fechou os olhos ao sentir meu toque. Eu estava excitada como um animal, louca de desejo. E ele também! Passei meu braço livre por trás do pescoço dele e o segurei bem apertado, esfregando meu rosto nos seus cabelos. Ele segurou meu traseiro e me empurrou para ele numa série de movimentos bruscos e penetrantes.

— Agora! Quero você agora! — exigi. — Vamos para o seu escritório lá em cima. Só você tem a chave, ninguém pode entrar. Me leve pra lá! — falei, numa voz desesperadamente apressada.

Tirei o cabelo dos olhos e apertei a cabeça dele no meu peito.

Ele rosnou. Eu tinha que tê-lo! Exatamente naquele minuto! Foi o rosnar que provocou tudo. Adoro quando ele rosna...

Os pelos da minha nuca se eriçaram quando sua respiração quente se espalhou pelos meus seios.

— Me leve ao Valhalla! — gritei para o teto, como um índio apache que acaba de capturar um caubói com a cabeça cheia de cabelos.

Valhalla! Que diabos eu estava dizendo?

Ele respirou fundo, para dentro e para fora. Seus olhos piscaram de prazer quando enfiei a não dentro da sua calça, curvando e endireitando minha mão. Tremi só em pensar em transar no andar de cima.

Uma sombra cobriu o rosto de Nik. Seus olhos se desviaram por trás de mim. Fitei os olhos dele; a sombra que o encobria não se moveu. Inclinei a cabeça e percebi horrorizada que a sombra não se movia porque... a sombra não era minha. Girei o corpo. Alinhados como num esquadrão de fuzilamento pronto a atirar estavam Maria, Pepi, Costas, Tio Spiros, o pequeno chef do bufê, também chamado Spiros, e o motorista da entrega de vinhos e destilados.

Percebi a expressão agoniada de Nik, seus lábios apertados; a cor havia desaparecido do rosto dele. Ele soltou um suspiro atormentado. Mas não era tanto o olhar do rosto dele que me incomodou. Era o seu tronco desnudo e sua virilha formando uma tenda que me preocuparam mais.

— Me coloca no chão — disse a ele, em busca de decoro.

Ele pressionou a boca na minha orelha.

— Se você sair do meu colo, eu te mato — ele me advertiu num sussurro dramático.

Meus olhos se desviaram para sua virilha. Entendi o que ele queria dizer. Olhei de relance sobre o meu ombro. Eles estavam alinhados, boquiabertos e imóveis. Quando Nik ajeitou a camisa nos ombros e começou a abotoá-la com as mãos, gritou algo brusco e significativo em grego. As palavras dele tiveram um efeito imediato. Pepi e Costas deram o fora, levando o entregador de bebidas junto com eles, e o arrastar das sandálias no piso de lajotas se seguiu à partida do Spiros do Bufê. Nik abotoou os dois botões de cima da minha blusa, que eu não tinha percebido que estavam desabotoados, tirou o cabelo do meu rosto, colocou as mãos na minha cintura e me levantou do seu colo.

Tio Spiros, com o cenho franzido, me deu um olhar pesado, mais avaliador do que crítico, e então se virou de frente para Nikki. Uma discussão quente se seguiu entre eles. A voz de Nikki era como um chicote, enfrentando chibatada a chibatada seu tio, que estava, como sempre, furioso. Spiros colocou as mãos nos quadris, gesticulou autoritariamente em direção à porta da cozinha. Nik, enraivecido, saiu violentamente atrás dele.

Isso deixou Maria e eu a sós. Ela parou à minha frente. Seus olhos estavam vidrados, cheios de amor e sonhos, seus lábios tremiam, suas narinas retorciam, e seu coque tingido em formato de colmeia de abelhas balançava de emoção. Ela parecia uma Moonie, uma seguidora de culto maluca, que passa o dia todo entoando hinos e tocando pandeiro. Olhamos uma para a outra, o tempo parou, e o espaço entre nós pareceu ter encolhido, para cabermos apenas nós duas. Sua boca se movia sem dizer nada. Parecia um filme mudo. Impulsivamente, dei um passo atrás; sabia o que viria a seguir. De repente estava nos braços dela, luzes se movendo na frente dos meus olhos, como se ela fosse cortar meu suprimento de ar. Ela me abraçou, enfiou os dedos nos meus cabelos, puxou meu rosto ao encontro dela e me beijou. Lágrimas escorriam pelo seu rosto gorducho, deixando marcas na sua base grossa. Ela segurou meu rosto.

— Diga ao Nikki que tirei o dia de folga. Estou muito, muito ocupada — ela disse com urgência. — Compreende?

Assenti. E estava prestes a perguntar por que ela precisava de um dia de folga quando ela se virou, pegou sua bolsa no balcão e saiu correndo porta afora.

Houve uma trégua no bar, sem brigas, nenhuma mesmo, nem mesmo uma pequena discussão. Pepi e Costas não me xingaram, não roubaram meus pedidos nem escaparam para a casa de apostas quando Nik foi ao banco. Eles foram cordiais, educados, de certa maneira bem diferentes do que costumavam ser. E, quando contei a Nik que a mãe dele tinha tirado o dia de folga, ele não explodiu. Ele me encarou por alguns instantes e então assentiu com a cabeça, foi tudo muito estranho. O olhar de aço de tio Spiros me seguiu de um jeito que nunca tinha visto antes. Era como se ele tivesse algo a me dizer, mas não soubesse como fazê-lo. Respirei trêmula e descobri que teria que reunir coragem todas as vezes que entrasse pela porta da cozinha. Meus nervos estavam em frangalhos.

— Por acaso o Spiros acha que eu, eu sou... uma *vagabunda* ou algo assim? — perguntei a Nik com a voz mais esganiçada do que eu gostaria.

Seu rosto dele empalideceu, ele apoiou os punhos na mesa e me olhou estarrecido. Ele se inclinou e me deu um beijo reconfortante na testa.

— Não, é claro que não; por que está perguntando?

— Ele não conversou comigo o dia todo.

— Ah! Bem, ele não conversou comigo, nem com ninguém mais, portanto eu não me preocuparia muito — ele disse, despreocupadamente.

— O que ele disse quando vocês estavam discutindo? — perguntei.

— Não vou contar — ele declarou.

— Por que não?

Nik passou a mão pelos cabelos.

— Porque não se justifica; ele não tinha o direito de falar daquele jeito, e eu estou esperando suas desculpas.

— O que não se justifica?

Ele se moveu abruptamente em direção à geladeira, tirou uma garrafa de vinho, girou o saca-rolhas e a abriu com facilidade e prática.

— O QUE. NÃO. SE. JUSTIFICA! — pontuei, exaltada.

Ele fechou os olhos brevemente e deu um suspiro.

— Vamos conversar sobre isso mais tarde — ele disse.

Logo depois das três horas, Maria chegou com sete amigas, todas clones dela mesma. Ela insistiu em se sentar em uma das minhas mesas, apesar de Pepi ter uma mesa de oito lugares disponível, e eu só tinha uma mesa de cinco livre.

Dei um sorriso de boas-vindas, e esperei pacientemente enquanto oito enormes traseiros cobertos por tweed se acomodassem com dificuldade nas cinco cadeiras. Todas as oito me olhavam com reverência.

Fiquei em pé, com a caneta empinada sobre meu bloquinho de pedidos.

— O que posso lhes servir? — perguntei a Maria.

— Nada! — ela disse, com um sorriso mais que brilhante.

Meus olhos examinaram os rostos gorduchos e com maquiagem pesada em volta da mesa. Todas acenaram concordando. Virei a cabeça em direção a Nik, atrás do bar. Ele curvou um dedo. — Venha aqui — ele murmurou.

Caminhei até o bar, e ele se inclinou perto de mim.

— Diga a elas que você precisa da mesa, e peça que se retirem se não vão pedir nada — ele disse, sério.

Ele estava maluco?

— Pedir para sua mãe e as amigas dela irem embora? Você está brincando — sibilei, horrorizada. — Prefiro levar um tiro.

— Não! Não estou brincando. E não são amigas dela, são as minhas tias.

— Você tem sete tias?

— Não! Tenho treze tias, bem, treze vivendo em Londres. Existem mais algumas na Grécia.

Lancei um olhar para trás, para Maria. Ela enxugou uma lágrima e me deu um sorriso molhado. Me olhou como se eu fosse a única pessoa no bar. Ela estendeu os braços e juntou as sete tias para sorrirem para mim. Elas sorriram.

Houve uma súbita rajada de vento e o barulho da porta contra a parede.

— Ah! Falando no diabo. As outras chegaram agora — Nik disse, com um olhar de esguelha para uma enxurrada de echarpes de chiffon, casacos de tweed em tons pastel, coques *chignon* e uma nuvem atômica sufocante de perfume.

— Por que elas estão aqui? — perguntei a ele. — É alguma ocasião especial?

— Sim! Minha mãe está exibindo você — ele disse, secamente, com os olhos apertados para Maria.

— Me exibindo? — perguntei, atônita, e meu rosto pinicava de vergonha.

Ele assentiu, melancolicamente.

— Faça as vontades dela — ele disse, e linhas verticais marcaram seu rosto quando ele franziu a testa. — Com o tempo ela vai se cansar disso... ou eu a demito, se você preferir — ele acrescentou casualmente.

Costas ficou do meu lado.

— Elas querem quinze cafés e pedaços de bolo — Costas disse a Nik, acenando para as tias, que estavam ocupadas arrastando cadeiras ruidosamente pelo salão e arrumando todo o mobiliário do bar para acomodar seu grande grupo. — E elas querem que a Evie fique com elas — Costas acrescentou, despreocupado.

Nik me olhou encorajadoramente.

— Então vá, meu amor. Faça uma pausa para o chá — ele disse.

Sentei na cadeira ao lado de Maria, enquanto meus sentidos pareciam estar funcionando em algum tipo de frequência rara, supersensível. Estava agudamente ciente do barulho do tráfego lá fora, do ruído da máquina de cappuccino, da música ambiente, de um celular vibrando na nossa mesa e do zumbido do ar-condicionado acima da nossa cabeça. Mas eu não tinha a *mínima* ideia do que as tias estavam conversando. Nenhuma! E com isso quero dizer nada, absolutamente *nada*, porque as quatorze mulheres conversavam ao mesmo tempo. Imaginei se talvez elas fossem "dotadas" de algum modo. Será que essa habilidade de conversarem todas ao mesmo tempo seria algum tipo de sétimo sentido do qual eu nunca havia ouvido falar? Ou será que eu, sem nem mesmo tomar conhecimento do fato, estava sofrendo de algum tipo de síndrome, de só conseguir atender a uma conversa por vez? Não estava entendendo nada aqui. Absolutamente nada.

Maria tocou meu braço, seus olhos castanhos me olhando radiantes.

— Tenho um pequeno *prisente* para você — ela disse, a voz embargada de emoção.

Meu rosto estava pegando fogo.

A conversa na mesa parou, as tias olharam para Maria e para mim com a respiração suspensa.

Maria agarrou sua bolsa debaixo da cadeira, depositou-a cerimoniosamente sobre a mesa e procurou algo dentro dela violentamente. As tias se inclinaram para a frente, cheias de interesse. Maria fez uma pausa na sua busca, aumentando a tensão. Treze bocas boquiabertas, reverentes e atentas. Os olhos de Maria percorreram a mesa. Ela estava exultante, esse era o seu *momento*! Ela escavou uma pequena caixa de joias de veludo preto. Houve um suspiro coletivo, as colmeias de abelha e os coques *chignons* estremeceram. Maria colocou a caixa na mesa e ouviu uma enérgica roda de aplausos. Era um anel de camafeu e um broche combinando. Curiosidade satisfeita. Treze enormes costas recostaram-se novamente nas cadeiras.

Um sorriso se formou no rosto de Maria.

— Você gosta? — ela perguntou, sonhadora.

— Gosto — me ouvi dizer.

Ela levantou meu cabelo para o lado e deslizou um enorme peixe de strass com olhos de água marinha na minha franja. De onde surgiu aquilo? Debaixo da sua manga?

— Eu sabia! — ela disse. — Eu sabia que o *peixi* iria combinar com os seus olhos.

Ergui os olhos e vi um brilho; era um peixe de tamanho real.

Olhei para a caixinha de veludo. Não era mal-agradecida, eu estava apenas... surpresa. O anel de camafeu era bonito, talvez um pouco grande. Mas o broche era do tamanho de um ovo de avestruz. O que eu deveria fazer com aquilo? Nik e eu estávamos dormindo juntos havia apenas cinco noites, seis dias. Eu não era merecedora das joias da família. Isso tudo era um pouco assustador. Nikki teria que me ajudar a sair dessa. Teria.

Nik estava relaxado encostado no bar, braços cruzados, olhos semicerrados contra a claridade do sol da tarde. Ele fez um gesto em direção ao peixe de strass no meu cabelo, e fez um sinal de positivo com o dedão. Ele não é hilário? Uni as mãos no meio das minhas coxas e levantei o queixo, enquanto Maria abotoava o botão de cima da minha blusa e prendia o broche. O que eu devia estar parecendo? O broche era tão grande que eu mal podia abaixar o queixo.

Já eram quase seis horas quando as tias finalmente foram embora, enfileiradas lentamente a caminho da porta, e eu pude tirar o broche e o peixe do meu cabelo. Estava exausta; tivemos uma sessão de fotos e tudo.

Nik e eu jantamos num restaurante italiano três portas abaixo do Bar Thea. O barulho do vinho escorrendo para o meu copo era música pura.

— O que foi aquela gritaria toda entre você e o Spiros? — perguntei a ele.

O rosto dele entristeceu.

— Ah! É o jeito normal dele. Você já viu isso antes. Mandou a avaliação do hóspede misterioso por e-mail?

— Mandei.

— E?

— Tudo bem. Tina disse que foi bem recebida.

Ele estendeu o braço sobre a mesa e tocou meu rosto.

— Bom, talvez possamos fazer isso novamente outro dia.

— Nik, a sua mãe...

— Evie, sou filho único, não por escolha dela, posso te assegurar. O que posso dizer? É o jeito dela. Faça as vontades dela.

Ele pousou sua mão sobre a minha.

— Com o tempo ela vai se cansar.

Eu duvidava.

CAPÍTULO 29

Nik e eu agora temos a chave do apartamento um do outro. No último mês passamos apenas cinco noites separados. Quatro noites quando fui acompanhar um grupo num fim de semana em Barcelona, que eu adorei. E uma noite quando fui jantar com John, no centro de Londres, e fiquei na casa dele porque tinha uma reunião no escritório da Insignia Tours às oito e meia do dia seguinte, e ele mora a apenas cinco minutos de táxi de Park Lane. Tinha começado a contar sobre Nikki para John, mas ele parecia preocupado e distante – por duas vezes tive que repetir e arrastá-lo de volta para a nossa conversa. Provavelmente ele estava com algum negócio de um trilhão na cabeça, e minha vida amorosa não era muito importante ou interessante. No final dei a ele uma visão geral, e quase nada mais.

A reação de Lexy à minha notícia foi bem mais entusiasmada. Ela sempre gostou de Nikki, agora ela o ama porque Nik não se importa se ela larga as crianças no bar na hora do almoço e sai para fazer compras. As crianças adoram ficar no bar, porque Nik dá sorvete para elas na hora do jantar e as levanta por cima da cabeça com uma mão só. Ele também deixa que elas entreguem bolo aos clientes e paga a elas uma comissão. Becky na verdade sugeriu que Nik mandasse Pepi embora e lhe desse o emprego dele. O que eu acho que demonstra promessa de sucesso profissional, porque ela tem apenas quatro anos e obviamente já é ambiciosa.

Costas e Pepi logo ficaram acostumados a enxergar Nik e eu como um casal. Eles não me tratavam mais com um respeito reverente. Tinham voltado a ser os dois cretinos preguiçosos que eu conhecia e amava, fugindo para fazer apostas, conversando com as garotas e na maior parte do tempo se empenhando muito na tarefa de não trabalhar. Mas eu nem sonharia em contar isso a Nikki, nem sob ameaça de morte, porque morro de medo de Costas e Pepi se reportarem a Maria, fingindo preocupação, que eu não pareço bem, ou pareço cansada, ou, Deus me livre... magra, porque isso desencadearia todo tipo de problema. Maria acusa Nikki de não me tratar bem, me enche de vitaminas e me força a fazer refeições que eu não tenho vontade. Não tenho dúvida nenhuma de que ela iria adorar se eu fosse acometida por uma doença tropical ou a mais recente epidemia global, só pelo prazer de poder cuidar de mim. O impulso poderoso de dar um tiro nela vem e volta. As razões para não atirar nela seriam as seguintes:

1. Eu iria para a prisão.
2. Ela tem boas intenções.
3. Não tenho uma arma.
4. Não sei onde nem como pedir licença para o uso de armas.
5. Não tenho ideia de como me livrar de um corpo.
6. Eu seria uma assassina e toda a minha família ficaria desolada.
7. Nikki prometeu pedir ao pai para reunir as tias, para ver se existe algo que possa ser feito para me ajudar.

Eu tinha esperança, tinha que ter. Tinha que ter pensamento positivo. Agora eu tenho quatorze broches, sou membro do clube do livro de Maria, e ela está ameaçando inscrever nós duas num curso de cerâmica de oito semanas.

Tudo isso dito e feito, Nik e eu estamos nos dando muito bem. Na verdade, as coisas não poderiam estar melhor.

Sentei-me na cama de Lulu, pernas cruzadas. Eu não estava convencida de que ela precisava destas cortinas blackout que estava pendurando, especialmente porque ela compra cigarros em pacotes de dez, com a intenção de não comprar nenhum nas próximas semanas.

Ela deu um passo atrás para admirar seu trabalho.

— A gente nunca sabe, alguém com uma câmera telescópica pode me filmar fumando um cigarrinho, e eu posso acabar no YouTube. Não quero correr nenhum risco — ela disse, com um brilho de orgulho, enquanto fazia dobras na cortina.

Duvidei disso.

Meu telefone vibrou no bolso, olhei o visor e fiquei surpresa. Era uma mensagem de Rob. Meu rosto queimou. Rob! Não tinha notícias dele há semanas ou... meses.

Lulu se virou para me olhar.

— Sei que cortinas pretas são deselegantes, mas a necessidade é mais importante — ela disse.

Uma sensação de culpa irracional se espalhou pelo meu peito. Não ousei olhar para Lulu, e não estava com vontade de conversar, com medo de que minha voz refletisse meus pensamentos. Era apenas uma mensagem, por que eu deveria me sentir culpada por receber uma mensagem? Mas eu me sentia culpada! Encarei o telefone como se ele fosse radioativo.

Os olhos dela questionaram os meus.

Houve um silêncio pesado.

O quarto estava silencioso.

— O quê? O que é? — ela perguntou.

— Nada. Não é nada! — falei, rápido demais.

Um brilho de suspeita se espalhou pelo rosto dela, que apontou um dedo acusador.

— Sabe de algo que eu não sei?

— Não!

Ela caminhou lentamente na minha direção.

— Você está... escondendo algo! — ela disse.

— Não estou.

— Está, sim! Está escondendo alguma coisa.

— Não tenho nada para esconder.

— Você recebeu uma mensagem e não está lendo. Seu rosto está pegando fogo... E você está mentindo!

Ela colocou a cabeça entre as mãos.

— Evie! Diga... diga que não está traindo o Nik! Você não vai escapar desta, confie em mim. Alguns caras passam por cima de uma indiscrição ou outra. Nik não é assim. Alguns caras engolem qualquer coisa que a mulher conta. Nik não é tolo, ele praticamente consegue ler pensamentos. E ele é grande, tem gênio forte e mora do outro lado rua. Evie, nós teríamos que nos mudar! Ele iria...

— Não estou traindo o Nik.

A raiva dela foi aumentando.

— O que é, então? O que está aprontando? — ela surtou.

Enfiei o telefone no bolso. Ela se jogou em cima de mim. — Deixa eu ver o seu telefone! — ela deu um gritinho.

Tentei me afastar dela, que me agarrou por ambos os braços.

Com a vantagem da surpresa, ela me dominou, me espremeu de encontro ao colchão e prendeu minha cintura com suas pernas.

— NÃO É NADA NÃO É NADA NÃO É NADA! — berrei.

— ME DÁ O SEU TELEFONE!

Agarrei as duas mãos dela e as segurei com força entre as minhas. Com um esforço hercúleo, consegui virá-la de costas e escancarei suas pernas.

— SAI DE CIMA DE MIM! — ela gritou. — SAI DE CIMA DE MIM!

A coluna dela se dobrou e recurvou. Cambaleamos na borda da cama, e então caímos com um baque no chão, numa confusão de braços e pernas.

— SE NÃO É NADA ENTÃO DEIXA EU VER O SEU TELEFONE!

— NÃO!!

— VOCÊ ESTÁ ESCONDENDO ALGUMA COISA!

— NÃO ESTOU ESCONDENDO NADA!

— MENTIROSA!

A porta do apartamento bateu com força na parede.

— Que diabos está acontecendo aqui? — Nikki gritou, entrando com firmeza dentro do quarto.

Lulu congelou, a cor fugindo do seu rosto. Ela ficou espantada. Eu também. Não tínhamos escutado Nikki chegar em casa. Ele teria gritado, como sempre faz. Não tínhamos ouvido nada. Lulu endireitou os ombros e colocou uma mão no meu cotovelo para se equilibrar. Ajudamos uma à outra a nos levantarmos. Ela afastou o cabelo do meu rosto enquanto eu endireitava a blusa dela.

— Explique! — Nik vociferou, os olhos se revezando entre nós duas.

— Não é nada — Lulu disse.

— Nada? — ele desafiou.

— Nada mesmo — deixei escapar.

Os olhos de Nik queimaram com cinismo. Os pés separados, ele estendeu a mão para mim. Peguei a mão dele e o segui pelo corredor. Ele fechou a porta do nosso quarto, me fez sentar na cama, sentou do meu lado e colocou a mão na minha coxa.

Os olhos dele fitaram os meus.

— Não quer me contar o que houve? — ele perguntou suavemente.

— Para dizer a verdade, não é nada. O Rob me mandou uma mensagem — disse a ele. — Isso é tudo... e a Lulu estava tentando arrancar meu telefone.

Ele fez uma espiral com as mãos e se inclinou, apoiando os cotovelos nos joelhos. Seus olhos se esgueiraram para o lado e se estreitaram, reprovadores.

— Ele costuma te mandar mensagens sempre? — ele perguntou.

— Não, não tenho notícias dele há meses.

— O que ele quer?

— Não sei, não li a mensagem ainda.

Ele se sentou e se virou para mim com cenho franzido.

Levantei e peguei o telefone do meu bolso.

Evie, vamos tomar um drinque. Já faz tanto tempo. Com certeza ainda podemos ser amigos. Rob. X

Inclinei o telefone para Nik ver a mensagem.

— Você quer encontrá-lo para um drinque? — ele perguntou.

— Não... Não, não quero.

— Tem certeza?

— Sim, tenho certeza.

Os braços dele circundaram minha cintura, ele me puxou para perto e apoiou a cabeça nas dobras da minha blusa. Por um minuto ele não disse nada.

— Quando foi a última vez que pensou nele? — Nik perguntou finalmente.

Passei a mão pelos cabelos dele, pressionando meus dedos com força para massagear o osso sólido por trás das orelhas.

— Pensei nele em Veneza.

— Você pensou nele quando estava em Veneza comigo?

— Não, pensei nele quando cheguei a Veneza e tive que arrastar minha bagagem até o táxi aquático.

Senti o estrondo da sua risada vibrar de encontro ao meu peito.

— Pensou nele alguma vez depois disso?

— Não, não pensei, porque você carregou minha bagagem a caminho de casa.

Ele me puxou para o seu colo.

— É isso o que os homens representam para você? — ele perguntou, enfiando o nariz na curva do meu pescoço.

Pressionei minha mão no peito dele e tracei o contorno do seu mamilo com meu polegar.

— É tudo o que aquele homem em particular significa para mim.

Senti a respiração dele ficar ofegante, uma mistura de risada e alívio.

— Verdade? É assim mesmo que se sente... de verdade? — ele perguntou.

— Sim, sim, é! Na verdade, é que...

A porta do quarto foi escancarada de repente.

— Isso é maravilhoso! — Lulu proclamou, os olhos brilhando. Ela ergueu as mãos para o alto. — Pelo menos eu sabia que isso iria acontecer, era só uma questão de tempo, e...

Nikki segurou meu cotovelo, me tirou do seu colo, ficou de pé e marchou lentamente em direção a Lulu.

— Você estava escutando por trás da porta? — ele inquiriu.

E ela teve a cara de pau de parecer insultada.

— Não, é claro que não. O que pensa que eu sou? Eu só... estava passando em frente e pensei em...

— Fora! — ele berrou.

Ela apertou o cardigã à sua volta, os ombros tremendo de indignação.

— Estou saindo. Sei quando não sou bem-vinda — ela retrucou.

— Você não sabe; esse é o seu problema — ele respondeu.

— Eu me sinto deixada de lado. Vocês dois estão me deixando de fora dos seus segredos, escondendo as coisas de mim.

— Não escondemos nada que você precise saber — Nik disse.

— Posso pedir comida chinesa? — ela perguntou, mudando completamente de assunto.

— Sim — Nik disse a ela, pegando a carteira do bolso. — Faça isso.

Mais tarde, na cama, deitei na curva do ombro dele, minha mão no seu peito. Ele colocou sua mão sobre a minha, virou de lado e ficou de frente para mim. Seu dedo deslizava levemente da minha sobrancelha até o queixo.

— Qual o problema? — perguntei a ele.

— Está feliz, Evie?

— Claro que estou. Você não está?

— Nunca me senti mais feliz na minha vida.

Ele me abraçou com um suspiro.

— Vai dormir — ele disse com um sorriso. — Vamos fazer compras para o apartamento amanhã. Acho que será um longo dia.

Nikki e eu estávamos fazendo compras para o apartamento em Kingston havia seis horas, o que não era quase nada se levarmos em conta que tínhamos um apartamento inteiro para mobiliar. Eu podia facilmente demorar seis horas só para comprar um par de sapatos e uma bolsa combinando.

Contemplei o majestoso átrio de vidro do Bentall Centre enquanto o elevador deslizava para o segundo andar. Para ser honesta, não estava gostando nem um pouco destas compras. Nik não havia parado de reclamar. Minha cabeça estava latejando. Saí do elevador tocando a cabeça com a ponta dos dedos e olhando de relance para trás. Nik estava com a aparência infeliz, as mãos enfiadas nos bolsos, e caminhava uns bons três passos atrás de mim. Eu já tinha dito pelo menos umas dez vezes para ele me acompanhar. Se não fosse pelo fato de ele estar dirigindo e deter as chaves do carro, eu já teria dado o fora nele e voltado sozinha pra casa. Ele tinha demonstrado pouco ou nenhum interesse por tudo que olhamos. Quando perguntei se ele preferia um sofá de quatro lugares de couro artificial ou um sofá de canto de veludo de vison marrom, ele disse "sim"! O que ele queria dizer com isso? E quando perguntei sua preferência entre uma mesa de jantar de carvalho com cadeiras de espaldar alto e uma mesa de vidro fumê com cadeiras de espaldar alto de couro preto, ele disse: "elas parecem iguais para mim". Agora! Mesmo com a pior capacidade do mundo de ver as coisas, não é possível confundir uma cadeira de espaldar alto com uma cadeira de espaldar alto de couro preto, nem uma mesa de vidro fumê com uma mesa de carvalho. Lancei outro olhar enviesado para ele. Ele estava ficando para trás, uns cinco passos atrás de mim. Tive vontade de matá-lo. A coisa mais exasperante era que essas compras eram para o benefício *dele*, só *dele*. Pessoalmente, eu não tinha nada a ganhar mobiliando *seu* apartamento, para ele poder alugá-lo. Estava aqui para fazer um favor a ele. Não era eu quem tinha que montar uma cozinha com tudo dentro, de um batedor de ovos a um aparelho de jantar completo.

Levantei a alça da bolsa. Meu coração martelava com fúria ao pensar como ele era ingrato. Virei-me para ele e fiz um sinal em direção à farmácia. Precisava de um analgésico. Isso já não dizia tudo? Ele estava me deixando doente. Nem sonho em começar uma discussão no meio de um shopping center. Respirei fundo.

Dei a volta.

— Você — dei um gritinho — está me deixando nervosa! — Apontei um dedo acusador no peito dele. — Você quer aquele apartamento mobiliado, não quer? É por isso que a gente está aqui, não é? Então, demonstre um pouco de boa vontade! E fique do meu lado. Sinto como se estivesse arrastando um aspirador de pó atrás de mim pelas últimas seis horas!

Ele pegou meu dedo em riste e o apertou... com força.

— Mas ainda não compramos nada para o apartamento, não é? — ele disse, destilando veneno. — Tudo o que compramos até agora foi para você!

Tudo bem, eu estava absolutamente espantada que ele pensasse assim. Porque, embora não tivéssemos comprado nada para o apartamento, eu tinha uma lista enorme dos itens que o corretor aconselhou Nikki a providenciar antes de colocar o imóvel para alugar, marcada com tiques verdes. Um tique verde significava que eu havia me decidido por uma possível compra — *possível* era a palavra-chave. Um tique verde com um "B" assinalado significava que o item estava na Bentalls, e um tique verde com um "JL" assinalado significava que o item estava na John Lewis. Eu tinha explicado isso a ele. Não iria repetir.

Dei um tapa na mão dele para que soltasse meu dedo, e me virei de costas. Ele me acompanhou no mesmo passo que eu.

— Você comprou um roupão, velas perfumadas, um edredom com fronhas combinando, um conjunto de toalhas de banho, um par de luvas e três faixas de cabelo! E eu estou carregando as sacolas!

Minha garganta se apertou. Decidi ignorá-lo. Precisava de todas essas coisas. Não consigo me lembrar da última vez que gastei dinheiro em roupa de cama e de banho, e fazia sentido comprá-las enquanto estávamos aqui. E economizei uma fortuna, porque a Cream Company estava se mudando e tudo tinha sido remarcado com setenta e cinco por cento de desconto. E quanto a quem carregava as sacolas, quem se importava?

— Você passou meia hora experimentando sapatos, e então decidiu esperar a liquidação. E comprou uma capa de chuva, e uma tonelada de maquiagem! — ele discursou.

Também com cinquenta por cento de desconto, justifiquei por dentro.

Abri caminho pela porta da farmácia, meus saltos ecoando no piso frio. Não estava curtindo nem um pouco essas compras. Não estava sentindo a onda de adrenalina que a gente sente quando compra algo que vem desejando há anos, ou a comichão na barriga quando se consegue uma pechincha. Me sentia frustrada, insatisfeita, vazia, e me sentia... ligeiramente alta, porque almoçamos no TGI Friday's. Pedi uma garrafa de vinho, pensando que Nikki iria dividir comigo, mas ele não estava a fim de tomar vinho, então tive que beber a garrafa toda sozinha, e eu poderia ter ficado sem essa! E aqui estava eu, fazendo as compras *dele*, quando tudo o que eu mais desejava era me sentar e descansar os pés.

— O que vai comprar aqui? — ele perguntou.

— Anadin; estou com dor de cabeça por causa das suas reclamações.

— Por causa da garrafa de vinho que está fermentando aí dentro seria o motivo mais correto — ele acusou.

Peguei uma cartela de Anadin e fui para o caixa. Nik ficou atrás de mim. Ele tirou uma nota de cinco da carteira, entregou-a para o jovem e, sem esperar o troco, agarrou meu cotovelo e saiu da loja. Estávamos obviamente com uma pressa desesperada.

— Vamos voltar para casa — ele disse, categoricamente.

— Não podemos. Ainda não. Eu disse que tenho alguns Bs na minha lista que estou pensando em mudar para JLs. Uma última olhada em cada uma das lojas poderia me ajudar a decidir.

— Evie, vamos para casa pedir comida delivery. Vou assistir ao jogo de futebol. E você pode comprar o que quiser das suas listas de Bs e JLs pela internet, com uma taça de vinho ao seu lado. Você pode vir de livre e espontânea vontade ou... não de livre e espontânea vontade. Mas você vai voltar para casa.

Não quero admitir para ele, mas seus planos para a noite não parecem muito ruins. Ele estendeu a mão, e eu a peguei, contrariada. Meus pés estavam me matando. Foi a ideia da taça ao meu lado que me convenceu a segui-lo.

Mas a noite não aconteceu como havíamos planejado. Na verdade, foi uma das piores noites da minha vida.

Nikki e eu tínhamos que trabalhar no bar, porque o pai e o tio dele queriam ir a uma competição de dardos. Não poderíamos dizer não porque, justiça seja feita, nós raramente trabalhamos à noite. Mas trabalhar era a última coisa que eu tinha vontade de fazer, depois dos efeitos de um almoço com uma garrafa de vinho, cansaço, pés doloridos e lamento pelos sapatos que não comprei, porque eles combinariam com tudo. Lá pelas nove horas, eu estava reduzida a um estado lamentável. Não via a hora de chegar em casa.

Era depois da meia-noite.

Um grupo de oito garotas tinha ocupado a parte de trás do salão; eram as últimas clientes do bar. As garotas estavam bêbadas, sacudindo os cabelos com mechas, levantando as barras da saia e abaixando os decotes. Uma loira de pernas longas prensava Nikki contra a parede todas as vezes que tinha oportunidade. Ela o monopolizava com seus implantes de silicone, para delícia e gritinhos das outras garotas. Não foi só isso que me incomodou, embora o espetáculo não estivesse contribuindo em nada para melhorar meu humor. Foi o fato de Nikki parecer se divertir com tudo isso que me irritou mais.

A loira de pernas longas sussurrou alguma coisa no ouvido de Nik, e ele respondeu. Fiquei parada atrás do bar, atenta, torcendo um pano de prato na mão. Ela olhou por trás dos ombros, me olhou de relance com curiosidade e enfiou um cartão no bolso traseiro da calça dele. Nik apalpou o bolso, como medida de garantia, e lhe deu seu cartão. Seu cartão!

— Então, vai tentar ir? — Ouvi a garota perguntar, enquanto entrelaçava as mãos no pescoço dele, e ficava ali pendurada como o pêndulo de um relógio.

— Claro — ele disse.

Tio Spiros, sentado no bar, olhou para mim por cima do jornal, e então olhou com reprovação para Nikki. Ele segurou meu pulso com mãos de ferro.

— Não é nada — ele disse.

Dei de ombros com desprezo, e enfiei com força a toalha num copo.

— Eu sei — respondi, tentando ficar calma.

Uma das garotas passou cambaleante ao meu lado, a caminho do banheiro. Alta e oscilante, ela segurou uma echarpe preta em volta dos ombros alaranjados. Inclinei o corpo sobre o balcão, seguindo-a com os olhos. Ela realmente tinha a pele cor de cenoura, pensei.

— Evie, te vejo amanhã? — Spiros disse, colocando o jornal dobrado no bolso do seu avental branco de chef. Ele levantou a gola do casaco, rosnou em desaprovação para a mesa das garotas e caminhou lentamente para a porta, sem olhar para trás.

Nikki veio em minha direção, os ombros com postura profissional. Bateu palmas com força.

— Oito sambucas... E não coloque na conta. Eu ofereci por conta da casa — ele disse, com os dedos tamborilando no balcão.

— Que *gentileza* da sua parte — retruquei, com uma fungada altiva.

Por conta da casa? Peguei os copos, com os lábios prensados numa linha reta.

A garota *alaranjada* desceu o dedo ao longo das costas de Nikki ao passar perto dele. Um sulco em V se formou na testa dele quando olhou radiante para ela. Nikki me deu um sorriso seco quando percebeu meu olhar.

— Vá pra cama se quiser. Vou embora assim que as garotas pagarem a conta, não tem necessidade de nós dois ficarmos aqui. Você tem sua chave, vá para o andar de cima. Não vou demorar — ele insistiu.

Ergui as sobrancelhas com falsa gratidão. Uma ágil morena deu uma risada de prazer, tirou uma garrafa do balde de gelo e despejou uma enxurrada de vinho na sua taça. Nikki deu risada ao observá-la.

— Pelo menos alguém está se divertindo — ele disse.

Ele pegou as chaves penduradas num gancho ao lado da caixa registradora, cabeça curvada na tarefa de procurar a certa, caminhou lentamente até a porta. Enchi as taças com as doses de anis. A loira de pernas longas abriu seu celular, e, com os olhos deslizando entre o cartão do Nik e suas unhas vermelhas, digitou uma mensagem com a concentração exagerada dos embriagados. O telefone do Nik bipou. Minha cabeça se virou para ele. Ele pegou seu celular do bolso, sorriu ao ver a mensagem, e o fechou.

Meu rosto estava afogueado. Não demorou muito para ela entrar em contato. Observei-a esvaziar o copo e se levantar. Sorrindo, ela fez um gesto para Nikki ir até a mesa dela; e ele foi, me deixando com um gosto desagradável na boca. Ele se sentou numa cadeira ao lado dela, cruzou uma perna sobre a outra, um braço forte envolvendo a cadeira dela.

— Quer beber com a gente? — ela perguntou.

— Por que não? — ele respondeu.

Ela exibiu o decote e colocou uma taça na mão dele.

Eu já tinha visto o bastante.

O sangue subiu pelo meu pescoço até minhas orelhas. De repente o cheiro do carrinho de queijos ficou insuportável, o trânsito lá fora rugia, e o calor da luz do teto do bar parecia o de uma fornalha nuclear. Apertei a ponte do meu nariz, respirei fundo e o observei. O que ele estava pretendendo? Eu não iria fazer uma cena, decidi, juntando o meu orgulho. Iria ficar com cara de idiota. Eu resolveria tudo com ele mais tarde, com certeza. Não agora, não na frente desse bando de mulheres. Apressadamente, vesti a jaqueta, peguei minha bolsa e procurei minhas chaves. Estava indo para casa, para o meu apartamento, não o dele. Dei a volta pelo bar e circulei elegantemente entre as mesas. Já tinha visto o suficiente. Na ponta dos pés, destranquei a porta da frente e saí. Eu estava simplesmente em ebulição.

Virei e revirei na cama num estado confuso de fúria. Por que Nik tinha se comportado daquele jeito na minha frente? Não conseguia afastar da minha cabeça a imagem daquela garota pendurada no pescoço dele. Com os olhos fechados ou abertos, a imagem era vívida. Só que agora, na margem da minha mente, a garota estava sóbria e usando biquíni. Por que minha imaginação sempre piora as situações que já são ruins o bastante? Minha mente me atormenta.

Era quase uma e meia quando a campainha tocou. Enfiei a cabeça debaixo do travesseiro para abafar o ruído. Eu sabia que era Nik. Ele podia ficar do lado de fora da porta a noite inteira. Ouvi Lulu sair aos trambolhões pelo corredor.

Rapidamente chutei o edredom para longe e pulei fora da cama. Trombamos uma na outra do lado de fora do meu quarto.

— Não atenda à porta! — pedi urgentemente, minha mão segurando seu braço.

— Por que não? — ela perguntou, apertando o cinto do roupão.

— Porque... é o Nik!

— Por que ele não usa sua própria chave? — ela perguntou, elevando a voz sobre o som da campainha.

— Ele não pode usar a chave dele porque eu deixei a minha na fechadura — gritei.

Ela ergueu as mãos para o barulho.

— E o dedo dele está grudado na campainha? Por que deixou a sua chave na fechadura?

O barulho era ensurdecedor.

— Porque... eu odeio ele!

— Ah, que se dane, abra a porta antes que ele estoure os nossos ouvidos ou arranque a porta do batente, você sabe como ele é. E estou tentando assistir a *E o Vento Levou*.

— Não! Estou falando sério, deixe ele lá fora.

Um sorriso se espalhou pelo rosto dela, e seus olhos faiscaram diabólicos.

— Sim, podemos deixá-lo lá fora, não podemos? Porque então posso fumar um cigarrinho, e, agora que está acordada, pode assistir ao filme comigo. Não consigo dormir.

A campainha cessou. Os passos de Nik soaram no corredor do prédio, inconfundíveis. Lulu e eu ficamos olhando uma para a outra, o sorriso desapareceu do rosto dela.

— Obrigado, Miranda — ouvimos Nik dizer, do outro lado da porta.

— Aquela traidora barulhenta do andar de cima o deixou entrar — Lulu disse num sussurro desesperado.

A voz de Miranda ecoou pelo corredor.

— Ah! Tudo bem, não acredito que elas deixaram a chave do lado de dentro, quanta irresponsabilidade — ela disse, como se já não tivesse causado problemas o bastante.

Um nanossegundo depois, a porta se abriu com um estrondo.

— O monstro está em casa! — Lulu disse, de olhos arregalados. Segurando a parte traseira do roupão, ela se apressou pelo corredor, os cabelos esvoaçantes.

Nikki ocupou a soleira da porta com os punhos cerrados apoiados nos quadris. Voltei para o meu quarto.

— O que está acontecendo? — ele perguntou, jogando minhas chaves na cama.

Uma flecha gelada atravessou meu peito, o que de certo modo estava errado, porque eu deveria estar furiosa, não ansiosa e... nervosa.

— Não quero que você fique aqui. Volte para a sua casa — falei, num tom estridente.

Três passos gigantes e ele estava pairando em cima de mim.

— Por quê?

— Por que não quero você perto de mim. Por isso — disse a ele.

Ele franziu a testa.

— E por que não me quer por perto?

— Tem coragem de me perguntar?

Ele balançou a cabeça, absorto.

— Tenho, tenho sim — ele retrucou bruscamente.

— O que estava pretendendo? — perguntei, brava.

— Do que está falando?

— Do que eu estou falando? Estou falando de você dar o seu cartão, deixar aquela loira se pendurar no seu pescoço. Estou falando de você comprar bebida para aquelas garotas, muito embora elas tivessem claramente bebido demais.

— Estava mantendo os clientes felizes, nada mais que isso.

— É assim que você chama?

— Sim, sim é. É exatamente assim que eu chamo — ele disse.

— Pode ficar com a loira de pernas longas.

Ele curvou a cabeça, curioso.

— Posso ficar com ela?

Dei um passo para trás, o que apenas o encorajou a vir mais para perto.

— Ah! Então sabe quem é a loira de pernas longas?

— Sim, e ela não significa nada para mim, a não ser pelo fato de ter feito reserva para um grupo de trinta pessoas para o próximo fim de semana.

— Certifique-se de estar disponível!

Uma batida pulsava na base do seu pescoço, um sinal de que ele estava lutando para se controlar.

— Certificar-me de que vou estar disponível? Disponível para quê, exatamente?

— Ah Nick, vá para casa, não quero perder tempo brigando com você. Na verdade, não posso perder tempo com você.

Ele me olhou furioso.

— É mesmo?

Endireitei os ombros.

— Todo mundo tem um nível diferente de tolerância. Eu não tolero infidelidade...

Ao ouvir minhas palavras, uma tempestade se formou nos olhos dele.

— O quê?

— Eu não tolero...

Ele pressionou os punhos com força nos quadris.

— Ouvi o que você disse. Eu simplesmente não acredito que disse isso! — ele rugiu.

— É verdade!

— Eu sei que é verdade! Mas não mereço que diga isso para mim, você está fazendo uma grande confusão por nada.

— Então, se eu der meu telefone para um cara, e sorrir como uma idiota para o meu telefone quando ele me mandar uma mensagem...

Ele empalideceu.

Pressionei meu ponto.

— Vá embora! Vá embora se acha que não tem nada de errado no modo como se comportou hoje à noite. Na verdade, vá embora de qualquer jeito. Prefiro ficar sozinha.

— Você prefere ficar sozinha?

Ergui o queixo.

— Sim! Sim, eu prefiro!

— Fique sozinha, então! — ele berrou.

Por um momento seus furiosos olhos escuros se prenderam nos meus, antes de ele abruptamente se virar e, sem olhar para trás, bater a porta ao sair; soou como o ribombar de um trovão.

Por um momento fiquei paralisada como uma estátua, antes de escorregar encostada na cômoda e cair com um baque no chão do quarto.

Lulu apareceu no umbral da porta, o cigarro para o alto.

— Não me entenda mal, Evie, eu adoro o Nik, eu o amo de paixão, mas, você tem que admitir, ele é doido. Apesar de todos os seus gritos e ameaças, não é capaz de ferir uma mosca, você sabe, não sabe? É tudo da boca pra fora.

Assenti. Eu sabia disso.

CAPÍTULO 30

Olhei de relance para o relógio na mesinha de cabeceira. Eram quase três horas da tarde. Eu havia perdido o almoço — um bônus, economizava calorias —, ainda assim suponho que deveria estar pensando em sair da cama.

Já faz quatro dias que Nik e eu brigamos. Não o vi, não tive notícias dele, nem estive no bar. Não tinha planejado boicotar meu trabalho, apenas aconteceu. Eu acordava, me dava conta de que não conseguiria encarar Nik, e voltava a dormir. E Nik não tinha entrado de supetão no meu quarto e me arrastado para fora da cama. Então não me importei em levantar. Depois de vinte e quatro horas sem contato algum, decidi que ele poderia ficar com aquele emprego pra ele.

Não ir trabalhar tinha tornado as coisas piores, porque a essa altura ficou claro para todo mundo que as coisas não estavam bem. Num ato de solidariedade, Maria também ficou contra Nik, e caiu de cama, sofrendo de uma doença muito impressionante que ela mesma diagnosticou. Basicamente os sintomas são inabilidade para ir trabalhar, limpar a casa, cozinhar, passar roupa, falar com seu filho ou dirigir. Tudo o que ela consegue fazer é comer como um cavalo, beber como um peixe e mandar mensagens de texto até seu polegar ficar duro. Ela me mandou uma mensagem para dizer que não iria voltar a trabalhar no bar até que eu voltasse. Admito que isso levantou o meu moral de um jeito morbidamente agradável. Porque é muito legal ser lembrada, e, acredite, Maria e eu estaremos nas alturas depois. Nik vai enlouquecer.

Ok, se eu fosse objetiva, admitiria que uma simples paquera não era o crime do século. Ainda assim o meu rosto ardia quando lembrava de Nik com aquela garota. E se eu tivesse me comportado daquele jeito com outro homem? Comecei a suar de pânico só em pensar como o Nik teria reagido. Ele teria explodido! Na verdade, ele tinha explodido, e eu não tinha feito absolutamente nada de errado.

O que aconteceu em Veneza tinha sido sorrateiro. Não esperava por aquilo. Não estou dizendo que não gostei. Eu gostei muito. E não estou dizendo que não gostei dos últimos dois meses. Mas talvez aí esteja o problema: "últimos dois meses". O ponto máximo de envolvimento emocional, quando os homens começam a buscar uma substituição, ignorando mensagens, não retornando ligações e cancelando encontros. Talvez Nik estivesse começando a sentir falta dos velhos hábitos. Com certeza era isso que parecia. Talvez as noites deitados de conchinha no sofá, assistindo a *Supernanny* ou *Strictly Come Dancing*, o estivessem cansando. Para ser honesta, eu mesma estava ficando cansada do *Strictly*. Talvez a obrigação de ser parte de um casal estivesse começando a deixá-lo irritado. Para Nik, o peso da intimidade doméstica pode muito bem ter sido transformado em monotonia conjugal. Isso acontece.

Deitei com o braço curvado em volta do travesseiro por cima da cabeça e olhei para o teto.

Apesar de tudo isso, era Nik quem estava errado. Se ele não tivesse se comportado tão mal, não haveria motivo para discussão. É simples e verdadeiro assim. E ele não tentou entrar em contato por *noventa e seis horas*. O que está acontecendo? Ele está se recusando a enxergar o que aconteceu? O mundo vai acabar antes que eu ligue para ele. Enfim, é melhor terminarmos agora, enquanto estou no controle das minhas emoções, do que a atração que sinto por ele aumentar, a ponto de eu virar um caco quando a bolha de felicidade estourar. Obviamente, Nik está muito bem, o cretino egoísta! Porque, como eu disse, *noventa e seis horas* se passaram sem nenhuma palavra dele. Suas emoções estão obviamente sob controle.

Arranquei as cobertas, saí da cama e vesti o roupão. Verifiquei meu telefone enquanto caminhava lentamente pelo corredor. Sem ligações perdidas. Sem mensagens. Olhei para ver se eu tinha sinal de rede, tinha. Peguei o telefone fixo da parede da cozinha e liguei para o meu celular. Ele tocou, então obviamente não havia nenhum motivo técnico para eu não ter recebido ligações ou mensagens. Quando chequei meu telefone, cinco minutos atrás, eu tinha quatro mensagens de Maria. Claramente ninguém tinha tentado entrar em contato comigo desde então. Bom, muito bom.

Fiz um café e fui para a sala. O Bar Thea fica do outro lado da rua, mas é no final do quarteirão, vizinho da estação de metrô Tooting Broadway. Por esse motivo, não posso vê-lo da janela da sala. Teria que ir do lado de fora e me pendurar sobre o portão do jardim, coisa que eu não faria jamais, porque a única coisa que eu veria seria "a porta do bar". Então, não adiantava nada. Mas então, pensei, eu poderia ver quem entra e quem sai pela porta, não é? Sentei fundo no sofá. Por que eu iria querer fazer isso?

Enrolei uma longa mecha de cabelo e assoprei o café.

Estava entediada.

A temporada de verão havia terminado, e não havia muita coisa acontecendo no outono. Como tiro de misericórdia, a Insignia Tours não tinha nenhuma programação para mim. Não tinha trabalho, nenhum plano, nenhum arranjo. Eu não tinha *absolutamente* nada para fazer. Tudo bem, não é totalmente verdade; seria mais sincero dizer que não havia nada que eu tivesse vontade de fazer. Poderia visitar minha irmã, Lexy, mas as gêmeas iriam querer que Nikki estivesse comigo. Afastei a ideia da cabeça. Não, não iria para a casa da minha irmã. Definitivamente, não.

Examinei a sala.

Copos, uma garrafa de vinho virada para baixo num balde de gelo, uma variedade de revistas velhas espalhadas pela mesinha de centro e o aquecedor estava coberto por um caleidoscópio de calcinhas e sutiãs. Poderia limpar o apartamento, pensei, mas qual a razão? Eu o limpei na semana passada.

Meu telefone vibrou no bolso do roupão. Ahhhhh! Respirei fundo. Devia ser Nik. Já não era sem tempo! Trêmula e sentindo o rosto queimar, procurei no meu bolso. Ele demorou, pensei, com um sorriso triunfante. Olhei para o identificador de chamadas; não era Nik, era John. Minha mente revirou como uma montanha-russa. *Não era Nik*?

A voz de John explodiu na linha.

— Evie, minha querida, como vai você?

Apesar do modo como estava me sentindo, me animei imediatamente. Ouvir a voz dele sempre me fazia sorrir.

— Estou bem.

— Sua voz está meio desanimada.

— Bem, para falar a verdade não estou nada bem. Tive uma discussão com o Nikki — confessei melancolicamente.

— É mesmo? Tenho certeza de que não é nada sério — ele disse, alegremente.

Eu podia ouvir a batida ritmada num teclado e o eco de um telefone ao fundo. Ele estava ligando do escritório.

— Foi, foi bem sério — insisti.

— O que anda fazendo?

Não tinha acabado de contar a ele?

— O que aconteceu foi que... Nik e eu estávamos...

— Não jantamos juntos há umas duas semanas. O que vai fazer amanhã à noite?

— A princípio nada. Estou disponível pelo resto da vida — gemi, ofegante, e continuei. — Nik e eu...

Ele deu uma risada rouca e profunda.

— Precisamos nos encontrar. Tem uma coisa que eu gostaria de discutir com você. É um... tipo de proposta — ele disse, esticando as palavras.

Agora fiquei interessada.

— O que quer dizer? Uma proposta?

— Explico quando a gente se encontrar. São muitos detalhes. Está livre amanhã à noite?

Soltei um suspiro.

— Estou livre todas as noites. Você *não* está me escutando? Quero te contar sobre o Nik e, e...

— Agora não, me conte amanhã. Tenho alguém me esperando. Vou mandar o Alistair te pegar, esteja pronta às sete horas. Não, na verdade — ele se interrompeu reflexivamente —, fique pronta às seis. — Houve um silêncio pensativo. A batida do dedo no teclado parou, substituída pelo amassar de papéis.

— Evie, estou folheando a minha agenda, não tenho nada marcado para os próximos dias.

Tomei um gole profundo do meu café. Ele não estava nem um pingo interessado na minha briga com Nik. Coloquei a xícara na mesa com um baque, derrubando quase todo o conteúdo.

— Vou te levar para Veneza — ele disse assertivamente, perturbando meus pensamentos.

— Você o quê?

— Vou te levar para Veneza — ele repetiu.

Meus ouvidos se eriçaram.

— Assim, do nada? — perguntei, com um estalar dos meus dedos. — Vai *me* levar para Veneza?

— Por que não? Eu prometi, não prometi? Você está livre e eu estou com tempo — ele disse. — Você sugeriu que eu trabalhasse menos e relaxasse mais, estou simplesmente seguindo seu valioso conselho. Então, o que acha?

Peguei minha xícara.

O que eu achava?

— Ideia fantástica! Eu adoraria voltar a Veneza.

— Então, está combinado. Alistair vai te buscar às seis, como planejado. Vamos jantar juntos amanhã à noite e voar para Veneza na manhã seguinte. Vamos voltar quando estivermos cansados da companhia um do outro. O que acha?

Meu coração batia forte: Veneza depois de amanhã, simplesmente assim. Meu mundo expandiu dos limites restritos e tediosos da minha sala para as alturas estonteantes da Veneza cosmopolita. Simulei uma valsa com meu roupão, a xícara de café na mão. E Nik podia ir para o inferno, já tinha me lamentado durante muito tempo. Noventa e seis horas! Quem ele pensa que é, afinal de contas?

— Evie! — John chamou.

— Sim, sim... Ah, sim, com certeza — sorri para meu reflexo no espelho, dei uma volta e corri para a janela. — Estarei pronta às seis horas. Veneza! Maravilha! Não vejo a hora — disse, a adrenalina se espalhando pelo meu corpo. — Ah! John, será que o Alistair pode me pegar na hora do almoço? Eu gostaria de nadar e mergulhar naquela jacuzzi, se você não se importar. E então fico esperando até você voltar para casa — pedi, sorrindo para a multidão de pessoas que se acotovela para pegar o ônibus 220.

— Claro que pode, querida. Vou te mandar o número do Alistair e garantir que ele esteja livre o dia inteiro. Ligue para ele quando estiver pronta.

Imediatamente eu estava me sentindo melhor. Tinha uma coisa maravilhosa me aguardando. Ficar chorando no apartamento o tempo todo não iria fazer Nikki me ligar. Eu podia muito bem chorar em Veneza. E veja bem o que eu disse: "O Alistair pode me pegar na hora do almoço? ", onde eu estava com a cabeça? Nunca tive um motorista na vida. Quem tinha? E eu não apenas estava completamente confortável em ter alguém para "vir me buscar" como havia mudado a agenda dele para atender às minhas necessidades. Eu poderia me acostumar com isso. Estava ansiosa para uma revigorante experiência no spa da casa de John. Adoro aquela jacuzzi. E assim eu estaria em forma para minha viagem. Iria nadar umas vinte voltas ou mais. Iria me esforçar. Valeria a pena, porque me sentiria ótima depois.

A JACUZZI PARECIA UM vulcão em erupção. O termostato devia estar ligado nas alturas. Fiquei apenas dois minutos lá dentro antes de deslizar a perna pela beirada e me arrastar pelo piso de cerâmica como uma lesma gorda e exausta. Nadei um pouco; foi um horror. Meus pulmões queimavam e meus braços doíam depois de três voltas. Por que as pessoas nadam? Não quis arriscar ter uma cãimbra ou me afogar, portanto desisti de nadar e passei uma hora ou mais boiando numa poltrona inflável, cuidando da minha meia garrafa de champanhe, taça de cristal e uma tigela de chilli. Estava descansada e purificada. Senti que havia conquistado alguma coisa.

Lembrei de trazer o pijama, mas tinha esquecido de trazer roupão, então a governanta de John, que parece a Nanny McPhee, me emprestou um roupão de banho. Não um daqueles adoráveis roupões brancos felpudos e grossos com monograma que eu vi pendurados no átrio da última vez que estive aqui. Aparentemente eles estavam sendo lavados. (Todos os quatro?) Nanny McPhee me emprestou um robe de flanela, tipo da vovó, feito de algodão macio e pesado como o pavio de uma vela, com gola polo alta, babados nos punhos e bolsos fundos e quadrados. Fiquei parecendo um porta-papel higiênico de crochê. Não quero ser mal-agradecida, mas suspeito que por algum motivo ela propositalmente quis que eu ficasse deselegante. Ela iria ficar apenas meio período, iria visitar seu irmão, e eu não fiquei triste ao vê-la ir embora. Assim que ela saiu, troquei o roupão por um dos suéteres de gola careca de John que encontrei na lavanderia.

Apoiei o corpo na grade de ferro trabalhada do terraço de cima, com a cabeça inclinada para o sol de outono. Com os cabelos úmidos e limpos esvoaçantes, taça de cristal na mão, fiquei admirada com o zumbido do tráfego vespertino em Park Lane, em contraste com a calma e tranquilidade do Hyde Park. Equilibrei a taça na curva do meu braço e me abracei. Era meio surreal olhar para a paisagem movimentada da cidade lá embaixo, com a contrastante serenidade das palmeiras e da piscina atrás de mim.

Seis horas e ainda nem sinal de John. Não me importei; estava no comando da cozinha imaculada de Nanny McPhee, fazendo o jantar. Estava com seu livro de culinária aberto e apoiado na parede de azulejos. Minha missão era um espaguete à bolonhesa. Precisava manter a mente ocupada, porque lembranças de Nik não paravam de surgir na minha cabeça, me deixando enjoada e com saudade, ou suponho que poderia dizer enjoada e bêbada, porque estava agora na minha segunda meia garrafa. Taça na mão, cebolas sautée, alho e tomates, e eu estava fazendo um ótimo trabalho, no meu ponto de vista. Cozinhar era um ritual terapêutico e de cura, e pensei por que nunca havia feito isso antes. Era questão de bom senso e aptidão, e parecia que eu tinha os dois. Na verdade, quanto mais champanhe eu tomava, mais bom senso e aptidão eu era capaz de usar.

Abri a porta da geladeira com um floreio e peguei a carne moída. Astuciosamente, eu já tinha checado se Nanny Mac tinha todos os ingredientes de que eu precisava. Na verdade, ela tinha ingredientes em estoque para praticamente todas as receitas do seu livro de culinária. Meu telefone vibrou, anunciando uma mensagem. Meu coração deu um pulo. Caminhei rapidamente até o balcão. Devia ser Nik! Com certeza! Meu estômago afundou desapontado. Era outra mensagem de Maria.

Você vai vir para a festa de aniversário do Nik amanhã? Você sabe que eu convidei todo mundo. Por favor, venha, nós ainda estamos sem conversar com ele. Xxxx

Suspirei e fiquei cutucando um fio solto do suéter. Inesperadamente, uma lágrima rolou pelo meu rosto. Rapidamente a enxuguei, mas ela foi logo substituída por outra. Ao olhar em volta da enorme e reluzente cozinha, me senti vazia e solitária e inexplicavelmente nervosa.

Como isso poderia dar certo? Maria e eu na festa de aniversário de Nik, mas sem falar com ele? Com todas as atribulações da semana passada, havia me esquecido completamente de que Nik iria completar vinte e nove anos amanhã. Maria tinha convidado o mundo inteiro e a família para uma festa-surpresa no bar, que não era nenhuma surpresa, afinal de contas. Nik tinha me contado que sabia de tudo.

Sentei num dos banquinhos altos da cozinha. Sentia falta de Nik, sentia muita saudade dele. Eu o queria. Mas parece que ele não me queria. Limpei meu rosto corado com um pano de prato. Ele não se importava. Esse pensamento desagradável deu início a uma discussão entre mim e Nik na minha cabeça. Respirei bem fundo e tomei um gole do champanhe. Venci a discussão. Nik não tinha muita coisa a dizer em sua própria defesa.

Deslizei do banquinho e salvei as crepitantes cebolas.

Eu iria para Veneza. Seria muito mais emocionante que uma droga de festa num bar em Tooting Broadway. Mas eu ainda não iria dizer nada a Maria, porque ela iria me bombardear com súplicas e lágrimas. E eu iria me sentir mal. Iria mandar uma mensagem para ela amanhã, antes de embarcar no avião de John. E iria deixar meu telefone no carro de John. Sem meu telefone, eu poderia me concentrar em me divertir, e não ficar constantemente olhando minhas mensagens. Sim, era isso o que eu faria.

Nikki podia ir para o inferno.

Arrumei a mesa na cozinha com a sofisticada louça e os cristais do armário da sala de jantar, acendi velas e até mesmo aprendi fazer funcionar o sistema de som computadorizado. O ambiente estava perfeito. Eu era quase um gênio da culinária, quem poderia imaginar? Tudo o que eu precisava era de um livro de receitas, algumas horas para mim mesma, a maior parte de uma garrafa de champanhe dentro de mim e uma cozinha de alguns milhares de libras para brincar.

Pouco depois das sete horas, usando um casaco preto imaculadamente cortado sobre um elegante terno cinza metal, John chegou em casa. Ele arrancou a gravata ao entrar na cozinha.

— Olhe só para você! Pijama, meu suéter e minhas meias? Esperava que já estivesse vestida e pronta para sair — ele disse.

Ele prendeu minhas mãos nas dele e me puxou para perto de si, e examinou a cozinha.

— Vamos ter convidados? — ele perguntou, os olhos crispados, divertidos.

— Estava com tempo, então resolvi cozinhar.

Num impulso, dei um abraço nele. Ele estava com o cheiro do ar gelado da noite, sabonete perfumado e lã fina.

— Estou honrado. Me sirva uma bebida enquanto eu tiro esta roupa, ok? Quero um conhaque. Sabe onde fica o conhaque?

— Sei, tenho fuçado tudo na cozinha há umas quatro horas. Sei onde as coisas estão guardadas.

Seu peito largo vibrou enquanto ele dava risada.

— É mesmo?

Me afastei dele.

— Vá se trocar — falei, apontando para a porta. — Vou servir o jantar.

ENQUANTO JOHN LIMPAVA o seu prato, eu brincava com a comida, escondendo a maior parte do meu espaguete debaixo de uma camada de alface. A conversa caminhava aos trancos e barrancos, sem alterar o ritmo. Isso tudo porque John com um suspiro sufocava qualquer sentença que eu começasse, e fazia um esforço para introduzir um pouco de jovialidade. Quando terminou de comer, ele largou os talheres, colocou o guardanapo na mesa e afundou ainda mais na sua cadeira.

O rosto dele estava radiante.

— Estava maravilhoso — e soltou um sorriso. — E, como você cozinhou, tem a vantagem extra de não pagarmos a conta.

Sentei-me ereta, cotovelos na mesa.

— Como se você se importasse com isso.

Ele sorriu para o brilho da vela na mesa.

— Talvez não; ainda assim, estava muito agradável.

Senti seu olhar silencioso enquanto me ocupava em esconder meu espaguete.

— Vamos passar para a sala — ele disse assertivamente, seus olhos escuros, sérios. — Estou percebendo que você tem alguma coisa séria para conversar comigo, e eu tenho uma coisa importante para discutirmos.

Ele se levantou.

— Vamos colocar a louça na lavadora? — perguntei.

— Não seja ridícula. Marion não iria gostar.

Fiz uma careta.

— Quem é Marion?

— Minha governanta, é claro. Como você a chamou o dia inteiro, pelo amor de Deus?

— Err, bem, de nada realmente. Não conversamos muito; eu tinha esquecido o nome dela até você mencioná-lo agora.

Eu não podia confessar que a havia apelidado de Nanny McPhee.

John se recostou em uma agradável poltrona de frente para a lareira e eu me sentei aos pés dele no tapete. Ele se inclinou, os cotovelos apoiados nos joelhos, segurou meu queixo com as mãos e virou meu rosto em direção a ele.

— Tudo bem. Vou falar primeiro — ele disse.

Assenti brevemente, cruzei as pernas e dobrei os braços. Ele encostou de volta na cadeira, o cálice de conhaque na mão.

— Passei um tempo considerável com meus contadores no mês passado. Eles me disseram que eu gasto mais de dois milhões de libras por ano com eventos corporativos. – Ele fez um aceno com a cabeça. – É uma quantia alta. Meu orçamento de marketing para o lazer é vinte e cinco por cento mais alto que há dois anos.

Escondi uma careta e o encarei seriamente. Eu precisava saber de tudo isso?

Ele continuou.

– Agora que a maior parte das especificações das nossas conferências está estabelecida e a fórmula está funcionando, serão apenas os locais que vão mudar, provavelmente.

– Certo – eu disse rigidamente. – Faz sentido.

– Meu diretor financeiro estima que trazer o marketing de lazer para dentro da empresa vai economizar aproximadamente quatrocentos mil dólares ao ano. Essa é a margem de vinte por cento que uma organização de gerenciamento de eventos geralmente cobra.

– É muito dinheiro – comentei, em tom inexpressivo.

Ele abandonou seu drinque numa mesinha de canto e pôs as palmas das mãos nos braços da poltrona.

– É, sim. E é exatamente isso que eu decidi fazer.

– Ótima ideia! – respondi, me mexendo um pouco no chão.

– E quero que você chefie tudo.

Meu queixo caiu. Ele estava brincando?

– Eu? – bufei incrédula. – Mas eu não entendo nada de gerenciamento de eventos.

– Você tem um diploma em mídia, não tem? Apesar de mídia não fazer parte do gerenciamento de eventos, seu diploma é a prova de que tem disciplina para aprender. E você conhece tudo sobre eventos; se não, sabe como organizá-los – ele disse, com um sorriso confiante.

Olhei cautelosa para ele. Ele se inclinou, seus olhos escuros presos nos meus. Sua expressão passou para séria e objetiva.

– Evie, você tem condições de fazer isso! Você é uma garota brilhante!

Levantei e fui sentar no braço do sofá.

— Estou retirando meus negócios da Insignia Tours e os trazendo para dentro da minha empresa.

— Não questiono, mas você é o principal cliente deles, e algumas das garotas da Insignia Tours provavelmente perderão o emprego.

— Traga as garotas com você. Contrate quem precisar. Não espero que faça isso sozinha. Evie, essa transição faz todo o sentido. Você pode acompanhar os eventos que organizar, exatamente como faz agora. Com a vantagem adicional de estar utilizando os anos de estudo que teve para conquistar seu diploma. E é claro que financeiramente vai estar muito melhor.

— Como assim vou estar financeiramente melhor?

Ele se levantou, pegou seu cálice na mesa e lentamente caminhou até a lareira.

— Vou te dar um quarto da participação nos lucros em qualquer novo negócio que consiga fora da minha organização.

Fiquei estupefata.

— Mas qual a vantagem para você? Por que me daria tanto assim?

Ele revirou seu cálice à procura de uma resposta para me dar.

— Qual a vantagem? Bem, vou economizar quatrocentas mil libras no primeiro ano. Então, esta é uma vantagem imediata. E outra vantagem é que você e eu podemos almoçar juntos mais vezes — ele disse —, porque eu separei um espaço de trinta metros no meu escritório para esse empreendimento.

Minha mente apontou os prós e os contras. Era uma oportunidade fabulosa, absolutamente incrível, mas... era um emprego adequado para uma pessoa adulta. Eu estava feliz fazendo excursões de turismo, passeando pela Europa sem nenhuma preocupação no mundo. Mas ser guia de turismo não oferecia estabilidade financeira, o trabalho era esporádico, enquanto hipotecas de casas eram permanentes. E parece que eu não tinha mais o emprego no bar, que tinha sido fundamental para minha sobrevivência econômica. As coisas tinham mudado. Eu precisava de uma renda regular e estável. Ele estava me oferecendo um emprego bem pago e a oportunidade de ser minha própria chefe, com a vantagem de ainda poder viajar. Senti que estremecia por dentro. Eu tinha perdido o ano trabalhando para o Nikki e chorando por causa de Rob. Eu mal tinha ido a algum lugar. Corrigiria isso no ano que vem.

A chama do fogo iluminou o rosto dele.

— Pense — ele disse solenemente. — Converse com o seu travesseiro — ele acrescentou.

Eu teria meus próprios cartões comerciais, pensei. E teria um espelho no meu escritório, discretamente escondido por trás de um biombo, é claro. E um sofá, e...

— Uma amiga minha vai aparecer daqui a pouco — ele disse, num tom cauteloso. — Uma senhora; ela esqueceu seu celular aqui hoje de manhã, e vai passar aqui para pegá-lo — ele acrescentou, inexpressivo.

Esqueceu o celular aqui? Como uma mulher qualquer *esquece* um celular aqui? — imaginei. Claro que não era da minha conta! Não iria perguntar nada! Claro que não!

— Por acaso ela deixou o celular dela hoje de manhã porque passou a noite aqui? — deixei escapar. — Com você? Ela passou a noite com você? Não em um dos quartos de hóspede? *Ela realmente dormiu com você?*

— Dormiu, sim — ele replicou, audaciosamente.

Ele foi até a poltrona, sentou-se e colocou os braços estendidos nas pernas naturalmente. Dei risada. Não consegui segurar. Ri com tanta força que escorreguei do braço de sofá e caí na confortável almofada.

— Se importa em me contar o que é tão engraçado? — ele perguntou bruscamente, e estava prestes a acrescentar alguma coisa quando seu telefone tocou. Ele o atendeu imediatamente, pressionando o aparelho no ouvido com um sorriso tímido. Disse duas palavras: — Tudo bem.

— Ela estará aqui em cinco minutos.

Aquilo me fez calar. Levantei de um salto. Minhas mãos voaram para o meu rosto.

— Olhe para mim. Sem maquiagem, de pijama, seu suéter e suas meias. Mas, mais importante ainda, olhe para você — eu disse, apontando-o.

Ele se sentou, ereto.

— O que há de errado comigo?

Ergui minha mão.

— Estarei de volta em um minuto — falei.

Corri até a cozinha, peguei minha bolsinha de maquiagem e voei de volta para a sala. Caí de joelhos na frente da cadeira dele e despejei o conteúdo da minha bolsinha de maquiagem no tapete.

— Você precisa se barbear. Eu gosto quando está com a barba por fazer, mas está com o bigode grisalho e tem muito branco nas suas sobrancelhas; me deixe eu retocá-los, um pouco mais escuro. Você vai ficar maravilhoso.

Peguei a escovinha do rímel e fui em direção a ele.

— Não seja ridícula.

— Deixe eu esfregar um pouco de preto nas partes grisalhas, só um toque acima dos lábios, nada demais. A maioria dos artistas de cinema faz isso — contei a ele.

— *Não sou* um artista de cinema.

— Eu sei, mas apesar disso você quer parecer bem. Não quer?

Dei um passo para trás para admirar meu trabalho, então me inclinei e dei um toque de leve nas sobrancelhas dele.

— Parece arrojado, moreno e lindo e... misterioso, tipo cavaleiro das Mil e Uma Noites.

— Ah! Fique quieta, Evie.

— Você está atraente, muito atraente!

A campainha tocou. Minha garganta e minha barriga trocaram de lugar. John sorriu. Sentei no chão e juntei minha maquiagem, enfiei a bolsinha atrás de uma almofada e me posicionei cerimoniosamente na ponta da poltrona.

— Não vai atender a porta? — perguntei.

— Claro que vou — ele disse, levantando-se lentamente.

Meus olhos o seguiram para fora da sala.

Olhei de esguelha em direção a um murmúrio carinhoso de vozes vindo do corredor. John estava com a mão nos ombros de uma elegante e esbelta loira. Ela sorriu para ele, enquanto ele a conduzia gentilmente para a sala. Ela usava uma saia de seda preta com um casaquinho Chanel preto e branco.

— Evie, gostaria de te apresentar Estelene.

Corei e me levantei para cumprimentá-la. Fiquei boquiaberta ao reconhecê-la. John percebeu a expressão de surpresa no meu rosto. Engoli em seco e consegui transformar um raspar de garganta incrédulo numa tosse que escondi com o punho cerrado. John deu um passo para trás de Estelene e me deu um olhar de advertência. Ao sentir seu sinal de aviso, meus lábios se curvaram num sorriso. Dei um passo à frente e beijei o rosto dela.

— Evie, é um prazer conhecê-la — Estelene disse em tom nobre, alisando desnecessariamente seu cabelo cuidadosamente arrumado.

— Igualmente — consegui dizer, abalada.

— Evie estava a caminho de preparar um chocolate quente, não estava, Evie? — John disse firmemente e com um aceno autoritário.

— Sim, sim, estava — respondi, passando ao lado deles. — Eu vou, e, e... vou fazer isso agora.

Desabei ao entrar na cozinha. O que John estava pretendendo? Estelene é membro da Família Real. Ela é duquesa. E uma duquesa casada, para completar. Com um duque! Ela estava na revista *Hello*! da semana passada, com seu marido e seus dois meninos. Espere até eu contar para Lulu e Lexy, e... e estava para dizer Nik, mas não vou contar nada para Nik, vou? Dei um suspiro e peguei meu telefone do meu bolso, nada! Nem um fiapo, nenhuma mensagem. Uma coisa tenho que dizer em defesa de Rob: quando ele queria ficar bem comigo, fazia um esforço fanático para conseguir isso. Nik não estava nem se importando. Sei que eu disse que estava com saudade de Nikki, mas estava mudando rapidamente de ideia.

Coloquei três xícaras e um pote de chocolate numa bandeja e fui para a sala. Uma duquesa? Que inferno, uma duquesa casada!

Enquanto dava a volta pelo sofá e ia até a mesinha de centro, me concentrei como louca para não deixar a bandeja cair. Estelene ergueu o rosto e me deu um sorriso brilhante. Meus lábios se abriram, os olhos se arregalaram e meu coração disparou horrorizado. As xícaras tilintaram quando tropecei. Reequilibrei a bandeja e me forcei a olhar para John. Desejaria não ter feito isso. Como era de esperar, o rosto dele estava branco de raiva, e seus olhos cinzentos tinham se transformado em iniciadores de fogo. Senti um vislumbre de terror. Seria culpada por isso, eu sabia, eu tinha que fazer alguma coisa para *salvar* a situação. Eles tinham dado um amasso, era óbvio. O maxilar de John rangia com fúria. Tremi quando senti uma gota gelada de suor escorrer pela minha espinha. Teria que *fazer alguma coisa — de que jeito*? Os rostos deles estavam paralisados; o dela banhado em sorrisos, o dele enraivecido. Percebi como tudo tinha acontecido, e, embora eu soubesse que levaria a culpa, não era realmente minha falha. A questão era a seguinte: Estelene, duquesa de Devon, estava exibindo um largo bigode preto e duas grossas sobrancelhas escuras. Quando havia aplicado o rímel sobre a barba por fazer, não imaginei que pudesse sair e sujar alguém. Bem, quem teria pensado nisso? Coloquei a bandeja na mesa com precisão calculada. A duquesa de Devon olhava sonhadora para John; ela estava ridícula. John olhou furioso para mim. Senti que morria por dentro. O peito dele inflou quando ele inspirou com irritação.

— O chocolate está com um cheiro delicioso, não está? — Estelene disse, exibindo um sorriso que aumentava ainda mais seu bigode. Ela se inclinou para John e fez carinho no cabelo dele.

Os lábios dele se retorceram como se fosse dizer alguma coisa, mas ele parecia não encontrar as palavras certas, nem o ar. Eu podia entender o que ele estava sentindo. Eu estava sentindo a mesma coisa.

Bati as palmas da mão num ato de decisão e tomei a única atitude razoável naquela circunstância.

— Acho que vou para a cama mais cedo — anunciei. — Estou cansada e temos que começar logo cedo amanhã, não é, John?

Estelene concordou sabiamente, e brandiu sua xícara.

— Por favor, não deixe a gente te segurar.

Bem, lá vou eu! Ela tinha mais ou menos implicado que eu era a vela, e pediu para eu ir embora. Inclinei a cabeça para a frente e beijei os dois no rosto. Os olhos dele olharam de esguelha, brilhando com loucura. Girei nas minhas meias e fui em direção à porta, segurando a xícara com cuidado.

Uma hora mais tarde, John entrou de supetão pela porta do meu quarto. Não fiquei totalmente surpresa. Deixei cair o controle remoto da televisão e me afastei para a cabeceira da cama; quanto maior a distância entre nós dois, melhor, tenho certeza.

— Sinto muito. Claro que eu sinto muito. Como eu poderia saber que o rímel iria passar para ela? Nunca havia tentado disfarçar barba grisalha antes. Nunca mais vou fazer isso — deixei escapar, ofegante.

Ele pairou ameaçadoramente ao meu lado.

— Você está certa. Nunca mais fará isso!

Encarei os olhos dele por um momento, seu rosto a centímetros do meu. Seus lábios curvados.

Senti uma onda de alívio.

— Você está tentando bancar o bravo, mas não está conseguindo? — perguntei.

Os olhos dele brilharam.

— Sim, acho que sim.

— O que você fez? — Estava morrendo de vontade de saber.

— Contei a ela. Não podia permitir que ela fosse embora daqui parecendo o Senhor cabeça de batata, podia?

— Sinto muito... o que ela disse?

— Que eu tenho em você uma fiel aliada.

— Você tem.

— Eu sei.

Ele se sentou ao meu lado na cama, arqueou os ombros e me abraçou. Me senti confortável e segura e um pouco sonolenta.

— Evie, preciso ter certeza da sua discrição. Não é um segredo meu, é da Estelene. Espero poder confiar em você.

Fiz uma expressão de ofendida.

— Claro que pode confiar em mim — disparei de volta, lealmente. — Vou levar este segredo para o túmulo.

Houve um silêncio carregado de dignidade. Senti uma punhalada assustadora de culpa.

A questão era que eu já havia contado para Lulu e Lexy via mensagem de texto, mas, em minha defesa, como poderia saber que se tratava de um segredo tão tenebroso? Isto é, ela apareceu aqui com a cara e a coragem, sem óculos escuros, sem disfarce. O que eu deveria pensar? Iria dizer para Lulu e Lexy guardarem segredo também, não tem por que o segredo não ser carregado para três túmulos.

De repente, me senti muito cansada.

— Bom, você deve ter uma opinião, tenho certeza — ele disse. — Posso muito bem escutar o que tem pra me dizer.

— Você está tendo *um caso* com uma mulher casada, e...

— Preferia que não falasse assim.

Ergui um olhar velado.

— O que é, então, se não é um caso?

— É um relacionamento significativo.

— Tudo bem, você está tendo um relacionamento significativo com uma mulher casada — eu disse secamente.

— Parece que não continuará casada por muito tempo mais.

— Isso viria a calhar — falei sarcasticamente, enquanto um pensamento penetrava a minha mente. — Você ainda está casado? — perguntei.

— Não! Não estou.

— Esse é um passo na direção certa.

— Está me criticando?

— Não. Na verdade, não.

— Está criticando Estelene?

— Não.

— Mas isso não contradiz os seus princípios?

— Não sei por quê, mas qualquer coisa que você faz parece certo pra mim. Sinto que você é adulto, e sabe o que está fazendo.

Ele apoiou o queixo no alto da minha cabeça.

— E eu quero que você seja feliz — concluí, segurando seu braço.

— E eu também quero que você seja feliz — ele disse, dando um beijo no meu cabelo —, e portanto cancelei nosso voo para Veneza.

Houve uma pausa confusa. Senti certo desapontamento. Inclinei a cabeça para olhar para ele.

— Por que cancelar o voo para Veneza iria me deixar feliz?

— Porque eu acho que você deveria ir à festa de aniversário de Nikki amanhã à noite, portanto é isso que vamos fazer — ele anunciou.

CAPÍTULO 31

Invadi a sala. John estava furioso atrás de mim.

— Evie, seu comportamento é vergonhoso! Estou horrorizado!

Maria e suas duas irmãs tinham invadido o escritório de John naquela tarde, e feito uma lavagem cerebral nele. E como Maria sabia onde encontrar John? Lulu! E como Maria teve acesso liberado ao santuário privado de John? Dizendo a ele que tinha más notícias para mim, e elas queriam o conselho dele sobre como lidar com isso.

John estava cem por cento do lado de Nikki, apesar de eu ter contado a ele tudo o que tinha acontecido. E, para não dar margem a confusão quanto aos meus pontos de vista e sentimentos sobre o assunto, eu disse a ele *sem subterfúgios e aos berros*. Nossa discussão tinha extravasado o meu quarto, ao longo do patamar, escada abaixo, pelo corredor e para dentro da sala.

Levantei a palma da mão.

— Eu NÃO vou à festa do Nik!

— Você vai!

Dei a volta por trás dele.

— Não vou!

— Você vai, sim! — John disse com sua voz furiosa, mas controlada.

Minha cabeça estava martelando. Eu estava perdendo o gás. Meu queixo tremia, e podia sentir as lágrimas se aproximando. Não estava vencendo esta briga, de modo algum. John, com olhos estreitos, caminhou em minha direção, a cabeça ligeiramente curvada, e houve uma reverberação tensa em sua garganta ao soltar um suspiro frustrado. Ele colocou o braço apertado em volta do meu ombro e me guiou até o sofá. Despenquei tristemente nas almofadas.

— Não tenho notícias do Nik há cinco dias... cinco miseráveis dias. Está prestando atenção? Esta situação é culpa dele. É culpa dele — repeti. — Ele deveria estar fazendo as pazes comigo. Ele é quem deveria ligar e se desculpar!

A sala estava escura, a não ser pelos feixes de luz vindos do corredor e pelo brilho âmbar da lareira. John apertou meu joelho, levantou-se e caminhou até o armário de bebidas. Ergui o queixo ao ouvir o confortável som do líquido sendo despejado no copo. Ele me entregou uma dose generosa de alguma coisa dourada.

— Amaretto, para variar. Agora, quando se acalmar, vai prestar atenção ao que eu digo. E vai parar de agir como uma garota mimada; não fica bem em você.

Minha mente se desviou para a bebida.

Em vez de se sentar ao meu lado, ele puxou um banquinho e se sentou à minha frente.

Ele me examinou criticamente, colocou a bebida numa mesa de tripé ao lado do sofá e se sentou, os cotovelos nos joelhos, as mãos entrelaçadas.

Passei o dedo na borda do meu copo.

— Isso é uma loucura! Loucura total! — Ele ergueu a testa, zombeteiro. — Você sabia que Nik costuma sentar com os clientes e pagar bebidas a eles regularmente, e isso é considerado uma coisa natural?

Me mexi na cadeira.

— Sim, acho que sim, mas...

— O fato de o Nikki comprar bebidas para os clientes te chateia? — ele perguntou numa voz baixa.

— Não, não chateia — admiti —, mas não é a mesma coisa...

— As atitudes foram *exatamente* as mesmas. A sua percepção da situação é que estava diferente.

Ele soltou um suspiro cansado.

— Sua atenção foi elevada pelo fato de que agora você tem uma relação íntima com ele. O que viu foi algo bem inocente, e o que você percebeu foi algo completamente diferente.

Ele fez uma pausa, pensativo.

— Evie, se um homem está pensando em aprontar uma sacanagem, acredite em mim, ele não vai fazer isso no seu próprio território e na frente da sua linda namorada. Você testemunhou algo que mexeu com a sua autoestima, e, como consequência, aumentou a gravidade disso numa parte da sua mente, além do racional. Minha querida... você está com *ciúme* — ele disse com uma segurança sombria.

— Não sou ciumenta — me defendi.

— Não, você não é, não é ciumenta por natureza, mas isso não significa que não pode sofrer uma ataque do monstro de olhos verdes como acontece com todo mundo. Nikki é um grande cara. Eu gosto dele, gosto muito dele. Ele trabalha duro, tem ambição e visão e te adora. Ele deve ter me ligado umas cinco ou seis vezes quando estávamos em Amsterdã. O rapaz queria voar para a Holanda para te levar para casa, as ligações dele eram sinceras. Estava ansioso para conhecê-lo — ele disse com a voz baixa. — E, quando o encontrei, pude ver que os sentimentos dele por você eram mais fortes do que você imaginava.

Ele pareceu radiante com a lembrança.

— Sim, ele é o rapaz certo para você. Tenho certeza disso. Por isso o mandei para Veneza.

Sentei direito.

— *Você*... mandou Nik para Veneza?

Ele confirmou com a cabeça.

— Sim, fiz isso.

— Por quê? Por que fez isso?

Ele me deu um sorriso largo.

— Quando você e eu almoçamos naquele restaurante horroroso no Soho, você estava alto astral. Sem mau humor, sem silêncios prolongados. E, acima de tudo, sem lágrimas. Era hora de o Nik fazer sua jogada antes que você caísse nos braços de outra pessoa. Liguei para ele e lhe contei isso. Ele não precisou que eu dissesse duas vezes.

Esfreguei o dedo no meu queixo, com carinho.

— Então... Nikki sabia que você não tinha nenhuma intenção de se juntar a nós em Veneza?

— Claro que ele sabia. Eu pedi a ele para aproveitar ao máximo. E garantir que, quando você voltasse para casa, não tivesse mais saudade daquele seu antigo namorado, o casado.

— Pode dizer o nome dele... é Rob!

— É mesmo? — ele disse, com um movimento indiferente, e continuou. — E então, você vê, tenho interesse que esse relacionamento dê certo, já que, antes de tudo, tive muito trabalho para fazê-lo acontecer.

Ele se moveu para se sentar ao meu lado no sofá.

— Venha aqui.

Aproximei-me dele, e ele apertou os braços à minha volta.

— Admito que o Nikki possa ter sido um pouco imprudente ao dar seu cartão à garota. Você deveria conversar seriamente com ele quanto a isso. Mas acho que deveria esquecer as outras acusações. É trabalho dele desenvolver um bom relacionamento com seus clientes, criar amizades. Provavelmente o rapaz ainda está tentando entender onde foi que errou, e imaginando o que pode ter provocado a sua ira. E, quanto a ele não ter te ligado, não te ocorreu que suas convicções e força de caráter fazem parte do seu charme? E que um homem com um caráter mais fraco não teria o poder de atrair você?

Olhei seu rosto solene.

— Vamos para a festa. Se quiser vir embora mais cedo, então a gente vem, mas... *nós vamos*, e isso não é negociável!

Mordi meu lábio inferior, digerindo suas palavras.

— Amanhã vou te levar para conhecer meu escritório. Gostaria de te mostrar tudo. E depois vamos almoçar.

Será que eu estava com ciúme?

— Quero que pense no que eu disse. E, Evie, se você e Nik tiverem outra briguinha, me ligue. Preciso de tempo para sair de Londres, ou pelo menos me esconder da mãe dele.

Deixei o queixo cair e dei uma risadinha.

— A mãe do Nikki e suas duas tias formam um trio incrível. Pela primeira vez em quarenta anos me senti intimidado. Uma das tias dele na verdade me acusou de raptar você. Aquilo detonou uma explosão bilíngue que eu nunca havia testemunhado na minha vida. Quando as coisas se acalmaram e elas disseram o que tinham vindo para dizer, foi preciso eu, dois seguranças e o Alistair para convencer as três a sair do prédio e entrar no carro.

Ele deu um suspiro agradecido, cruzou uma perna sobre a outra e me puxou para junto dele, apoiando seu queixo na minha cabeça.

— Para onde o Alistair levou as três? — perguntei.

— Reservei uma mesa para jantarem no Ritz. Elas ficaram encantadas. Foi ideia da minha assistente pessoal; estou até pensando em dar a ela um aumento de salário pela brilhante sugestão. E eu disse ao Alistair para esperar e levá-las para casa — ele olhou de relance seu relógio. — Isso foi há seis horas, e, pelo que eu saiba, Alistair ainda não retornou.

Ele pegou sua bebida.

— Peguei um táxi para voltar para casa hoje pela primeira vez em quinze anos.

— Pensei que tivesse mais de um motorista.

— E tenho, mas eles não estão disponíveis a qualquer momento. Assim que o Alistair fechou a porta atrás delas, tomei um táxi e fui na direção oposta.

Sua cabeça estava delineada pela luz que vinha do corredor atrás dele. Sorri ao ver sua expressão. Seus lábios estavam apertados, como se ele tivesse chupado um limão ou tivesse sido obrigado a realizar uma tarefa desagradável.

— John... vamos à festa porque você prometeu a Maria que iríamos?

— Sim, sim, é por isso — ele admitiu.

— Toda essa baboseira de eu ser ciumenta era apenas uma armação?

— Não, você ficou mesmo com ciúme. Nós vamos à festa. E eu prometi que estaríamos lá! Agora, termine sua bebida e vamos dormir. Foi um dia bem longo.

Na cama, liguei para Lexy e Lulu, e elas me disseram que iriam à festa de Nikki. Maria tinha extraído promessas de comparecimento sob ameaça de morte. Talvez John estivesse certo. Talvez eu tivesse sido ciumenta e irracional. Dei um soco no travesseiro para fazer uma bola. Iria pensar nisso. Pus o celular na mesinha de cabeceira e puxei o edredom até os ombros. Deveria ir à festa nem que fosse só para perguntar a Nik por que ele não tinha me ligado. Também avisei a Lexy e a Lulu para não contar a ninguém sobre John e Estelene. Como sempre, Lulu já havia contado para Miranda — honestamente, Lulu não consegue guardar segredo nenhum —, mas conseguiu avisar Miranda antes que ela espalhasse para todo mundo. Então está tudo bem, o segredo de John está seguro e protegido. Estará indo para quatro túmulos. Eu mesma iria garantir isso, pessoalmente. Apaguei a luz. Tudo bem, então não iria viajar para Veneza. Apesar disso, não estava desapontada. Achei estranho.

O escritório de John não era nada do que eu imaginava. Na minha mente, tinha imaginado uma imponente mansão branca, com piso de mármore polido e paredes enfeitadas com obras de arte inestimáveis. E uma vasta escadaria georgiana, que levava a uma série de salas com o pé-direito alto, lotadas de escrivaninhas antigas, homens de terno e secretárias vestidas como a Miss Moneypenny.

A realidade não poderia ser mais diferente.

Quando John abriu caminho, fui obedientemente atrás dele, em meio a enormes portas de vidro, sentindo uma agitação por dentro. O grandioso edifício de plano aberto em formato de colmeia, dominado por uma imponente escultura aquática de aço, vibrava cheio de vida, com pessoas circulando pelos quatro andares. Três garotas elegantemente vestidas, cheias de charme e conversando nos seus headsets, estavam atrás de uma mesa de recepção de vidro semicircular. Dei a elas meu sorriso mais amigável enquanto John me conduzia pelo saguão. Dois floristas pisavam lentamente em volta de um enorme vaso de granito explodindo com aves-do-paraíso, ao lado dos elevadores. Seus queixos caíram quando seus olhos pousaram em John.

Passei meu braço pelo dele.

— Por que estão surpresos de te ver? — murmurei, apontando com o queixo para os floristas. — Este prédio é seu.

— Eu nunca uso a entrada principal. Tenho meu elevador privativo, da garagem do subsolo diretamente para o meu escritório, mas achei que você gostaria de um tour.

— Ah!

Subimos pelo elevador sem dizer nada. Como ele era sortudo. *Seu próprio prédio!* A porta do elevador se abriu no terceiro andar. John apontou para a direita. Eu o segui por uma fileira de portas de carvalho lixadas. Suas funções — Sala de Reunião 1, Sala de Reunião 2 e Videoconferência — eram exibidas em placas douradas. John abriu a quarta porta sem bater, abriu os braços num arco e me convidou a entrar.

Ele me deu um sorriso carinhoso.

— Estou pensando em instalar você aqui — ele disse, seus olhos faiscando com bom humor.

Dei um passo para dentro.

Era uma sala retangular magnificamente espaçosa, com maravilhosas janelas fumê do teto ao chão, e uma vista da cidade que se estendia até o Tâmisa. Meus saltos ressoaram no piso de madeira quando atravessei a sala para ficar ao lado da janela. Senti um fervilhar de emoção quando olhei para baixo e vi o rio, com centelhas de luz brilhando na ondulante superfície cinzenta.

— E então? — ele perguntou. Embora estivesse perto de mim, a voz dele soou longe e com eco.

— Parece que estou com vontade de chorar. É... deslumbrante.

— Não seja boba.

— É muita coisa para você fazer por mim, muita coisa para me dar, quando você poderia encontrar alguém com mais experiência e mais bem qualificado.

Me virei para olhá-lo.

Ele apertou suas palmas levemente nos meus ombros.

— Existe alguma coisa entre a gente, não existe, John? É como... não sei explicar — eu disse, com a voz sumindo.

— Existe, existe algo entre nós, e não precisa de explicação — ele disse. — Temos muita sorte por termos nos conhecido tão bem, não importam as circunstâncias.

Ele estava se lembrando de Dublin.

— Permita que eu dê isto para você — ele disse, examinando a sala. — Mas é claro que precisa ter certeza se é o que você quer.

Olhei de esguelha para a vista do rio. Ele segurou ambas as minhas mãos nas dele.

— Então pense com muito cuidado. Mas o que eu quero saber neste preciso momento é: você está com fome? — ele perguntou, semicerrando os olhos com interrogação. — Porque eu estou.

— Sim, estou faminta. E John, é o que eu quero. Adoraria trabalhar aqui, e para você.

Houve um silêncio elaborado, um momento em suspenso, quando os olhos dele se prenderam nos meus.

— Ótimo. Uma decisão sábia, que com certeza beneficiará nós dois — ele disse com firmeza.

CAPÍTULO 32

Estiquei o pescoço e espiei pela janela do carro para o céu; uma enorme nuvem cor de chumbo se movia e escurecia, formando uma cortina sobre o Park Lane e o Hyde Park. O estrondo de um trovão reverberou sobre Londres, seguido imediatamente por um dilúvio de enormes e espalhafatosas gotas de chuva. Afundei silenciosamente no assento, estremecendo quando o céu se iluminou e foi rasgado por relâmpagos.

John, ao meu lado, me olhava de esguelha. Ele cruzou uma perna sobre a outra e colocou distraidamente sua mão sobre a minha.

— É apenas uma pequena tempestade, os relâmpagos não vão te atingir — ele disse, folheando despreocupadamente uma pilha de planilhas.

— Podem me atingir — disse, entorpecida.

Ele balançou a cabeça com desdém.

— É altamente improvável quando se está dentro de um carro rodando pelo centro de Londres.

Os estrondos dos trovões continuaram. Eu não estava realmente preocupada; a pequena tempestade era uma distração bem-vinda ao tumulto de pensamentos girando na minha cabeça. Eu estava empolgada com a ideia de encontrar Nik, apavorada com a ideia de vê-lo, furiosa, animada, sufocada, nervosa e empolgada. Em resumo, estava num estado de pura histeria.

Fiquei absorta pregueando a bainha do meu vestido. Tinha que me acalmar. Respirei fundo e me remexi no assento, enquanto o carro circulava por um lago de chuva e dava a volta em Sloane Square. Olhar para as butiques da King's Road teve um efeito restaurador. Eu me sentia um pouco melhor, na verdade, muito melhor. Estava quase calma...

— Evie, quer parar de apertar a minha mão? Você vai cortar minha circulação — John reclamou.

— O quê?

— Meus dedos estão brancos. O que há de errado com você?

Virei para ele; estava usando um paletó preto, com uma camisa polo branca, e, como sempre, parecia jovial, dominante e impecável.

— O que há de errado comigo? Você realmente precisa perguntar? Vou te dizer o que está errado comigo.

Ele ergueu a palma da mão, interrompendo-me.

— Mudei de ideia. Não quero saber o que há de errado com você. Meu misterioso sexto sentido está me informando. Não há necessidade de me contar nada. Qualquer um pensaria que, do modo como está se comportando, eu estou te vendendo como escrava. Estamos indo para uma festa, pelo amor de Deus. — Ele deixou sua pasta cair no chão. — Sirva umas doses de gim.

Aproximei-me do armário de bebidas. John estava certo. Por que eu estava tão preocupada? Eu é que deveria estar no comando. Coloquei cubinhos de gelo em dois copos. Era Nik quem tinha que se desculpar comigo. E tudo bem, aqui estava eu à disposição dele, indo velozmente para a festa de aniversário dele, mas, para ser justa, eu tinha sido forçada. Se pudesse escolher, não estaria aqui. Soltei um suspiro e despejei uma dose generosa de gim nos dois copos. Fiquei feliz que a chuva tinha parado, e que eu não ficaria encharcada entre a saída do carro e o Bar Thea, porque eu tinha feito um esforço hercúleo para parecer bem. Iria mostrar para ele! Sorri para o meu vestido preto Empire. Era um vestido antigo, mas era o favorito de Nik, e por baixo estava usando calcinha de seda preta, meias finas com barra de renda, cinta-liga e sutiã combinando. Quando voltamos para casa, depois do almoço, John disse para eu me distrair enquanto ele presidia uma videoconferência, então pedi para Alistair me levar de carro até a Selfridges. Posso muito bem me habituar a ter um motorista. Sem multas de estacionamento proibido, sem transporte público. Uma garota no balcão da MAC me maquiou e grudou cílios postiços em mim, e usou sua influência para conseguir um horário com o cabeleireiro da casa. Isso também era grátis, porque o cabeleireiro estava em treinamento. Ele cortou as pontas da minha franja e passou xampu tonalizante de um rico tom chocolate nos meus cabelos. Ficou bem mais escuro que a minha cor habitual, mas eu gostei. Estudei minha imagem na janela. A garota da MAC tinha carregado um pouco no lápis preto, e eu não tinha muita certeza quanto ao batom vermelho. Dei um puxão na minha gargantilha e fechei meus olhos ao sentir uma onda de náusea quando pensei em ir à festa de Nikki.

— Vai me dar a bebida ou não? — John perguntou, parecendo impaciente. — Ela vai ter evaporado quando você decidir me entregar — ele disse, com a testa franzida num sinal de franca irritação.

Entreguei o copo. Não havia motivo para eu estar nervosa. Se Nik não era o certo para mim, então tudo bem.

Eu me recompus.

— Não acredito que *você* não teve coragem de enfrentar três mulheres de meia-idade — eu disse, ponderando sobre os eventos que nos trouxeram até aqui.

Os olhos dele se aguçaram, seu olhar decidido. — Não consigo decidir com quem se parece mais: Cleópatra, com toda essa maquiagem de olhos escuros, ou a pequena serpente malvada que ela guardava numa cesta.

Serpente, de fato. Estava prestes a dar uma resposta quando percebi espantada que tínhamos parado na frente do Bar Thea. Meu coração acelerou. Esvaziei meu copo e apertei a bolsa no peito. Poderia ignorar Nik, e ele iria detestar isso.

Alistair abriu a porta com um floreio profissional, um guarda-chuva seguro no alto, caso chovesse nos vinte segundos que eu levaria para andar do carro até a entrada do bar. Coloquei um salto alto na calçada e levantei os olhos para John, que olhou para baixo, para mim, o firme contorno dos seus lábios relaxados num sorriso. Ele me ofereceu o braço. Olhei de relance para a entrada do bar, toda enfeitada com balões, e passei meu braço pela curva do dele.

— Evie, você está linda, absolutamente linda — John disse, fechando sua mão sobre a minha. — Você está bem?

— Claro que estou bem — confirmei, calma e segura. E, surpreendentemente, eu estava bem, agora que cheguei aqui.

Uma brisa do Chanel N°5 flutuou em nossa direção enquanto John me conduzia para a porta, com as mãos ligeiramente apoiadas nas minhas costas. O bar estava lotado. A família certamente havia atendido ao apelo, pensei futilmente. Dei uma olhada de relance em volta do bar, todo mundo estava conversando e rindo por cima da música que escapava dos alto-falantes. Reconheci alguns dos clientes regulares e acenei para eles, e dei um sorriso de queixo erguido para algumas das tias de Nikki, cheias de brilhantes e de cabelos arrumados. Seu papo animado diminuiu para um sussurro quando seus olhos passaram do meu rosto para o de John.

— Evie! Você chegou, finalmente! — Lulu exclamou, vindo em minha direção, parecendo bronzeada e manchada no pescoço e no decote.

Ela usava uma saia de couro preta e um suéter de amarrar preto de cashmere. Como de costume, tinha uma bebida em cada mão.

— Lexy e Graeme estão presos no trânsito, e a Miranda ficou toda molhada voltando para casa do trabalho, então eles não chegaram ainda — ela disse, seus olhos se revezando entre mim e John.

Ela colocou suas bebidas no bar e girou a cabeça num revolteio.

— Alice! Duncan! — ela gritou ao acaso.

— Eles estão aqui em algum lugar — ela me contou, com um aceno sério.

O peito largo de Duncan separou a multidão enquanto ele caminhava para perto da gente. Ele abaixou a cabeça para me dar um beijo.

— Meu Deus, você está a cópia da Cleópatra — Duncan disse. — Só que mais bonita.

John fez um som de "tshhh" atrás de mim.

— Nik está aqui, eu o vi um minuto atrás — Lulu disse, ofegante, os olhos vagueando pela multidão. — Você já viu tantos brilhantes cafonas num único lugar na sua vida toda? Acha que as tias são ladras de joias? Prepare-se para o estado deste lugar — ela disse, gesticulando com o braço em volta do bar, que estava enfeitado com faixas, balões e cartazes de feliz aniversário.

Alice saiu de trás de Duncan, e seu sorriso aumentou quando viu o John. Braços abertos e uma carteira vermelha Mulberry pendurada no pulso, ela sutilmente se aproximou de mim num semicírculo e ofereceu seu rosto para John lhe dar um beijo.

Examinei o bar alucinadamente. Não conseguia ver Nik. Onde ele estava? *Onde*?

— John! Que adorável surpresa! Não sabia que a Evie iria te trazer! — Alice disse, mexendo numa mecha do seu brilhante cabelo preto.

Ela se virou e segurou minhas mãos nas dela.

— Evie. A gente sempre espera tempo demais. Você está maravilhosa, foi tão legal a mãe do Nikki encontrar a gente. Ela é uma pequena detetive, não é?

Senti uma dor no peito. Nikki estava parado do outro lado do bar, todo vestido de marinho. Estava com os ombros para trás, as pernas afastadas, atento a tudo. Minha mente se desintegrou.

Alice continuou falando.

— Então, perguntei ao Duncan, o vestido verde ou o preto? E ele disse "tudo bem"... Tudo bem! O que ele queria dizer com isso?

Senti uma onda de medo. Os olhos firmes de Nik fitaram os meus. Um sorriso nervoso contorceu meus lábios. Nikki parecia... rígido, nem um pouco parecido com seu jeito tranquilo de ser.

Ele me deu um breve aceno.

Lulu se intrometeu entre mim e Alice.

— Vamos pegar uma bebida. Os drinques são de graça! Sabia disso, Evie? Incrível, não é? — Lulu disse, entusiasmada, cheia de alegria. — Evie, sabia que as bebidas serão de graça a noite inteira? — Ela ergueu as sobrancelhas, inabalável. — Isso não significa que vou beber todas e passar mal. Posso ser um monte de coisas, mas não sou fominha — ela insistiu com firmeza. Ela se inclinou para me examinar. — Evie, você está chapada? Você está estranha, parece... meio desligada, e sentindo alguma dor. Está resfriada? Vou pegar um gim para você, tudo bem? — ela disse, agarrando o braço de Alice e a levando em direção ao bar.

John ficou parado atrás de mim e apoiou as mãos nos meus ombros. Meus braços se cruzaram no meu peito.

— Vá conversar com ele — disse John, com sua voz carinhosa no meu ouvido.

Eu não conseguia me mover. Estava grudada no lugar. Os olhos de Nikki pareciam *selvagens*. Sua expressão estava congelada e vazia. Nem um sorriso, nem um franzir dos lábios. Não dava para saber o que ele estava sentindo.

Dei de ombros, com as mãos de John apoiadas neles.

— Vá — John disse, dando-me um leve empurrão para a frente. — Vá até ele.

Embora o maxilar de Nikki estivesse firme e seu rosto tomado pela emoção, sua postura relaxou. Ele soltou um suspiro resignado, enfiou as mãos no bolso e caminhou lentamente em minha direção

Impelida por um empurrão de John, cambaleei para a frente, uma tempestade nervosa revirando o meu estômago.

Nik deu um passo mais para perto, respirou fundo e soltou pesadamente o ar.

— Tudo certo, Evie? — ele perguntou, franzindo a testa ligeiramente.

— Estou bem — respondi, com uma polidez nervosa.

Ele olhou para mim, sem mudar a expressão.

— Você está bem, não está? Eu não estou.

Ele estendeu o braço e deslizou um dedo ao longo do meu rosto. Fiquei com a respiração presa na garganta, e lentamente pisquei ao sentir seu toque.

Ele passou uma das mãos pelo meu braço.

— Senti sua falta — ele disse com olhos brilhantes.

Assim estava melhor. Eu esperava que ele rastejasse um pouquinho; foi bom ouvir isso. Eu soube o tempo todo que ele iria ceder. Ergui o queixo, petulante.

— Se sentiu minha falta, você deveria ter me ligado — respondi, bruscamente. — Pensei que fosse inteligente o bastante para entender isso.

Ignorando meu sarcasmo, ele ergueu o cabelo da minha nuca.

A sensação foi... ótima. Instintivamente encostei minha cabeça nas mãos dele.

— Você começou a briga — ele disse, as sobrancelhas erguidas. — *Você* deveria ter *me* ligado.

Imediatamente afastei o pescoço. Tentei dar uma risada indignada, mas o que saiu foi um grunhido sarcástico. Dei um tapa na mão que segurava meus cabelos e voltei um passo para trás.

— Eu? — desafiei Nik, dando-lhe uma cutucada no peito. — Você tem coragem de dizer que eu comecei a briga? Você... foi você quem ficou *paquerando* na minha cara! — retruquei, com mal contida fúria.

Nik franziu a testa, atônito. Ele abriu a boca para dizer alguma coisa, mas foi interrompido quando Lulu se intrometeu toda animada entre nós. Ele pegou o cotovelo dela, virou-a para o outro lado, e, para grande surpresa dela, a mandou direto de volta para onde tinha vindo.

— Não faça isso, ela...

Ele deu um passo rápido para a frente, enfiou seus dedos nos meus cabelos e me abraçou, num movimento urgente e desajeitado, colocou sua boca sobre a minha e me beijou com força. Meu corpo e minha alma estavam obviamente operando em frequências totalmente diferentes: enquanto minha mente estava secretamente gritando "que cara de pau a dele", sem eu mesma perceber, minhas mãos tinham deslizado pelas costas dele e apertado seus quadris de encontro aos meus. Meus pensamentos estavam desordenados. Ele se afastou, deu um passo para trás e ergueu meu queixo.

— Precisamos conversar — ele sussurrou com os olhos escuros procurando os meus. — Lá fora!

— Precisamos mesmo — falei, ajeitando meu cabelo.

Minha culpa? Ele pensa que a briga era minha culpa?

Ele pegou minha mão, conduziu-me pelo restaurante e saímos pela porta dos fundos.

O ar estava frio e úmido. Estremeci, esfreguei rapidamente minhas mãos nos braços e olhei para as nuvens escuras e fugidias. Nik tirou seu casaco, num movimento lento e desajeitado, e o colocou sobre os meus ombros. Os olhos dele se viraram para o meu pescoço, onde uma veia estava pulsando forte. Ele soltou o ar profundamente antes de falar.

— Ok, nós dois temos culpa — ele admitiu.

— Por que você não me ligou? — perguntei.

— Por que você não me ligou? — ele disparou de volta.

Apertei as dobras do casaco dele à minha volta com um puxão dramático e desnecessário.

— Perguntei primeiro — deixei escapar.

Ele me olhou com os ombros caídos em frustração.

— Não te liguei imediatamente depois da nossa briga porque a princípio não entendi o que estava acontecendo. Eu fiquei furioso, pensei que você estava causando o maior cavalo de batalha a troco de nada. Não quis te ligar porque achei melhor esperar até você se acalmar um pouco, ver as coisas com clareza e, bem... eu acreditei que você viria trabalhar no dia seguinte e todo esse episódio estúpido ficaria esquecido. Mas... você não veio. Isso me irritou mais do que a nossa briga; tive vontade de atravessar a rua e te arrancar da cama, porque eu tinha certeza que era lá que você estava. E então... minha mãe resolveu entrar em greve, e isso me irritou mais do que você não vir trabalhar, porque ela teve a ideia idiota de se envolver. Não bastasse isso, ela convenceu meu pai também, e acabei me desentendendo com ele. — Ele enfiou as mãos nos bolsos e soltou um suspiro cansado ao se lembrar. — Tive que enfrentar uma guerra por causa de nada.

Lutei para conter um sorriso.

— Ao final do segundo dia, eu estava exausto, pois estava com três membros a menos na equipe. Se isso já não fosse o bastante... tive uma enorme briga com o meu tio Spiros. Ele disse que eu não sabia tratar uma mulher, e que eu não te merecia. E que não foi surpresa para ele eu ter estragado tudo. A surpresa foi eu não ter estragado tudo antes.

Instintivamente, concordei com a cabeça. Tudo fazia sentido para mim. Era exatamente assim que eu pensava. Sei que Spiros era um maluco ensandecido, um chef com uma machadinha na mão, mas sempre suspeitei que houvesse uma telepatia intelectual entre nós.

Cruzei os braços decididamente e dei um sorriso amável.

— Spiros já havia dito tudo isso antes, no dia em que nos pegou... beijando no bar, e eu o tinha mandado calar a boca. Mas desta vez, eu pensei, talvez ele tenha razão, talvez esteja certo — ele disse, parecendo tímido e travado. — E então, relembrei tudo na minha cabeça, e acabei admitindo que, tudo bem, talvez eu tivesse errado *um pouquinho*.

— Um pouquinho? — arrisquei.

— Sim! Um pouquinho! — ele soltou um suspiro melodramático. — Evie, já faz muito tempo que eu não preciso levar em consideração os sentimentos de outra pessoa; isso requer prática — ele disse com um movimento pesado da cabeça. — Mas você também não está totalmente isenta de culpa. Nós poderíamos ter sentado e discutido as coisas tranquilamente, e você poderia ter me contado como se sentia, e eu teria escutado.

— Por que deu o seu celular para aquela garota?

Ele pareceu ligeiramente surpreso.

— Eu não dei — ele disse.

— Está no seu cartão, não está?

Houve uma pausa. Os olhos dele se arregalaram com a percepção do que tinha acontecido.

— Evie, é um telefone que funciona a qualquer hora, isso é tudo. Foi por causa disso? É esse o motivo de toda essa confusão? — ele perguntou com a voz surpresa.

— Sim, foi isso, mas não... isso não é tudo — eu disse cautelosa, baixando o olhar.

Ele segurou meu rosto com as mãos quentes.

— O que foi, então? O que mais? — ele perguntou suavemente.

Para meu horror, duas lágrimas grossas e quentes deslizaram pelo meu rosto.

— Evie, me diga, o que foi? Você pode ser muitas coisas, mas não é insensata. O que está se passando pela sua cabeça? — ele perguntou, os olhos cheios de preocupação.

— Rob — murmurei.

Ele me olhou com firmeza.

— O que tem ele? — ele perguntou, a voz subitamente tensa e moderada. — Pensei que já tivesse ficado para trás.

— Eu confiei nele... confiei *plenamente* nele.

— E é assim que as coisas devem ser, a gente confia em alguém até prova em contrário.

Fiz um gesto de impotência.

— Tudo bem! Entendi! Está pensando que não quer se envolver novamente — ele declarou, seu olhar penetrante e direto. — Você está me comparando a ele, por algum motivo ridículo que deve estar passando pela sua cabeça. Apesar do fato de que eu não tenho nada a esconder, e de que você sabe tudo da minha vida. Evie... você *pode* confiar em mim.

Com essas palavras veio uma onda de compreensão, embora eu mesma não tivesse percebido. Nik estava certo, foi exatamente isso o que aconteceu. Assenti lentamente. Estava achando difícil concordar por completo, no caso de alguma coisa dar errado, e minha confiança ser traída, e meus sentimentos, feridos novamente. Ele me abraçou. Apertei o rosto no peito dele e fechei meus olhos, consolada pela batida rítmica do seu coração.

— Evie, tenho sentido tanto a sua falta nestes últimos dias que achei que estivesse doente.

— Por que não me ligou, então? — perguntei.

— Pensei em te dar uma lição.

Dei um passo para trás.

— Você o quê?

— Você gosta de fazer drama...

— Gosto de fazer drama? — revidei, chocada.

— E não posso permitir que você faça as coisas sempre do seu jeito. Só pode haver um chefe numa casa, afinal de contas.

Dei uma fungada altiva e limpei o nariz com meu punho.

— É mesmo? E a que casa está se referindo?

— Wimbledon — ele disse, sem rodeios. — Pensei... isto é, pensei que poderíamos morar ali... juntos.

Levei trinta segundos para considerar e processar essa possibilidade, e decidir que gostava da ideia. Gostei muito. Uma chama de emoção se acendeu dentro de mim. Eu adorava o apartamento em Wimbledon, e, olhando para o rosto bonito e honesto de Nik, eu sabia que o amava também.

Ele sorriu.

— Outra razão pela qual não liguei foi porque eu sabia que você estaria aqui hoje à noite.

— É mesmo? E como podia ter tanta certeza?

— Porque... pedi para minha mãe cuidar disso — ele admitiu. — Ela parecia um míssil armado, determinada a atingir o alvo. Tinha certeza de que ela iria conseguir; sabia que você estaria aqui hoje.

Não duvidei disso.

Ele abriu amplamente seus braços.

— Evie, se mal posso aguentar ficar cinco dias sem você, acho que está na hora de fazer algo em relação a isso. Venha morar comigo assim que a adega e a cozinha estiverem prontas.

Ele pressionou um dedo sobre os meus lábios, sorriu e cobriu o espaço que havia entre nós.

— Evie, eu nunca disse isso a mulher nenhuma antes, então talvez eu pareça meio... fora de forma.

O rosto dele estava uma mistura de hesitação e satisfação. Ele respirou fundo.

— Eu te amo — ele disse.

— Você o quê? — perguntei, embora o tivesse ouvido em alto e bom som. Eu só queria ouvi-lo dizer novamente.

Ele revirou os olhos.

— Eu te amo — ele repetiu.

Inclinei a cabeça curiosa.

— Você acabou de dizer que... me ama? — perguntei.

— Sim — ele disse, tocando minhas sobrancelhas com o dedo.

— Ótimo, foi isso que pensei que você disse, porque... eu também te amo.

— Você o quê?

— Eu te amo.

Ele sorriu como um bobo.

— Você ama?

Abracei o pescoço dele e joguei a cabeça para trás, para poder olhar para ele.

— Sei que te amo porque você me irrita tanto que, se eu não te amasse, não me importaria o bastante para me deixar ser irritada. E eu penso em você em cada momento em que estou acordada, e você tem um cheiro gostoso, me faz sentir bem, e me faz rir, e você é inteligente, e... pode ser o chefe da casa quando eu estiver fora — disse a ele. — Mas, quando eu estiver em casa, gostaria que fosse eu.

— Vamos discutir isso depois; talvez possamos estabelecer um rodízio de chefias — ele sugeriu. — Vamos chefiar em turnos.

— Humm.

As mãos dele seguraram meus quadris e me puxaram para perto.

— Na verdade, tenho um plano melhor — ele disse —, um tipo de... plano mestre.

— Tem?

— Eu tenho!

— Qual é? Por acaso faço parte desse plano mestre?

— Faz sim, parte integral.

— Me conte.

Uma expressão envergonhada cobriu o seu rosto.

— Eu preferiria um local mais romântico — ele disse, franzindo a testa para o barulho sibilante do ar-condicionado sobre nossa cabeça. — Mas estou meio impaciente — ele disse, lançando-me um sorriso meio torto.

— Estou impaciente também; quer chegar logo ao ponto? Me conte sobre o seu plano.

Ele me beijou e pegou algo no bolso do seu casaco, demorando-se ao tocar meu mamilo com o polegar enquanto revirava o bolso.

Ele segurou uma caixinha de seda. Minha respiração ficou presa na garganta e meus olhos se turvaram.

— Evie, quer se casar comigo? — ele pediu, abrindo a caixinha.

Fiquei olhando sem palavras para um lindo anel de brilhantes com armação de platina.

— Quero passar o resto da minha vida com você — ele disse. — Sei o que está pensando. Você está pensando que estou indo rápido demais, tudo muito repentino, mas não é rápido nem repentino, pelo menos não para mim. Sei que é isto o que eu quero há muito tempo, mas queria esperar até você estar pronta. Precisava saber que tinha esquecido completamente o Rob. E você esqueceu. Então, Evie, quer se casar comigo?

O olhar de ternura nos olhos dele fez meu sangue correr mais depressa nas veias. Dei um aceno lento e sem palavras.

— Você tem que dizer "sim, eu adoraria me casar com você" antes de eu colocar este anel no seu dedo.

— Sim, eu adoraria me casar com você — respondi, um pouco sem fôlego, e me sentindo meio zonza de tanta felicidade.

Ele pegou minha trêmula mão esquerda e gentilmente colocou o anel no meu dedo. Olhei para a joia, radiante de felicidade.

— Serviu direitinho — ele disse.

Ele segurou minha mão por um momento, e então dobrou os meus dedos e os pressionou no seu peito.

— Eu te amo, Evie, você é tudo para mim — ele disse com a voz rouca.

— Eu também te amo.

Ele passou os braços à minha volta.

— Vamos para o andar de cima — ele sugeriu roucamente —, para o meu apartamento, porque... quero te mostrar uma coisa — ele disse.

Eu senti o contorno do que ele queria me mostrar, pressionando minhas virilhas.

— Não, Nik, é sua festa de aniversário, nós devemos voltar para lá — eu disse com voz determinada.

— Nós vamos... mais tarde — ele falou.

— Não! Sei como você é, você não vai se importar com mais nada, e aí não vai mais querer voltar para a festa — ressaltei.

Ele me encostou contra a parede.

— Uma hora — ele disse —, ninguém vai notar.

— Quinze minutos — barganhei.

Um brilho de espanto passou pelo olhar dele.

— Quinze minutos? Não seja ridícula! Quando foi que eu completei o trabalho em quinze minutos? — ele disse, deslizando uma das mãos para dentro do meu sutiã.

— Com certeza não, mas achei que poderíamos dar uma rapidinha, tipo tratamento estético na hora do almoço.

Sua outra mão, deslizando pela minha perna, achou minha cinta-liga.

— O que você está vestindo? — ele perguntou, os olhos arregalados e cheios de desejo.

— Vale tudo — admiti.

Ele agarrou minha perna e a ergueu sobre os seus quadris.

— Evie, você tem uma escolha... aqui, encostada na saída de incêndio, ou na minha cama lá em cima! Sem limite de tempo.

Colocado deste modo, e pensando no quanto choveu mais cedo, optei pela cama no andar de cima.

Eu estava envergonhada. Demoramos mais de uma hora e meia para voltar para a festa. Enquanto passávamos pela porta, o bar ficou em silêncio. Todo mundo estava parado num sorridente semicírculo, como se estivesse posando para uma foto da sociedade construtora. Meu rosto ficou vermelho. Eles sabiam; todo mundo sabia o que o Nik e eu estávamos fazendo. Era óbvio. Por que eu o deixei me convencer? Houve um zumbido de expectativa. Maria, usando um berrante vestido pêssego, irrompeu da multidão e veio em nossa direção batendo palmas, coberta de sorrisos, seu enorme cabelo balançando.

— Onde estava, meu lindo aniversariante? — ela perguntou, seus olhos se revezando entre mim e Nik.

Nik pegou minha mão e levantou meu braço, como se eu tivesse acabando de ganhar o Campeonato Mundial de Boxe Peso-Leve.

— Evie e eu estamos noivos e vamos nos casar — ele anunciou orgulhosamente.

Maria tropeçou e parou. A cor se esvaiu do seu rosto, e seus enormes olhos escuros se dilataram. Ela cambaleou. Meu coração foi parar na boca. Eu sabia o que iria acontecer, mas estava longe demais para segurá-la. Ela desmaiou e caiu no chão, num desconcertante balão de chiffon pêssego. Mas ela estava obviamente empolgada demais para ficar muito tempo desmaiada, porque um segundo depois seus olhos se abriram. Ela ficou deitada, olhando para o alto, em reverência.

Ela massageou o peito com a mão trêmula quando Nik e o pai dele a ajudaram a se sentar.

— Meu casamento — Maria balbuciou solenemente, arrastando-se de quatro. — Onde está a minha agenda? — ela disse, os olhos sem piscar, movendo-se rapidamente.

Examinei o bar; queria conversar com John.

— Parabéns, minha querida.

Dei a volta.

John abriu os braços e eu abracei sua cintura.

— Tenho um presente de noivado para vocês — ele disse.

— Você tem?

Ele me segurou a certa distância e deu um sorriso presunçoso. O olhar dele mirava atrás de mim.

— Excelente, rapaz — John disse, aproximando-se para apertar a mão de Nik. — Está pronto para partir?

— Estou — disse Nik.

— A mala da Evie está no meu carro.

— A minha está atrás do bar.

— O que está acontecendo? — perguntei, olhando para os dois.

John olhou seu relógio.

— É melhor vocês irem — John disse a Nik. — Vou ligar para a tripulação e avisar que vocês estão a caminho do aeroporto.

— Indo para onde? — perguntei.

— Veneza, é claro — John disse. — Meu presente de noivado.

Nik colocou o braço em volta dos meus ombros.

— Você se lembra como nos divertimos em Veneza, Evie? — Nik perguntou com as sobrancelhas erguidas sobre um largo sorriso.

Certamente me lembrava.

— Achei que gostaria de ir novamente — ele disse, dando um beijo na minha testa.

Ele me pegou pela mão.

— Vamos? — ele perguntou.

E, pela primeira vez, eu fiquei sem fala.

— Evie! Evie! — Lulu berrou, correndo atrás de nós. — De novo? Você ficou noiva de novo? Já são duas vezes este ano! Você está com algum tipo de síndrome? É uma síndrome compulsiva ou alguma outra coisa? Onde vocês vão? Quando vão voltar? Posso ir junto?

Virando-me para trás, lancei um olhar a ela.

— Ignore-a — Nik disse.

E foi o que eu fiz. E tudo o mais que não fosse pensar em estar com o Nik, e o que aconteceu em Veneza, desapareceu da minha mente. Íamos fazer tudo de novo. Eu não via a hora.

EPÍLOGO

Seis semanas mais tarde

LULU RECEBEU A PROPOSTA de ter um programa fixo na rádio, e não fuma há quatrocentas e duas horas. Estou orgulhosa dela. O lado negativo é que ela não passa mais roupas nas quintas-feiras à noite.

Tina concordou em deixar a Insignia Tours e vir trabalhar comigo na nova empresa de John. Sovina como é, ela não vai pedir demissão antes de receber o bônus de Natal. John disse que tudo bem, já que ele vai continuar com seus eventos operados pela Insignia Tours pelos próximos seis meses.

Lexy me mandou seu currículo por e-mail. Ela disse que, se consegue tomar conta das gêmeas, também consegue cuidar de grupos corporativos. O problema é que o currículo dela está cheio de mentiras, e eu apontei isso, só para ouvi-la dizer que copiou todas as mentiras do *meu* currículo.

Mamãe e papai estão de volta em casa, mas apenas por um mês. Eles vão para o Quênia construir uma escola. Francamente, não sei bem como me sinto em relação a isso, porque minha mãe nunca conseguiu montar um varão de cortina. Apesar disso, tenho certeza de que eles sabem o que estão fazendo.

Rob está vivendo com Cassie. Sei disso porque ela me escreveu uma carta. Ela mais ou menos me agradeceu por eu ter terminado com Rob. Escrevi de volta para lhe dizer que o prazer foi meu. Não existe anticoncepcional melhor do que a esposa de alguém.

Os empreiteiros que trabalham no apartamento de Wimbledon não parecem estar fazendo muito progresso. Então, por pura curiosidade, instalei uma câmera escondida. Não estou espiando os caras, claro que não, só quero descobrir o que é exatamente que eles chamam de "pausa para o chá". Nik disse que, se os homens encontrarem a câmera, ele vai deixar bem claro quem foi a autora da espionagem. O que é muito ridículo da parte dele, já que o peguei várias vezes curvado sobre o meu notebook, com uma cerveja na mão, assistindo às gravações.

Maria (grande suspiro)... Ela *vai* mudar! Tenho certeza disso! Ela não pode manter por muito tempo esse interesse em tudo que eu faço. Ela vai se cansar de mandar mensagens e de me ligar vinte vezes ao dia. Vai parar de comprar roupas de catálogo para mim, e de tirar fotos minhas, ela vai, claro que vai. Mas a questão é a seguinte: Nik diz que eu não devo ter esperanças, porque sua mãe o tem perseguido há vinte e nove anos. Eu crio fantasias de que ela abandona a família. Gosto tanto dessa fantasia que criei várias versões para ela. As fantasias servem como uma boia de salvação, e muitas vezes é o que me faz dormir à noite.

Ok, a primeira fantasia é meio sem graça. Basicamente é que a Maria se junta à Cruz Vermelha e vai trabalhar num desses lugares realmente distantes, onde o percurso é feito em cima de uma mula e se leva sete dias para chegar ao aeroporto mais próximo, onde não tem voos diretos para Londres. Então ela não pode vir com frequência visitar a família.

A segunda fantasia tem certo ar de fatalidade. O pai de Nik acorda e encontra uma carta de Maria explicando que conheceu alguém, que vai morar na América do Sul e nunca mais vai voltar.

Mas, como eu disse, tenho certeza que ela vai mudar. E, por incrível e feliz coincidência, Josefina Bonaparte teve sérios problemas com sua sogra, então espero que sua biografia me dê alguns conselhos sobre como lidar com Maria, na pressuposição de que minhas fantasias nunca se realizem.

Quanto a Nikki, meu *noivo*, por que não reconheci o fato ostensivamente óbvio de que eu era profundamente apaixonada pelo meu bom amigo? E que ele sentia exatamente o mesmo por mim? Eu devia estar cega. Com Nik, é amor *verdadeiro*, um amor nascido da amizade, da familiaridade e, acima de tudo, da *confiança*. Sabemos tudo a respeito um do outro. Embora ele não saiba que eu acidentalmente bati o carro no ponto de ônibus ao dar marcha à ré, mas o amassado é do tamanho de um porta-copos, então não vale a pena mencionar ou discutir sobre isso.

Nikk Joanou é o amor da minha vida, minha *raison d'etre*. Um cordão invisível me liga a ele, de corpo e alma. Este lindo e barulhento Adonis é o meu destino, disso eu tenho certeza absoluta. Eu simplesmente não me canso dele. Cada terminação nervosa do meu corpo fica formigando e se agita quando ele põe seus braços à minha volta (como está fazendo agora). Quando ele me beija, uma cascata de emoções entra em erupção e escorre pelo meu peito. Minha obsessão por ele é tanto física quanto emocional. Me sinto impulsionada e louca pelo desejo. Meu noivo, Nikki Joanou, não tem um brinquedinho como outro cara qualquer que eu já conheci. Nikki Joanou tem uma varinha mágica...

Você já ouviu tudo isso antes, eu sei, mas desta vez é de verdade.

DICAS ÚTEIS DE VIAGEM DA EVIE

Cuidado com o delicioso ponche de rum em Barbados. O que acontece é o seguinte: você se pega dizendo “é tão delicioso, tem tanto sabor de frutas e é tão refrescante e saboroso” — e é mesmo —, mas então coisas estranhas acontecem. Sua visão fica turva, seus lábios, entorpecidos, e sua cabeça gira, você fica inconsciente e acorda com insolação. Também, do ponto de vista logístico, não é possível esconder uma jarra de margarita debaixo do braço e levá-la para casa quando o bar fecha à noite, não importa o tamanho da sua manga. E, de qualquer modo, os bares reabrem antes de você estar sóbria novamente e levantar da cama, portanto não é grande coisa.

Uma dica para estar bonita na praia é tomar sol ao lado de alguém bem mais gordo. A vantagem de estar num resort *all inclusive*, com bufê vinte e quatro horas por dia, é que isso é relativamente fácil de fazer, porque tem muita gente gorda por perto. Acho isso bastante animador e moralizador, e muito mais eficiente do que se torturar sobre qual estilo de biquíni fica melhor em você.

Em Marrakesh, não mexa nos potes de brilho labial no mercado, a menos que encontre uma cor que você realmente adore, porque vai manchar seus dedos e seus lábios por pelo menos três meses e meio. O delineador vem num tipo de caixote, e sob nenhuma circunstância você deve permitir que a garota da banca o coloque em você, a menos que não se importe em ficar parecida com o Jack Sparrow.

Em restaurantes do Marrocos, os funcionários nunca vão admitir que não entenderam o que você quis dizer. Por isso, quando pedir uma Coca Diet, você pode receber um bule de chá. Meu conselho é que beba apenas chá. Porque tentar reforçar que quer uma Coca Diet pode ser exaustivo e sem sentido, e você vai acabar com um prato de bolo, um frango ensopado, um cachimbo e um garçom convencido de que você está a fim dele.

Em Dublin, se você não tiver dinheiro para comprar comida para viagem *e* um táxi de volta para o hotel, deve pedir a pizza pessoalmente e perguntar se pode ir de carona com a pizza para o hotel, na moto do entregador. Na maioria das cidades isso seria considerado deboche. Mas os irlandeses facilitam tudo. Quando pedi para ser levada ao hotel com minha pizza de massa fina, o cara da loja fez questão de me atender. E, é claro, economizei o dinheiro do táxi (talvez devesse começar a oferecer serviços de aconselhamento financeiro).

Em Dublin, cuidado ao pedir informações. Inexplicavelmente alguns irlandeses preferem te deixar totalmente perdida a admitir que não sabem onde fica o seu hotel. As informações são dadas com tanta convicção e gentileza que você realmente acredita que eles sabem do que estão falando. Você anda por metade da cidade, vai parar em alguns lugares estranhos, chorosa e exausta, antes de perceber que grande mentirosos eles são.

Em Amsterdã, você corre mais risco de ser atropelada por uma bicicleta do que em qualquer outro lugar do mundo. Eu quase fui, duas vezes! Tome cuidado!

Antes de viajar para Veneza, você deve armazenar pílulas contra mal-estar e náusea e camisinhas, especialmente se for solteira. Não vi nenhum motorista de táxi aquático feio. Todos eram maravilhosos (não que eu estivesse a fim de sacanagem). E Lulu diz que não existe um italiano com o brinquedinho pequeno, então, se encontrar um, agarre-o! Obviamente, quanto mais táxis aquáticos você pegar, maior a possibilidade de escolher.

QUESTIONÁRIO ALTERNATIVO DE VIAGEM

1. Qual o pintor veneziano que, com noventa anos de idade e depois de completar mais de 100 pinturas brilhantes, ficou famoso por dizer: “Estou finalmente começando a aprender a pintar”?
   a) Ticiano
   b) Michelangelo
   c) Zuccato

2. Qual cidadão de Veneza admitiu na sua autobiografia ter tido mais de 122 casos amorosos?
   a) Casanova
   b) Pavarotti
   c) Gino d´Acampo

3. Qual o nome do explorador italiano mais famoso a nascer na República de Veneza?
   a) Gina Lollobrigida
   b) Marco Polo
   c) Thereza Viglione

4. Em média, quantos turistas visitam a cidade de Veneza por dia?
   a) 25.000
   b) 50.000
   c) 6.000

5. Quando a torre do sino de São Marcos, medindo 83 metros de altura, desabou, quem foi a única e infeliz vítima?
   a) O coletor de impostos local
   b) Minha cunhada
   c) O gato do zelador da torre

6. Que medida drástica, diz a lenda, o magistrado-chefe (o doge de Veneza) tomou para evitar que a magnífica Torre do Relógio de São Marcos nunca fosse copiada?
   a) Queimou os desenhos técnicos dos artesãos
   b) Cegou os artesãos
   c) Negou acesso aos arquitetos europeus para a Praça de São Marcos

7. O que é proibido em qualquer lugar de Veneza?
   a) Andar de bicicleta
   b) Montar em um homem
   c) Montar a cavalo

8. Qual dos seguintes sucessos do cinema foi filmado em Veneza?
   a) *Uma Saída de Mestre,* com Charlize Theron e Mark Wahlberg
   b) *Só você,* com Marisa Tomei e Robert Downey Jr.
   c) *O Turista,* com Angelina Jolie e Johnny Depp

9. Qual região famosa pelo vinho fica ao norte de Veneza?
   a) Prosecco
   b) Champagne
   c) Aquitaine

10. Qual era considerado um dos maiores benefícios de usar uma máscara durante o carnaval de Veneza (uma tradição que data da Idade Média)?
    a) Disfarçar manchas na pele
    b) Esconder a identidade de alguém
    c) Funcionar como protetor solar

Respostas

1. (a)* Eu acho isso realmente inspirador, porque sempre fiquei envergonhada pelo fato de ter sido reprovada três vezes no exame de direção. E, depois de seis aulas de golfe, ainda não conseguir fazer contato com a bola. Quando tiver noventa anos, tenho certeza de que serei uma exímia jogadora de golfe, e terei um número grande de bônus do seguro (bem, quase isso... mais ou menos).
2. (a) Ok, não importa o número de casos que um cara tenha, você tem que dobrá-lo se quiser se aproximar da verdade. Todo mundo sabe disso. Então, pelo que eu imagino, Casanova teve um quarto de milhão de casos. (Grande suspiro de admiração/repugnância.) Err... será que existia alguma clínica de doenças venéreas na Veneza da Renascença?
3. (b) Francamente, estou surpresa que os exploradores mais famosos sejam homens, porque as mulheres têm muito mais senso de direção. Os homens não admitem estarem perdidos, enquanto as mulheres ficam felizes em pedir informações. Se eu fosse explorar o Ártico, ou qualquer outro lugar parecido, jamais o faria sem baixar alguns aplicativos de localização no meu celular.
4. (b) Uma verdade desconcertante, e não me surpreende nem um pouco.

* Os historiadores não estão muito certos quanto ao nascimento de Ticiano — ele devia ter uns oitenta anos quando morreu. Gordon Brown e David Cameron na verdade tiveram uma discussão sobre isso (ridículo).

5. (c) O que é uma pena, porque eu gosto de gatos.
6. (b) Ok, isto está seriamente errado. Onde diabos estava o departamento da torre do relógio de Sua Majestade quando tudo isso aconteceu?
7. (a) Viva, viva! Na verdade, não consigo deixar de pensar que Londres seria um lugar melhor para morar sem esses ciclistas exibidos circulando por aí, deixando o resto de nós esperando por um táxi.
8. Pergunta difícil, para ver se você ainda está acordada e prestando atenção. A resposta é "todas as três". Como sou irritante, não?
9. (a) Criei esta pergunta inspirada numa garrafa de Prosecco desenhada na minha sacola da academia. Deus abençoe as colinas ondulantes de Conegliano e Valdobbiadene.
10. (b) Esse era um conceito interessante. A ideia era romper todas as barreiras sociais. Os príncipes podiam paquerar as garçonetes, e o duques podiam dar em cima das empregadas da casa — até mesmo as freiras davam suas escapadinhas. Agora, vamos ser honestas, garotas: não houve vezes em que você acordou ao lado de alguém que teria uma aparência bem melhor se estivesse usando uma máscara?